Het Nostradamuscomplot

MARIO READING

Het Nostradamus-complot

Vertaald door Josephine Ruitenberg

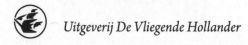
Uitgeverij De Vliegende Hollander

Dit is een speciale uitgave voor Dutch Media Trade bv.

© 2009 Mario Reading
Oorspronkelijke titel *The Nostradamus Prophecies*
Oorspronkelijk uitgegeven bij Atlantic Books, Londen
Nederlandse vertaling © 2010 Josephine Ruitenberg en
Uitgeverij De Vliegende Hollander, Amsterdam
Omslagontwerp Studio058 Leeuwarden
Zetwerk en typografie Perfect Service

NUR 331
ISBN 978 90 480 0235 1

www.vaarmee.com

Uitgeverij De Vliegende Hollander is een imprint van
Dutch Media Uitgevers bv

Voor mijn zoon, Lawrence, *con todo mi cariño*

Bericht van de auteur

Dat Nostradamus slechts 942 kwatrijnen heeft voltooid van de bedoelde duizend (tien eeuwen, beschreven in honderd kwatrijnen per eeuw) is werkelijk waar. De resterende achtenvijftig kwatrijnen ontbreken en zijn tot op heden niet gevonden.

Het testament dat ik in dit boek heb gebruikt, is de authentieke uiterste wilsbeschikking van Nostradamus, in het oorspronkelijke Frans, gevolgd door mijn vertaling. Ik besteed vooral aandacht aan het codicil bij het testament, waarmee Nostradamus zijn oudste dochter, Madeleine, twee kisten vermaakt, onder de bepaling dat 'niemand behalve zij de voorwerpen mag bekijken of zien die zich in de kisten bevinden'. Deze documenten bestaan en zijn voor iedereen te raadplegen.

De overlevering, taal, namen, gebruiken en mythen van de zigeuners zijn accuraat beschreven. Wel heb ik de gebruiken van een aantal verschillende groepen samengevoegd, omdat dat voor het verhaal beter uitkwam.

Tot op heden zijn er geen harde bewijzen gevonden voor het bestaan van het Corpus Maleficus. Wat niet betekent dat het niet bestaat.

Mario Reading, 2009

'Aangezien hij er geen moment aan had gedacht bericht achter te laten, werd er gerouwd om zijn dood tot acht maanden later, toen zijn eerste brief uit Talcahuano arriveerde.'
> Uit *Typhoon* door Joseph Conrad

'We zijn niet op deze wereld om te slagen, maar om steeds opnieuw te falen en daar een goed humeur bij te behouden.'
> Robert Louis Stevenson, *Complete Works*, deel 26, *Reflections and Remarks on Human Life*, paragraaf 4

'Hoe vaag het begrip nationaliteit is blijkt misschien al uit het feit dat we het moeten aanleren voordat we het als zodanig kunnen herkennen.'
> Uit *A Reading Diary* door Alberto Manguel

Proloog
La Place de l'Étape, Orléans
16 juni 1566

De Bale knikte en de *bourreau* begon aan de takel te sjorren. Chevalier de la Roche Allié droeg zijn volledige wapenrusting, zodat het mechaniek kreunde en kraakte totdat de ratel pakte en de chevalier los kwam van de grond. De bourreau had De Bale gewaarschuwd voor het grote gewicht en de mogelijke consequenties, maar de graaf had er niets van willen horen.

'Ik ken deze man sinds mijn kindertijd, maître. Hij komt uit een van de oudste families van Frankrijk. Als hij in zijn harnas wil sterven, is dat zijn recht.'

De bourreau was zo verstandig hem niet tegen te spreken; mensen die De Bale tegenspraken, eindigden meestal op de pijnbank of werden overgoten met kokende olie. De Bale had het oor van de koning en de zegen van de Kerk. Met andere woorden, de schoft was onaantastbaar. De beste benadering van aardse perfectie die een sterveling kon bereiken.

De Bale keek omhoog. Omdat De la Roche Allié hoogverraad had gepleegd, was hij ertoe veroordeeld vijftig voet te worden opgehesen. De Bale vroeg zich af of zijn nekwervels de trekkracht van het touw en de honderd pond plaatstaal waar zijn schildknapen hem voorafgaand aan de executie in hadden geholpen aankonden. Het zou niet worden gewaardeerd als de man in tweeën brak voordat hij werd opgerekt en gevierendeeld. Zou De la Roche Allié aan die mogelijkheid hebben gedacht toen hij zijn verzoek kenbaar maakte? Het zelfs zo hebben gepland? De Bale dacht van niet. De man was naïef, iemand van de oude stempel.

'Hij is aan de vijftig voet, heer.'

'Laat hem zakken.'

De Bale keek toe hoe het metalen omhulsel naar beneden zakte. De man was dood. Dat was duidelijk. In dit stadium wrongen zijn slachtoffers zich meestal in bochten en trapten om zich heen. Ze wisten wat er kwam.

'De chevalier is dood, heer. Wat wilt u dat ik doe?'

'Wat zachter praten, om te beginnen.' De Bale wierp een snelle blik op de menigte. De mensen wilden bloed zien. Hugenotenbloed. Als ze dat niet kregen, zouden ze zich tegen hem en de beul keren en hen aan stukken scheuren. 'Trek toch zijn ingewanden er maar uit.'

'Wat zei u, heer?'

'Je hebt me verstaan. Snij hem open. En zorg ervoor dat hij beweegt. Gil desnoods door je neus. Als een buikspreker. Maak een groot spektakel met de ingewanden. De mensen moeten denken dat ze hem zien lijden.'

De twee jonge schildknapen kwamen naar voren om het harnas van de chevalier los te gespen.

De Bale hield hen met een handgebaar tegen. 'De maître doet het wel. Gaan jullie maar naar huis. Alle twee. Jullie hebben jullie meester trouw gediend. Nu is hij van ons.'

De schildknapen deinsden wit weggetrokken achteruit.

'Verwijder alleen de halsberg, het schootstuk en het borstkuras, maître. Laat de beenplaten, de helm en de handschoenen maar zitten. De paarden doen de rest wel.'

De beul ging aan het werk. 'We zijn klaar, heer.'

De Bale knikte en de bourreau maakte zijn eerste snee.

Het huis van Michel de Nostredame, Salon-de-Provence, 17 juni 1566

'De Bale komt eraan, meester.'

'Dat weet ik.'

'Hoe kon u dat al weten? Dat is onmogelijk. De postduif met het nieuws is nog maar tien minuten geleden aangekomen.'

De oude man haalde zijn schouders op en verschoof voorzichtig zijn door oedeem aangetaste been tot het wat gemakkelijker op het voetenbankje lag. 'Waar is hij nu?'

'In Orléans. Over drie weken is hij hier.'

'Over drie weken al?'

De bediende kwam naderbij. Hij wrong zijn handen. 'Wat gaat u doen, meester? Het Corpus Maleficus ondervraagt iedereen afkomstig uit families die eens joods waren. Marranen. Bekeerlingen. En zigeuners. Moren. Hugenoten. Iedereen die niet als katholiek geboren is. Zelfs de koningin kan u hier in het zuiden niet beschermen.'

De oude man wuifde die woorden weg. 'Het doet er nauwelijks meer toe. Voordat die bloedhond hier is, ben ik al dood.'

'Nee, meester. Dat zal toch niet?'

'En jij, Ficelle? Zou het je niet schikken ergens anders te zijn als het Corpus aan de deur komt?'

'Ik blijf bij u, meester.'

De oude man glimlachte. 'Je zult me meer van dienst zijn als je doet wat ik je vraag. Ik wil dat je voor me op reis gaat. Een lange reis, vol hindernissen. Zul je doen wat ik vraag?'

De bediende boog zijn hoofd. 'Ik zal alles doen wat u van me vraagt.'

De oude man nam hem even op alsof hij hem wilde peilen. 'Als je faalt, Ficelle, zullen de consequenties vreselijker zijn dan alles wat De Bale – of de duivel, die hij ongewild dient – zou kunnen beramen.' Hij aarzelde, en zijn hand rustte op zijn afzichtelijk gezwollen been. 'Ik heb een visioen gehad. Het was zo duidelijk dat het werk waaraan ik tot op heden mijn leven heb gewijd erbij in het niet valt. Achtenvijftig van mijn kwatrijnen heb ik nooit gepubliceerd om redenen die ik niet zal prijsgeven, omdat ze alleen mij aangaan. Zes van die kwatrijnen dienen een geheim doel; ik zal je uitleggen hoe je ze moet gebruiken. Niemand mag je zien. Niemand mag iets vermoeden. De resterende tweeënvijftig kwatrijnen moeten worden verstopt op een specifieke plaats, die alleen jij en ik kennen. Ik heb ze veilig opgeborgen in deze bamboe koker.' De oude man stak zijn hand langs zijn stoel naar beneden en haalde de gevulde en afgesloten koker tevoorschijn. 'Je verbergt deze houder op de plek die ik aangeef en precies op de manier die ik beschrijf. Je wijkt daar niet van af. Je volgt mijn instructies tot op de letter. Is dat begrepen?'

'Ja, meester.'

De oude man leunde achterover in zijn stoel, uitgeput door de intensiteit van wat hij wilde overbrengen. 'Als je hier terugkeert, na mijn dood, ga je naar mijn vriend en de beheerder van mijn nalatenschap, Palamède Marc. Je vertelt hem over je opdracht en verzekert hem ervan dat je die met succes hebt uitgevoerd. Dan zal hij je een som geld geven. Een som die de toekomst van jou en je familie generaties lang veilig zal stellen. Begrijp je dat?'

'Ja, meester.'

'Vertrouw je in deze zaak op mijn inzicht en zul je mijn instructies tot op de letter volgen?'

'Dat zal ik doen.'

'Dan zul je als een held worden vereerd, Ficelle. Door een volk dat je nooit zult ontmoeten en in een toekomst die jij en ik ons in de verste verte niet kunnen voorstellen.'

'Maar u weet wat de toekomst brengt, meester. U bent de grootste ziener aller tijden. Zelfs de koningin heeft u eer bewezen. Heel Frankrijk weet van uw gaven.'

'Ik weet niets, Ficelle. Ik ben als deze bamboe koker. Gedoemd zaken over te brengen maar die nooit te begrijpen. Ik kan alleen maar vurig hopen dat na mij anderen zullen komen die het beter doen dan ik.'

Deel een

1
Quartier Saint-Denis, Parijs, heden

Achor Bale had er geen plezier in iemand te doden. Dat was hij lang geleden al kwijtgeraakt. Hij keek zelfs met enige genegenheid naar de zigeuner, zoals je naar een toevallige kennis zou kunnen kijken die uit een vliegtuig stapt.

De man was natuurlijk te laat gekomen. Je hoefde maar naar hem te kijken om de ijdelheid uit zijn poriën te zien sijpelen. De jarenvijftigsnor à la Zorro. Het glanzende leren jasje dat voor vijftig euro op de vlooienmarkt van Clignancourt was gekocht. De helderrode, doorschijnende sokken. Het gele overhemd met de kwastjes en de bovenmaatse puntige boord. Het nepgouden medaillon met de afbeelding van Sainte Sara. De man was een dandy zonder smaak, voor zijn eigen soort net zo herkenbaar als een hond voor een andere hond.

'Heb je het manuscript bij je?'

'Denk je dat ik gek ben?'

Nee, niet echt, dacht Bale. Een gek is zich zelden van zichzelf bewust. Deze man straalde corruptheid uit, alsof hij een kaartje op zijn borst had gespeld met 'onbetrouwbaar' erop. Bale zag de verwijde pupillen. Het glanzende laagje zweet op het knappe, messcherpe gezicht. De vingers waarmee hij op de tafel trommelde. De voeten waarmee hij tikte. Een drugsverslaafde dus. Vreemd, voor een zigeuner. Daarom had hij het geld natuurlijk zo hard nodig. 'Ben je Manouche of Rom? Of misschien Gitano?'

'Wat kan jou dat schelen?'

'Zo te zien aan je snor zou ik zeggen Manouche. Een afstammeling van Django Reinhardt misschien?'

'Ik heet Samana. Babel Samana.'

'En je zigeunernaam?'

'Die is geheim.'

'Ik heet Bale. Niets geheimzinnigs aan.'

De zigeuner ging sneller op de tafel trommelen. Zijn blik schoot nu heen en weer, gleed over de andere drinkers, ging naar de deuren, peilde de afmetingen van het plafond.

'Hoeveel wil je ervoor hebben?' Meteen ter zake komen, dat was het beste met een man als deze. Bale zag de tong van de zigeuner naar buiten schieten om de smalle lippen, die door de snor mannelijker leken, te bevochtigen.

'Ik wil een half miljoen euro.'

'Zo.' Bale voelde een grote kalmte over zich neerdalen. Mooi. De zigeuner had dus echt iets te verkopen. Het was niet alleen een lokkertje geweest. 'Voor een dergelijke som moeten we het manuscript wel kunnen bekijken voordat we tot aankoop overgaan. Verifiëren of het echt is.'

'En het van buiten leren zeker! Dat heb ik vaker gehoord. Ik weet één ding zeker: als de inhoud eenmaal openbaar is, is het niets meer waard. De waarde zit 'm in het mysterie.'

'Je hebt helemaal gelijk. Ik ben heel blij dat je er zo over denkt.'

'Ik heb nog een geïnteresseerde. Je moet niet denken dat jij de enige kaper op de kust bent.'

Bales blik keerde zich naar binnen. Ach. Dan zou hij de zigeuner toch moeten vermoorden. Martelen en vermoorden. Hij was zich bewust van het veelbetekenende zenuwtrekje boven zijn rechteroog. 'Zullen we nu naar het manuscript gaan kijken?'

'Eerst praat ik met die ander. Misschien gaan jullie nog tegen elkaar opbieden.'

Bale haalde zijn schouders op. 'Waar heb je met hem afgesproken?'

'Dat zeg ik niet.'

'Hoe wil je het dan afhandelen?'

'Jij blijft hier. Ik ga met de andere man praten. Horen of hij serieus is. Dan kom ik terug.'

'En als hij dat niet is? Gaat de prijs dan omlaag?'

'Natuurlijk niet. Een half miljoen.'

'Dan wacht ik hier.'

'Doe dat.'

De zigeuner kwam wankelend overeind. Hij ademde zwaar, en bij zijn hals en borstbeen was zijn overhemd vochtig van het zweet. Toen hij zich omdraaide, zag Bale de afdruk van de stoel in het goedkope leren jasje.

'Als je me volgt, merk ik het. Denk niet dat ik het niet zal merken.'

Bale zette zijn zonnebril af en legde hem op tafel. Met een glimlach

keek hij op. Hij wist al heel lang welk effect zijn griezelig gevlekte ogen hadden op mensen die daar gevoelig voor waren. 'Ik zal je niet volgen.'
De mond van de zigeuner viel open van schrik. Hij staarde vol ontzetting naar Bales gezicht. Deze man had het *ia chalou*, het kwade oog. Babels moeder had hem voor zulke mensen gewaarschuwd. Als je hen eenmaal zag, als ze je aankeken met de blik van de basilisk, was je ten dode opgeschreven. Ergens diep in zijn onderbewustzijn begreep Babel Samana dat hij een vergissing had gemaakt, dat hij de verkeerde in zijn leven had toegelaten.
'Dus jij blijft hier?'
'Wees niet bang. Ik wacht op je.'

Zodra hij het café uit was, zette Babel het op een rennen. Hij zou opgaan in de menigte. De hele zaak vergeten. Wat had hem gemankeerd? Hij hád het manuscript niet eens. Alleen een vaag idee waar het was. Waarom hadden de drie *ursitory*, toen ze in Babels kindertijd op zijn kussen waren gaan zitten om zijn lot te bepalen, drugs gekozen als zijn zwakte? Waarom geen drank? Of vrouwen? Nu had O Beng hem te pakken gekregen en had deze basilisk gestuurd om hem te straffen.
Babel ging kalmer lopen. De *gadje* was nergens te bekennen. Had hij zich iets in zijn hoofd gehaald? Had hij zich de boosaardigheid van de man verbeeld? Kwam het door die afschuwelijke ogen? Had hij misschien gehallucineerd? Het zou niet de eerste keer zijn dat hij doordraaide van vervuilde drugs.
Hij keek op een parkeermeter hoe laat het was. Oké. Het was mogelijk dat de tweede man nog op hem wachtte. Zou die hem misschien wat gunstiger gezind zijn?
Aan de overkant van de straat begonnen twee prostituees een verhitte discussie over de vraag wie waar mocht staan. Het was zaterdagmiddag. De dag dat in Saint-Denis de pooiers hun geld kwamen incasseren. Babels oog viel op zijn eigen spiegelbeeld in een winkelruit. Hij glimlachte zichzelf beverig toe. Als hij deze deal rond kon krijgen, kon hij misschien zelf een paar meisjes voor zich laten werken. En een Mercedes, hij zou een roomkleurige Mercedes met rode leren stoelen kopen, en met houders voor blikjes en automatische airconditioning. En zijn nagels laten manicuren in zo'n zaak waar blonde *payo*-meisjes in witte schorten je over de tafel heen smachtend aanstaarden.
Het was maar twee minuten lopen naar Chez Minette. Hij kon in elk

geval even zijn hoofd om de deur steken en een blik op die andere man werpen. En hem een voorschot afhandig maken, als bewijs van zijn serieuze belangstelling.

Daarna zou hij, beladen met contanten en cadeaus, terug naar het kamp gaan en proberen die *hexi* van een zus van hem gunstig te stemmen.

2

Adam Sabir had al geruime tijd geleden vastgesteld dat hij voor niets was gekomen. Samana was vijftig minuten te laat. Zijn fascinatie met de volkse sfeer in de bar was de enige reden dat hij er nog zat. Terwijl hij toekeek, begon de barman de rolluiken aan de straatkant naar beneden te draaien.
'Wat gebeurt er? Gaat u dicht?'
'Dicht? Nee. Ik sluit iedereen in. Het is zaterdag. Alle pooiers komen met de trein naar de stad. Dat wordt weer matten op straat. Drie weken geleden zijn mijn ruiten gesneuveld. Als je weg wilt, moet je door de achterdeur naar buiten.'
Sabir trok zijn wenkbrauwen op. Nou, dit was wel een zeer originele manier van klantenbinding. Hij dronk zijn derde kopje koffie leeg. Hij voelde dat de cafeïne zijn polsslag opdreef. Tien minuten. Hij zou Samana nog tien minuten geven. Daarna zou hij, hoewel hij officieel nog op vakantie was, naar de bioscoop gaan om naar *Night of the Iguana* van John Huston te kijken en de rest van de middag doorbrengen in het gezelschap van Ava Gardner en Deborah Kerr, om opnieuw een hoofdstuk toe te voegen aan zijn ongetwijfeld onverkoopbare boek over de honderd beste films aller tijden.
'*Une pression, s'il vous plaît. Rien ne presse.*'
De barman maakte met een handgebaar duidelijk dat hij hem had gehoord en ging verder met de rolluiken. Op het allerlaatste moment glipte er een lenige gestalte onder de zakkende luiken door en hees zich aan een tafel weer overeind.
'*Ho! Tu veux quoi, toi?*'
Babel negeerde de barman en keek verwilderd om zich heen. Onder zijn jasje was zijn overhemd doorweekt en het zweet droop langs zijn hoekige kin. Vastberaden concentreerde hij zich op het ene na het andere tafeltje, zijn ogen samengeknepen tegen het felle licht in de zaak.
Sabir hield een exemplaar van zijn boek over Nostradamus omhoog,

zoals ze hadden afgesproken, met zijn foto duidelijk zichtbaar. Zo. Daar was de zigeuner eindelijk. Dan zou nu de afknapper komen. 'Hier ben ik, meneer Samana. Komt u bij me zitten?'

Babel struikelde over een stoel in zijn haast om bij Sabir te komen. Hij hervond zijn evenwicht en kwam hinkend naar hem toe, zijn gezicht naar de ingang van de bar gewend. Maar voorlopig was hij veilig. De luiken waren nu helemaal naar beneden. Hij was afgesloten van de liegende gadje met de krankzinnige ogen. De gadje die hem had gezworen hem niet te volgen. De gadje die hem vervolgens helemaal naar Chez Minette achterna was gekomen en niet eens de moeite had genomen zich te verbergen in de menigte. Babel had dus toch nog een kans.

Sabir stond met een verbaasd gezicht op. 'Wat is er aan de hand? U ziet eruit alsof u een geest hebt gezien.' Van dichtbij was al het woeste dat hij in de blik van de zigeuner had gezien veranderd in een wezenloos masker van panische angst.

'Bent u de schrijver?'

'Ja. Kijk maar. Dit ben ik. Op de binnenkant van het omslag, achterin.'

Babel stak zijn hand uit naar het tafeltje naast hen en greep een leeg bierglas. Hij sloeg het kapot op het tafelblad tussen hen in en drukte zijn hand in de scherven. Toen pakte hij met zijn bebloede vingers Sabirs hand. 'Het spijt me.' Voordat Sabir tijd had te reageren, had de zigeuner zijn hand in het gebroken glas geduwd.

'Jezus! Klootzak...' Sabir probeerde zijn hand terug te trekken.

Maar de zigeuner hield Sabirs hand stevig vast en drukte hem tegen die van hemzelf, totdat de twee handen één bloederige massa vormden. Toen trok hij Sabirs bloedende handpalm tegen zijn voorhoofd, waar die een afdruk van spetters achterliet. 'Luister! Luister naar me.'

Sabir rukte zijn hand los uit de greep van de zigeuner. De barman kwam met een afgezaagde biljartkeu in zijn hand achter de bar vandaan.

'Twee woorden. Goed onthouden. Samois. Chris.' Babel deinsde achteruit voor de naderende barman en stak bezwerend zijn bebloede hand op. 'Samois. Chris. Onthou je dat?' Hij gooide een stoel naar de barman en gebruikte dat moment van verwarring om snel te kijken waar de achteruitgang was. 'Samois. Chris.' Hij wees naar Sabir, zijn blik wild van angst. 'Niet vergeten.'

3

Babel wist dat hij voor zijn leven rende. Nooit eerder was hij ergens zo zeker van geweest, zo overweldigend zeker. Zijn hand klopte van de pijn. Zijn longen stonden in brand en elke ademhaling scheurde als een plank met spijkers door zijn binnenste.

Bale, die vijftig meter achter hem liep, zag het aan. Hij had de tijd. De zigeuner kon nergens heen. Kon zich tot niemand wenden. De Sûreté zou hem ogenblikkelijk in een dwangbuis stoppen; de Parijse politie stond niet erg positief tegenover zigeuners, vooral niet als ze onder het bloed zaten. Wat was er in die bar gebeurd? Wie had hij gesproken? Nou, daar zou Bale snel genoeg achter komen.

Hij had het witte Peugeot-bestelbusje bijna meteen in de gaten. De bestuurder vroeg een glazenwasser de weg. De glazenwasser wees achter zich naar Saint-Denis en haalde met een gebaar van Gallisch onbegrip zijn schouders op.

Bale rukte de bestuurder van zijn stoel en nam zijn plaats in. De motor liep nog. Bale zette het busje in de versnelling en gaf gas. Hij nam niet de moeite in de achteruitkijkspiegel te kijken.

Babel was de gadje uit het oog verloren. Hij draaide zich om en keek achter zich, terwijl hij op een sukkeldrafje achteruitliep. Voorbijgangers meden hem, afgeschrikt door zijn bebloede gezicht en handen. Babel bleef staan. Hij stond midden op straat naar adem te happen als een in het nauw gedreven hert.

Het witte Peugeot-busje reed de stoep op en vloog tegen Babels rechterdijbeen, dat verbrijzeld werd. Babel schampte van de motorkap af en viel met een klap op het trottoir. Bijna onmiddellijk voelde hij dat hij werd opgetild: sterke handen die hem bij zijn jasje en de achterkant van zijn broek pakten. Er ging een portier open en hij werd in het busje gegooid. Hij hoorde een vreselijk, hoog gejammer en besefte pas na enige tijd dat hij het zelf was. Hij sloeg zijn ogen op en precies op dat moment gaf de gadje hem met de muis van zijn hand een slag onder zijn kin.

4

Babel werd wakker met een ondraaglijke pijn in zijn benen en schouders. Hij hief zijn hoofd en wilde om zich heen kijken, maar zag niets. Toen pas besefte hij dat hij geblinddoekt was en rechtop aan een of ander metalen raamwerk was gebonden. Zijn armen waren naar opzij gestrekt en zijn lichaam hing gedwongen in een halve cirkel naar voren, alsof hij zijn heupen naar voren duwde in een zeer wulpse dans. Hij was naakt.

Bale gaf opnieuw een ruk aan Babels penis. 'Zo. Heb ik eindelijk je aandacht? Mooi. Luister, Samana. Er zijn twee dingen die je moet weten. Eén: je gaat sterven, dat staat vast. Er is geen manier om je eruit te praten of je leven met informatie terug te kopen. Twee: hoe je sterft hangt helemaal van jezelf af. Als je me tevredenstelt, snijd ik je keel door. Je zult er niets van voelen. En door de manier waarop ik het doe, bloed je binnen een minuut dood. Als je me irriteert, zal ik je pijn doen, veel erger dan nu. Om je te bewijzen dat ik vastbesloten ben je te doden en dat er geen weg terug is vanuit de positie waarin je je bevindt, ga ik je penis afsnijden. Daarna zal ik de wond met een heet brandijzer dichtschroeien, zodat je niet voortijdig doodbloedt.'

'Nee! Niet doen! Ik vertel je alles wat je wilt weten. Alles.'

Bale hield zijn mes vlak tegen de uitgerekte huid van Babels lid. 'Alles? Je penis tegen de informatie die ik zoek?' Bale haalde zijn schouders op. 'Dat snap ik niet. Je weet dat je hem nooit meer zult gebruiken. Daar ben ik duidelijk over geweest. Waarom zou je hem dan willen houden? Vertel me nou niet dat je nog steeds in de foutieve veronderstelling verkeert dat er nog hoop is.'

Uit Babels mondhoek droop een draadje speeksel. 'Wat wil je van me weten?'

'Ten eerste: de naam van de bar.'

'Chez Minette.'

'Goed zo. Dat klopt. Ik heb je er zelf naar binnen zien gaan. Wie heb je daar ontmoet?'
'Een Amerikaan. Een schrijver. Adam Sabir.'
'Waarom?'
'Om hem het manuscript te verkopen. Ik had geld nodig.'
'Heb je hem het manuscript laten zien?'
Babel gaf een krassend lachje. 'Ik heb het niet eens. Ik heb het nog nooit gezien. Ik weet zelfs niet of het bestaat.'
'O jee.' Bale liet Babels penis los en begon zijn gezicht te strelen. 'Je bent een knappe man. Je valt bij de dames in de smaak. Het zwakste punt van een mens is altijd zijn ijdelheid.' Bale haalde het lemmet van zijn mes razendsnel kruiselings over Babels rechterwang. 'Nu ben je niet zo mooi meer. Vanaf de ene kant gaat het nog. Maar vanaf de andere kant: een ravage. Kijk. Ik kan mijn vinger door dit gat steken.'
Babel begon te gillen.
'Stil. Anders doe ik de andere kant ook.'
Babel zweeg. Er ontsnapte lucht door de loshangende flappen van zijn wang.
'Je hebt een advertentie gezet voor het manuscript. Twee belangstellenden hebben zich gemeld. De ene ben ik. De andere is Sabir. Wat was je van plan ons voor een half miljoen euro te verkopen? Gebakken lucht?'
'Ik heb gelogen. Ik weet waar het te vinden is. Ik zal je ernaartoe brengen.'
'En waar is dat dan?'
'Het staat zwart op wit.'
'Vertel het me.'
Babel schudde zijn hoofd. 'Dat kan ik niet.'
'Keer me je andere wang toe.'
'Nee! Nee! Ik kan het niet. Ik kan niet lezen...'
'Hoe weet je dan dat het zwart op wit staat?'
'Dat heeft iemand me verteld.'
'En wie heeft dat geschrift? Waar is het te vinden?' Bale hield zijn hoofd schuin. 'Houdt een familielid van je het verborgen? Of iemand anders?' Er viel een stilte. 'Ja. Dat dacht ik al. Ik zie het aan je gezicht. Een familielid, hè? Ik wil weten wie. En waar.' Bale greep Babels penis. 'Geef me een naam.'
Babel liet zijn hoofd hangen. Er droop bloed en speeksel uit het gat dat Bale met zijn mes had gemaakt. Wat had hij gedaan? Wat had hij in

zijn angst en verbijstering onthuld? Nu zou de gadje op zoek gaan naar Yola. En haar ook martelen. Zijn overleden ouders zouden hem vervloeken omdat hij zijn zus niet had beschermd. Zijn naam zou onrein raken, *marimé*. Hij zou in een naamloos graf worden begraven. En dat allemaal doordat zijn ijdelheid groter was dan zijn angst voor de dood.

Had Sabir de betekenis begrepen van de twee woorden die Babel hem in de bar had toevertrouwd? Zou zijn intuïtie over de man juist blijken te zijn?

Babel wist dat het voor hem voorbij was. Na een leven lang luchtkastelen te hebben gebouwd kende hij zijn eigen zwakheden maar al te goed. Over een halve minuut zou zijn ziel naar de hel worden gestuurd. Hij zou maar één kans hebben om te doen wat hij van plan was. Eén kans maar.

Met behulp van het hele gewicht van zijn naar voren hangende hoofd wierp Babel zijn kin naar links en omhoog, zo ver hij kon, en draaide hem toen met kracht in een halve cirkel weer naar beneden en naar rechts.

Bale deed onwillekeurig een stap naar achteren. Toen stak hij zijn hand uit en greep de zigeuner bij zijn haar. Het hoofd bungelde slap heen en weer, alsof het plotseling was losgeraakt. 'Nee!' Bale liet het hoofd naar voren vallen. 'Dit is onmogelijk.'

Hij liep een paar stappen bij het lijk vandaan, bekeek het nog eens aandachtig en kwam weer naderbij. Hij bukte zich en sneed met zijn mes het oor van de zigeuner af. Daarna schoof hij de blinddoek weg en duwde met zijn duim de oogleden van de man open. De ogen waren dof. Geen sprankje leven meer.

Bale veegde zijn mes schoon aan de blinddoek en liep hoofdschuddend weg.

5

Hoofdinspecteur Joris Calque van de Police Nationale haalde de nog niet aangestoken sigaret onder zijn neus langs en legde hem toen met tegenzin terug in de staalgrijze sigarettenkoker. Die liet hij in de zak van zijn jasje glijden. 'Het is in elk geval een vers lijk. Het verbaast me dat er geen bloed meer uit zijn oor druppelt.' Calque drukte zijn duim tegen Babels borst, trok zijn hand terug en boog zich naar voren om te zien of er kleurverschil optrad. 'Nauwelijks verkleuring. Deze man is nog geen uur dood. Hoe hebben we hem zo snel gevonden, Macron?'

'Een gestolen bestelbusje, meneer. Stond buiten geparkeerd. De eigenaar van het busje had aangifte gedaan en een surveillerende *pandore* zag het veertig minuten later staan. Ik wou dat alle misdrijven zo makkelijk op te lossen waren.'

Calque trok zijn latex handschoenen uit. 'Ik snap het niet. Onze moordenaar ontvoert de zigeuner op straat, waar iedereen hem kan zien, en met een gestolen busje. Dan rijdt hij rechtstreeks hierheen, bindt de zigeuner vast aan een beddenspiraal die hij speciaal voor die gelegenheid van tevoren aan de muur heeft gespijkerd, martelt hem een tijdje, breekt hem zijn nek en laat het busje op straat staan bij wijze van uithangbord. Zie jij de logica?'

'We hebben ook bloed van onbekende herkomst.'

'Hoe bedoel je?'

'Hier. Aan de handen van het slachtoffer. Deze sneden zijn ouder dan de andere verwondingen. En het bloed van het slachtoffer is vermengd met dat van een ander. Dat is duidelijk te zien met de draagbare spectrometer.'

'Aha. Dus de moordenaar vond het busje als uithangbord nog niet genoeg en heeft ook wat bloed achtergelaten.' Calque haalde zijn schouders op. 'De man is gek of geniaal, een van beide.'

6

De apothekeres was klaar met het verbinden van Sabirs hand. 'Het moet goedkoop glas zijn geweest; u hebt geluk dat het niet gehecht hoeft te worden. U bent toch niet toevallig pianist?'
'Nee. Schrijver.'
'O. U hebt dus geen bijzondere vaardigheden.'
Sabir barstte in lachen uit. 'Zo zou je het kunnen zeggen. Ik heb één boek geschreven, over Nostradamus. En nu schrijf ik filmrecensies voor een keten van regionale kranten. Maar dat is het wel zo'n beetje. Kortom, een verspild leven.'
De apothekeres sloeg een hand voor haar mond. 'O, het spijt me vreselijk. Zo bedoelde ik het niet. Natuurlijk hebben schrijvers vaardigheden. Maar ik bedoelde met de handen. Vaardigheden waar je je vingers voor nodig hebt.'
'Het geeft niet.' Sabir stond op en trok voorzichtig zijn jasje aan. 'Wij broodschrijvers zijn eraan gewend te worden beledigd. We staan helemaal onderaan in de pikorde. Tenzij we bestsellers schrijven, natuurlijk, of kans zien beroemd te worden als we op wonderbaarlijke wijze een keer de top bereiken. Maar als het ons niet lukt een succesvolle opvolger te schrijven, zakken we weer naar de onderste regionen. Het is een wisselvallig beroep, vindt u ook niet?' Hij verborg zijn verbittering achter een brede grijns. 'Hoeveel ben ik u schuldig?'
'Vijftig euro. Als u dat tenminste kunt betalen.'
'Ah. *Touché!*' Sabir pakte zijn portefeuille en zocht papiergeld bij elkaar. In zijn achterhoofd zocht hij nog steeds naar een verklaring voor het gedrag van de zigeuner. Waarom zou iemand een volkomen vreemde aanvallen? Een vreemde die hij hoopte iets kostbaars te verkopen? Er zat totaal geen logica in. Toch was er iets wat hem ervan weerhield naar de politie te gaan, ondanks de aansporingen van de barman en de drie of vier klanten die het incident hadden gezien. Er zat meer achter. En wie of

wat waren Samois en Chris? Hij gaf de apothekeres haar geld. 'Zegt het woord Samois u iets?'

'Samois?' Ze schudde haar hoofd. 'Afgezien van de plaats, bedoelt u?'

'De plaats? Welke plaats?'

'Samois-sur-Seine. Dat ligt een kilometer of zestig naar het zuidoosten. Vlak boven Fontainebleau. Alle jazzmensen kennen het. De zigeuners houden er elke zomer een festival ter ere van Django Reinhardt. U weet wel. De Manouche-gitarist.'

'Manouche?'

'Dat is een groep zigeuners. Verwant aan de Sinti. Ze komen uit Duitsland en Noord-Frankrijk. Dat weet iedereen.'

Sabir maakte een schertsende buiging. 'Maar madame, u vergeet dat ik niet iedereen ben. Ik ben slechts een eenvoudige schrijver.'

7

Bale hield niet van barkeepers. Het was een verderfelijke mensensoort, die leefde van de zwakheden van anderen. Desalniettemin was hij bereid in het belang van het verzamelen van informatie concessies te doen. Hij liet de gestolen identiteitskaart weer in zijn zak glijden. 'Dus de zigeuner viel hem aan met een glas?'

'Ja. Ik heb nog nooit zoiets meegemaakt. Hij kwam gewoon naar binnen, druipend van het zweet, en ging regelrecht op de Amerikaan af. Sloeg een glas kapot en drukte zijn hand erin.'

'Dat van de Amerikaan?'

'Nee. Dat was het vreemde. De zigeuner drukte zijn eigen hand erin. Pas daarna viel hij de Amerikaan aan.'

'Met het glas?'

'Nee, nee. Hij pakte de hand van de Amerikaan en deed daar hetzelfde mee als hij met zijn eigen hand had gedaan. Toen duwde hij de hand van de Amerikaan tegen zijn voorhoofd. Alles zat onder het bloed.'

'En dat was het?'

'Ja.'

'Hij zei niets?'

'Nou, hij schreeuwde de hele tijd. "Onthou deze woorden. Onthou ze goed."'

'Welke woorden?'

'Tja. Daar vraagt u me wat. Het klonk als Sam, *moi, et* Chris. Misschien zijn dat broers?'

Bale onderdrukte een triomfantelijke glimlach. Hij knikte ernstig. 'Broers. Ja, dat zal het zijn.'

8

De barkeeper hief zijn handpalmen melodramatisch ten hemel. 'Maar ik heb net met een van jullie mensen gepraat. Ik heb hem alles verteld wat ik weet. Moet ik soms ook nog jullie luiers verschonen?'

'En hoe zag die andere politieman eruit?'

'Zoals jullie allemaal.' De barkeeper haalde zijn schouders op. 'U weet wel.'

Calque wierp een blik over zijn schouder op inspecteur Macron. 'Zoals hij?'

'Nee. Helemaal niet.'

'Zoals ik, dan?'

'Nee. Ook niet.'

Calque slaakte een zucht. 'Zoals George Clooney? Woody Allen? Johnny Halliday? Of had hij misschien een pruik op?'

'Nee. Nee. Hij had geen pruik op.'

'En wat hebt u die onzichtbare man verteld?'

'U hoeft niet sarcastisch te worden. Ik doe mijn burgerplicht. Ik heb geprobeerd de Amerikaan te beschermen...'

'Waarmee?'

'Eh... Met mijn biljartkeu.'

'Waar bewaart u dat aanvalswapen?'

'Waar ik dat bewaar? Waar denkt u? Achter de bar natuurlijk. Dit is Saint-Denis, niet de Sacré-Coeur.'

'Laat eens zien.'

'Hoor eens, ik heb er niemand mee geslagen. Ik heb er alleen mee naar de zigeuner gezwaaid.'

'Zwaaide de zigeuner terug?'

'Ah. *Merde.*' De barkeeper scheurde met de ijspriem een pakje Gitanes open. 'Ik neem aan dat ik nu een bon krijg wegens roken in een openbare gelegenheid? Stelletje...' Hij blies een rookwolk over de bar.

Calque pikte een sigaret van de barkeeper. Hij tikte ermee op de achterkant van het pakje en haalde hem smachtend onder zijn neus langs.

'Steekt u hem niet aan?'

'Nee.'

'*Putain*. U bent toch zeker niet gestopt?'

'Ik heb een hartkwaal. Met elke sigaret wordt mijn leven een dag korter.'

'Maar dat is het wel waard.'

Calque zuchtte. 'U hebt gelijk. Geef me maar een vuurtje.'

De barkeeper bood Calque de punt van zijn sigaret. 'Hoor eens, het is me weer te binnen geschoten. Over die collega van jullie.'

'Wat is u te binnen geschoten?'

'Er was iets raars aan hem. Heel raar.'

'Wat was dat dan?'

'U zult me niet geloven als ik het vertel.'

Calque trok zijn wenkbrauwen op. 'Probeer het toch maar.'

De barkeeper haalde zijn schouders op. 'Hij had geen oogwit.'

9

'De man heet Sabir. S-A-B-I-R. Adam Sabir. Een Amerikaan. Nee, meer informatie heb ik op dit moment niet voor u. Zoek hem maar op in uw computer. Dat zou ruim voldoende moeten zijn. Geloof me.'
 Achor Bale legde de hoorn neer. Hij veroorloofde zich een korte glimlach. Van Sabir zou hij geen last meer hebben. Tegen de tijd dat de Franse politie klaar was met zijn ondervraging, zou Bale allang verdwenen zijn. Chaos werkte altijd goed. Chaos en anarchie. Als je die bewerkstelligde, drong je de gevestigde orde in de verdediging.
 De politie en overheidsdienaren waren getraind in rechtlijnig denken, binnen de grenzen van regels en voorschriften. In de computerterminologie was hyper het tegenovergestelde van lineair, rechtlijnig. Welnu. Bale liet zich voorstaan op zijn vermogen hyper, niet-lineair, te denken: heen en weer springen, tussenstappen overslaan en zijsprongen maken waarheen hij maar wilde. Hij zou doen wat hij wilde, wanneer hij dat wilde.
 Hij pakte een kaart van Frankrijk en streek die zorgvuldig glad op de tafel voor hem.

10

Adam Sabir ontdekte pas dat de Sûreté belangstelling voor hem had toen hij de tv in zijn gehuurde appartement op het Ile Saint-Louis aanzette en zag dat zijn eigen gezicht hem levensgroot vanaf het plasmascherm aankeek.

Als schrijver en incidenteel journalist moest Sabir het nieuws bijhouden. Er zaten verhalen in verstopt, er hielden zich ideeën in schuil. De stemming van de wereld werkte door in de stemming van zijn potentiële markt, en dat was van belang voor hem. Dankzij een eenmalige gigantische bestseller, *The Private Life of Nostradamus*, was hij de afgelopen jaren gewend geraakt aan een zeer gerieflijke levensstijl. Het originaliteitsgehalte was zo ongeveer nihil geweest, maar de titel een geniale inval. Nu had hij dringend een vervolg nodig, of de geldkraan zou dichtgaan, de luxe levensstijl opdrogen en zijn publiek wegsmelten.

Daarom had Samana's advertentie in dat idiote gratis blaadje van twee dagen geleden zijn aandacht getrokken, ongerijmd en volkomen onverwachts als die was geweest.

Geld nodig. Ik heb iets te verkopen. De verdwenen verzen van Notre Dame [sic]. Allemaal zwart op wit. Contante verkoop aan eerste koper. Authentiek.

Sabir had hardop gelachen toen hij de advertentie voor het eerst las. Die was duidelijk gedicteerd door een analfabeet. Maar hoe kon een analfabeet op de hoogte zijn van de verdwenen kwatrijnen van Nostradamus?

Het was algemeen bekend dat de zestiende-eeuwse ziener duizend vierregelige strofen had geschreven, zorgvuldig geïndexeerd, die gedurende zijn leven waren gepubliceerd en waarin met een bijna bovennatuurlijke nauwkeurigheid toekomstige gebeurtenissen van wereldbelang werden beschreven. Minder bekend was echter het feit dat er achtenvijftig kwatrijnen op het allerlaatste moment waren achtergehouden en nooit openbaar waren gemaakt. Als iemand die verzen zou weten te vinden, zou hij ogenblikkelijk miljonair zijn, want de potentiële verkoopcijfers waren torenhoog.

Sabir wist dat zijn uitgever niet de minste aarzeling zou hebben de hoeveelheid geld op te hoesten die nodig was om een dergelijke aankoop te doen. Alleen al het verhaal van de vondst zou honderdduizenden dollars aan inkomsten voor de kranten opbrengen en zou gegarandeerd overal ter wereld voorpaginanieuws zijn. En wat zouden de mensen er in deze onzekere tijden niet voor overhebben om de strofen te lezen en de openbaringen die erin werden gedaan te kennen? Dat was nauwelijks voorstelbaar.

Tot aan de gebeurtenissen van die dag had Sabir mooie fantasieën gekoesterd waarin zijn manuscript, net als die van de Harry Potter-boeken, weggeborgen zou worden in het literaire equivalent van Fort Knox om pas op de dag van publicatie te worden geopenbaard aan de van ongeduld kwijlende horden. Hij was toch al in Parijs. Wat was ertegen om het verhaal te controleren? Wat had hij te verliezen?

'Naar aanleiding van de brute marteling en gewelddadige dood van een nog onbekende man is de politie op zoek naar de Amerikaanse schrijver Adam Sabir, teneinde hem te ondervragen in verband met het misdrijf. Sabir zou zich in Parijs bevinden. Als u hem kent, benadert u hem dan in geen geval persoonlijk, want hij kan gevaarlijk zijn. Het misdrijf is zo ernstig en de kans op herhaling zo groot dat de Police Nationale er alles aan gelegen is de identiteit van de moordenaar vast te stellen.'

'O jezus.' Sabir stond midden in zijn woonkamer naar de tv te staren alsof die plotseling zou kunnen besluiten van haar plek te komen en naar hem toe te kruipen. Een oude publiciteitsfoto van hemzelf nam het volledige scherm in beslag, waardoor al zijn gelaatstrekken zo angstaanjagend groot werden dat zelfs hij bijna kon geloven dat dit een gezochte misdadiger was.

Onder de kop 'Kent u deze man?' volgde een foto van de dode Samana. Zijn wang en oor waren gehavend en zijn doffe ogen waren open, alsof hij kritisch keek naar de miljoenen op de bank hangende voyeurs die kortstondige voldoening vonden in het feit dat het een ander was, en niet

zij, die daar op het scherm werd afgebeeld.
'Dit kan niet waar zijn. Hij is besmeurd met mijn bloed.'
Sabir liet zich met open mond in een leunstoel zakken, en het kloppen in zijn hand leek een griezelige weerklank van het bonkende ritme van de elektronische muziek die de aftiteling van het avondnieuws begeleidde.

11

Het kostte hem tien jachtige minuten om al zijn bezittingen bij elkaar te zoeken: paspoort, geld, landkaarten, kleren en creditcards. Op het allerlaatste moment doorzocht hij het bureau voor het geval dat daar iets in lag wat hij zou kunnen gebruiken.

Hij logeerde in het appartement van zijn Engelse literair agent, John Tone, die op vakantie was in het Caraïbisch gebied. Ook de auto was van zijn agent en daarom niet tot hem te herleiden. Dat zou misschien voldoende zijn om in elk geval Parijs uit te komen, zodat hij tijd zou winnen om na te denken.

Haastig stak hij een oud Brits rijbewijs op naam van Tone in zijn zak, en wat euro's die hij in een leeg busje van een filmrolletje had gevonden. Op het rijbewijs stond geen foto. Dat zou van pas kunnen komen. Verder nam hij nog een elektriciteitsrekening en de autopapieren mee.

Als de politie hem aanhield, zou hij gewoon beweren van niets te weten; hij ging voor research naar Saint-Rémy-de-Provence, de geboorteplaats van Nostradamus. Hij had niet naar de radio geluisterd en geen tv gekeken, en wist dus niet dat de politie jacht op hem maakte.

Met een beetje geluk kon hij de Zwitserse grens bereiken en die oversteken. Daar werd je paspoort niet altijd gecontroleerd. En Zwitserland maakte nog geen deel uit van de Europese Unie. Als hij eenmaal op de Amerikaanse ambassade in Bern was, was hij veilig. Als de Zwitsers hem al uitwezen, zou het naar de Verenigde Staten zijn en niet naar Parijs.

Want Sabir had van een paar collega-journalisten verhalen gehoord over de Franse politie. Als die je eenmaal in handen kreeg, kon je het wel schudden. Het kon maanden of zelfs jaren duren voordat je zaak door de bureaucratische nachtmerrie van het Franse rechtssysteem was.

Hij stopte bij de eerste de beste flappentap en liet de motor van de auto draaien. Hij had geen andere keuze, hij moest het erop wagen geld op te nemen. Hij duwde het eerste pasje door de gleuf en begon te bidden. Tot zover ging alles goed. Hij zou proberen duizend euro op te nemen. Als het tweede pasje hem dan in de steek liet, kon hij in elk geval de tol voor de snelwegen betalen met contant geld, waarvan de herkomst niet te herleiden viel, en iets te eten kopen.

Aan de overkant van de straat stond een jongen met een capuchontrui naar hem te kijken. Jezus christus. Dit was geen goed moment om beroofd te worden. En al helemaal niet als je de sleutels in een gloednieuwe Audi stationcar had laten zitten en de motor had laten lopen.

Hij stak het geld in zijn zak en probeerde het tweede pasje. De jongen kwam nu in zijn richting en nam hem op die kenmerkende manier op van jonge criminelen. Vijftig meter. Dertig. Sabir toetste de cijfers in.

Het apparaat at het pasje op. Ze knepen hem af.

Sabir holde terug naar de auto. De jongen had het op een rennen gezet en was nog een meter of vijf bij hem vandaan.

Sabir sprong in de auto en herinnerde zich toen pas dat die van Britse makelij was en dat het stuur dus rechts zat. Hij dook over de middenconsole heen en verspilde drie kostbare seconden met zoeken naar het knopje van de centrale vergrendeling.

De jongen had zijn hand op het portier.

Sabir trok de pook van de automatische versnelling knarsend in zijn achteruit en de auto sprong naar achteren, waardoor de jongen een ogenblik wankelde. Sabir bleef achteruit door de straat rijden, met één voet gedraaid achter zich op de passagiersstoel en zijn vrije hand aan het stuur.

Ironisch genoeg dacht hij niet aan de berover – het was de eerste keer dat hem zoiets overkwam – maar aan het feit dat de politie nu, dankzij het gedwongen achtergelaten bankpasje, beschikte over zijn vingerafdrukken en zijn precieze locatie om exact twaalf minuten over halfelf op een heldere, door sterren verlichte zaterdagavond in het centrum van Parijs.

12

Twintig minuten buiten Parijs en vijf minuten voordat hij het knooppunt Évry zou bereiken, werd Sabirs aandacht getrokken door een verkeersbord: nog dertig kilometer naar Fontainebleau. En vanaf Fontainebleau was het nog maar tien kilometer naar Samois. Dat had de apothekeres hem verteld. Ze hadden zelfs een kort, enigszins flirtend gesprekje gehad over Hendrik II, Catharina de Medici en Napoleon, die daar blijkbaar afscheid had genomen van zijn Vieille Garde voordat hij op Elba in ballingschap ging.

Hij kon de autoweg maar beter vergeten. Ze hadden toch nummerplaatherkenning op de tolwegen? Had hij dat niet ergens gehoord? Stel dat ze al wisten dat hij in het appartement van Tone had gelogeerd. Dan zou het niet lang duren voordat ze het verband legden tussen hem en Tones Audi. En dan was hij de pineut.

Hij kon beter naar Samois gaan. Als hij de kwatrijnen los kon krijgen van die Chris, wie dat ook mocht zijn, dan kon hij de politie er misschien van overtuigen dat hij echt een bonafide schrijver was en geen doorgedraaide psychopaat. En waarom zou de dood van de zigeuner trouwens iets te maken moeten hebben met de verzen? Zulke mensen vochten toch altijd allerlei vetes uit? Waarschijnlijk had de man gewoon ruzie gekregen over geld of een vrouw en had hij, Sabir, toevallig in de weg gelopen. Als je de zaak zo bekeek, zag het er allemaal veel minder somber uit.

Hoe dan ook, hij had een alibi. De apothekeres zou zich hem toch wel herinneren? Hij had haar uitgebreid verteld over het gedrag van de zigeuner. Het was gewoon niet logisch dat hij de zigeuner zou hebben gemarteld en gedood terwijl zijn hand helemaal openlag. Dat zou de politie toch wel snappen? Of zou die denken dat hij de zigeuner na het gevecht in de bar was gevolgd en wraak had genomen?

Sabir schudde zijn hoofd. Eén ding was zeker: hij had rust nodig. Als hij zo doorging zou hij gaan hallucineren.

Terwijl hij zichzelf dwong te stoppen met malen en iets te ondernemen, stuurde Sabir de auto scherp naar de overkant van de weg en een bospad op, nog maar twee kilometer voor het plaatsje Samois zelf.

13

'Hij is ontglipt.'
'Hoe bedoelt u? Hoe weet u dat?'
Calque trok een wenkbrauw op. Macron maakte vorderingen, dat viel niet te ontkennen. Maar verbeeldingskracht, ho maar. Ach, wat kon je ook verwachten van een twee meter lange Marseillaan? 'We hebben alle hotels, pensions en woningverhuurders gecheckt. Toen hij hier aankwam had hij geen reden zijn naam geheim te houden. Hij wist niet dat hij de zigeuner zou gaan vermoorden. Vergeet niet dat we het over een Amerikaan met een Franse moeder hebben. Hij spreekt onze taal vloeiend. Althans, dat is wat die gek op zijn website zelf beweert. Of hij is ondergedoken in het huis van een vriend, of hij is ervandoor. Ik vermoed dat hij ervandoor is. Het is mijn ervaring dat er maar weinig vrienden zijn die een folteraar onderdak willen verlenen.'
'En de man die ons heeft gebeld met zijn naam?'
'Als we Sabir vinden, hebben we hem ook.'
'Dus we gaan naar Samois? Op zoek naar die Chris?'
Calque glimlachte. Zo'n kind gunde je toch een Orangina?

14

Het eerste wat Sabir zag was een eenzame windhond die voor hem uit het bospad overstak, waarschijnlijk de vorige dag verdwaald na een jachtpartij. Onder hem, tussen de bomen door, glinsterde de Seine in de vroege ochtendzon.

Hij stapte uit de auto en strekte zijn benen. Vijf uur geslapen. Niet slecht, gezien de omstandigheden. De vorige avond was hij nerveus en gespannen geweest. Nu was hij kalmer, minder in paniek over de hachelijke situatie waarin hij zich bevond. Het was een verstandig besluit geweest om de afslag naar Fontainebleau te nemen, en nog verstandiger om het bos in te rijden om te slapen. Misschien zou de Franse politie hem toch niet zo gemakkelijk te pakken krijgen. Maar hij kon beter geen onnodige risico's nemen.

Toen hij vijftig meter verder was gereden, met de raampjes open, rook hij brandend hout en de onmiskenbare geur van geroosterd varkensvlees. Aanvankelijk was hij geneigd het te negeren en door te rijden, maar de honger kreeg de overhand. Wat er verder ook gebeurde, hij moest eten. En waarom niet hier? Geen camera's. Geen politie.

Hij wist zichzelf er onmiddellijk van te overtuigen dat het volkomen logisch was om zijn ontbijt rechtstreeks te kopen van degene die het klaarmaakte. Die geheimzinnige kampeerders konden hem misschien zelfs wijzer maken omtrent Chris.

Sabir stapte uit en volgde zijn neus. Terwijl hij door het bos liep, had hij het gevoel dat zijn maag zich uitrekte in de richting van de gebakkenspekgeur. Het was een bizar idee dat hij op de vlucht was voor de politie. Misschien zouden deze mensen, doordat ze kampeerden, geen tv of krant hebben gezien?

Aan de rand van een open plek bleef Sabir een tijdje staan kijken. Het was een zigeunerkamp. Nou, dat was eigenlijk een gelukkig toeval. Hij had kunnen weten dat niemand bij zijn volle verstand vroeg in mei zo noordelijk in een bos zou gaan kamperen. Voor de Fransen was augustus de maand om te kamperen. De rest van de tijd logeerden ze in een hotel en gingen ze comfortabel dineren.

Een van de vrouwen zag hem en riep haar man. Een groepje kinderen rende op hem af en bleef op enige afstand van hem staan. Twee andere mannen onderbraken hun bezigheden en kwamen zijn kant op. Sabir stak vriendelijk een hand naar hen op.

Zijn hand werd met een ruk naar achteren getrokken en in zijn nek geduwd. Hij voelde dat hij op zijn knieën werd gedwongen.

Net voordat hij zijn bewustzijn verloor zag hij de televisieantenne op een van de caravans.

15

'Doe jij het maar, Yola. Het is je recht.'
De vrouw stond tegenover hem. Een oudere man legde een mes in haar hand en duwde haar zachtjes naar voren. Sabir probeerde iets te zeggen, maar merkte dat zijn mond was afgeplakt.
'Toe maar. Snij zijn ballen eraf!' 'Nee, eerst zijn ogen!' Een koor van oudere vrouwen moedigde haar vanuit de deuropeningen van hun wagens aan. Sabir keek om zich heen. Afgezien van de vrouw met het mes was hij volledig omsingeld door mannen. Hij probeerde zijn armen te bewegen, maar die zaten stevig achter zijn rug gebonden. Ook zijn enkels waren geboeid en er was een geborduurd kussen tussen zijn knieën gestopt.
Een van de mannen duwde hem op zijn zij en trok zijn broek naar beneden. 'Zo. Nu kun je je doelwit zien.'
'En steek dat mes meteen in zijn reet, als je toch bezig bent.' De oude vrouwen kwamen naar voren om een beter zicht te hebben.
Sabir schudde zijn hoofd in een vruchteloze poging het plakband van zijn mond te krijgen.
De vrouw hield het mes voor zich uit en kwam voetje voor voetje dichterbij.
'Toe dan. Doe het. Denk aan wat hij Babel heeft aangedaan.'
Sabir begon binnensmonds een smekend geluid te maken. Hij richtte zijn blik met een maniakale concentratie op de vrouw, alsof hij haar met zijn wil kon dwingen haar plan niet uit te voeren.
Een van de mannen greep Sabirs scrotum en trok het weg van zijn lijf, zodat er maar een dun vlies overbleef om door te snijden. Eén haal met het mes zou voldoende zijn.
Sabir keek de vrouw aan. Intuïtief besefte hij dat zij zijn enige kans was. Hij wist dat hij verloren was als zijn aandacht zou verslappen en hij zijn blik zou afwenden. Zonder precies te weten waarom, knipoogde hij naar haar.

Die knipoog raakte haar als een mokerslag. Ze stak haar hand uit en rukte het plakband van Sabirs mond. 'Waarom heb je het gedaan? Waarom heb je mijn broer verminkt? Wat had hij je misdaan?'

Sabir zoog tussen zijn gezwollen lippen door een grote teug lucht naar binnen. 'Chris. Chris. Hij heeft me gezegd dat ik naar Chris moest vragen.'

De vrouw deed een stap achteruit. De man die Sabirs testikels vasthield liet die los en boog zich over hem heen, zijn hoofd schuin als een retriever. 'Wat zeg je daar?'

'Je broer sloeg een glas kapot. Hij drukte zijn hand erin. Daarna mijn hand. En toen duwde hij onze handen tegen elkaar aan en maakte van de mijne een afdruk op zijn voorhoofd. Vervolgens vertelde hij me dat ik naar Samois moest gaan en naar Chris moest vragen. Ik heb hem niet vermoord. Maar ik besef nu wel dat hij gevolgd werd. Geloof me alsjeblieft. Waarom zou ik anders hierheen zijn gekomen?'

'Maar de politie is naar je op zoek. Dat hebben we op tv gezien. We herkenden je gezicht.'

'Mijn bloed zat aan zijn hand.'

De man duwde Sabir op zijn zij. Even was Sabir er zeker van dat ze zijn keel gingen doorsnijden. Toen voelde hij dat ze het verband van zijn handwonden en de sneden inspecteerden. Hij hoorde hen onderling praten in een taal die hij niet kende.

'Sta op. Trek je broek aan.'

Ze sneden de touwen achter zijn rug door.

Een van de mannen stootte hem aan. 'Vertel eens, wie is Chris?'

Sabir haalde zijn schouders op. 'Een van jullie, neem ik aan.'

Een paar oudere mannen lachten.

De man met het mes knipoogde naar hem, in een onbewuste echo van de knipoog die nog maar twee minuten geleden de redding was geweest van Sabirs testikels. 'Maak je geen zorgen. Je zult hem gauw genoeg ontmoeten. Met of zonder je ballen. De keus is aan jou.'

16

Ze geven me in elk geval te eten, dacht Sabir. Het is moeilijker om een man te doden als je eenmaal een maaltijd met hem hebt gebruikt. Toch?
Hij lepelde het laatste beetje stoofpot naar binnen en stak zijn geboeide handen uit naar zijn koffie. 'Het vlees was lekker.'
De oude vrouw knikte. Ze veegde haar handen schoon aan haar wijde rokken, maar Sabir zag dat ze niet at. 'Rein. Ja. Zeer rein.'
'Rein?'
'De stekels. Egels zijn de reinste dieren. Ze zijn niet marimé. Zoals...' Ze spoog over haar schouder. 'Honden.'
'O. Eten jullie dan honden?' Sabir had het al moeilijk met de gedachte aan egels. Hij voelde dat hij misselijk dreigde te worden.
'Nee, nee.' De vrouw barstte in luid gelach uit. 'Honden. Haha.' Ze gebaarde naar een van haar vriendinnen. 'Heh heh. De gadje denkt dat we honden eten.'
Er kwam een man de open plek op rennen. Onmiddellijk zwermden er kleine kinderen om hem heen. Hij zei iets tegen hen en ze verspreidden zich om het hele kamp te waarschuwen.
Sabir keek geïnteresseerd toe hoe dozen en andere voorwerpen snel onder en in de wagens werden verborgen. Twee mannen onderbraken hun bezigheden en kwamen op hem af.
'Wat is er? Wat gebeurt er?'
Ze tilden hem op en droegen hem wijdbeens tussen zich in naar een houtkist.
'Jezus christus. Jullie gaan me daar toch niet in stoppen? Ik ben claustrofobisch. Echt waar. Ik zweer het. Ik kan niet tegen kleine ruimtes. Alsjeblieft. Sluit me in een van de caravans op.'
De mannen lieten hem in de houtkist ploffen. Een van hen trok een vuile zakdoek uit zijn zak en propte die in Sabirs mond. Toen duwden ze voorzichtig zijn hoofd naar beneden en sloegen de kist dicht.

17

Hoofdinspecteur Calque taxeerde het bonte gezelschap tegenover hem. Dit zou niet gemakkelijk worden. Dat wist hij gewoon. Hij voelde het aan zijn water. Zigeuners sloegen altijd dicht als ze met de politie praatten, zelfs als een van hen slachtoffer was geworden van een misdrijf, zoals in dit geval. Ze bleven hardnekkig vasthouden aan eigenrichting.
 Hij knikte naar Macron. Macron hield een foto van Sabir omhoog. 'Heeft iemand van u deze man gezien?'
 Niets. Zelfs geen knikje van herkenning.
 'Weet iemand van u wie deze man is?'
 'Een moordenaar.'
 Calque sloot even zijn ogen. Nou ja. In elk geval had er iemand iets tegen hem gezegd. Het woord tot hem gericht. 'Dat is niet zeker. Hoe meer we te weten komen, des te meer gaat het erop lijken dat er een tweede persoon bij dit misdrijf betrokken is geweest. Een persoon die we nog niet hebben geïdentificeerd.'
 'Wanneer geven jullie het lichaam van mijn broer vrij, zodat we hem kunnen begraven?'
 De mannen gingen opzij voor een jonge vrouw, die zich tussen de gelederen van vrouwen en kinderen door een weg naar voren baande en vooraan kwam staan.
 'Uw broer?'
 'Babel Samana.'
 Calque knikte naar Macron, die energiek begon te schrijven in een zwart opschrijfboekje. 'En uw naam is?'
 'Yola. Yola Samana.'
 'En uw ouders?'
 'Die zijn dood.'
 'Nog andere familieleden?'
 Yola haalde haar schouders op en wees naar de zee van gezichten om haar heen.

'Iedereen?'
Ze knikte.
'Wat deed hij in Parijs?'
Opnieuw haalde ze haar schouders op.
'Weet iemand anders dat?'
Een collectief schouderophalen.

Calque had even de neiging in lachen uit te barsten, maar aangezien het gezelschap hem waarschijnlijk zou lynchen als hij dat deed, zag hij ervan af. 'Is er iemand die me iets over Samana kan vertellen, wat dan ook? Met wie hij had afgesproken, afgezien van deze Sabir uiteraard? Of wat hij in Saint-Denis te zoeken had?'

Stilte.

Calque wachtte. Dertig jaar ervaring had hem geleerd wanneer hij wel en vooral wanneer hij niet moest aandringen.

'Wanneer geven jullie hem terug?'

Calque slaakte een geveinsde zucht. 'Dat kan ik u niet precies zeggen. Misschien hebben we zijn lichaam nog nodig voor verder forensisch onderzoek.'

De jonge vrouw wendde zich tot een van de oudere mannen. 'We moeten hem binnen drie dagen begraven.'

De man keek Calque aan en hief met een rukje zijn kin. 'Krijgen we hem terug?'

'Dat zei ik al. Nee, nu nog niet.'

'Mogen we dan een pluk van zijn haar hebben?'

'Wat?'

'Als jullie ons een pluk van zijn haar geven, kunnen we hem begraven. Samen met zijn bezittingen. Dat moet binnen drie dagen gebeuren. Dan kunnen jullie met het lichaam doen wat jullie willen.'

'Dat meent u niet.'

'Willigt u ons verzoek in?'

'Om u een plukje van zijn haar te geven?'

'Ja.'

Calque voelde Macrons doordringende blik in zijn achterhoofd prikken. 'Ja. We kunnen u een pluk haar geven. Stuur een van uw mensen naar dit adres...' Calque gaf de zigeuner een visitekaartje. 'Morgen. Dan kunt u hem formeel identificeren en tegelijk wat haar afknippen.'

'Ik zal gaan.' Het was de jonge vrouw, Samana's zus.

'Uitstekend.' Calque stond onzeker midden op de open plek. De omgeving was hem zo volstrekt vreemd en zo ver verwijderd van wat hij als een normale samenleving beschouwde, dat hij net zo goed in een regenwoud over goed en kwaad had kunnen staan discussiëren met een groep indiaanse stamleden.

'Belt u me als de Amerikaan, Sabir, op wat voor manier dan ook contact met u zoekt? Mijn nummer staat op het kaartje.'

Hij liet zijn blik over de gezichten glijden.

'Dat zal ik dan maar als een "ja" opvatten.'

18

Sabir was de waanzin nabij toen ze hem uit de houtkist tilden. Later, toen hij probeerde de emoties weer op te roepen die hij had gevoeld toen hij in de kist werd gestopt, merkte hij dat zijn geest die volledig had geblokkeerd. Uit zelfbescherming, nam hij aan.
Want hij had niet gelogen toen hij zei dat hij claustrofobisch was. Lang geleden, in zijn kindertijd, hadden een paar klasgenootjes een streek met hem uitgehaald en hem opgesloten in de kofferbak van de auto van een leraar. Ook toen had hij een black-out gekregen. De leraar had hem drie uur later gevonden, meer dood dan levend. Hij had er een enorme drukte over gemaakt. Het verhaal had in alle plaatselijke kranten gestaan.
Sabir had beweerd dat hij niet meer wist wie hem de streek had geleverd, maar bijna tien jaar later had hij wraak genomen. Intussen was hij zelf journalist geworden, waardoor hij in een uitstekende positie was om insinuaties te uiten, en die positie had hij volledig benut. Maar de wraakneming had hem niet genezen van zijn claustrofobie; hij had juist de indruk dat die in de afgelopen jaren erger was geworden.
Nu voelde hij dat hij niet lekker werd. Zijn hand klopte en hij vermoedde dat hij in de loop van de avond misschien een infectie had opgelopen. De wonden waren weer opengegaan, en omdat hij niets had gehad om ze mee schoon te maken voordat hij het verband erom had gewikkeld, kon hij alleen maar aannemen dat hij intussen een paar ongewenste bacteriën had opgedaan. Zijn opsluiting in de houtkist had de zaak alleen maar verergerd.
Zijn hoofd zakte achterover. Hij probeerde een hand op te steken, maar dat lukte niet; sterker nog, zijn hele lichaam leek niet meer te doen wat hij wilde. Hij voelde dat hij naar een beschaduwde plek werd gedragen, daarna een paar treden op en een kamer in waar het licht door gekleurde ruitjes op zijn gezicht viel. Het laatste wat hij zich herinnerde,

was een stel donkerbruine ogen die strak in de zijne staarden, alsof de eigenaar probeerde diep in zijn ziel te kijken.

Hij werd wakker met een vreselijke hoofdpijn. Het was smoorheet en hij vond het moeilijk lucht te krijgen, alsof zijn longen in zijn slaap voor driekwart met schuimrubber waren gevuld. Hij keek naar beneden, naar zijn hand. Die was weer netjes verbonden. Hij probeerde hem op te steken, maar kwam niet verder dan een klein rukje voordat hij hem machteloos weer op het bed liet vallen.

Het drong tot hem door dat hij in een woonwagen lag. Het daglicht viel naar binnen door de gekleurde ramen naast hem. Hij probeerde zijn hoofd op te tillen om door het ene ongekleurde ruitje te kijken, maar de inspanning was te groot. Hij viel terug in het kussen. Nooit eerder had hij zich zo geïsoleerd gevoeld van zijn lichaam, alsof hij en zijn ledematen op de een of andere manier van elkaar gescheiden waren geraakt en hij geen mogelijkheid meer had om ze terug te vinden.

Nou ja. Hij was in elk geval niet dood. Of in een politiekliniek. Je moest positief blijven denken.

Toen hij weer wakker werd, was het avond. Vlak voordat hij zijn ogen opende werd hij zich ervan bewust dat er zich iemand in zijn nabijheid bevond. Hij deed alsof hij nog sliep en liet zijn hoofd naar één kant rollen. Toen deed hij zijn ogen een klein spleetje open en probeerde erachter te komen wie er in het donker naast hem zat zonder dat ze hem zag kijken. Want het was een vrouw, daar was hij zeker van. Er hing een zware lucht van patchoeli en een moeilijker te definiëren geur, die hem vaag aan deeg deed denken. Misschien had deze vrouw net brood gekneed?

Hij sloeg zijn ogen verder open. Op de stoel naast zijn bed zat Samana's zus. Ze zat naar voren gebogen, alsof ze aan het bidden was. Maar op haar schoot glinsterde een mes.

'Ik vraag me af of ik je zal doden.'

Sabir slikte. Hij probeerde kalm te lijken maar had nog steeds moeite met lucht krijgen en ademde nu in kleine, ongemakkelijke pufjes uit, als een vrouw die aan het baren was. 'Ga je dat doen? Doe het dan maar liever snel. Ik ben in elk geval niet in staat mezelf te verdedigen, net zomin als toen jullie me hadden vastgebonden en jij me zou gaan castreren. Je bent nu net zo veilig. Ik kan niet eens mijn hand optillen om je af te weren.'

'Net als mijn broer.'

'Ik heb je broer niet vermoord. Hoe vaak moet ik je dat nog zeggen? Ik heb hem maar één keer ontmoet. Hij viel me aan. God weet waarom. En daarna vertelde hij me dat ik hierheen moest gaan.'

'Waarom knipoogde je naar me?'

'Dat was de enige manier die ik kon bedenken om je mijn onschuld duidelijk te maken.'

'Maar het maakte me juist kwaad. Ik stond op het punt je te doden.'

'Ik moest het risico wel nemen. Er was geen andere keuze.'

Ze ging rechtop zitten en dacht na.

'Heb jij voor me gezorgd?'

'Ja.'

'Vreemd, als je van plan bent iemand te doden.'

'Ik zei niet dat ik dat van plan was. Ik zei dat ik het overwoog.'

'Wat zou je daarna met me doen? Met mijn lijk?'

'De mannen zouden je in stukken snijden, als een varken. En dan zouden we je verbranden.'

Er viel een ongemakkelijke stilte. Sabir vroeg zich af hoe het hem was gelukt in een dergelijke situatie verzeild te raken. En waarvoor? 'Hoe lang ben ik hier al?'

'Drie dagen.'

'Jezus.' Hij tilde zijn slechte hand op met zijn goede. 'Wat had ik? Wat héb ik?'

'Bloedvergiftiging. Ik heb je behandeld met kruiden en kompressen met Chinese klei. De infectie was naar je longen gegaan. Maar je redt het wel.'

'Weet je dat heel zeker?' Sabir merkte meteen dat zijn poging tot sarcasme geheel aan haar voorbijging.

'Ik heb met de apothekeres gepraat.'

'Met wie?'

'De vrouw die je sneden heeft behandeld. De naam van haar apotheek stond in de krant. Ik ben naar Parijs gegaan om een pluk van mijn broers haar op te halen. Nu gaan we hem begraven.'

'Wat zei die vrouw?'

'Dat je de waarheid spreekt.'

'Wie verdenk je dan nu van de moord op je broer?'

'Jou. Of een andere man.'

'Mij nog steeds?'

'Misschien die andere man. Maar jij was er wel bij betrokken.'
'Waarom maak je me dan niet meteen van kant, dan hebben we het maar gehad. Dan kunnen jullie me als een speenvarken aan stukken snijden.'
'Niet zo haastig.' Ze schoof het mes onder haar jurk. 'Wacht maar af.'

19

Later diezelfde avond werd Sabir uit de wagen en naar de open plek geholpen. Een paar mannen hadden een draagbaar geconstrueerd. Ze tilden hem erop en droegen hem over een maanverlicht pad het bos in.

De zus van Samana liep naast hem alsof hij haar eigendom was of alsof ze een of ander belang bij zijn aanwezigheid had. En dat heeft ze natuurlijk ook, dacht Sabir. Ik ben haar verzekeringspolis tegen de noodzaak na te denken.

Voor hen uit rende een eekhoorn het pad over en de vrouwen begonnen opgewonden met elkaar te praten.

'Wat zeggen ze?'

'Een eekhoorn brengt geluk.'

'Wat brengt er ongeluk?'

Ze wierp hem een blik toe en concludeerde toen dat hij niet met haar spotte. 'Een uil.' Ze dempte haar stem. 'Een slang. Het ergste is een rat.'

'Waarom?' Hij merkte dat ook hij zijn stem dempte.

'Die zijn marimé. Onrein. Je kunt beter niet over ze praten.'

'Aha.'

Intussen waren ze aangekomen op een andere open plek, versierd met kaarsen en bloemen.

'Dus we gaan je broer begraven?'

'Ja.'

'Maar jullie hebben zijn lichaam toch niet? Alleen zijn haar?'

'Sst. We praten niet meer over hem. En we noemen zijn naam niet meer.'

'Wat?'

'De naaste familie praat niet over haar doden. Dat doen alleen anderen. De komende maand zal zijn naam door niemand van ons genoemd worden.'

Een oude man kwam naar Yola toe en gaf haar een dienblad met daarop een stapeltje bankbiljetten, een kam, een sjaal, een spiegeltje, scheerartikelen, een mes, een pak kaarten en een injectiespuit. Een andere man bracht eten, verpakt in waspapier. Een derde bracht wijn, water en groene koffiebonen.

Twee mannen groeven een kleine kuil naast een eik. Yola liep driemaal heen en terug naar de kuil en legde het ene voorwerp netjes op het andere. Daarna liepen er een paar kinderen naar de stapel en ze strooiden er graankorrels overheen. Toen gooiden de mannen het graf dicht.

Op dat moment begonnen de vrouwen te jammeren. Sabirs nekharen gingen overeind staan, het restant van een oeroud instinct.

Yola liet zich bij het graf van haar broer op haar knieën vallen en sloeg handen vol aarde tegen haar borsten. Om haar heen zakten een paar vrouwen stuiptrekkend ineen, hun ogen naar boven gedraaid.

Er kwamen vier mannen de open plek op. Ze droegen een zware steen tussen hen in en legden die op Samana's graf. Andere mannen brachten zijn kleren en de rest van zijn bezittingen. Die werden op de steen opgestapeld en in brand gestoken.

Het gejammer en geweeklaag van de vrouwen werd luider. Sommige mannen dronken een alcoholische drank uit glazen flesjes. Yola had haar blouse van haar lijf gerukt. Ze besmeurde haar borsten en buik met de aarde en de wijn, het plengoffer op de begrafenis van haar broer.

Sabir voelde zich wonderlijk ver verwijderd van de eenentwintigsteeeuwse realiteit. Het tafereel op de open plek had alle eigenschappen aangenomen van een uit de hand gelopen bacchanaal. De kaarsen en vuren verlichtten de onderkant van de bomen en het licht werd weerkaatst door de in vervoering vertrokken gezichten, als in een schilderij van Ensor.

De man die Sabirs testikels klaar had gehouden voor het mes kwam naar hem toe en bood hem iets te drinken aan uit een aardewerken kroes. 'Toe maar. Het houdt de *mulés* op afstand.'

'De mulés?'

De man haalde zijn schouders op. 'Die hebben zich rond de open plek verzameld. Boze geesten. Ze proberen binnen te komen. Ze willen...' Hij aarzelde. 'Je snapt het wel.'

Sabir dronk uit de kroes. Hij voelde de alcohol branden in zijn keel. Zonder te weten waarom, knikte hij. 'Ik snap het.'

20

Achor Bale sloeg de begrafenisplechtigheid gade vanuit de veilige beschutting van het bosje waarin hij zich had geïnstalleerd. Hij droeg een versleten camouflagepak, een stoffen veldpet van het vreemdelingenlegioen en een gespikkelde sluier. Zelfs van een meter afstand was hij niet te onderscheiden van het struikgewas om hem heen.

Voor het eerst in drie dagen was hij volledig zeker van het meisje. Eerder was het hem niet gelukt dicht genoeg bij het kamp te komen om haar goed te kunnen zien. Zelfs toen het meisje het kamp uit was gelopen, was hij er nog niet in geslaagd haar naar zijn volle tevredenheid te identificeren. Maar nu had ze zich volledig blootgegeven met haar opvallende rouwbetoon voor de onsterfelijke ziel van die gestoorde broer van haar.

Bale liet zijn gedachten afdwalen naar de kamer waar Samana was gestorven. In zijn veelomvattende, jarenlange ervaring, zowel binnen het vreemdelingenlegioen als daarbuiten, had Bale nog nooit meegemaakt dat het iemand was gelukt zoiets schijnbaar onmogelijks te doen: zelfmoord plegen terwijl hij helemaal vastgebonden was. Het verhaal ging dat je je tong zou kunnen inslikken, maar in werkelijkheid stelde dat iedereen voor onoverkomelijke lichamelijke problemen, en voor zover hij wist was geen mens in staat zichzelf dood te dénken. Maar om op die manier gebruik te maken van de zwaartekracht, en met zoveel overtuiging... daar moest je lef voor hebben. Waarom had hij het gedaan? Wat had Samana hem beslist niet willen vertellen?

Hij richtte de nachtkijker weer op het gezicht van het meisje. Zijn vrouw? Nee. Hij dacht van niet. Zijn zus? Mogelijk. In dit licht en met de overdreven manier waarop ze haar gezicht vertrok was het niet te zien.

Hij zwaaide de kijker naar Sabir. Dat was nou echt een man die zich onmisbaar wist te maken. Aanvankelijk, toen Bale had vastgesteld dat Sabir in het kamp aanwezig was, was hij in de verleiding geweest weer een slinks telefoontje naar de politie te plegen om ervoor te zorgen dat de man voorgoed van het toneel verdween zonder dat hij opnieuw zijn toevlucht moest nemen tot geweld. Maar Sabir was zich zo weinig van zichzelf bewust en daardoor zo gemakkelijk te volgen, dat het een beetje een verspilling leek.

Hij wist zeker dat het meisje hem veel meer last zou geven. Ze behoorde tot een gesloten en hechte gemeenschap, waarvan de leden zich niet gemakkelijk in de burgersamenleving bewogen. Als ze werd opgezadeld met een goed bedoelende Sabir zou het hele proces aanzienlijk eenvoudiger worden.

Hij zou toekijken en afwachten. Zoals altijd zou ook nu zijn tijd wel komen.

21

'Kun je lopen?'
'Ja. Ik geloof dat dat wel lukt.'
'Dan moet je met me meekomen.'
Sabir liet zich door Samana's zus overeind helpen. Hij merkte dat ze er geen probleem mee had om hem met haar handen aan te raken, maar dat ze verder contact met zijn kleding zorgvuldig vermeed.
'Waarom doe je dat?'
'Wat?'
'Snel opzij gaan als ik wankel, alsof je bang bent dat ik een besmettelijke ziekte heb.'
'Ik wil je niet bezoedelen.'
'Míj bezoedelen?'
Ze knikte. 'Zigeunervrouwen raken mannen die niet hun echtgenoot, broer of zoon zijn niet aan.'
'Maar waarom dan niet?'
'Omdat er tijden zijn dat we marimé zijn. Totdat ik moeder word, en zeker in bepaalde periodes van de maand, ben ik onrein. Ik zou je bevlekken.'
Hoofdschuddend liet Sabir zich door haar naar de deur van de wagen brengen. 'Is dat ook de reden dat je altijd achter me loopt?'
Ze knikte.
Zo langzamerhand was Sabir bijna dankbaar voor de eigenzinnige en mysterieuze zorg die hem in het kamp ten deel viel, want de bewoners hadden hem niet alleen uit handen gehouden van de Franse politie en genezen van een ziekte die op de lange duur heel goed had kunnen eindigen in de dood door een septische shock, maar ze hadden ook zijn ideeën over zinnig en rationeel gedrag volkomen op hun kop gezet. Een tijdje in een zigeunerkamp was goed om iedereen te bevrijden van zijn burgerlijke zelfgenoegzaamheid, dacht Sabir ironisch.

Hij had zich er intussen bij neergelegd dat hij er altijd pas na verloop van tijd achter kwam wat ze van hem verwachtten, als zij de tijd en plaats geschikt achtten om hem op de hoogte te brengen. En toen hij steunend op de balustrade van stammetjes het trappetje voor de caravan afdaalde, had hij het gevoel dat het ogenblik eindelijk was gekomen.

Yola gebaarde dat Sabir met haar mee moest lopen naar een groepje mannen die op krukjes aan de rand van het kamp zaten. Een ontzaglijk dikke man met een bovenmaats hoofd, lang zwart haar, een enorme snor, gouden voortanden en een ring aan elke vinger, zat in een veel grotere stoel dan alle anderen aan het hoofd van de vergadering. Hij droeg een ruim gesneden, conventioneel double-breasted pak, dat alleen opviel door een bizarre combinatie van paarse en groene ingeweven strepen en dubbelbrede, puntige revers.

'Wie is dat in jezusnaam?'

'De *bulibasha*. Hij is onze leider. Vandaag zal hij *kristinori* zijn.'

'Yola, alsjeblieft, doe me een lol...'

Ze bleef staan, nog steeds rechts achter hem. 'Die Chris waar je naar op zoek was? Waarover mijn broer het had? Dit is het.'

'Wat? Is dat Chris? Die dikke? De hoofdman?'

'Nee. We houden een kris als er een belangrijke beslissing moet worden genomen. Dat wordt aangekondigd en iedereen komt erheen, van vele kilometers in de omtrek. Iemand wordt tot kristinori of rechter van de kris gekozen. Bij belangrijke zaken is het de bulibasha die die rol op zich neemt. En dan worden er nog twee andere rechters – een voor de aanklager en een voor de beschuldigde – gekozen uit de *phuro* en de *phuro-dai*. De oudsten.

'Is dit een belangrijke zaak?'

'Belangrijk? Voor jou is het een zaak van leven of dood.'

22

Sabir werd met enige formele plichtplegingen naar een bankje gebracht dat in de aarde aan de voeten van de bulibasha stond. Yola ging met opgetrokken benen achter hem op de grond zitten. Sabir nam aan dat ze deze plek toegewezen had gekregen om voor hem te vertalen wat er werd gezegd, want ze was de enige vrouw in de directe nabijheid.

De andere vrouwen en kinderen hadden zich rechts achter de bulibasha verzameld, op de plek die Yola altijd innam ten opzichte van hemzelf. Het viel Sabir ook op dat alle vrouwen hun beste kleren aanhadden en dat de oudere, getrouwde vrouwen een hoofddoek en grote hoeveelheden gouden sieraden droegen. Ze waren ongebruikelijk zwaar opgemaakt, met veel kohl rond de ogen, en onder hun hoofddoek hing hun haar niet los maar was het opgestoken in gekrulde lokken of ingewikkelde vlechten. Sommigen hadden henna aan hun handen en een paar van de grootmoeders rookten.

De bulibasha stak zijn hand op om tot stilte te manen, maar iedereen praatte verder. Het leek erop dat de beraadslaging over Sabir allang was begonnen.

Ongeduldig wenkte de bulibasha de man naar voren die Sabirs testikels klaar had gehouden voor het mes.

'Dat is mijn neef. Hij gaat een pleidooi tegen je houden.'

'O.'

'Hij mag je graag. Het is niets persoonlijks. Maar hij moet dit doen, voor de familie.'

'Ik neem aan dat ze me als een varken in stukken gaan snijden als dit verkeerd voor me uitpakt?' Sabir probeerde te klinken alsof hij een grapje maakte, maar halverwege sloeg zijn stem over en verried hem.

'Ze zullen je doden, ja.'

'En de keerzijde?'

'Wat bedoel je?'

'Wat gebeurt er als het goed voor me afloopt?' Sabir transpireerde hevig.

'Dan word je mijn broer. Je zult verantwoordelijk voor me zijn. Voor mijn maagdelijkheid. Voor mijn huwelijk. Je zult in alle aspecten de plaats van mijn broer innemen.'

'Dat snap ik niet.'

Yola zuchtte geërgerd. Ze dempte haar stem tot een doordringend gefluister. 'De enige reden dat je nog leeft, is dat mijn broer je tot zijn *phral* heeft gemaakt. Zijn bloedbroeder. Hij heeft je ook gezegd dat je naar ons toe moest komen en om een kris moest vragen. Dat heb je gedaan. Wij hadden geen andere keuze dan zijn laatste wens ten uitvoer te brengen. Want een stervende moet krijgen waar hij om vraagt. En mijn broer wist dat hij zou sterven toen hij jou ontmoette.'

'Hoe kun je dat zo zeker weten?'

'Hij had een bloedhekel aan payos, Fransen. Zelfs nog meer dan aan gadje in het algemeen. Alleen in het uiterste geval zou hij er een hebben gevraagd zijn broer te worden.'

'Maar ik ben geen payo. Goed, mijn moeder is Française, maar mijn vader Amerikaan, en ik ben geboren en getogen in Amerika.'

'Maar je spreekt vloeiend Frans. Daar moet mijn broer je op beoordeeld hebben.'

Sabir schudde verbijsterd zijn hoofd.

Nu sprak Yola's neef de vergadering toe. Maar ondanks zijn uitstekende beheersing van de Franse taal kon Sabir niet volgen wat er werd gezegd.

'Wat is dat voor taal?'

'Sinti.'

'Fantastisch. Kun je me alsjeblieft vertellen wat hij zegt?'

'Dat je mijn broer hebt vermoord. Dat je naar ons bent gekomen om iets te stelen dat onze familie toebehoort. Dat je een slecht mens bent en dat God je met ziekte heeft getroffen om te bewijzen dat je niet de waarheid vertelt over wat er met Babel is gebeurd. Hij zegt ook dat het jouw schuld is dat de politie naar ons toe is gekomen en dat je een discipel van de duivel bent.'

'En volgens jou mag hij me graag?'

Yola knikte. 'Alexi denkt dat je de waarheid spreekt. Hij keek je in de ogen toen je dacht dat je op het punt stond te sterven, en hij heeft je ziel gezien. Volgens hem was die wit, niet zwart.'

'Waarom zegt hij dan al die dingen over me?'
'Je zou blij moeten zijn. Hij overdrijft vreselijk. Velen van ons denken dat je mijn broer niet hebt vermoord. Ze hopen dat de bulibasha boos wordt om wat er wordt gezegd en je onschuldig verklaart.'
'En denk jij dat ik je broer heb vermoord?'
'Dat weet ik pas als de bulibasha zijn oordeel velt.'

23

Sabir probeerde zijn blik af te wenden van wat er recht voor hem gebeurde, maar dat lukte niet. Yola's neef Alexi gaf een masterclass in toegepaste theatraliteit. Als dit iemand was die in het geheim aan zijn kant stond, had Sabir geen vijanden meer nodig.

Alexi zat op zijn knieën tegenover de verzamelde rechters te huilen en zijn haren uit zijn hoofd te trekken. Zijn gezicht en lichaam zaten onder de aarde en hij had zijn overhemd opengerukt, waardoor er drie gouden kettingen en een crucifix zichtbaar waren.

Sabir zocht op het gezicht van de bulibasha naar tekenen dat hij zijn geduld begon te verliezen met Alexi's aanstellerij, maar voor zover hij kon zien dronk de man die onzin alleen maar gretig in. Een van de kleine kinderen, van wie Sabir aannam dat het een dochtertje van de bulibasha was, was zelfs op zijn ruime schoot geklommen en wipte op en neer van opwinding.

'Mag ik mezelf nog verdedigen?'
'Nee.'
'Hoe bedoel je?'
'Iemand anders zal het woord voor je voeren.'
'Wie zou dat dan in godsnaam moeten doen? Volgens mij wil iedereen hier me dood hebben.'
'Ik. Ik zal het voor je opnemen.'
'Waarom ben je daartoe bereid?'
'Dat heb ik je al verteld. Het was de laatste wens van mijn broer.'
Sabir besefte dat Yola niet verder uit de tent gelokt wilde worden. 'Wat gebeurt er nu?'
'De bulibasha vraagt of de familie van mijn broer tevreden zou zijn als jij zijn leven in goud uitbetaalde.'
'En wat zeggen ze?'
'Nee. Ze willen je de keel afsnijden.'

Sabir veroorloofde zich een korte ontsnappingsfantasie. Nu alle ogen op Alexi waren gericht, zou hij een voorsprong van minstens vijf meter kunnen opbouwen voordat ze hem aan de rand van het kamp onderuithaalden. Actie in plaats van reactie, was dat niet hoe soldaten werden getraind te reageren op een hinderlaag?

Alexi kwam overeind, klopte zijn kleren af en liep met een grijns langs Sabir. Hij knipoogde zelfs.

'Hij schijnt te denken dat hij de boodschap goed heeft overgebracht.'

'Spot er niet mee. De bulibasha praat met de andere rechters. Hij vraagt hun mening. In deze fase is het belangrijk in welke richting hij begint te denken.' Ze stond op. 'Nu zal ik voor je pleiten.'

'Jij gaat toch niet op je borst zitten slaan en al die onzin?'

'Ik weet nog niet wat ik ga doen. Het zal me vanzelf te binnen vallen.'

Sabir liet zijn hoofd op zijn knieën zakken. Iets in hem weigerde nog steeds te geloven dat ook maar iemand dit serieus nam. Misschien was het allemaal een kolossale poets die hem werd gebakken door een genootschap van misnoegde lezers?

Hij keek op toen hij Yola's stem hoorde. Ze droeg een groene zijden blouse met een asymmetrische knoopsluiting, en haar zware rode katoenen rok kwam tot net boven haar enkels en golfde op een hele reeks onderrokken. Als ongetrouwde vrouw droeg ze geen sieraden, en er vielen losse, krullende lokken en linten over haar oren, terwijl de rest van haar haar op haar achterhoofd was opgestoken in een wrong waar meer linten doorheen waren gewerkt. Sabir kreeg een vreemd gevoel toen hij naar haar keek: alsof hij inderdaad in zekere zin familie van haar was en die diepe herkenning relevant was op een manier die hij niet begreep.

Ze keerde zich naar hem om en wees. Daarna wees ze naar haar hand. Ze vroeg de bulibasha iets en hij gaf antwoord.

Sabir keek om zich heen naar de twee groepen. De vrouwen luisterden allemaal aandachtig naar de woorden van de bulibasha, maar sommige mannen in Alexi's groepje keken strak naar hem, hoewel ze geen kwaadwillige indruk maakten; het was bijna alsof hij een puzzel was die ze tegen hun zin moesten oplossen, iets zonderlings dat hun van buitenaf was opgedrongen maar desondanks een factor was in het systeem dat hun leven bepaalde.

Twee mannen hesen de bulibasha overeind. Een van hen gaf hem een fles aan en hij dronk eruit, waarna hij een deel van de vloeistof in een boog voor zich op de grond sprenkelde.

Yola kwam terug naar Sabir en hielp hem overeind.

'Zeg maar niets. Het is tijd voor het vonnis.'

Ze sloeg geen acht op hem, maar ging een stukje achter hem naar de bulibasha staan kijken.

'Jij. Payo. Je zegt dat je Babel niet hebt vermoord?'

'Dat klopt.'

'En toch zit de politie achter je aan. Hoe kunnen ze het mis hebben?'

'Ze hebben mijn bloed op Babel gevonden. Ik heb al uitgelegd wat daar de oorzaak van is. De man die hem heeft gemarteld en vermoord moet de politie over mij hebben verteld, want Babel kende mijn naam. Ik ben niet schuldig aan enig misdrijf jegens hem en zijn familie.'

De bulibasha wendde zich tot Alexi. 'Geloof jij dat deze man je neef heeft vermoord?'

'Totdat een ander een bekentenis aflegt, ja. Als we hem doden, is de bloedschuld vereffend.'

'Maar Yola heeft nu geen broer meer. Haar vader en moeder zijn dood. Zij zegt dat deze man Babels phral is. Dat hij Babels plaats zal innemen. Ze is niet getrouwd. Het is belangrijk dat ze een broer heeft om haar te beschermen. Om ervoor te zorgen dat niemand haar te schande maakt.'

'Dat is waar.'

'Bent u allemaal bereid u neer te leggen bij de beslissing van de kristinori?'

Van alle kanten klonk een eenstemmige bevestiging.

'Dan laten we het aan het mes over om een besluit te nemen in deze vendetta.'

24

'Jezus. Ze willen toch niet dat ik met iemand ga vechten?'
 'Nee.'
 'Wat is dan wel de bedoeling?'
 'De bulibasha is heel wijs geweest. Hij heeft besloten dat het mes in deze zaak zal beslissen. Er zal een houten bord worden neergezet. Jij legt de hand waarmee je Babel hebt gedood erop. Alexi vertegenwoordigt mijn familie. Hij zal een mes naar je hand werpen. Als het lemmet of enig ander deel van het mes je hand raakt, betekent dat dat O Del zegt dat je schuldig bent. Dan zul je gedood worden. Als het mes je mist, ben je onschuldig. Dan zul je mijn broer worden.'
 'O Del?'
 'Dat is onze naam voor God.'

Sabir stond vlak bij de bulibasha en keek toe hoe twee mannen het bord neerzetten dat zijn leven of dood zou betekenen. Dit kon je niet verzinnen, dacht hij. Niemand die ze allemaal op een rijtje had zou dit geloven. Niet in de eenentwintigste eeuw.
 Yola gaf hem een glas kruidenthee.
 'Waar is dit voor?'
 'Om je moed te geven.'
 'Wat zit erin?'
 'Dat is geheim.'
 Sabir dronk met kleine slokjes van de thee. 'Hoor eens, die Alexi, die neef van jou, is die goed met messen?'
 'Jazeker. Hij kan alles raken waar hij op mikt. Hij is erg goed.'
 'Christus, Yola. Wat probeer je me aan te doen? Wil je dat ik gedood word?'
 'Ik wil helemaal niets. O Del zal beslissen of je schuldig bent. Zo niet,

dan zal hij ervoor zorgen dat Alexi niet goed kan richten en zul je vrij zijn. Dan word je mijn broer.'

'En denk je echt dat ze me zullen doden als het mes mijn hand raakt?'

'Zonder enige twijfel. Zo hoort het. De bulibasha zou je nooit vrijuit laten gaan nadat een kris had besloten dat je schuldig was. Dat zou tegen onze gebruiken ingaan, tegen onze *mageripen*-code. Het zou een schandaal zijn. Zijn naam zou marimé worden en hij zou voor de Baro-Sero moeten verschijnen om zich te verantwoorden.'

'De Baro-Sero?'

'De leider van alle zigeuners.'

'En waar hangt die uit?'

'In Polen, geloof ik. Of misschien in Roemenië.'

'O jezus.'

'Wat gebeurt er als hij mijn hand mist en míj raakt?' Sabir stond voor het bord. Twee zigeuners bonden zijn hand aan het bord vast met een dun leren koordje dat door twee gaten in het hout ging, boven en onder zijn pols.

'Dat betekent dan dat O Del ons de beslissing uit handen heeft genomen en je zelf heeft gestraft.'

'Ik had het kunnen weten.' Sabir schudde zijn hoofd. 'Mag ik dan in elk geval een beetje schuin gaan staan?'

'Nee. Je moet recht naar voren kijken, als een kerel. Je moet doen alsof het je niets kan schelen wat er gebeurt. Als je onschuldig bent, heb je niets te vrezen. Zigeuners houden van mannen die zich als kerels gedragen.'

'Ik kan je niet vertellen hoe bemoedigend dat is.'

'Nee, je moet echt naar me luisteren. Het is belangrijk.' Ze ging tegenover hem staan en keek hem recht aan. 'Als je dit overleeft, word je mijn broer. Ik zal jouw naam dragen tot ik die van mijn echtgenoot aanneem. Je zult een *kirvo* en een *kirvi* krijgen onder de oudsten en zij zullen je peetouders zijn. Je zult een van ons worden. Daarom moet je je ook gedragen als een van ons. Als je je gedraagt als een payo, zal niemand je respecteren en zal ik nooit een man vinden. Nooit moeder worden. Wat je nu doet, hoe je je nu gedraagt, daaraan ziet mijn familie hoe je voor mij zult zijn. Of de ursitory mijn broer een verstandige of een domme keuze hebben laten maken.'

Alexi zette de fles aan Sabirs mond en hield hem op zijn kant, waarna hij hem zelf leegdronk. 'Ik mag je wel, payo. Ik hoop dat het mes mist. Eerlijk waar.'

Achor Bale grijnsde. Hij lag in het zand in een holte die hij zelf had gegraven, op een heuveltje, ongeveer vijftien meter boven de open plek. De holte werd aan het zicht van vervelende kinderen onttrokken door een doornstruik, en Bale lag onder een camouflagenet waar varens, twijgjes en andere dunne takken doorheen waren geweven.

Hij verstelde de elektronische zoomlens van zijn verrekijker en richtte die op Sabirs gezicht. De man was verstijfd van angst. Mooi zo. Als Sabir dit zou overleven, zou zijn angst Bale goed van pas komen bij zijn zoektocht naar het manuscript. Hij kon er gebruik van maken. Zo'n man kon je manipuleren.

Het meisje was een problematischer geval. Ze kwam uit een gesloten gemeenschap met eigen zeden en gebruiken. Net als haar broer. Er zouden beperkingen zijn. Grenzen die ze niet zou overschrijden. Ze zou liever sterven dan hem bepaalde dingen te vertellen, omdat ze die belangrijker vond dan haar leven. Hij zou haar op een andere manier moeten benaderen. Via haar maagdelijkheid. Via haar verlangen moeder te worden. Bale wist dat bij de Manouche-zigeuners een vrouw volledig werd gedefinieerd door haar vermogen kinderen te krijgen. Als je haar dat ontneemt, had ze geen kern meer. Geen betekenis. Dat zou hij in zijn achterhoofd houden.

Nu liep de neef van het meisje met het mes in zijn hand weg bij Sabir. Bale stelde de kijker opnieuw in. Geen werpmes. Dat zag er slecht uit. De kracht waarmee hij moest gooien zou moeilijk in te schatten zijn. Geen balans. Te veel afwijking.

Tien meter. Vijftien. Bale trok een bedenkelijk gezicht. Vijftien meter. Krankzinnig ver weg. Zelfs voor hem zou het moeilijk zijn een doel te raken van zo'n afstand. Maar misschien was de zigeuner beter dan hij dacht. De man glimlachte alsof hij vertrouwen had in zijn kunnen.

Bale zwaaide de verrekijker terug naar Sabir. Nou, de Amerikaan deed zich voor de verandering in elk geval goed voor. Hij stond rechtop en met zijn gezicht naar de messenwerper. Het meisje keek van opzij naar hem. Iedereen keek naar hem.

Bale zag de zigeuner zijn hand naar achteren brengen om te gaan gooien. Het was een zwaar mes. Er was kracht voor nodig om het die afstand te laten afleggen.

Alexi slingerde zijn lichaam naar voren en wierp het mes in een lange, sierlijke boog naar Sabir. De toeschouwers hapten collectief naar adem. Bale was zo geconcentreerd dat zijn tong tussen zijn tanden door naar buiten schoot.

Het mes raakte het bord vlak boven Sabirs hand. Had het Sabir geraakt? Het lemmet was gebogen. Het kon niet veel hebben gescheeld.

De bulibasha en een paar van zijn gunstelingen liepen in een kalm tempo naar het bord om de positie van het mes te bestuderen. Alle zigeuners keken gespannen naar de bulibasha. Zouden ze Sabir meteen doden? Bij wijze van gemeenschappelijk tijdverdrijf?

De bulibasha trok het mes uit het hout. Hij zwaaide het driemaal rond boven zijn hoofd en sneed er toen het leren koordje om Sabirs pols mee los. Daarna gooide hij het met een laatdunkend gebaar weg.

'O, wat een geluksvogel,' zei Bale zachtjes. 'Wat een enorme geluksvogel.'

25

'De politie houdt je in de gaten.'
  Sabir tilde zijn hoofd op van het kussen. Het was Alexi. Maar als Sabir verwachtte dat hij iets zou zeggen over de gebeurtenissen van die ochtend of zich er zelfs voor zou verontschuldigen, kon hij lang wachten, dat was wel duidelijk.
  'Hoe bedoel je, ze houden me in de gaten?'
  'Kom mee.'
  Sabir kwam overeind en liep achter Alexi aan de woonwagen uit. Buiten stonden twee kinderen te wachten, een jongen en een meisje, hun gezicht strak van onderdrukte opwinding.
  'Dit zijn je neefje en je nichtje, Bera en Koiné. Ze willen je iets laten zien.'
  'Mijn neefje en nichtje?'
  'Je bent nu onze broer. En dit zijn je neefje en nichtje.'
  Sabir vroeg zich even af of Alexi hem voor de gek hield. Tegen de tijd dat hij alles op een rijtje had en besefte dat het niet sarcastisch bedoeld was, was het te laat om zijn nieuwe familie de hand te schudden, want de kinderen waren verdwenen.
  Alexi was al op weg naar de rand van het kamp. Sabir haastte zich achter hem aan.
  'Hoe weet je dat het de politie is?'
  'Wie zou je anders bespieden?'
  'Wie denk je?'
  Alexi bleef plotseling staan. Sabir zag hoe de uitdrukking op zijn gezicht langzaam veranderde.
  'Hoor eens, Alexi. Waarom zou de politie de moeite nemen me te blijven schaduwen? Als ze wisten dat ik hier was, zouden ze me gewoon oppakken. Vergeet niet dat ik verdachte ben in een moordzaak. Ik kan me niet voorstellen dat de Sûreté de kat uit de boom blijft kijken.'

Ze kwamen bij de heuvelrug achter het kamp. De kinderen wezen naar een doornstruik.

Alexi bukte zich en wurmde zich onder de struik door. 'Kun je me nog zien?'

'Nee.'

'Probeer jij het ook eens.'

Alexi maakte ruimte voor Sabir, die zich behoedzaam onder de doornen liet zakken. Hij vond meteen een holte waardoor hij gemakkelijk onder de struik door kon glippen en met zijn hoofd naar voren aan de andere kant uitkwam.

Sabir zag onmiddellijk wat Alexi bedoelde. Hij kon het hele kamp overzien, maar het was vrijwel uitgesloten dat iemand hém vanuit het kamp in het oog zou krijgen. Onhandig kroop hij achteruit weer de schuilplaats uit.

'De kinderen. Ze speelden *panschbara*. Daarbij teken je met een stok een raster in het zand en dan gooi je daar een fietsketting in. Bera gooide de ketting te ver. Toen hij op zijn knieën ging liggen om hem te zoeken, vond hij deze plek. Je kunt zien dat hij pas gebruikt is: geen grassprietje te bekennen.'

'Snap je nu waarom ik niet geloof dat het de politie is?' Sabir merkte dat hij probeerde zich een oordeel over Alexi te vormen. Hij wilde zijn intelligentie peilen, inschatten of hij in de toekomst iets aan hem zou hebben.

Alexi knikte. 'Ja. Waarom zouden ze wachten? Je hebt gelijk. Ze willen je veel te graag inrekenen.'

'Ik moet met Yola praten. Ik denk dat ze iets uit te leggen heeft.'

26

'Babel was verslaafd. Aan crack. Een paar Parijse vrienden van hem vonden het wel amusant om een zigeuner verslaafd te maken. Wij zigeuners gebruiken zelden drugs. Wij hebben andere slechte gewoontes.'
'Ik zie niet wat dat te maken heeft met...'
Yola legde haar vuist tegen haar borst. 'Luister naar me. Babel kaartte ook. Poker. Om grote bedragen. Zigeuners zijn gek op kaartspelletjes. Hij kon het niet laten. Als hij ook maar een beetje geld had, ging hij rechtstreeks naar Clignancourt om het te vergokken bij de Arabieren. Ik weet niet hoeveel hij kwijt is geraakt. Maar hij zag er niet goed uit, de laatste weken. We waren er bijna zeker van dat hij in de gevangenis terecht zou komen of in elkaar geslagen zou worden. Toen we hoorden dat hij dood was, leek het voor de hand te liggen dat dat door het gokken kwam. Dat hij schulden had en dat de *Maghrébins* te ver waren gegaan in hun afstraffing. Toen hoorden we over jou.' Ze ontspande haar vuist en draaide haar handpalm naar boven.
'Had hij echt iets te verkopen? Toen hij die advertentie zette?'
Yola beet op haar lip. Sabir kon zien dat ze met een probleem worstelde dat alleen zij kon oplossen.
'Ik ben nu je broer. Dat hebben ze me tenminste verteld. Dat betekent dat ik van nu af aan in jouw belang zal handelen. Het betekent ook dat ik beloof geen misbruik te maken van wat je me vertelt.'
Yola beantwoordde zijn blik. Maar haar ogen schoten nerveus heen en weer over zijn gezicht en bleven niet op één plek gericht.
Plotseling besefte Sabir wat het verraad en de dood van haar broer werkelijk voor haar betekenden. Buiten haar schuld zat Yola nu gevangen in een relatie met een volslagen vreemde, een relatie die was geformaliseerd door de wetten en gebruiken van haar volk, zodat ze er niet gemakkelijk naar eigen goeddunken een eind aan kon maken. Stel je voor dat die nieuwe broer van haar een schurk was. Of een seksmaniak. Iemand die haar

vertrouwen zou beschamen. Ze zou nauwelijks een beroep kunnen doen op enige vorm van onpartijdige gerechtigheid.
'Kom mee naar de woonwagen van mijn moeder. Alexi gaat met ons mee. Ik moet jullie een verhaal vertellen.'

27

Yola wees Sabir en Alexi dat ze op het bed moesten gaan zitten, boven haar. Zelf ging ze met opgetrokken benen op de grond zitten, met haar rug tegen een in vrolijke kleuren geverfde kist.
'Luister. Heel veel families geleden raakte een van mijn moeders bevriend met een burgermeisje uit het aangrenzende stadje. In die tijd woonden we in het zuiden, vlak bij Salon-de-Provence...'
'Eén van je moeders?'
'De moeder van haar moeders moeder, maar dan veel verder weg.'
Alexi keek met een frons naar Sabir, alsof hij een melkmeid moest uitleggen hoe ze moest melken.
'Hoe lang geleden was dat precies?'
'Dat zei ik al. Heel veel families.'
Sabir begon in hoog tempo te beseffen dat hij niets bereikte als hij zich te fantasieloos opstelde. Hij zou de rationele, betweterige kant van zijn karakter eenvoudig moeten onderdrukken en zich laten meevoeren. 'Het spijt me. Ga door.'
'Dat meisje heette Madeleine.'
'Madeleine?'
'Ja. Dit speelt in de tijd van de katholieke zuiveringen, toen de privileges die wij zigeuners altijd hadden gehad – het recht om ons vrijelijk te verplaatsen en de hulp van de *châtelain* – ons werden afgenomen.'
'Katholieke zuiveringen?' Sabir gaf zichzelf schertsend een mep tegen zijn slaap. 'Het spijt me, maar ik blijf hier moeite mee houden. Hebben we het over de Tweede Wereldoorlog? Of de Franse Revolutie? De katholieke inquisitie misschien? Of gebeurtenissen van iets recenter datum?'
'De inquisitie. Ja. Zo noemde mijn moeder het.'
'De inquisitie? Maar dat is vijfhonderd jaar geleden.'
'Vijfhonderd jaar geleden. Veel families. Ja.'

'Meen je dit serieus? Vertel je me een verhaal dat zich vijfhonderd jaar geleden afspeelt?'

'Wat is daar zo raar aan? Wij hebben veel verhalen. Zigeuners schrijven niets op, ze vertellen. En die verhalen worden van generatie op generatie doorgegeven. Mijn moeder heeft het mij verteld, zoals haar moeder het haar heeft verteld en zoals ik het mijn dochter zal vertellen. Want dit is een vrouwenverhaal. Ik vertel het je alleen omdat je mijn broer bent en omdat ik denk dat mijn broers dood het gevolg is van zijn nieuwsgierigheid naar deze zaak. Als zijn phral moet jij hem wreken.'

'Moet ík hem wreken?'

'Had je dat niet begrepen? Alexi en de andere mannen zullen je helpen. Maar jij moet de man vinden die je phral heeft vermoord en hem op jouw beurt vermoorden. Daarom vertel ik je ons geheim. Dat zou onze moeder hebben gewild.'

'Maar ik kan toch niet zomaar mensen gaan vermoorden?'

'Zelfs niet om mij te beschermen?'

'Ik snap het niet. Het gaat allemaal te snel.'

'Ik heb iets wat die man wil hebben. De man die Babel heeft vermoord. En nu weet hij dat ik het heb, want jij hebt hem hierheen geleid. Alexi heeft me verteld over de schuilplaats op de heuvel. Zolang ik hier ben, in het kamp, ben ik veilig. De mannen beschermen me. Ze staan op de uitkijk. Maar op een dag zal hij langs hen glippen en me te pakken nemen. Dan zal hij met mij doen wat hij met Babel probeerde te doen. Jij bent mijn broer. Je moet hem tegenhouden.'

Alexi knikte, alsof alles wat Yola zei volstrekt logisch was, een volkomen rationele redenering.

'Maar wat is het dan? Wat heb jij dat die man wil hebben?'

Zonder antwoord te geven liet Yola zich naar voren op haar knieën zakken. Ze trok een laatje open dat onder het bed verborgen zat en haalde er een brede rode leren ceintuur uit. Met de bedrevenheid van een naaister begon ze met een zakmesje de steekjes van de ceintuur los te tornen.

28

Sabir had het manuscript op zijn knie. 'Is dit het?'
'Ja. Dat is wat Madeleine een van mijn moeders heeft gegeven.'
'Weet je zeker dat dat meisje Madeleine heette?'
'Ja. Ze zei dat haar vader haar had gevraagd het aan de vrouw van de zigeunerhoofdman te geven. Als de papieren in verkeerde handen vielen, zou dat de ondergang van ons volk kunnen betekenen, zei ze. Maar we mochten de papieren niet vernietigen. We moesten ze verbergen, want ze waren onderworpen aan de wil van God en er stonden nog andere geheimen in, die op een dag ook belangrijk konden worden. Haar vader had dit en nog wat andere papieren bij testament aan haar vermaakt. In een verzegelde kist.'
'Maar dit *is* het testament. Dit is een exemplaar van het testament van Michel Nostradamus. Kijk maar. Het is gedateerd op 17 juni 1566. Vijftien dagen voor zijn dood. En er is een codicil bij van 30 juni, maar twee dagen voor hij stierf. Yola, weet je wie Nostradamus was?'
'Ja, een profeet.'
'Nee. Niet echt een profeet. Nostradamus zou die benaming van de hand hebben gewezen. Hij was eerder een waarzegger. Een ziener. Een man die soms – en alleen met Gods goedvinden, natuurlijk – in de toekomst kon kijken en toekomstige gebeurtenissen kon voorspellen. De beroemdste en succesvolste ziener uit de geschiedenis. Ik heb hem jarenlang bestudeerd. Daarom heb ik me laten verleiden door de advertentie van je broer.'
'Dan zul jij me wel kunnen vertellen waarom die man wil bemachtigen wat je daar in je hand hebt. Wat voor geheimen dat document bevat. Waarom hij bereid is er een moord voor te plegen. Want ik begrijp er niets van.'
Sabir hief zijn handen in een gebaar van verbazing. 'Ik geloof niet dat het geheimen bevat. De tekst is allang algemeen bekend; je kunt hem

zelfs op internet vinden, verdorie. Ik weet dat er minstens twee andere originele exemplaren in handen van particulieren zijn. Ze zijn wel iets waard, natuurlijk, maar nauwelijks genoeg om een moord voor te plegen. Het is gewoon een testament, verder niets.' Hij fronste zijn voorhoofd. 'Maar er staat wel iets in wat verband houdt met wat je me net hebt verteld. Nostradamus had inderdaad een dochter die Madeleine heette. Ze was vijftien toen hij stierf. Luister hier eens naar. Het is een deel van het codicil. Dat is een document dat is opgesteld nadat het eigenlijke testament is geschreven en in aanwezigheid van een getuige is getekend, maar het is net zo bindend voor de erfgenamen.

"Et aussy a légué et lègue à Damoyselle Magdeleine de Nostradamus sa fille légitime et naturelle, outre ce que luy a esté légué par sondt testament, savoir est deux coffres de bois noyer estant dans Vestude dudt codicillant, ensemble les habillements, bagues, et joyaux que lade Damoyselle Magdeleine aura dans lesdts coffres, sans que nul puisse voir ny regarder ce que sera dans yceux; ains dudt légat l'en a fait maistresse incontinent après le décès dudt collicitant; lequel légat lade Damoyselle pourra prendre de son autorité, sans qu'elle soit tenue de les prendre par main d'autruy ny consentement d'aucuns..."

En verder heeft hij vermaakt en vermaakt hij aan mademoiselle Madeleine Nostradamus, zijn wettige en natuurlijke dochter, naast dat wat hij haar in zijn testament heeft vermaakt, twee kisten van walnotenhout die zich in de studeerkamer van de testateur bevinden, samen met de kleding, ringen en juwelen die de genoemde mademoiselle Madeleine in de kisten zal vinden, onder de bepaling dat niemand behalve zij de voorwerpen mag bekijken of zien die zich in de kisten bevinden; aldus heeft ze door dit legaat het eigendom verkregen van de kisten en hun inhoud onmiddellijk na de dood van de legator; welk legaat mademoiselle voornoemd eigenmachtig in bezit kan nemen zonder dat iemand haar kan weerhouden of daarmee hoeft in te stemmen.'

'Ik snap het niet.'

'Het is eenvoudig. In zijn oorspronkelijke testament, waar dit is bijgevoegd, liet Nostradamus zijn oudste dochter Madeleine zeshonderd gouden *écus* na, die haar op haar trouwdag zouden worden uitbetaald, en Anne en Diane, zijn twee jongere dochters, vijfhonderd gouden *écus pistolets* elk, eveneens als bruidsschat. Maar twee dagen voor zijn dood veranderde hij plotseling van gedachten en besloot Madeleine een extraatje na te laten.' Sabir tikte op het document dat voor hem lag. 'Maar niemand anders mag zien wat hij haar nalaat, dus sluit hij het weg in twee kisten, zoals hier staat. Om alle jaloerse argwaan dat hij haar meer geld nalaat de kop in te drukken, stelt hij een lijst op van wat ze in de kisten zal kunnen vinden. Juwelen, kleding, ringen en noem maar op. Maar dat is eigenlijk helemaal niet logisch. Als hij haar erfstukken uit de familie nalaat, waarom zou hij die dan verbergen? Ze is zijn oudste dochter, dus volgens de middeleeuwse gebruiken heeft ze er gewoon recht op. En als ze van zijn moeder zijn geweest, zou iedereen die voorwerpen toch al kennen? Nee. Hij laat haar iets anders na. Iets geheims.' Sabir schudde zijn hoofd. 'Je hebt me niet alles verteld, hè? Je broer snapte genoeg van wat Nostradamus jullie voorouders indirect had nagelaten om de woorden "verdwenen verzen" te gebruiken in zijn advertentie. "Allemaal zwart op wit". Dat waren zijn woorden. Waar staan ze dan zwart op wit?'

'Mijn broer was een dwaas. Het doet me verdriet het te moeten zeggen, maar hij was niet bij zijn volle verstand. Door de drugs was hij veranderd.'

'Yola, je houdt iets voor me achter.'

Alexi strekte zich naar haar uit en prikte naar haar met zijn vinger. 'Kom op. Je moet het hem vertellen, *luludji*. Hij is nu het hoofd van onze familie. Je bent hem iets schuldig. Vergeet niet wat de bulibasha heeft gezegd.'

Sabir voelde dat Yola het nog steeds niet kon opbrengen hem te vertrouwen. 'Zou het helpen als ik mezelf aangaf bij de politie? Als ik het goed speel, kan ik ze er misschien zelfs toe bewegen hun aandacht te verleggen van mij naar de man die je broer werkelijk heeft vermoord. Dan zou jij veilig zijn.'

Yola deed alsof ze op de grond spoog. 'Denk je echt dat ze dat zouden doen? Als ze jou eenmaal in handen hebben, laten ze je je eigen graf graven met de sleutel van je cel, en daarna schijten ze in de kuil. Als jij jezelf aangeeft, kijken ze niet meer naar ons om, want dat zouden ze nu ook al het liefst niet doen. Babel was een zigeuner. De payos geven niets om zigeuners. Dat hebben ze nooit gedaan. Kijk maar wat ze met ons hebben gedaan in de Duitse oorlog. Al voordat die begon, zetten ze ons haastig gevangen. In Montreuil en Bellay. Als vee. Daarna stonden ze de Duitsers toe een op de drie van onze mensen in Frankrijk uit te roeien. Eén waanzinnige krijgt veel waanzinnige volgelingen, en veel waanzinnigen zorgen voor waanzin. Dat zeggen wij altijd.' Ze sloeg boven haar hoofd haar handen ineen. 'Er is geen enkele nog levende zigeuner – niet onder de Manouches, Roma, Gitanos, Piemontesi, Sinti of Kalderari – van wie de familie niet gedeeltelijk is uitgemoord. Toen mijn moeder jong was,

was elke zigeuner van dertien jaar en ouder verplicht een *carnet anthropométrique d'identité* bij zich te dragen. En weet je wat er in dat boekje stond? Lengte, omvang, huidskleur, leeftijd, en de lengte van de neus en het rechteroor. Ze behandelden ons als beesten, die een brandmerk kregen, geregistreerd werden en naar de slacht werden gebracht. Twee foto's. De afdrukken van vijf verschillende vingers. En dat moest allemaal gecontroleerd worden als we in een gemeente aankwamen of die verlieten. Ze noemden ons Bohémiens en Romanichels, namen die we beledigend vonden. Dat heeft tot 1969 geduurd. Vraag je je dan nog af hoe het komt dat driekwart van ons net als mijn broer niet kan lezen of schrijven?'

Sabir had het gevoel dat hij onder de voet was gelopen door een kudde op hol geslagen buffels. De verbittering in Yola's stem was onaangenaam rauw, schokkend echt. 'Maar jij wel. Jij kunt lezen. En Alexi.'

Alexi schudde zijn hoofd. 'Ik ben van school gegaan toen ik zes was. Ik vond het er niet leuk. Wie wil er nou lezen? Ik kan toch praten?'

Yola stond op. 'Zei je dat die twee kisten van walnotenhout waren?'

'Ja.'

'En dat je nu mijn phral bent? Dat je bereid bent die verantwoordelijkheid op je te nemen?'

'Ja.'

Ze wees naar de kleurig geverfde kist achter zich. 'Nou, dit is een van de kisten. Laat het maar zien.'

29

'Het is inderdaad de auto.' Hoofdinspecteur Calque liet het zeildoek weer over de nummerplaat vallen.
'Zullen we hem maar in beslag nemen?' Macron schoof zijn mobieltje al open.
Calque kromp ineen. 'Macron, Macron, Macron. Bekijk het eens van deze kant: ofwel de zigeuners hebben Sabir gedood, en dan zwerven er intussen waarschijnlijk lichaamsdelen van hem door zeven *départements*, langzaam wegrottend te midden van de plaatselijke flora en fauna. Of, wat waarschijnlijker is, hij heeft ze weten te overtuigen van zijn onschuld en daarom verbergen ze zijn auto voor hem en hebben ze die nog niet overgespoten en aan de Russen verkocht. Aangezien het bespioneren van het kamp geen werkbare optie lijkt te zijn, zouden we er misschien beter aan doen de auto in de gaten te houden en af te wachten tot hij hem komt halen, denk je niet? Of vind je nog steeds dat we onze slopers moeten bellen, zodat ze hierheen kunnen komen met hun lieren, hun sirenes en hun megafoons om hem in beslag te nemen?'
'Nee, meneer.'
'Vertel eens, jongen, uit welk deel van Marseille kom je?'
Macron zuchtte. 'La Canebière.'
'Ik dacht dat dat een straat was.'
'Het is een straat, meneer. Maar ook een buurt.'
'Wil je ernaar terug?'
'Nee, meneer.'
'Zorg dan dat je Parijs aan de lijn krijgt en bestel een peilzendertje. Als je het hebt, verberg het dan ergens in de auto. En test het van een afstand van vijfhonderd meter, een kilometer en anderhalve kilometer. En Macron?'
'Ja, meneer?'
Calque schudde zijn hoofd. 'Laat maar.'

30

Achor Bale verveelde zich onmiskenbaar al tijden te pletter. Hij had genoeg van het loeren en bespieden, van in bosjes liggen en onder doornstruiken schuilen. Een paar dagen lang was het vermakelijk geweest om het dagelijkse leven van de zigeuners gade te slaan. De stompzinnigheid te analyseren van een gemeenschap die had geweigerd gelijke tred te houden met de rest van de eenentwintigste-eeuwse wereld. Het absurde gedrag te bezien van deze wezens, die als mieren door elkaar krioelden en ruzie maakten, logen en bedrogen, vrijden, schreeuwden, zwendelden en elkaar benadeelden in een vergeefse poging compensatie te vinden voor de waardeloze kaarten die de samenleving hun had toebedeeld.

Wat verwachtten die idioten dan, als de katholieke Kerk hun nog steeds de schuld gaf van het smeden van de spijkers die door de handen en voeten van Jezus waren geslagen? Volgens Bales interpretatie van het verhaal hadden twee smeden voorafgaand aan de kruisiging geweigerd het vuile werk voor de Romeinen op te knappen, wat hun het leven had gekost. De derde smid die de Romeinen benaderden, was een zigeuner. Die zigeuner had net drie grote spijkers gesmeed. 'Hier heb je twintig denarius,' hadden de dronken legionairs tegen hem gezegd. 'Vijf per stuk voor de eerste drie en vijf voor de vierde, die je voor ons gaat maken terwijl we erop wachten.'

De zigeuner stemde ermee in het werk af te maken terwijl de legionairs nog een paar bekers wijn namen. Maar op het moment dat hij de vierde spijker begon te smeden, verschenen de geesten van de twee vermoorde smeden op de open plek en ze waarschuwden hem onder geen beding iets voor de Romeinen te doen, omdat die van plan waren een rechtvaardig man te kruisigen. De soldaten schrokken vreselijk van de geestverschijningen en namen de benen zonder op hun vierde spijker te wachten.

Maar daarmee was het verhaal niet afgelopen. Want de zigeuner was een nijver man, en aangezien hij al goed betaald was voor zijn werk begon hij opnieuw, zonder zich iets aan te trekken van de waarschuwing van de twee dode smeden. Toen hij klaar was met de vierde spijker en die nog roodgloeiend was, dompelde hij hem onder in een bak verkoelend water. Maar hoe vaak hij dat ook deed of van hoe diep hij het water ook ophaalde, de spijker wilde maar niet afkoelen en bleef roodgloeiend. Ontzet over de gevolgen van wat hij had gedaan, zocht hij zijn spullen bij elkaar en ging ervandoor.

Drie dagen en drie nachten bleef hij op de vlucht, totdat hij in een witgepleisterde stad aankwam waar niemand hem kende. Daar ging hij aan het werk voor een rijk man. Maar de eerste keer dat zijn hamer het ijzer raakte, ontsnapte hem een ijzingwekkende kreet. Want daar, op het aambeeld, lag de gloeiend hete spijker, de ontbrekende vierde spijker voor de kruisiging van Christus. En elke keer als hij aan het werk ging – op een andere manier of op een andere plek – gebeurde hetzelfde, totdat hij nergens ter wereld meer veilig was voor het beschuldigende visioen van de roodgloeiende spijker.

En dat verklaarde, volgens de overlevering van de zigeuners althans, waarom ze gedoemd waren voorgoed over de wereld te zwerven, op zoek naar een veilige plek om hun smidsen te stoken.

'Idioten,' zei Bale zachtjes. 'Ze hadden de Romeinen moeten vermoorden en de schuld op de families van de dode smeden moeten schuiven.'

Hij had de twee mannen die het kamp bewaakten al ontdekt. Een van hen zat onderuitgezakt onder een boom te roken en de ander was in slaap gesukkeld. Wat bezielde die mensen? Hij zou ze wakker moeten schudden. Als hij Sabir en het meisje eenmaal de weg op had gejaagd, zouden ze een veel gemakkelijker doelwit zijn.

Bale glimlachte bij zichzelf en ritste het platte leren foedraal open dat hij steeds in de speciale zak van zijn Barbour-waxcoat had gehad en tilde er voorzichtig de Ruger Redhawk uit. De revolver was van geborsteld roestvrij staal en had een kolf bekleed met palissanderhout. Het wapen had een 7,5 inch-loop, een cilinder voor zes Magnum-patronen en een telescoopvizier dat op 25 meter was ingesteld. Met zijn ruim dertig centimeter lengte was het Bales favoriete jachtwapen, en het had genoeg kracht om er een eland mee neer te leggen. Op de schietbaan in Parijs had hij onlangs vanaf dertig meter een consistente reeks van treffers binnen de 7,5 centimeter gehaald. Nu hij een echte prooi had om op te schieten, vroeg hij zich af of het mogelijk was diezelfde precisie te halen.

Zijn eerste kogel sloeg vijf centimeter voor de hak van de slapende zigeuner in. De man schrok wakker en even nam zijn lichaam de vorm aan van een tekendriehoek. Bale richtte zijn tweede schot precies op de plek waar het hoofd van de man twee seconden eerder nog had gelegen.

Toen verlegde hij zijn aandacht naar de tweede zigeuner. De eerste kogel raakte de sigarettenkoker van de man en de tweede een tak vlak boven zijn hoofd.

Intussen renden de twee mannen schreeuwend terug naar het kamp. Bale miste de televisieantenne met zijn eerste kogel maar brak hem met de tweede doormidden. Onder het schieten hield hij ook een oogje op de deur van de woonwagen waardoor Sabir, het meisje en de messenwerper een minuut of twintig eerder waren verdwenen. Er kwam niemand tevoorschijn.

'Tot zover dan. Eén magazijn maar, vandaag.'

Bale herlaadde de Ruger en borg die weer in zijn foedraal, dat hij terug liet glijden in de diepe zak die achter in zijn jas was genaaid.

Toen liep hij de heuvel af naar zijn auto.

31

'Komt er een auto aan?' Alexi hield zijn hoofd schuin. 'Of niesde de duivel?' Hij stond met een verbaasd gezicht op en maakte aanstalten naar buiten te gaan.

'Nee. Wacht.' Sabir stak waarschuwend zijn hand op.

Er klonk een tweede harde knal vanaf de andere kant van het kamp. Daarna een derde. En een vierde.

'Yola, ga op de grond liggen. Jij ook, Alexi. Dat zijn schoten.' Hij fronste terwijl hij ingespannen naar de echo luisterde. 'Van deze afstand klinkt het als een jachtgeweer. Dat betekent dat een afgedwaalde kogel makkelijk door deze muren kan komen.'

Een vijfde schot ketste af tegen het dak van de woonwagen.

Sabir kroop naar het raam. In het kamp renden mensen gillend alle kanten op of riepen om hun naasten.

Er weerklonk een zesde schot, en er viel iets met een dreun op het dak, waarna het met veel lawaai langs de zijkant van de wagen naar beneden tuimelde.

'Dat was de televisieantenne. Ik denk dat de schutter gevoel voor humor heeft. Hij schiet in elk geval niet om te doden.'

'Adam, ga alsjeblieft op de grond liggen.' Het was de eerste keer dat Yola zijn naam gebruikte.

Sabir glimlachte naar haar. 'Niks aan de hand. Hij probeert alleen ons uit te roken. Zolang we binnen blijven, zijn we veilig. Ik verwachtte al dat er zoiets zou gebeuren sinds Alexi me zijn schuilplaats heeft laten zien. Nu hij ons niet meer kan bespioneren is het logisch dat hij ons naar buiten wil jagen, waar hij ons gemakkelijk in de gaten kan houden. Maar we gaan pas als we er klaar voor zijn.'

'Gaan? Waarom zouden we gaan?'

'Omdat hij anders vroeg of laat iemand vermoordt.' Sabir trok de kist naar zich toe. 'Denk maar aan wat hij met Babel heeft gedaan. Deze man heeft geen moraal. Hij is uit op wat hij denkt dat er in deze kist zit. Als hij ontdekt dat we niets hebben, zal hij zeer boos worden. Sterker nog, ik denk niet dat hij ons zou geloven.'

'Hoe komt het dat je niet bang was toen hij begon te schieten?'

'Ik heb vijf jaar als vrijwilliger bij het 182ste infanterieregiment van de National Guard van Massachusetts gezeten.' Sabir zette een boers Amerikaans accent op. 'Ma'am, tot mijn trots kan ik u vertellen dat het 182ste voor het eerst zo'n zeventig jaar na de dood van Nostradamus bijeen is gekomen. Ik ben zelf een eenvoudige jongen, geboren en getogen in Stockbridge, Massachusetts.'

Yola keek verbijsterd, alsof Sabirs plotselinge luchtigheid wees op een onverwachte kant van zijn karakter die geheel nieuw voor haar was. 'Was je militair?'

'Nee. Reservist. Ik ben nooit in actieve dienst geweest. Maar we trainden tamelijk hard en tamelijk realistisch. En ik heb mijn hele leven gejaagd en wapens gebruikt.'

'Ik ga naar buiten om te zien wat er gebeurd is.'

'Ja. Ik denk dat het nu wel veilig is. Ik blijf hier om nog eens naar die kist te kijken. De andere heb je zeker niet?'

'Nee. Alleen deze. Iemand heeft hem overgeschilderd omdat hij hem te saai vond.'

'Dat vermoedde ik al.' Sabir begon van de buitenkant tegen de kist te kloppen. 'Heb je wel eens gecontroleerd of hij een valse bodem of een geheim vakje heeft?'

'Een valse bodem?'

'Nee dus. Dat dacht ik al.'

32

'Ik krijg twee signalen.'
'Wat krijg je?'
'Twee aparte signalen van het peilzendertje. Alsof ik een schaduw op het scherm zie.'
'Heb je het niet getest, zoals ik je had gezegd?'
Macron slikte hoorbaar. Calque vond hem toch al een idioot. Nu zou hij daar helemaal niet meer aan twijfelen. 'Jawel. En in de test werkte het prima. Ik heb het zelfs over een afstand van twee kilometer geprobeerd, en het signaal was glashelder. We raken het gps-signaal natuurlijk kwijt als hij een tunnel in rijdt of in een ondergrondse garage parkeert, maar dat is de prijs die we betalen voor een directe positiebepaling.'
'Waar heb je het over, Macron?'
'Ik bedoel dat het ons misschien even tijd kost het contact te herstellen als we hem kwijtraken.'
Calque klikte zijn veiligheidsriem los en bewoog zijn schouders, alsof hij van een zware last werd bevrijd naarmate ze verder van Parijs weg reden.
'Die zou u eigenlijk om moeten houden, meneer. Als we een ongeluk krijgen, werkt de airbag niet goed op deze manier.' Op het moment dat hij dit had gezegd, besefte Macron dat hij opnieuw een onnodige vergissing had begaan in de schier oneindige reeks onnodige vergissingen die zijn steeds verder verslechterende relatie met zijn baas kenmerkte.
Deze ene keer liet Calque echter de gelegenheid voorbijgaan om hem een scherpe reprimande te geven. In plaats daarvan stak hij speculatief zijn kin in de lucht en staarde uit het raam, Macrons blunder volledig negerend. 'Is het al eens bij je opgekomen, Macron, dat er misschien twee peilzendertjes zijn?'
'Twee, meneer? Ik heb er maar één geplaatst.' Macron was net aan het fantaseren geslagen over het gelukkige leventje dat hij had kunnen leiden

als hij als hulpje in de bakkerij van zijn vader in Marseille was gaan werken, in plaats van als duvelstoejager voor een humeurige hoofdinspecteur die op het punt stond met pensioen te gaan.

'Ik heb het over die vriend van jou. Die graag een telefoontje pleegt.'

Macron herzag onmiddellijk wat hij had willen zeggen. Niemand kon hem ervan beschuldigen dat hij niet snel leerde. 'Dan krijgt hij ook een echo, meneer. Hij zal begrijpen dat wij een zendertje hebben geplaatst en met hetzelfde bezig zijn als hij.'

'Mijn complimenten, jongen. Goed gezien.' Calque zuchtte. 'Maar ik vermoed dat hij zich daar niet al te druk over maakt. Wij daarentegen moeten ons er wel druk over maken. Er begint zich langzamerhand een beeld te vormen dat niet erg gunstig is. Ik kan natuurlijk niets bewijzen. Sterker nog, ik weet niet eens of die man zonder oogwit echt bestaat of dat we achter een geest aan jagen en ons eigenlijk op Sabir zouden moeten concentreren. Maar we moeten van nu af aan wel voorzichtiger worden.'

'Een geest, meneer?'

'Bij wijze van spreken.'

33

'Waar gaan we heen?'

'Naar de plaats die op de bodem van de kist wordt genoemd.'

Alexi boog zich op de achterbank naar voren en gaf Sabir een klap op de schouder. 'Daar heeft ze niet van terug. Hè, luludji? Hoe denk je nu over je phral? Zou hij je veel geld nalaten als die gek hem vermoordt? Heb je veel geld, Adam?'

'Niet bij me.'

'Maar heb je geld? In Amerika misschien? Kun je een groene kaart voor ons regelen?'

'Nee, maar wel een blauw oog.'

'Hé, hoor je dat? Dat is lachen. Ik vraag hem om een groene kaart en hij biedt me een blauw oog aan. Die jongen moet een Berber zijn.'

'Worden we gevolgd?'

'Nee. Nee. Ik heb opgelet. En ik blijf opletten. Er zit niemand achter ons.'

'Dat snap ik niet.'

'Misschien heeft hij de auto niet gevonden. De jongens hadden hem goed verstopt. Dat heb je aan mij te danken, gadje. Ze wilden hem uit elkaar halen en de onderdelen verpatsen, maar ik heb ze gezegd dat je ze zou betalen om erop te passen.'

'Betalen?'

'Ja. Je moet hun ook iets nalaten als je doodgaat.' Plotseling richtte Alexi zich op. 'Hé, gadje. Stop eens achter die auto. Die daar op dat pad geparkeerd staat.'

'Waarom?'

'Doe het nou maar.'

Sabir stuurde de Audi over de harde berm heen het pad op.

Alexi stapte uit en liep verkennend rond. Hij hield zijn hoofd schuin. 'Oké. Er is niemand. Ze zijn gaan wandelen.'

'Je gaat hem toch niet stelen?'
Alexi trok een lelijk gezicht. Hij ging op zijn hurken zitten en begon de nummerplaat van de auto los te schroeven.

'Hij is blijven staan.'
'Niet stoppen. Gewoon doorrijden. Langs hem heen. Maar als je nog een auto ziet staan, onthou dan het type en kenteken. Dan roepen we versterking op.'
'Waarom pakt u Sabir niet gewoon op?'
'Omdat die zigeuners niet dom zijn, wat jij ook van ze mag denken. Er moet een reden voor zijn dat ze Sabir niet hebben gedood.' Calque wierp een blik het zijpad in. 'Zag jij wat hij daar aan het doen is?'
'Ze. Ze waren met z'n drieën.' Macron schraapte onzeker zijn keel. 'Als ik hen was, zou ik de nummerplaten verwisselen. Voor het geval dat.'
Calque glimlachte. 'Macron, je blijft me verbazen.'

'Wat hoop je daarmee te bereiken? Als ze bij hun auto terugkomen, zien ze onmiddellijk dat je de nummerplaten hebt verwisseld.'
'Nee.' Alexi glimlachte. 'De mensen kijken niet. Ze zien niets. Het zal dagen duren voordat hij iets in de gaten krijgt. Waarschijnlijk heeft hij het pas door nadat de politie hem zwaaiend met machinegeweren heeft aangehouden... of als hij niet meer weet waar zijn auto staat op het parkeerterrein van de supermarkt.'
Sabir haalde zijn schouders op. 'Je klinkt alsof je zoiets vaker hebt gedaan.'
'Hoe bedoel je? Ik leef als een heilige.'
Yola liet voor het eerst van zich horen. 'Ik kan me voorstellen dat mijn broer van het document wist. Mijn moeder was gek op hem. Ze vertelde hem alles. Gaf hem alles. Maar hoe wist mijn broer wat er op de bodem van de kist stond? Hij kon niet lezen.'
'Dan heeft hij iemand in het kamp gevonden die dat wel kon. Want hij gebruikte gedeeltelijk dezelfde bewoordingen in zijn advertentie.'
Yola keek naar Alexi. 'Wie kan dat geweest zijn?'
Alexi haalde zijn schouders op. 'Luca kan lezen. Hij zou alles voor Babel hebben gedaan. Of voor een handje euro's. Bovendien is hij geslepen. Het zou echt iets voor hem zijn om dit te hebben bedacht en Babel dan in zijn plaats te sturen.'
'Die Luca. Als ik merk dat hij dit heeft gedaan, beheks ik hem,' siste Yola.

'Beheksen?' Sabir wierp een snelle blik achterom naar Yola. 'Hoe bedoel je, beheksen?'

Alexi lachte. 'Dit meisje hier is hexi. Een heks. Haar moeder was een heks en haar grootmoeder ook. Daarom wil niemand met haar trouwen. Ze denken dat ze hen zal vergiftigen als ze haar slaan. Of hun het boze oog zal geven.'

'Daar zou ze dan groot gelijk in hebben.'

'Hoe bedoel je? Een man moet een vrouw soms slaan. Hoe kan hij haar anders onder de duim houden? Dan wordt ze net als die payo-vrouwen van jullie. Met kloten zo groot als handgranaten. Nee, Adam. Als Yola op wonderbaarlijke wijze ooit een echtgenoot vindt, moet je met hem praten. Hem vertellen hoe hij haar in de hand moet houden. Zorgen dat ze doorlopend zwanger is. Dat is het beste. Als ze kinderen heeft om voor te zorgen, kan ze niet op hem vitten.'

Yola duwde haar duimnagel tussen haar voortanden en liet hem naar buiten schieten, alsof er een stukje kraakbeen tussen was geraakt. 'En hoe zit het met jou, Alexi? Waarom ben jij nog niet getrouwd? Dat zal ik je vertellen. Omdat je penis in tweeën is gesplitst. De ene helft wijst naar het westen, naar de payos, en de andere helft ligt permanent in je hand.'

Sabir schudde verbaasd zijn hoofd. Alexi en Yola glimlachten alsof ze beiden plezier hadden in hun onderlinge geplaag. Sabir vermoedde eigenlijk dat het hun saamhorigheidsgevoel eerder versterkte dan schaadde. Plotseling was hij jaloers en zou hij zelf ook wel deel willen uitmaken van zo'n luchthartige gemeenschap. 'Als jullie klaar zijn met ruziën, zal ik jullie dan vertellen wat er op de bodem van de kist staat geschreven – of, liever gezegd, wat erin staat gebrand?'

Ze keerden zich naar hem toe alsof hij volkomen onverwacht had aangeboden hun een verhaaltje voor het slapengaan voor te lezen.

'Het is geschreven in middeleeuws Frans. Net als het testament. Het is een raadsel.'

'Een raadsel? Net zoals dit, bedoel je? "Ik heb een zus die jaagt zonder geweer en fluit zonder mond. Wie is ze?"'

Sabir begon gewend te raken aan de onverwachte zijsprongetjes van de zigeuners. In het begin had hij het storend gevonden als een logische gedachtegang plotseling werd onderbroken en had hij zijn best gedaan het gesprek weer in goede banen te leiden. Nu glimlachte hij en gaf zich eraan over. 'Oké, ik geef het op.'

Yola sloeg op de bank achter hem. 'De wind, idioot. Wat zou het anders kunnen zijn?' Zij en Alexi barstten in bulderend gelach uit.

Sabir glimlachte. 'Willen jullie nou nog horen wat ik heb gevonden? Dan zullen we zien of jullie net zo goed zijn in het oplossen van raadsels als in het opgeven ervan.'

'Ja. Vertel op.'

'Het oorspronkelijke Frans luidt als volgt:

> "*Hébergé par les trois mariés*
> *Celle d'Egypte la dernière fit*
> *La vierge noire au camaro duro*
> *Tient le secret de mes vers à ses pieds*"

Toen ik het voor het eerst las, dacht ik dat het het volgende betekende:

> "Geherbergd door de drie gehuwden
> Was de Egyptische vrouw de laatste
> De Zwarte Madonna op haar harde bed
> Heeft het geheim van mijn verzen aan haar voeten"'

'Maar daar is geen touw aan vast te knopen.'

'Nee, precies. En het is ook niet in Nostradamus' gebruikelijke stijl. Om te beginnen rijmt het al niet. Maar het is dan ook geen profetie. Het is duidelijk bedoeld als een aanwijzing of routekaart naar iets belangrijkers.'

'Wie zijn de drie gehuwden?'

'Ik heb geen flauw idee.'

'En hoe zit het met die Zwarte Madonna?'

'Dat is een stuk duidelijker. Naar mijn mening vormt die de sleutel. *Camaro duro* betekent namelijk niet echt "hard bed". Het is zo'n soort term waarvan je vermoedt dat die iets zal betekenen, maar die in werkelijkheid nietszeggend is. Ja, *cama* is bed in het Spaans en *duro* betekent hard. Maar de Zwarte Madonna was de aanwijzing die ik nodig had. Het is een anagram.'

'Een wat?'

'Een anagram. Dat betekent dat er in één of twee woorden een ander woord verscholen zit, dat van dezelfde letters kan worden gemaakt. In de woorden "camaro duro" is de naam van Rocamadour verstopt. Dat is een bekend pelgrimsoord in het dal van de Lot. Sommigen zeggen zelfs dat het het ware beginpunt is van de pelgrimage naar Santiago de Compostela. En er is daar een beroemde Zwarte Madonna. Al vele generaties lang gaan vrouwen ernaartoe om te bidden om vruchtbaarheid. Er wordt zelfs gezegd dat ze half man, half vrouw is, half Maria en half Roelant. Want het fallische zwaard Durendal van de paladijn Roelant bevindt zich tot op de dag van vandaag in een vulvavormige spleet hoog in de rots, vlak bij de kapel van de Madonna. Ze moet er zeker al zijn geweest in de tijd van Nostradamus. Sterker nog, volgens mij is ze daar al acht eeuwen.'

'Dus daar gaan we naartoe?'

Sabir keek naar zijn twee reisgenoten. 'Ik denk niet dat we veel te kiezen hebben.'

34

Yola zette twee bekertjes koffie in de houders en gaf het derde aan Sabir. 'Ze mogen je niet zien. Benzinestations hebben camera's. We kunnen beter niet meer op dit soort plekken stoppen.'

Sabir zag Alexi door de winkel naar de toiletten lopen. 'Waarom is hij mee, Yola?'

'Hij wil me ontvoeren. Maar hij durft niet. En nu is hij bang dat jij het gaat doen als hij niet in de buurt is. Daarom is hij mee.'

'Ik? Jou ontvoeren?'

Yola zuchtte. 'Bij de Manouches lopen een man en een vrouw samen weg als ze willen trouwen. Dat heet een "ontvoering". Als een man je "ontvoert", komt dat op hetzelfde neer als trouwen, omdat je dan niet meer – hoe moet ik dat zeggen – intact bent.'

'Dat meen je niet.'

'Waarom zou ik dat niet menen? Ik vertel je de waarheid.'

'Maar ik ben je broer.'

'Je bent toch geen bloedverwant, domoor.'

'Wat? Zou ik dan met je kunnen trouwen?'

'Met toestemming van de bulibasha, omdat mijn vader dood is. Maar als je dat deed, zou Alexi heel erg boos worden. En dan zou hij er misschien voor kiezen je deze keer wél te raken met een mes.'

'Hoe bedoel je "ervoor kiezen" me te raken? Hij heeft me finaal gemist.'

'Alleen omdat hij dat wilde. Alexi is de beste messenwerper van het kamp. Hij doet het in circussen en op kermissen. Dat weet iedereen. Daarom heeft de bulibasha de methode met het mes gekozen. Iedereen wist dat je volgens Alexi geen schuld had aan Babels dood. Anders zou hij je hand in tweeën hebben gespleten.'

'Bedoel je dat die hele toestand allemaal komedie was? Dat iedereen al die tijd wist dat Alexi mis zou gooien?'

'Ja.'

'En als hij me nou per ongeluk had geraakt?'
'Dan hadden we je moeten doden.'
'O, mooi is dat. En heel logisch. Ja, ik snap het nu volkomen.'
'Je moet niet boos zijn, Adam. Op deze manier word je door iedereen geaccepteerd. Als we het anders hadden gedaan, zou je later problemen hebben gekregen.'
'Nou, dat maakt het helemaal goed!'

Calque keek naar de twee door zijn verrekijker. 'Het meisje herken ik. Dat is Samana's zus. En Sabir natuurlijk. Maar wie is die donkere man die nu naar het pissoir is?'
'Het zal wel weer familie zijn. Die mensen komen om in de familie. Als je er één krabt, komen de familieleden als teken van hem af vallen.'
'Heb je iets tegen zigeuners, Macron?'
'Het zijn leeglopers. In het zuiden houdt niemand van zigeuners. Ze stelen, bedriegen en spannen anderen voor hun karretje.'
'*Putain*. Dat doen de meeste mensen op de een of andere manier.'
'Niet zoals zij. Ze verachten ons.'
'We hebben ze het leven niet gemakkelijk gemaakt.'
'Waarom zouden we ook?'
Calque knikte alsof hij het ermee eens was. 'Tja, waarom zouden we, inderdaad.' Hij zou Macron in het vervolg beter in de gaten moeten houden. Als iemand één uitgesproken vooroordeel had, was naar zijn ervaring de kans heel groot dat hij er in het geheim meer koesterde, die alleen in een crisis tot uiting kwamen. 'Ze gaan weer rijden. Kijk maar. Geef ze een halve minuut voorsprong en ga er dan achteraan.'
'Weet u zeker dat dit geoorloofd is, meneer? Ik bedoel, om een moordenaar zijn gang te laten gaan op de openbare weg? U hebt gezien wat hij met Samana heeft gedaan.'
'Ben je onze andere vriend nu alweer vergeten?'
'Natuurlijk niet. Maar het enige wat tegen hem pleit is uw intuïtie. Terwijl we Sabirs bloed op Samana's hand hebben gevonden. We weten dat hij op de plaats van de moord is geweest.'
'Nee, dat weten we niet. Maar we weten wel dat hij in de bar is geweest waar het bloedritueel heeft plaatsgevonden. En nu is Samana's zus, zo te zien uit vrije wil, met hem op reis. Denk je dat ze aan het stockholmsyndroom lijdt?'
'Het stockholmsyndroom?'

Calque fronste zijn wenkbrauwen. 'Soms vergeet ik hoe jong je bent, Macron. Die term is in 1973 voor het eerst gebruikt door een Zweedse criminoloog, Nils Bejerot, nadat een bankoverval aan het plein Norrmalmstorg in Stockholm uit de hand liep en er een aantal mensen werd gegijzeld. In de loop van zes dagen begonnen sommige gijzelaars meer sympathie voor de overvallers dan voor de politie te krijgen. Hetzelfde overkwam de erfgename van een krantenmagnaat, Patty Hearst.'

'Ah.'

'Denk je soms dat Sabir erin is geslaagd een heel zigeunerkamp te hypnotiseren en tot zijn gewillige handlangers te maken?'

Macron trok een bedenkelijk gezicht. 'Bij die lui verbaas ik me nergens over.'

35

'Denk je nog steeds dat je de situatie in je eentje aankunt?'
 Achor Bale kwam even in de verleiding de telefoon uit het autoraampje te gooien. In plaats daarvan glimlachte hij sarcastisch naar de vrouw in de auto die hem inhaalde, als reactie op haar afkeurende blik omdat hij een mobieltje gebruikte onder het rijden.
 'Natuurlijk, madame. Alles kits, om het maar eens populair te zeggen. Ik hou Sabir in de gaten. En ik weet in welke auto de politie hen volgt. Die arme sukkels hebben zelfs de nummerplaten verwisseld in een poging achtervolgers kwijt te raken.'
 De echtgenoot van de vrouw boog zich nu naar voren en gebaarde naar hem dat hij de telefoon moest neerleggen.
 Peugeot-rijders, dacht Bale. In Engeland zouden ze in een Rover rijden. In Amerika in een Chevrolet of Cadillac. Hij deed alsof hij afgeleid was en liet zijn auto een stukje naar de Peugeot kruipen.
 De ogen van de man werden groot en hij claxonneerde.
 Bale wierp een blik in zijn achteruitkijkspiegel. Ze hadden de weg voor zichzelf. Het zou vermakelijk kunnen zijn. En hem misschien wat extra tijd opleveren. 'Wilt u dat ik doorga of niet, madame? U hoeft het maar te zeggen.'
 'Ik wil dat je doorgaat.'
 'Uitstekend.' Bale klapte het mobieltje dicht. Hij gaf gas, sneed de Peugeot en minderde snelheid toen hij voor hem reed.
 De man toeterde weer.
 Bale kwam langzaam tot stilstand.
 De Peugeot stopte achter hem en de man stapte uit.
 Bale keek naar hem in de achteruitkijkspiegel. Hij liet zich een stukje onderuitzakken in zijn stoel. Hij kon dit eigenlijk best een beetje rekken. Genieten van het proces.
 'Wat bezielt u? U veroorzaakte bijna een ongeluk.'

Bale haalde zijn schouders op. 'Hoor eens, het spijt me vreselijk. Mijn vrouw staat op het punt te bevallen. Ik moet naar het ziekenhuis. Ik moest even bellen om de weg te vragen.'

'Bevallen, zei u?' De man wierp een snelle blik achterom naar zijn vrouw. Hij begon zichtbaar te ontspannen. 'Nou, dan spijt het me dat ik zo'n drukte heb gemaakt. Maar het gebeurt voortdurend, weet u. U zou echt handsfree moeten gaan bellen. Dan kunt u achter het stuur zoveel praten als u maar wilt zonder een gevaar te zijn voor andere weggebruikers.'

'U hebt gelijk. Ik weet het.' Bale keek een Citroën na, die langs hen was gereden en de bocht nam. Hij wierp een blik op het volgsysteem. Een kilometer al. Hij moest een beetje opschieten. 'Het spijt me heel erg.'

De man knikte en zette weer koers naar zijn auto. Hij haalde zijn schouders op naar zijn vrouw en stak sussend zijn handen op toen ze hem lelijk aankeek.

Bale zette de auto in zijn achteruit en drukte het gaspedaal diep in. Er klonk het hysterische gegier van rubber op de weg en toen kregen de banden greep op het asfalt en schoot de auto naar achteren.

De man draaide zich met open mond naar Bale om.

'O jee...' Bale gooide zijn portier open en sprong naar buiten. Snel keek hij naar twee kanten de weg af. De vrouw gilde. Haar man ging volledig schuil tussen en onder de twee auto's en maakte geen geluid.

Bale greep de vrouw door het open voorraampje van de Peugeot bij haar haar en begon haar naar buiten te sjorren. Een van haar schoenen bleef haken tussen de versnellingspook en de middenconsole. Bale ging nog harder trekken en er gaf iets mee. Hij sleurde de vrouw om de auto heen naar het linker achterportier, dat nog een raampje met een draaihendel had.

Hij draaide het raampje half open en duwde het hoofd van de vrouw door de opening naar binnen. Daarna draaide hij het raampje zo ver mogelijk omhoog en gooide het portier dicht.

'Wat hebben we hier?' Calque stak zijn handen uit naar het dashboard en hees zich een stukje overeind. 'Ga maar wat langzamer rijden.'

'Maar hoe moet het dan met...'

'Afremmen.'

Macron minderde snelheid.

Calque keek ingespannen naar het tafereel voor hen uit. 'Bel een ambulance. Snel. En de *police judiciaire*.'

'Maar dan raken we ze kwijt.'

'Pak de EHBO-doos. En zet het zwaailicht op het dak.'

'Dan weten ze wie we zijn.'

Calque had het portier al open voordat de auto helemaal stilstond. Hij rende stram naar de plek waar de man op de grond lag en knielde naast hem neer. 'Macron, vertel de hulpverleners dat hij nog ademhaalt. Nog net. Maar ze zullen een brace nodig hebben, want zijn nek kan beschadigd zijn.' Hij liep naar de vrouw. 'Niet bewegen, madame. Niet trekken.'

De vrouw kermde.

'Niet bewegen, alstublieft. U hebt uw voet gebroken.' Calque probeerde het raampje naar beneden te draaien, maar het mechanisme was kapot. De vrouw was al roodpaars aangelopen. Het was duidelijk dat ze nauwelijks lucht kon krijgen. 'Macron, breng me de hamer. Snel. We moeten het raampje breken.'

'Welke hamer?'

'De brandblusser dan.' Calque trok zijn jasje uit en sloeg dat om het hoofd van de vrouw. 'Alles komt goed, madame. Verzet u niet. We moeten de ruit breken.'

Plotseling verdween alle spanning uit het lichaam van de vrouw en zakte ze zwaar tegen de auto aan.

'Snel. Ze ademt niet meer.'

'Wat moet ik doen?'

'Sla het raampje kapot met het blusapparaat.'

Macron trok het apparaat naar achteren en sloeg het met kracht tegen het raampje. De brandblusser stuiterde weg tegen het veiligheidsglas.

'Geef hier.' Calque greep het blusapparaat. Hij beukte met de onderkant tegen het glas. 'Geef me je jasje.' Hij wikkelde het om zijn hand en stompte het verbrijzelde glas weg. Daarna liet hij de vrouw voorzichtig op de grond zakken en legde haar hoofd op zijn eigen jasje. Hij bukte zich en gaf een harde klap op haar hartstreek. Nadat hij met twee vingers onder haar linkerborst had gevoeld, begon hij ritmisch haar borstbeen naar beneden te drukken. 'Macron. Als ik het zeg, beadem haar dan tweemaal, met een korte pauze.'

Macron ging op zijn knieën bij het hoofd van de vrouw zitten.

'Heb je de ambulance gebeld?'

'Ja, meneer.'

'Goed zo. We gaan hiermee door tot ze er zijn. Heeft ze nog een polsslag?'

'Ja. Een beetje onregelmatig, maar hij is er wel.'

Tussen twee keer drukken door keek Calque Macron aan. 'Geloof je me nu? Over de tweede man?'

'Ik heb u altijd geloofd. Maar denkt u echt dat hij dit heeft gedaan?'

'Twee keer beademen.'

Macron boog zich voorover en gaf de vrouw mond-op-mondbeademing.

Calque hervatte de hartmassage. 'Ik denk het niet alleen, ik weet het zeker.'

36

Yola spoog de laatste vliesjes van haar pompoenzaad op de vloer van de auto. 'Kijk. Wilde asperges.'
'Wat?'
'Wilde asperges. We moeten stoppen.'
'Dat meen je niet.'
Yola tikte Sabir vinnig op de schouder. 'Neemt iemand de tijd op? Worden we achtervolgd? Is er een deadline voor wat we gaan doen?'
'Nee, dat niet...'
'Nou, stop dan.'
Sabir zocht steun bij Alexi. 'Jij vindt toch zeker niet dat we moeten stoppen?'
'Natuurlijk moeten we stoppen. Hoe vaak zie je nou wilde asperges langs de weg groeien? Yola moet haar *cueillette* hebben.'
'Haar wat?' Omdat hij merkte dat hij werd weggestemd, keerde Sabir de auto en reed terug naar het bosje asperges.
'Waar ze ook komen, zigeunervrouwen nemen een cueillette, zoals dat heet. Dat betekent dat ze nooit aan gratis voedsel – kruiden, sla, eieren, druiven, walnoten, reine-claudes – voorbijgaan zonder te stoppen om het mee te nemen.'
'Wat zijn reine-claudes?'
'Groene pruimen.'
'O. Bedoel je wijnpruimen?'
'Ja, reine-claudes.'
Sabir wierp een blik op de weg achter hen. Een Citroën kwam de bocht om en denderde voorbij zonder dat de bestuurder op hen lette. 'Ik zoek een plek uit het zicht. Voor het geval dat er een politiewagen langskomt.'
'Niemand zal ons herkennen, Adam. Ze zijn op zoek naar één man, niet naar twee mannen en een vrouw. En in een auto met een ander kenteken.'

'Voor alle zekerheid.'

Yola sloeg tegen de achterkant van zijn rugleuning. 'Kijk, ik zie er nog meer! Daar bij de rivier.' Ze rommelde rond in haar rugzak en haalde twee in elkaar gedraaide plastic zakken tevoorschijn. 'Gaan jullie de asperges langs de weg verzamelen. Dan haal ik dat andere spul. Ik zie ook paardenbloemen, brandnetels en margrieten. Jullie hebben geluk. Vanavond hebben we een feestmaal.'

37

Achor Bale had zichzelf veertig minuten respijt bezorgd. Veertig minuten waarin hij alle informatie moest zien los te krijgen die hij nodig had. Veertig minuten waarin de politie orde schiep in de chaos die hij had achtergelaten, contact legde met de ambulancedienst en de plaatselijke collega's kalmeerde.

Hij drukte het gaspedaal diep in en zag hoe zijn symbooltje op het scherm het andere naderde. Toen hield hij zijn adem in en minderde vaart.

Er was iets veranderd. Sabir kwam niet meer vooruit. Terwijl Bale toekeek, bewoog het oplichtende symbooltje achteruit naar hem toe. Hij aarzelde, één hand klaar aan het stuur. Nu bleef het lichtje op één plek staan. Het knipperde op nog geen vijfhonderd meter voor hem uit.

Bale zette zijn auto twintig meter voor de bocht aan de kant. Hij aarzelde voordat hij erbij wegliep, maar besloot toen dat hij noch de tijd, noch een geschikte plek had om hem te verbergen. Hij moest het risico nemen dat de politie langsreed en het ietwat vergezochte verband legde tussen hem en een stilstaande auto.

Hij rende de heuvel over en door een bosje naar beneden. Waarom waren ze zo snel na de vorige pauze gestopt? Een picknick? Een ongeluk? Het kon van alles zijn.

Het mooiste zou zijn als hij hen allemaal tegelijk te pakken kreeg. Dan kon hij zich op een van hen concentreren terwijl de anderen gedwongen toekeken. Dat werkte bijna altijd. Schuldgevoel was de grootste zwakte van de westerse wereld, dacht Bale. Als mensen geen schuldgevoel hadden, bouwden ze wereldrijken. Als ze zich schuldig begonnen te voelen, raakten ze die kwijt. Kijk maar naar de Britten.

Als eerste zag hij het meisje, dat in haar eentje op haar hurken langs de rivier zat. Zat ze te plassen? Was het een sanitaire stop? Hij keek rond naar de mannen, maar die waren nergens te bekennen. Toen zag hij dat ze bosjes begroeiing in stukken trok en de restanten in een paar plastic zakken stopte. Jezus christus. Deze mensen waren werkelijk ongelofelijk.

Hij keek nog een laatste keer om zich heen om zeker te zijn dat de mannen niet in de buurt waren en haastte zich toen naar het meisje toe. Dit was gewoon te mooi om waar te zijn. Ze moesten hebben geweten dat hij eraan kwam. Het was vast een valstrik.

Hij aarzelde even toen hij een meter of vijf bij het meisje vandaan was. Het was een mooi plaatje, zoals ze daar gehurkt langs de kant van de rivier zat in haar lange zigeunerrok. Het toonbeeld van onschuld. Het deed Bale denken aan iets uit het verre verleden, maar hij kon het tafereel niet thuisbrengen. Dit plotselinge afdwalen van zijn gedachten stoorde hem, als een onverwachte koude luchtstroom die door een scheur in een broek naar binnen dringt.

De laatste paar meter rende hij, ervan overtuigd dat het meisje hem niet had horen aankomen. Op het allerlaatste moment wilde ze zich omdraaien, maar toen sprong hij al boven op haar en drukte met zijn knieën haar armen tegen de grond. Hij had verwacht dat ze zou schreeuwen en had voor de zekerheid haar neus dichtgeknepen – dat was een methode die bij vrouwen bijna altijd werkte en veel veiliger was dan je hand over de mond slaan van iemand die in paniek was – maar het meisje was eigenaardig stil. Bijna alsof ze hem had verwacht.

'Als je schreeuwt, breek ik je nek. Net als ik bij je broer heb gedaan. Begrepen?'

Ze knikte.

Doordat hij haar van achteren tegen de grond drukte, met haar lichaam onder hem en haar armen opzij alsof ze gekruisigd werd, kon hij haar gezicht niet goed zien. Dat verhielp hij door haar hoofd naar één kant te draaien.

'Ik zeg dit maar één keer. Over tien seconden sla ik je met mijn vuist buiten westen. Terwijl je bewusteloos bent, sjor ik je rok omhoog, trek ik je slipje uit en ga ik een inwendig onderzoek verrichten met mijn mes. Als ik je eileiders tegenkom, snijd ik ze door. Je zult hevig bloeden, maar je gaat er niet dood aan, want vóór die tijd vinden de mannen je waarschijnlijk wel. Maar je zult nooit moeder worden. Begrepen? Dat zal voorgoed onmogelijk zijn.'

Hij kon het niet zien, maar hoorde dat ze haar blaas leegde. Haar ogen draaiden naar boven en begonnen snel te knipperen.

'Hou op. Wakker worden.' Hij kneep zo hard mogelijk in haar wang.

Haar ogen stelden zich weer scherp. 'Luister naar me. Wat hebben jullie gevonden? Waar gaan jullie naartoe? Geef antwoord en ik zal je met rust laten. Je tien seconden gaan nu in.'
Yola begon te jammeren.
'Acht. Zeven. Zes.'
'We gaan naar Rocamadour.'
'Waarom?'
'Naar de Zwarte Madonna. Er ligt iets verborgen aan haar voeten.'
'Wat?'
'Dat weten we niet. Op de bodem van de kist stond alleen dat het geheim van de verzen aan haar voeten ligt.'
'De bodem van welke kist?'
'De kist van mijn moeder. Die mijn moeder me heeft gegeven. De kist die van de dochter van Nostradamus is geweest.'
'Is dat alles?'
'Dat is alles. Ik zweer het.'
Bale ging minder zwaar op haar armen leunen. Hij keek naar de heuvel achter zich. Geen spoor van de mannen. Zou hij haar doden? Het had eigenlijk geen zin. Ze was al zo goed als dood.
Hij sleurde haar naar de oever van de rivier en kiepte haar erin.

38

'Ik hoop wel dat dit al die moeite waard is.'
'Wat? Waar heb je het over? De verzen?'
'Nee. De wilde asperges.'
Alexi drukte zijn duim en wijsvinger waarderend tegen elkaar. 'Reken maar dat het de moeite waard is. Yola kan goed koken. Het enige wat we nu nog nodig hebben is een konijn.'
'En hoe zouden we dat moeten vangen?'
'Jij kunt er een aanrijden. Ik geef je wel een seintje als ik er een langs de kant van de weg zie zitten. Maar je moet hem niet pletten; je moet het precies zo timen dat je zijn kop raakt met de buitenkant van het wiel. Het vlees zal niet zo lekker zijn als van een konijn dat God zelf heeft gedood, maar het zal niet veel schelen.'
Sabir knikte vermoeid. Wat had hij dan verwacht dat Alexi zou zeggen? Dat ze in de eerstvolgende plaats een geweer gingen kopen? 'Zie jij Yola ergens? We moesten maar eens gaan.'
Alexi richtte zich op. 'Nee. Ze is naar de rivier gelopen. Ik zal haar even gaan roepen.'
Sabir sjokte hoofdschuddend terug naar de auto. Het was raar om het toe te moeten geven, maar hij begon er langzamerhand lol in te krijgen. Hij was niet veel ouder dan Alexi, maar er waren in de afgelopen jaren momenten geweest dat hij zich had gerealiseerd dat hij zijn levenslust begon te verliezen, zijn gevoel voor het absurde. Door het contrast tussen Alexi en Yola, twee ongeleide projectielen, en de nog steeds latent aanwezige dreiging van de politie, voelde hij nu opeens weer de opwinding van het onbekende in zijn binnenste opborrelen.
'Adam!' De kreet kwam vanachter een bosje bomen bij de rivier.
Sabir liet de asperges vallen en zette het op een lopen.
Het eerste wat hij zag was Alexi, spartelend in de rivier. 'Snel, Adam, ik kan niet zwemmen. Ze ligt in het water.'

'Waar?'

'Recht voor je. Ze ligt met haar gezicht in het water, maar ze leeft nog. Ik zag haar arm bewegen.'

Sabir stormde over de hoge oever heen en belandde met een onhandige sprong in de langzaam stromende rivier. Hij was in één beweging bij Yola en tilde haar uit het water.

Ze stak een hand op alsof ze hem wilde afweren, maar de blik waarmee ze hem aankeek was leeg en de beweging krachteloos. Sabir drukte haar tegen zijn borst en liet zich door de rivier terug spoelen naar de oever.

'Ik denk dat ze een soort toeval heeft gehad. Ren naar de auto en haal een deken.'

Alexi kwam met veel gespat en geplons het water uit. Hij wierp één ongeruste blik achterom en rende log de heuvel op naar de auto.

Sabir legde Yola in het zand. Ze ademde normaal, maar haar gezicht was lijkbleek en haar lippen hadden al een ongezond blauwe kleur.

'Wat is er? Wat is er gebeurd?'

Ze begon te rillen, alsof er met haar redding uit het water een of ander lichamelijk proces in gang was gezet.

Sabir keek even op om te zien hoe ver Alexi was. 'Hoor eens, het spijt me. Alexi haalt een droge deken. Ik moet je die natte kleren uittrekken.' Hij had verwacht – en zelfs gehoopt – dat ze hem zou tegenspreken, maar er kwam geen reactie. Hij begon Yola's blouse los te knopen.

'Dat moet je niet doen.' Alexi was terug. Hij hield de deken op. 'Dat zou ze niet prettig vinden.'

'Ze is ijskoud, Alexi. En ze heeft een shock. Als we haar die kleren niet uittrekken, krijgt ze longontsteking. We moeten haar in de deken wikkelen en naar de auto brengen. Dan zet ik meteen de airconditioning op de warmste stand als we wegrijden. Op die manier wordt ze snel warm.'

Alexi aarzelde.

'Ik meen het. Als je haar niet in verlegenheid wilt brengen, draai je dan maar om.' Hij trok haar voorzichtig haar blouse uit en schoof toen de rok over haar heupen. Tot zijn verrassing droeg ze geen ondergoed.

'God, wat is ze mooi.' Alexi staarde naar haar. Hij had de deken nog steeds in zijn handen.

'Geef dan.'

'O. Oké.'

Sabir wikkelde Yola in de deken. 'Pak jij haar benen. Laten we haar naar de auto brengen voordat ze doodvriest.'

39

'Vindt u niet dat het tijd is versterking op te roepen?'
'Ze hebben drie kwartier voorsprong op ons. Wat voor versterking zouden we nodig hebben, Macron? Een straaljager?'
'En als de ogenman nou weer toeslaat?'
'De ogenman?' Calque glimlachte geamuseerd om Macrons onverwachte verbeeldingskracht. 'Dat doet hij niet.'
'Hoe weet u dat zo zeker?'
'Omdat hij zijn doel heeft bereikt. Hij heeft zichzelf een paar uur speling bezorgd. Tegen de tijd dat we weer contact hebben door middel van...' Calque aarzelde en zocht naar het juiste woord.
'Gps-positiebepaling?'
'Gps-positiebepaling, ja... en de auto hebben ingehaald, heeft hij wat hij wil, en dat weet hij.'
'Wat wil hij dan?'
'Geen idee. Ik zit achter de man aan, niet achter zijn motief. Dat soort flauwekul laat ik aan de rechtbank over.' Calque vouwde zijn jasje tot een kussen en schoof het tussen zijn hoofd en het raampje. 'Maar één ding weet ik zeker. Ik zou het komende uur niet in de schoenen van Sabir of het meisje willen staan.'

'Komt ze bij?'
'Ze heeft haar ogen open.'
'Mooi. Ik stop hier even, maar ik laat de motor draaien voor de verwarming. We kunnen de rugleuning van de achterbank naar achteren klappen en haar wat comfortabeler neerleggen.'
Alexi wierp Sabir een blik toe. 'Wat denk je dat er gebeurd is? Zo heb ik haar nog nooit gezien.'
'Ze moet vlak langs het water asperges hebben geplukt en erin zijn gevallen. Waarschijnlijk heeft ze haar hoofd gestoten, want die bloeduit-

storting op haar wang is fors. Hoe dan ook, ze heeft een shock. Het water was vreselijk koud. En ze verwachtte het natuurlijk niet.' Hij fronste zijn wenkbrauwen. 'Is ze misschien epileptisch? Of heeft ze diabetes?'
'Wat?'
'Niets. Laat maar.'
Toen ze de achterbank hadden versteld en Yola gemakkelijker hadden neergelegd, kleedden de twee mannen zich uit.

'Het lijkt me het beste dat jij de kleren bij de verwarming droogt terwijl ik rijd, Alexi. Eerst die van Yola. Ik zet de blower aan. We zullen het bloedheet krijgen, maar ik weet geen andere manier om het te doen. Als de politie een auto met drie blote mensen erin aanhoudt, zijn we voorlopig niet van ze af.' Hij stak zijn hand uit naar de pook.

'Ik heb het hem verteld.' Het was de stem van Yola.

De twee mannen draaiden zich naar haar om.

'Ik heb hem alles verteld.' Ze zat nu rechtop en de deken was om haar middel gezakt. 'Ik heb hem verteld dat we naar Rocamadour gaan. En over de Zwarte Madonna. Ik heb hem verteld waar de verzen verborgen zijn.'

'Hoe bedoel je? Wie heb je dat verteld?'

Yola merkte dat ze naakt was en trok langzaam de deken over haar borsten. Ze leek in slow motion te denken en te bewegen. 'De man. Hij besprong me. Hij rook raar. Zoals die groene insecten die naar amandelen ruiken als je ze platdrukt.'

'Yola. Waar heb je het over? Welke man?'

Ze ademde diep in. 'De man die Babel heeft vermoord. Hij heeft het me verteld. Hij zei dat hij mijn nek zou breken, net als hij bij Babel heeft gedaan.'

'O jezus.'

Alexi duwde zichzelf omhoog op zijn stoel. 'Wat heeft hij met je gedaan?' Zijn stem beefde.

Yola schudde haar hoofd. 'Niets. Hij hoefde niets te doen. Zijn dreigementen waren genoeg om hem alles te vertellen wat hij wilde weten.'

Alexi sloot zijn ogen. Hij snoof van woede. Zijn kaak begon te bewegen, maar zijn mond bleef stijf dicht, zodat het leek of hij een kwade dialoog met zichzelf hield.

'Heb je hem gezien, Yola? Heb je zijn gezicht gezien?'

'Nee. Hij zat boven op me. Ik lag op mijn buik. Hij hield mijn armen met zijn knieën tegen de grond. Ik kon mijn hoofd niet omdraaien.'

'Je had groot gelijk dat je het hem hebt verteld. Hij is gestoord. Hij zou je hebben vermoord.' Sabir draaide zich weer naar het stuur. Hij zette de auto in zijn vooruit en schoot met een enorme dot gas de weg op.

Alexi deed zijn ogen open. 'Wat doe je?'

'Wat ik doe? Ik zal je vertellen wat ik doe. Dankzij Yola weten we nu waar die smeerlap naartoe gaat. Dus zorg ik dat ik voor hem in Rocamadour ben. En dan ga ik hem vermoorden.'

'Adam, ben je gek geworden?'

'Ik ben toch Yola's phral? Jullie hebben me allemaal verteld dat ik haar moet beschermen. Dat ik Babels dood moet wreken. En dat ga ik nu doen.'

40

Achor Bale zag het knipperende lichtje vervagen en uiteindelijk verdwijnen aan de rand van zijn beeldscherm. Hij boog zich naar voren en schakelde het volgsysteem uit. Het was al met al een zeer bevredigende dag geweest. Hij had het initiatief genomen en dat had uitstekend uitgepakt. Dat was een goede les. Laat de vijand nooit zijn eigen gang gaan. Irriteer hem. Dwing hem snelle beslissingen te nemen waar hij de fout mee in kan gaan. Op die manier bereik je op bevredigende en snelle wijze je doel.

Hij keek op de kaart die op de stoel naast hem lag. Het zou hem ruim drie uur kosten om in Rocamadour te komen. Hij kon het beste wachten tot de crypte gesloten was en de staf aan de warme hap zat. Niemand zou verwachten dat er een inbraak in het heiligdom werd gepleegd, zo absurd was dat. Misschien moest hij op zijn knieën de trappen op kruipen, zoals de Engelse koning Hendrik II – naar verluidt een afstammeling van Satans dochter Melusine – nadat de geestelijken hem hadden overgehaald met tegenzin boete te doen voor de moord op Thomas Becket en voor de diefstal van relikwieën uit de kapel door zijn overleden zoon. Om dispensatie vragen. Een nihil obstat verwerven.

Hoewel hij de laatste tijd niemand daadwerkelijk had vermoord. Behalve als het meisje verdronken was, natuurlijk. Of als de vrouw in de auto zichzelf had verstikt. Haar man had in elk geval nog bewogen toen hij hem voor het laatst zag, en Samana was onmiskenbaar verantwoordelijk voor zijn eigen dood.

Kortom, Bales geweten was schoon. Hij kon de Zwarte Madonna straffeloos stelen.

41

'We hebben ze gevonden. Ze rijden in de richting van Limoges.'
'Mooi. Vertel die uilskuikens dat we elk halfuur willen weten waar ze zijn. Dan hebben we een kans de verloren tijd in te halen en ze weer op ons scherm te krijgen.'
'Waar denkt u dat ze naartoe gaan, meneer?'
'Naar zee?'
Macron wist niet of hij moest lachen of huilen. Hij raakte er steeds meer van overtuigd dat hij een team vormde met een onverbeterlijke dwaas, iemand die uit principe alle regels overtrad, alleen omdat hem dat zelf zo uitkwam. Ze hadden allang terug moeten zijn in Parijs om zich tevreden te beperken tot een 35-urige werkweek en de rest van het moordonderzoek over te laten aan hun collega's in het zuiden. Macron had aan zijn squash kunnen werken en zijn sixpack kunnen verbeteren in de politiesportschool. In plaats daarvan leefden ze op kant-en-klaarmaaltijden en koffie, en knapten ze af en toe een uiltje op de achterbank. Hij voelde zijn conditie gewoon verslechteren. Voor Calque maakte het natuurlijk niets uit, want die was toch al een wrak.
'Het is bijna weekend, meneer.'
'En?'
'En niets. Het was zomaar een opmerking.'
'Beperk je opmerkingen tot de zaak waar we aan werken, zou ik zeggen. Je bent wetsdienaar, Macron, geen strandwacht.'

Yola kwam volledig gekleed achter de bosjes vandaan.
Sabir haalde zijn schouders op en trok een gezicht. 'Het spijt me dat we je moesten uitkleden. Alexi was erop tegen, maar ik heb het doorgedrukt. Mijn verontschuldigingen.'
'Je hebt gedaan wat nodig was. Heeft Alexi me gezien?'
'Ik vrees van wel.'

'Nou, dan weet hij nu wat hij mist.'

Sabir barstte in lachen uit. Yola's veerkracht verbaasde hem. Hij had min of meer verwacht dat ze emotioneel zou reageren en zou wegdrijven in een depressie of in melancholie. Maar hij had haar onderschat. Haar leven tot nog toe was niet bepaald enkel rozengeur en maneschijn geweest, en haar verwachtingen over het gedrag van anderen en waartoe ze zich konden verlagen waren waarschijnlijk een stuk realistischer dan de zijne.

'Hij is boos. Daarom is hij even gaan uitwaaien. Ik denk dat hij zich verantwoordelijk voelt voor die aanval op jou.'

'Je moet hem de Madonna laten stelen.'

'Wat zeg je?'

'Alexi. Hij is een goede dief. Stelen is een van zijn sterke kanten.'

'O. Juist.'

'Heb jij nooit iets gestolen?'

'Nee, eigenlijk niet. De laatste tijd niet.'

'Dat dacht ik al.' Ze maakte in gedachten een afweging. 'Een zigeuner mag eens in de zeven jaar iets stelen. Iets groots, bedoel ik.'

'Hoe kom je daar nou bij?'

'Dat is omdat een oude zigeunervrouw Christus zijn kruis de Calvarieberg op zag dragen.'

'En?'

'En ze had geen idee wie Christus was. Maar toen ze zijn gezicht zag, kreeg ze medelijden met Hem en besloot de spijkers te stelen waarmee Hij gekruisigd zou worden. Ze stal er een, maar voordat ze de tweede kon stelen werd ze betrapt. De soldaten namen haar mee en sloegen haar. Ze smeekte hun haar te sparen, omdat ze zeven jaar lang niets had gestolen. Een discipel hoorde haar en zei: "Vrouw, gij zijt gezegend. De Verlosser staat u en de uwen toe elke zeven jaar iets te stelen, nu en voor altijd." En zo komt het dat er maar drie spijkers waren bij de kruisiging. En dat de voeten van Jezus Christus gekruist waren, in plaats van gespreid, zoals het hoorde.'

'Maar je gelooft al die kolder toch niet echt?'

'Natuurlijk wel.'

'En dat is de reden dat zigeuners stelen?'

'Het is ons recht. Als Alexi de Zwarte Madonna steelt, doet hij niets verkeerds.'

'Dat is een grote opluchting. Maar hoe zit het met mij? Als ik de man vind die je heeft aangevallen en hem dood? Waar sta ik dan?'

'Hij heeft het bloed van onze familie vergoten. Nu moet het zijne vergoten worden.'
'Is het zo eenvoudig?'
'Het is nooit eenvoudig, Adam. Een mens doden.'

42

Sabir aarzelde bij het portier van de auto. 'Heeft een van jullie een rijbewijs?'

'Een rijbewijs? Nee. Natuurlijk niet. Maar ik kan wel rijden.'

'Kun jij rijden, Yola?'

'Nee, ik niet.'

'Goed. We weten waar we zijn. Alexi, jij rijdt. Ik ga een andere route naar de kapel plannen. Blijkbaar kent Babels moordenaar onze auto. Hij moet hem bij het kamp gevonden hebben en is ons daarna gevolgd. Nu hij denkt dat hij eindelijk van ons af is, willen we hem natuurlijk niet wijzer maken door hem op de snelweg in te halen.' Hij spreidde de kaart voor zich uit. 'Ja. Zo te zien kunnen we met een boog om Limoges heen gaan en via Tulle naar Rocamadour rijden.'

'Deze auto heeft geen gewone versnellingen.'

'Zet hem maar in zijn vooruit, Alexi, en druk het gaspedaal in.'

'Welke stand is vooruit?'

'De vierde van boven. Er staat een D bij, van *drive*. Die ziet eruit als een stijgbeugel, maar dan op zijn kant.'

Alexi deed wat hem was gezegd. 'Hé. Da's niet gek. Hij schakelt zelf. Dit is beter dan een Mercedes.'

Sabir voelde Yola's ogen in zijn achterhoofd prikken. Hij keerde zich naar haar toe. 'Is alles goed met je? Er bestaat zoiets als vertraagde shock, weet je. Zelfs voor taaie types zoals jij.'

Ze haalde haar schouders op. 'Ik voel me oké.' Toen betrok haar gezicht. 'Geloof jij in de hel, Adam?'

'De hel?' Hij keek bedenkelijk. 'Min of meer.'

'Wij niet.' Ze schudde haar hoofd. 'Zigeuners denken niet eens dat de duivel, O Beng, zo'n onzettende slechterik is. Wij geloven dat iedereen op een dag naar het paradijs zal gaan. Zelfs hij.'

'Wat wil je daarmee zeggen?'

'Volgens mij is deze man slecht, Adam. Inslecht. Kijk maar wat hij met Babel heeft gedaan. Dat is niet menselijk.'

'Betekent dat dat je van mening bent veranderd over de hel en de duivel?'

'Nee. Dat niet. Maar ik heb jullie niet alles verteld wat hij tegen me heeft gezegd. Ik wil dat Alexi en jij precies weten met wie we van doen hebben.'

'Met een maniakale moordenaar.'

'Nee. Dat is hij niet. Ik heb erover nagedacht. Hij is slimmer. Hij weet precies waar hij moet toeslaan. Wat je kwetsbaarste punt is en hoe hij kan krijgen wat hij wil.'

'Ik snap het niet. Wat probeer je me te vertellen?'

'Hij zei dat hij me bewusteloos zou slaan en dat hij me daarna met zijn mes vanbinnen zou bewerken, zodat ik geen kinderen meer kon krijgen. Geen moeder meer kon worden.'

'Jezus christus.'

'Hoor eens, Adam, hij weet veel van ons. Van zigeunergebruiken. Misschien heeft hij zelf wel zigeunerbloed. Hij wist dat ik hem misschien niet zou vertellen wat hij wilde weten als hij me gewoon zou aanvallen en zou proberen me iets te doen. Dat ik misschien zou liegen. Maar toen hij tegen me zei wat hij zei, was ik er zo van overtuigd dat hij het echt zou doen dat ik mijn plas liet lopen. Op dat moment had hij alles met me kunnen doen en ik zou me niet hebben verzet. En met Babel is precies hetzelfde gebeurd. Babel was ijdel. Dat was zijn grootste zwakte. Hij was net een vrouw. Urenlang stond hij zich voor de spiegel op te doffen. Die man heeft zijn gezicht beschadigd. Verder niets. Alleen zijn gezicht. Ik heb hem in het mortuarium gezien.'

'Ik snap niet waar je heen wilt.'

'Hij maakt gebruik van de zwakke punten van zijn slachtoffers. Het is een verdorven mens, Adam. Diep verdorven. Hij moordt niet gewoon. Hij vernietigt je ziel.'

'Des te meer reden om de wereld van hem te verlossen.'

Meestal had Yola overal een antwoord op, maar deze keer draaide ze alleen zwijgend haar gezicht naar het raam.

43

'Blijkbaar behoort een bandenlichter niet meer tot het standaardgereedschap dat bij elke auto wordt geleverd.' Sabir rommelde rond in de achterbak. 'Ik kan hem moeilijk een oplawaai verkopen met de krik. Of met de gevarendriehoek.'
'Ik snij wel een wandelstok voor je.'
'Een wat?'
'Van een hulststruik. Ik zie er daar een staan. Dat is keihard hout. Zelfs al voordat het gedroogd is. En als je met een stok loopt, valt dat niemand op. Op die manier heb je altijd een wapen bij je.'
'Je bent me er eentje, weet je dat, Alexi?'
Ze stonden bij de kantelen boven de kapel van Rocamadour geparkeerd. Onder hen lag een park, aangelegd tussen de loodrechte wanden van de rotsen, doorsneden door kronkelpaadjes met uitkijkpunten. Een paar toeristen wandelden er doelloos rond om de tijd te doden voor het avondeten.
'Moet je die schijnwerpers zien. We mogen wel zorgen dat we voor de schemering binnen zijn. Als ze die dingen inschakelen, wordt deze hele helling verlicht als een kerstboom.'
'Denk je dat we hem voor zijn?'
'Dat weten we pas als je in de kapel inbreekt.'
Alexi snoof. 'Maar ik ga niet inbreken in de kapel.'
'Hoe bedoel je? Je hebt toch geen koudwatervrees?'
'Koudwatervrees...? Ik begrijp je niet.'
'Dat je schijterig bent.'
Alexi lachte en schudde zijn hoofd. 'Het is heel simpel, Adam. Ergens inbreken is heel moeilijk... maar uitbreken is eenvoudig.'
'O. Ik snap het.' Sabir aarzelde. 'Tenminste, dat denk ik.'
'En wat ga jij doen?'
'Ik verberg me buiten ergens en kijk toe. Als hij langskomt, verkoop ik

hem een optater met je hulststok.' Hij wachtte op de verbaasde reactie, maar die bleef uit. 'Nee, het is al goed. Ik maak alleen maar een grapje, ik ben niet gek geworden.'

Alexi keek verward. 'Maar wat ga je dan wel doen?'

Sabir zuchtte. Hij besefte dat hij nog een lange weg te gaan had voordat hij de denkwijze van de zigeuners zou begrijpen. 'Ik verberg me gewoon buiten, zoals we hebben afgesproken. Dan kan ik je waarschuwen door te fluiten als ik hem zie. Als je de Madonna hebt, breng haar dan naar Yola in de auto en kom daarna naar mij toe. Met z'n tweeën moet het ons kunnen lukken hem ergens in de kapel vanuit een hinderlaag te overvallen. Daar is het veiliger en daar zijn geen mensen die in de weg kunnen lopen.'

'Denk je niet dat ze boos op ons zal worden?'

'Wie? Yola? Waarom?'

'Nee, ik bedoel de Madonna.'

'Jezus, Alexi. Je gaat je toch niet bedenken, hè?'

'Nee, nee. Ik zal haar stelen. Maar eerst zal ik tot haar bidden. Haar vragen me te vergeven.'

'Doe dat. En snij nu maar een stok voor me.'

44

Alexi werd wakker op het moment dat de nachtwaker de buitendeuren vergrendelde. Hij had zich veertig minuten eerder verstopt achter het altaar van de basiliek Saint-Sauveur, waar tot zijn vreugde een blauw met wit linnen kleed met een lange franje overheen lag. Daarna was hij vrijwel onmiddellijk in slaap gevallen.

Tien paniekerige seconden lang wist hij niet precies waar hij was. Toen rolde hij behendig onder het altaarkleed vandaan en stond op om zich uit te rekken. Op dat moment besefte hij dat hij niet alleen was in de kerk.

Hij dook weer ineen achter het altaar en tastte naar zijn mes. Het kostte hem vijf seconden voor hij zich herinnerde dat hij dat op de achterbank van de auto had gegooid nadat hij een stok voor Sabir had gesneden. Niet voor het eerst vervloekte Alexi zijn aangeboren slordigheid.

Hij gluurde langs het altaar en sperde zijn ogen zo wijd mogelijk open om het laatste avondlicht in de kerk op te vangen. De vreemdeling zat voorovergebogen in een van de stoelen rond het koor, een meter of vijftien bij hem vandaan. Had hij ook geslapen? Of zat hij te bidden?

Terwijl hij toekeek, stond de man op en liep naar de deur van de kapel. Aan zijn manier van lopen was te zien dat ook hij had zitten luisteren en wachten tot de bewaker weg was. Hij tilde de klink op, zwaaide geluidloos de deur open en stapte naar binnen.

Alexi keek verwilderd naar de deuren van de basiliek. Sabir was buiten en zo onbereikbaar alsof iemand hem had weggesloten achter de zware kluisdeur van een bank. Wat moest hij doen? Wat zou Sabir willen dat hij deed?

Hij trok zijn schoenen uit. Toen kwam hij voorzichtig achter het altaar vandaan en sloop naar de kapel. Hij gluurde naar binnen.

De man had een zaklantaarn aangeknipt en bekeek de zware glanzende geelkoperen sokkel waar de Madonna op stond. Terwijl Alexi toekeek, begon hij aan de onderkant van de hoge kast te wrikken. Toen hij merkte dat hij de voorkant niet open kon krijgen, draaide hij zich abrupt om en keek de basiliek in.

Alexi drukte zich roerloos tegen de buitenmuur.

De voetstappen van de man kwamen in zijn richting.

Alexi sloop op zijn tenen terug naar het altaar en verstopte zich op dezelfde plaats die hij al eerder had gebruikt. Als de man hem had gehoord, was het met hem gedaan. Dan kon hij maar beter op gewijde grond sterven.

Opeens klonk er het gepiep van een stoelpoot die over de stenen vloer werd gesleept. Alexi stak zijn hoofd uit zijn schuilplaats. De man trok twee stoelen uit het koor achter zich aan. Het was duidelijk dat hij erop wilde klimmen om bij de Madonna te kunnen.

Onder dekking van het geluid van de stoelen volgde Alexi de vreemdeling terug de kapel in. Deze keer maakte hij echter gebruik van de onoplettendheid van de man door de toonkast veel dichter te naderen. Hij ging vrij ver vooraan bij het middenpad tussen twee kerkbanken liggen, waardoor hij kon zien wat er gebeurde maar ook genoeg dekking had van de zware eiken kerkbanken voor hem als de man zou besluiten dat hij weer de basiliek in moest om een derde stoel te halen.

Terwijl Alexi toekeek, zette de man de ene stoel op de andere en voelde of ze stevig stonden. Hij maakte hardop wat twijfelende geluiden en mompelde iets in zichzelf.

Alexi zag hoe de man de zaklamp op zijn rug in zijn broekband stak en de geïmproviseerde ladder beklom. Dit was het moment. Dit was zijn enige kans. Als hij het verknalde, was hij er geweest. Hij zou wachten tot de man boven op de stoelen stond te wankelen en ze dan omgooien.

Op het cruciale moment greep de man een van de vaste koperen kandelaars onder aan de sokkel van de Madonna en sprong moeiteloos op de toonkast zelf.

Alexi, die niet op die plotselinge beweging opzij had gerekend, was net halverwege de kerkbank en de kast. De man draaide zich om en staarde hem recht in het gezicht. Toen glimlachte hij.

Zonder na te denken pakte Alexi een van de zware koperen kandelaars die naast de kast stonden en slingerde die met al zijn kracht naar de man.

De kandelaar raakte Achor Bale vlak boven zijn rechteroor. Hij liet de zijkant van de kast los en viel tweeënhalve meter achterover met zijn rug op de granieten vloer. Alexi had zich al gewapend met de tweede kandelaar, maar zag meteen dat dat overbodig was. De vreemde was buiten westen.

Alexi tilde de ene stoel van de andere. Grommend van inspanning hees hij Bale op de stoel die het dichtst bij de kast stond. Hij doorzocht Bales zakken en haalde er een portefeuille vol bankbiljetten en een klein automatisch pistool uit. *'Putain!'*

Hij stak de portefeuille en het pistool in zijn eigen zak en keek gehaast om zich heen in de kapel. Hij zag damasten gordijnen hangen die met een koord opzij waren gebonden. Hij maakte het koord los en bond Bale met zijn armen en romp aan de rugleuning van de stoel vast. Daarna klom hij met behulp van de tweede stoel op de kast en pakte de Madonna mee.

45

Vanaf zijn schuilplaats aan de overkant van het pleintje voor de basiliek hoorde Sabir de klap duidelijk. Al sinds hij van diep in het gebouw het gedempte geluid van over steen krassende stoelpoten had gehoord, had hij aandachtig geluisterd. De klap kwam echter van veel dichter bij de plek waar de Madonna zich moest bevinden.

Hij kwam tevoorschijn en rende regelrecht naar de zware deur van de basiliek. Die was hermetisch gesloten. Hij liep achteruit bij het gebouw vandaan en keek omhoog naar de ramen. Ze zaten allemaal te hoog om erbij te kunnen.

'Alexi!' Hij probeerde een volume te vinden waarbij zijn stem door de muren van de basiliek drong, maar niet verder dan het pleintje zelf. Dat was een hele opgaaf, want het pleintje werkte als een perfecte echokamer. Hij wachtte even af of de deur openging en probeerde het toen met een grimas nog een keer, maar nu harder. 'Alexi! Ben je daar? Geef antwoord.'

'Hé, jij daar! Wat doe je hier?' De bejaarde *gardien* haastte zich met een ongerust gezicht naar hem toe. 'Dit hele terrein is vanaf negen uur 's avonds gesloten voor toeristen.'

Sabir deed een schietgebedje uit dankbaarheid dat hij zijn hulststok had achtergelaten in zijn haast om bij de basiliek te komen. 'Het spijt me vreselijk. Maar ik liep langs en hoorde een harde klap van binnen komen. Ik denk dat er iemand binnen is. Kunt u de deur openmaken?'

De bewaker kwam snel naderbij. Zijn opluchting over Sabirs vriendelijke toon mengde zich met verontrusting. 'Een klap, zegt u? Weet u dat zeker?'

'Het klonk alsof er iemand met stoelen aan het gooien was. Zouden het vandalen kunnen zijn?'

'Vandalen?' De man trok lijkbleek weg, alsof hij zojuist een voorproefje van de hel had gekregen. 'Maar hoe kon u hier langslopen? Ik heb het buitenste hek tien minuten geleden op slot gedaan.'

Sabir vermoedde dat dit de eerste echte crisis was die de gardien in zijn carrière meemaakte. 'Goed, ik zal eerlijk zijn. Ik ben ingedommeld, daar op die stenen bank. Ik weet dat het dom van me was. Ik werd wakker van de klap. U kunt maar beter even gaan kijken. Ik ga wel mee. Het kan natuurlijk vals alarm zijn, maar u bent toch verantwoordelijk tegenover het kerkelijk gezag?'

De man aarzelde, even in de war gebracht door Sabirs overvloed aan verschillende boodschappen. Maar uiteindelijk won de angst om zijn betrekking het van zijn argwaan, en hij begon in zijn zak naar de sleutels te zoeken. 'Weet u zeker dat u een klap hoorde?'

'Glashelder. Het leek alsof het geluid net van de andere kant van de muur kwam.'

Precies op dat moment klonk er, als op bestelling, opnieuw een klap, deze keer harder, gevolgd door een verstikte kreet. Daarna stilte.

De mond van de bewaker viel open en zijn ogen werden groot. Met bevende handen stak hij de sleutel in de zware eiken deur.

46

Achor Bale deed zijn ogen open. Er sijpelde bloed langs zijn gezicht en vanuit zijn mondhoeken. Hij stak zijn tong uit en likte er iets van weg. De koperachtige smaak vormde een welkome prikkel.

Hij boog zijn nek en bracht zijn oor naar zijn schouder, en daarna deed hij zijn mond open en dicht. Er was niets gebroken. Geen ernstige schade aangericht. Hij keek naar beneden.

De zigeuner had hem aan een stoel gebonden. Nou ja, dat had hij kunnen verwachten. Hij had eerst elke vierkante centimeter van de basiliek moeten doorzoeken. Niet moeten aannemen dat wat hij met het meisje had gedaan genoeg was geweest om hen af te schrikken. Hij had nooit verwacht dat ze de rivier zou overleven. *Tant pis.* Hij had haar meteen moeten doden toen hij de kans had; maar waarom zou je het risico nemen sporen achter te laten als je de natuur het werk kon laten doen? De gedachte was goed geweest, het eindresultaat een geval van pech. Die drie hadden razendsnel gereageerd. Hij moest zijn mening over Sabir herzien. Hem niet nog eens onderschatten.

Bale liet zijn kin weer op zijn borst hangen, alsof hij nog steeds bewusteloos was. Maar hij had zijn ogen wijd open en volgde elke beweging van de zigeuner.

Nu klauterde de man met de Zwarte Madonna in zijn hand langs de zijkant van de toonkast naar beneden. Zonder de minste aarzeling keerde hij het beeld ondersteboven en keek ingespannen naar de onderkant van de sokkel. Terwijl Bale toekeek, zette Alexi de Madonna voorzichtig op de grond en ging er op zijn knieën voor liggen. Toen drukte hij zijn lippen en zijn voorhoofd afwisselend tegen haar voeten, het kindje Jezus en de hand van de Madonna.

Bale trok een ongeduldig gezicht. Geen wonder dat die mensen nog steeds door Jan en alleman werden vervolgd. Hij kreeg zelf zin ze te vervolgen.

De zigeuner stond op en wierp een blik in zijn richting. Daar komt het, dacht Bale. Hoe zou hij het gaan doen? Waarschijnlijk met een mes. Hij kon zich niet voorstellen dat de zigeuner het pistool zou gebruiken. Te modern. Te ingewikkeld. Hij zou vermoedelijk niet eens snappen hoe de trekker werkte.

Bale liet zijn kin stil op zijn borst hangen. Ik ben dood, hield hij zichzelf voor. Ik haal geen adem. De val is me fataal geworden. Kom zelf maar kijken, *diddikai*. Daar kun je toch geen weerstand aan bieden? Bedenk eens hoe leuk het zal zijn om over je heldendaden op te scheppen tegen het meisje. Om indruk te maken op de gadje. De grote jongen uit te hangen bij je eigen mensen.

Alexi kwam naar hem toe lopen. Hij bleef even staan om een van de koperen kandelaars op te pakken.

Dus zo ga je het doen. Me doodslaan terwijl ik vastgebonden zit. Mooi is dat. Maar je zult eerst moeten controleren of ik nog leef. Zelfs jij zou je niet verlagen tot het in elkaar rammen van een lijk. Of wel?

Alexi bleef voor Bales stoel staan. Hij stak zijn hand uit en tilde Bales hoofd voorzichtig van zijn borst. Toen spoog hij Bale in het gezicht.

Bale wierp zichzelf met stoel en al achterover en gaf met beide voeten een harde trap naar boven terwijl hij kantelde. Alexi schreeuwde. Hij liet de kandelaar los en viel op zijn knieën, waarna hij zich kreunend tot een bal ineenrolde op de grond.

Bale stond nu op zijn voeten, voorovergebogen en met de stoel nog op zijn rug, als een slak met zijn huis. Hij hupte naar de ineenkrimpende Alexi en wierp zichzelf achterwaarts met een draaibeweging op Alexi's hoofd, de stoel het eerst.

Toen liet hij zich opzij rollen, terwijl hij met zijn ene oog de hoofdingang van de kerk in de gaten hield en met zijn andere Alexi.

Door opzij te draaien, lukte het Bale op zijn knieën te gaan zitten. Daarna kwam hij wankelend overeind en liet zich door het gewicht van de stoel achterwaarts tegen een stenen pilaar vallen. Hij voelde dat de stoel begon te versplinteren. Hij herhaalde de exercitie nog tweemaal en de stoel viel achter hem in stukken.

Alexi bewoog krampachtig. Hij stak één hand over de stenen vloer uit naar de gevallen kandelaar.

Bale schudde de resterende koorden van zijn schouders en liep naar hem toe.

47

Sabir drong zich langs de gardien het kerkportaal in. Het was donker binnen, bijna te donker om iets te kunnen zien.

De gardien zette een paar verborgen schakelaars om en het interieur baadde in het licht van een aantal schijnwerpers die onopvallend in de dakbalken waren geplaatst. In een boog in het rond lagen stukken hout en slordig weggeworpen koorden. Alexi lag met een bebloed gezicht op de grond, een meter bij de Zwarte Madonna vandaan. Een man zat gehurkt naast hem en doorzocht zijn zakken.

Sabir en de gardien verstijfden. Terwijl ze toekeken, kwam een van Alexi's handen, waarin hij een pistool hield, onder zijn lichaam vandaan. De man deinsde achteruit. Alexi strekte zijn arm uit en richtte het pistool alsof hij op de man ging schieten... maar er gebeurde niets. Er klonk geen geluid.

De man trok zich terug de basiliek in, terwijl hij strak naar Alexi en het pistool bleef kijken. Op het allerlaatste moment liet hij zijn blik even naar Sabir gaan en glimlachte. Hij haalde zijn wijsvinger snel voor zijn keel langs.

Alexi liet het pistool op de grond kletteren. Toen Sabir weer keek naar de plek waar de andere man had gestaan, was die verdwenen.

'Kan hij er aan die kant uit?'

De gardien knikte. 'Daar is een uitgang. Ja. Daar moet hij ook door binnen zijn gekomen.'

Sabir liet zich naast Alexi op zijn hurken zakken. Hij pijnigde zijn hersens om een mogelijke ontsnappingsstrategie voor henzelf te verzinnen. Hij legde met een theatraal gebaar een hand op Alexi's hart. 'Deze man is zwaargewond. Er moet een ambulance komen.'

De gardien bracht zijn hand naar zijn keel. 'Een mobiele telefoon werkt hierbinnen niet. We zitten te dicht bij de berghelling. Er is hier geen signaal. Ik zal in het kantoortje moeten telefoneren.' Hij verroerde zich niet.

'Luister, ik heb het pistool. Ik zal deze man bewaken en zorgen dat er niets met de Madonna gebeurt. Gaat u de politie en een ambulance bellen. Het is dringend.'

De oude man leek iets te willen gaan zeggen.

'Anders ga ik wel bellen, dan kunt u hier blijven. Hier is het pistool.' Sabir stak het met de kolf naar voren naar de man uit.

'Nee. Nee, meneer. Ze zouden niet weten wie u was. Blijft u maar hier. Ik ga wel.' De stem van de gardien beefde en hij leek op het punt ineen te zakken.

'Wees voorzichtig op de trap.'

'Ja. Ja. Dat zal ik doen. Het gaat best. Het gaat alweer.'

Sabir verlegde zijn aandacht naar Alexi. 'Kun je me horen?'

'Hij heeft zich met de stoel op me laten vallen. Ik ben een paar tanden kwijt.' Alexi's stem klonk onduidelijk, alsof hij van ergens diep in een afgesloten vat praatte. 'Misschien is mijn kaak ook wel gebroken. En een paar ribben.'

'En hoe staat het met de rest?'

'Verder gaat het wel. Ik denk dat ik kan lopen.'

'Mooi. We hebben een minuut of drie om bij de auto te komen. Hier. Neem dit mee.' Hij gaf Alexi het pistool.

'Dat heeft geen zin. Het werkt niet.'

'Neem het toch maar mee. En probeer je een beetje te vermannen terwijl ik de Madonna pak.'

'Kijk eerst eens onder de voet.'

'Hoe bedoel je?'

'Daar staat iets geschreven. Ik kon het niet lezen, maar het staat erin geschroeid. Net als in die kist van Yola. Het is de eerste plek waar ik heb gekeken.'

Sabir tilde de Zwarte Madonna op. Die was veel lichter dan hij had verwacht. Het beeld was een centimeter of zestig hoog en gesneden uit donkergebeitst hout. Zowel de Madonna als Jezus was getooid met een kroon, en de Madonna droeg ook nog een halssieraad. Haar lichaam was gedeeltelijk gehuld in een soort gewaad van textiel, dat bij haar linkerborst was gescheurd, zodat het blekere hout eronder zichtbaar was. Ze zat op een stoel en het kindje Jezus zat op haar schoot. Zijn gezicht was echter niet dat van een kind maar van een wijze oudere man.

'Je hebt gelijk. Ik ga het overtrekken.'

'Waarom nemen we haar niet mee?'

'Hier is ze veiliger dan bij ons. En we hebben geen behoefte aan een tweede politiemacht achter ons aan. Als er niets is gestolen, heb je een goede kans dat ze de hele zaak na een paar dagen laten rusten; tenslotte hebben ze alleen de oude man om te ondervragen. We hebben waar we voor zijn gekomen. Ik neem aan dat dit gewoon weer een stukje is van een plattegrond die ons uiteindelijk naar de verzen zal leiden.' Hij legde een vel papier over de voet van de Madonna en begon met een potloodstompje de lijnen na te trekken.

'Ik kan niet opstaan. Blijkbaar heeft hij meer schade aangericht dan ik dacht.'

'Wacht op mij. Ik ben zo bij je.'

Alexi deed een poging te lachen. 'Maak je geen zorgen, Adam. Ik ga nergens heen.'

48

Sabir bleef staan om op adem te komen. Alexi leunde met zijn hele gewicht tegen hem aan. Onder zich hoorden ze in de verte het geluid van naderende politiesirenes. 'Ik ben nog niet helemaal de oude na die bloedvergiftiging. Ik heb totaal geen spierkracht. Ik geloof niet dat ik je alleen naar boven kan krijgen.'
'Hoe ver moeten we nog?'
'Ik kan de auto zien staan. Maar ik durf Yola niet te roepen, want dan hoort iemand ons misschien.'
'Kun je mij niet achterlaten en haar gaan halen? Dan kunnen jullie me het laatste stukje samen omhoog helpen.'
'Weet je zeker dat ik je alleen kan laten?'
'Ik geloof dat ik net een van mijn tanden heb ingeslikt. Als ik daar niet in stik, red ik het wel.'
Sabir liet Alexi achter, leunend tegen het hek langs het pad. Hij haastte zich de heuvel op.
Yola stond met een ongerust gezicht bij de auto. 'Ik wist niet wat ik moest doen. Ik hoorde de sirenes, maar ik was er niet zeker van of die voor jullie of iemand anders waren.'
'Alexi is gewond. We zullen hem samen het steilste stuk van de heuvel op moeten dragen. Kun je dat aan?'
'Is hij ernstig gewond?'
'Hij is een paar tanden kwijt. Misschien heeft hij een gebroken kaak. En mogelijk een paar gebroken ribben. Er heeft zich iemand met een stoel op hem laten vallen.'
'Iemand?'
'Ja. Die iemand.'
'Is de man dood? Hebben jullie hem gedood?'
'Alexi heeft het geprobeerd, maar het pistool blokkeerde.'
Yola pakte Alexi bij zijn voeten en Sabir nam hem aan de bovenkant,

zodat hij het grootste deel van het gewicht droeg.

'We moeten snel zijn. Als de oude gardien met de politie praat en vertelt dat er een pistool is gebruikt bij de inbraak, zijn we de pineut. Dan sluiten ze het hele dal af en sturen de CRS, de oproerpolitie, op ons af. Ik herinner me van de landkaart dat je hier maar via drie wegen vandaan kunt komen. En de twee belangrijkste daarvan hebben ze al onder controle.'

49

'Ik ben er vrij zeker van dat we niet worden gevolgd.' Sabir keek ingespannen door de voorruit in een poging de borden te lezen.

Ze hadden de ergste gevarenzone intussen achter zich gelaten en reden op de Route Nationale 20, waar voldoende verkeer was om onopvallend in op te gaan. De opluchting in de auto was bijna tastbaar, alsof ze er met een flinke dosis geluk en een fantastisch goede timing in waren geslaagd een akelig ongeluk te vermijden.

'Hoe gaat het met hem?'

Yola haalde haar schouders op. 'Ik geloof niet dat zijn kaak gebroken is. Maar een paar van zijn ribben wel. Nu heeft hij het perfecte excuus om lui te zijn.'

Alexi keek alsof hij iets gevats terug ging zeggen, maar toen veranderde hij onverwacht van onderwerp en klopte op zijn broekzak. 'Ah, nee! Dat is toch ongelofelijk? Ik had hem hier.'

'Wat?'

'De portefeuille.' Alexi schudde bedroefd zijn hoofd. 'Die geniepige smeerlap heeft zijn eigen portefeuille teruggestolen. En die zat propvol geld. Ik had kunnen leven als een koning. En een paar gouden tanden kunnen aanschaffen.'

Sabir lachte. 'Ik zou er maar niet over klagen, Alexi. Zijn angst dat we zijn identiteit zouden ontdekken heeft jou waarschijnlijk het leven gered. Als hij niet naar zijn portefeuille was gaan zoeken, had hij tijd genoeg gehad om jou om zeep te helpen voordat ik met de gardien binnenkwam.'

Alexi was met zijn aandacht alweer elders. Hij tilde zijn hoofd op van de bank en lachte zijn resterende tanden bloot naar Yola. 'Hé, zuster. Ik heb wel gehoord dat je me lui noemde. Maar het zijn niet alleen mijn ribben, hoor. Hij heeft me ook een trap in mijn ballen verkocht.'

Yola schoof een stukje van hem weg. 'Die moet je zelf maar verzorgen. Ik wil er niet in de buurt komen.'

'Hoor je dat, gadje? Die vrouw is frigide. Geen wonder dat niemand ooit heeft aangeboden haar te ontvoeren.'

Yola trok in een verdedigend gebaar haar knieën op. 'Vlei jezelf maar niet. Nu je ballen beschadigd zijn, ben je van geen enkel nut meer als ontvoerder. Je bent vast impotent. Ze zullen het ergens anders moeten zoeken als ze hun oog willen laten doorboren. Of een komkommer gebruiken.'

'Dat is niet waar!' Alexi boog zich kreunend naar voren en klopte Sabir op zijn schouder. 'Dat is toch niet waar, hè, Adam? Dat je impotent wordt van een trap in je ballen?'

'Hoe moet ik dat weten? Het zou best kunnen. Over een paar dagen weet je het.' Sabir wendde zich tot Yola. 'Yola, wat bedoelde je met "als ze hun oog willen laten doorboren"?'

Yola sloeg haar blik neer. Ze keek zijdelings uit het raampje. Er viel een stilte.

'O, ja. Ik snap het al. Sorry.' Sabir schraapte zijn keel. 'Hoor eens, ik moet jullie iets vertellen. Iets belangrijks.'

'We hebben nog niet gegeten.'

'Wat?'

'Je moet nooit iets belangrijks zeggen als je honger of pijn hebt. Dan is het de honger of de pijn die spreekt, in plaats van jijzelf, en wat je zegt heeft dan geen waarde.'

Sabir slaakte een zucht; hij wist wanneer hij verslagen was. 'Dan stop ik wel bij een restaurant.'

'Een restaurant?'

'Ja. En we kunnen beter een hotel gaan zoeken.'

Yola barstte in lachen uit. Alexi wilde haar bijvallen, maar hield er snel mee op toen hij merkte hoeveel pijn dat aan zijn kaak en ribben deed.

'Nee, Adam. We slapen vannacht wel in de auto, want het is te laat om ergens aan te komen zonder vragen op te roepen. En dan rijden we morgenochtend vroeg naar Gourdon.'

'Wat moeten we in Gourdon?'

'Er is daar een permanent kamp. We kunnen er voedsel en een slaapplaats krijgen. Ik heb er familie.'

'Nog meer familie?'

'Spot er niet mee, Adam. Nu je mijn phral bent, is het ook jouw familie.'

50

Hoofdinspecteur Joris Calque was geen voorstander van tv-kijken onder het ontbijt. Sterker nog, hij was geen voorstander van tv-kijken, punt. Maar de *patronne* van de *chambre d'hôte* waar Macron en hij logeerden leek te denken dat het zo hoorde. Ze ging zelfs achter hen staan terwijl ze aan tafel zaten en becommentarieerde al het plaatselijke nieuws.

'Als politiemannen bent u zeker altijd op zoek naar nieuwe misdrijven?'

Macron sloeg onopvallend zijn ogen ten hemel. Calque wijdde zich met nog grotere concentratie aan zijn bananenbeignets met appelsaus.

'Niets is er meer heilig. Zelfs de kerk niet.'

Calque besefte dat hij iets moest zeggen om niet onbeleefd te lijken. 'Wat? Heeft er iemand een kerk gestolen?'

'Nee, monsieur. Veel erger.'

'Lieve hemel!'

Macron verslikte zich bijna in zijn roerei. Hij deed alsof hij hevig moest hoesten, wat madame noodzaakte zich een paar minuten lang met hem bezig te houden, hem stevig op de rug te slaan en van extra koffie te voorzien.

'Nee. Geen kerk, inspecteur.'

'Hoofdinspecteur.'

'Hoofdinspecteur. Zoals ik al zei, het is veel erger. De Madonna zelf.'

'Heeft iemand de Madonna gestolen?'

'Nee. Er is hemelse tussenkomst geweest. De dieven zijn betrapt en gestraft. Ze moeten op de juwelen uit zijn geweest die in de kroon van de Madonna en het kindje Jezus zitten. Niets is er meer heilig, meneer. Niets.'

'En over welke Madonna gaat het, madame?'

'Maar het is net op tv geweest!'

'Ik zat te eten, madame. Men kan niet tegelijk eten en tv-kijken. Dat is ongezond.'

'Het was de Madonna van Rocamadour. De Zwarte Madonna zelf.'

'En wanneer heeft die poging tot diefstal plaatsgevonden?'

'Gisteravond. Nadat ze de kerk hadden afgesloten. Er is zelfs een pistool gebruikt. Gelukkig heeft de gardien dat aan een van de mannen weten te ontworstelen, zoals Jakob worstelde met de engel. En toen heeft de Madonna door middel van haar wonderbare tussenkomst de rovers weggejaagd.'

'Haar wonderbare tussenkomst?' Macron zat als verstijfd, met zijn vork halverwege zijn mond. 'Tegen een pistool? In Rocamadour? Maar, meneer...'

Calque wierp hem over de tafel een veelbetekenende blik toe. 'U hebt gelijk, madame. Niets is er meer heilig. Niets.'

51

'En die man deed zich voor als toevallige voorbijganger? Hij pretendeerde u te helpen?' Calque probeerde de leeftijd van de gardien te schatten en hield het uiteindelijk op tweeënzeventig.
'O zeker, monsieur. Hij was zelfs degene die mijn aandacht vestigde op het rumoer in de kerk.'
'Maar nu denkt u dat hij deel uitmaakte van de bende?'
'Sterker nog, monsieur, ik ben er zeker van. Ik heb hem achtergelaten terwijl hij de andere man onder schot hield. Ik moest telefoneren, snapt u, maar de mobiele telefoons die we van de kerkleiding krijgen werken hier niet, onder aan de rotshelling. We hebben er niets aan. We moeten vanuit het kantoortje op de oude vaste lijn bellen. Volgens mij doen ze dat opzettelijk, om te zorgen dat we geen misbruik maken van de telefoon.' Hij sloeg een kruis als boetedoening voor zijn harteloze gedachten. 'Maar zo is het met al die moderne apparaten: ze werken niet echt. Neem nou de computer van mijn kleinzoon...'
'Waarom hebben ze de Zwarte Madonna niet meegenomen, als ze deel uitmaakten van dezelfde bende? Daar hadden ze tijd genoeg voor, voordat u terugkwam of de politie arriveerde.'
'De jongste van de twee was gewond, monsieur. Zijn hele gezicht zat onder het bloed. Ik denk dat hij gevallen was toen hij probeerde de Madonna te stelen.' Hij sloeg weer een kruis. 'Misschien kon de andere man hem én de Madonna niet tegelijk dragen?'
'Ja. Ja. U zou gelijk kunnen hebben. Waar is de Madonna nu?'
'Terug in haar toonkast.'
'Mogen we haar zien?'
De oude man aarzelde. 'Dat betekent dat ik terug moet naar de opslagkamer om de ladder te halen en...'
'Mijn ondergeschikte, inspecteur Macron, zal daar allemaal voor zorgen. U hoeft voor ons geen moeite meer te doen. Dat beloof ik u.'

'Nou, goed dan. Maar wees alstublieft voorzichtig. Het is een wonder dat ze niet beschadigd is bij al dat gedonder gisteravond.'

'U hebt het uitstekend gedaan. Het is geheel aan u te danken dat de Madonna weer op haar plaats staat.'

De gardien haalde met een rukje zijn schouders op. 'Denkt u? Denkt u dat echt?'

'Ik ben er volledig van overtuigd.'

'Macron, kom eens kijken en vertel me wat je hiervan denkt.' Calque staarde naar het voetstuk van de Madonna. Hij liet zijn duim over de diep in het hout gekerfde letters gaan.

Macron pakte de Madonna aan. 'De letters zijn er in elk geval lang geleden ingesneden. Dat kun je zien aan de manier waarop het hout donkerder is geworden. Heel anders dan bij deze beschadigingen op haar borst.'

'Die dateren waarschijnlijk uit de Revolutie.'

'Hoe bedoelt u?'

'Noch de protestanten, gedurende de godsdienstoorlogen, noch onze revolutionaire voorouders waren voorstanders van afgodsbeelden. In de meeste Franse kerken hebben ze beelden van Christus, de Madonna en de heiligen vernield. Ook hier hebben ze dat geprobeerd. Volgens de overlevering hebben ze het zilver waarmee de Madonna oorspronkelijk bedekt was losgerukt en waren ze toen zo verbaasd over de waardigheid van wat ze eronder vonden, dat ze haar verder met rust hebben gelaten.'

'U gelooft die flauwekul toch niet echt, hè?'

Calque nam de Madonna weer van Macron over. 'Het is geen kwestie van geloven. Het is een kwestie van luisteren. De geheimen van de geschiedenis zijn niet verborgen, Macron. Je moet alleen goede ogen en oren hebben om hun ware essentie te ontdekken tussen het wrakhout dat eromheen drijft.'

'Ik snap niet waar u het over hebt.'

Calque zuchtte. 'Laten we dit als voorbeeld nemen. Het is een beeld van de Madonna met kind. Mee eens?'

'Natuurlijk is het dat.'

'En we weten dat deze specifieke Madonna zeelieden beschermt. Zie je die klok daarboven? Als die plotseling uit eigen beweging gaat luiden, betekent dat dat er een zeeman op wonderbaarlijke wijze door tussenkomst van de Madonna is gered van de zee. Of dat het zal gaan stormen en er een wonder zal plaatsvinden.'

'Dat komt gewoon door de wind. Meestal gaat het al waaien voordat de storm echt opsteekt.'

Calque glimlachte. Hij legde een vel papier over het voetstuk van het beeld en begon de letters over te trekken met zijn pen. 'Goed, de Egyptische godin Isis, de vrouw en zuster van Osiris en de zuster van Set, werd ook verondersteld zeelieden van de zee te redden. En we weten dat ze vaak gezeten op een troon werd afgebeeld, met haar zoontje, het kindje Horus, op haar schoot. Horus was de god van het licht, van de zon, de dag, het leven en het goede, en zijn tegenstrever, Set, de gezworen vijand van Isis, was de god van de nacht, het kwaad, de duisternis en de dood. Set had Osiris, de oppergod, zover gekregen een prachtig bewerkte doodskist uit te testen en had hem erin opgesloten en in de Nijl gegooid, waar er een boom om hem heen groeide. Later sneed hij het lichaam van Osiris in veertien stukken. Maar Isis vond de kist en de inhoud en zette met de hulp van Thoth, de middelaar, de stukken weer aan elkaar, en Osiris werd net lang genoeg weer levend om haar zwanger te maken van Horus, hun zoon.'

'Ik snap niet...'

'Macron, de Zwarte Madonna is Isis. De Christusfiguur is Horus. De christenen hebben gewoon de oude Egyptische goden overgenomen en veranderd in iets wat aanvaardbaarder was voor hun moderne fijngevoeligheid.'

'Modern?'

'Osiris is dus herrezen. Hij is teruggekomen uit de dood. En hij had een zoon. Die vocht tegen de krachten van het kwaad. Komt dat je niet bekend voor?'

'Jawel.'

'Zowel Jezus als Horus is geboren in een stal. En van beiden wordt de geboorte op 25 december gevierd.'

Macron begon een glazige blik in zijn ogen te krijgen.

Calque haalde zijn schouders op. 'Nou ja. Hoe dan ook. Dit is waar Sabir en die ogenman van jou naar op zoek waren.' Hij hield het vel papier op.

'Het is willekeurig gekrabbel.'

'Nee, dat is het niet. Het is spiegelschrift. We hebben alleen een spiegel nodig en dan moeten we het kunnen ontcijferen.'

'Hoe weet u dat dit is wat ze zochten?'

'Door logisch na te denken, Macron. Kijk, Sabir en de zigeuner hebben hier ingebroken met een doel. Het doel was de Madonna te stelen. Maar de ogenman was hier ook. Ze zijn erin geslaagd hem weg te jagen, waardoor ze alleen met de gardien in de kerk achterbleven. Maar de oude man was te zeer in de war door alle gebeurtenissen om de leiding te nemen, dus gehoorzaamde hij Sabir en ging naar het kantoortje om te bellen. De twee mannen hadden de Madonna samen best mee kunnen nemen. Ze is maar een centimeter of zestig hoog en weegt bijna niets. Maar dat hebben ze niet gedaan. Ze hebben haar achtergelaten. En waarom? Omdat ze al hadden waar ze voor gekomen waren. Breng me die zaklantaarn.'

'Maar die is bewijsmateriaal. Er kunnen vingerafdrukken op staan.'

'Breng me die zaklantaarn nou maar, Macron.' Calque draaide het vel papier om. 'Dan schijnen we er van de beschreven kant doorheen.'

'Ah. Dat is slim. Zo hebben we geen spiegel nodig.'

'Schrijf dit in je notitieboekje:

> Il sera ennemi et pire qu'ayeulx
> Il naistra en fer, de serpente mammelle
> Le rat monstre gardera son secret
> Il sera mi homme et mi femelle'

'Wat betekent dat?'

'Snap je je eigen taal niet?'

'Natuurlijk wel.'

'Ontcijfer het dan maar.'

'Nou, de eerste regel betekent: "Hij zal een vijand zijn en erger..."' Macron aarzelde.

'"... dan ieder die hem voorging."'

'"Hij zal geboren worden in ijzer..."'

'"... uit de hel", Macron. *Enfer* betekent hel. Negeer het feit dat het als twee woorden is geschreven. Mensen worden niet uit ijzer geboren.'

'"... uit de hel", dan, "met de tepel van een slang..."'

'"... hij zal aan de borst van een slang liggen."'

Macron zuchtte. Hij ademde luidruchtig uit, alsof hij zojuist een stel zware gewichten had getild in de sportschool. '"De monsterlijke rat zal zijn geheim bewaken..."'

'Ga verder.'

'"Hij zal half man en half vrouw zijn."'

'Uitstekend. Maar je kunt de laatste regel ook lezen als "Hij zal noch man noch vrouw zijn".'
'Waar haalt u dat vandaan?'
'Vanwege de aanwijzing in de eerste regel. Het gebruik van het woord *ennemi*. Daarmee wordt aangegeven dat in de lettergreep *mi* in het vervolg de "m" vervangen moet worden door een "n".'
'Serieus?'
'Heb je nooit woordpuzzels gemaakt?'
'In het Frankrijk van de middeleeuwen hadden ze geen woordpuzzels.'
'Ze hadden iets veel beters. De kabbala. Het was heel gewoon om een woord te maskeren of coderen door een ander woord te gebruiken. Zoals de auteur in regel drie heeft gedaan, met *rat monstre*. Dat is een anagram. Dat weten we omdat de twee woorden worden gevolgd door het woord *secret*, dat als aanwijzing fungeert. Ook weer net als in een woordpuzzel.'
'Hoe weet u al die dingen?'
'Dat heet een klassieke vorming. Gecombineerd met iets wat gezond verstand wordt genoemd. Dat is iets wat ze jullie in die bidonville van een school van jou in Marseille duidelijk niet hebben bijgebracht.'
Macron liet de belediging van zich afglijden. Deze ene keer was hij geïnteresseerder in de zaak dan in zichzelf. 'Wie denkt u dat dit heeft geschreven? En waarom zitten die maniakken erachteraan?'
'Wil je mijn eerlijke mening?'
'Ja.'
'De duivel.'
Macrons mond viel open. 'Dat meent u toch niet?'
Calque vouwde het vel papier op en stak het in zijn zak. 'Natuurlijk meen ik dat niet. De duivel schrijft de mensen geen liefdesbriefjes, Macron. De hel komt altijd per expresse.'

52

Yola ging wat meer rechtop zitten en keek naar buiten. 'Kijk. Er komt een bruiloft.' Ze draaide zich om en bekeek de twee mannen kritisch. 'Ik zal jullie kleren moeten wassen en repareren. Zo kunnen jullie niet in het openbaar verschijnen. En jullie hebben jasjes en dassen nodig.'

'Mijn kleren zijn goed zoals ze zijn, dank je.' Sabir wendde zich tot Yola. 'En hoe weet je dat er een bruiloft komt? We zijn nog niet eens bij het kamp.'

Alexi snoof geringschattend. Hij lag languit op de achterbank met zijn verbonden hoofd gerieflijk tegen het raampje. 'Zijn jullie gadje allemaal blind of zo? We hebben al vier woonwagens ingehaald. Waar denk je dat die naartoe gaan?'

'Naar een begrafenis? Of naar zo'n kris van jullie?'

'Heb je de gezichten van de vrouwen gezien?'

'Nee.'

'Nou, als je je ogen een keertje gebruikte – zoals zigeuners doen – zou je hebben gezien dat de vrouwen opgewonden waren, niet verdrietig.' Hij voelde met zijn vinger in zijn mond om het nieuwe landschap daar te onderzoeken. 'Heb je vijftig euro bij je?'

Sabir vestigde zijn blik weer op de weg. 'Dat zal echt niet genoeg zijn om gouden tanden voor je te kopen.'

Alexi trok een grimas. 'Maar héb je ze?'

'Ja.'

'Geef dan. Ik moet iemand betalen om op de auto te passen.'

'Waar heb je het over, Alexi?'

'Precies wat ik zeg. Als je niet iemand inhuurt om erop te letten, wordt hij door iemand anders gestript. Het zijn dieven, die mensen.'

'Wat bedoel je met "die mensen"? Het zijn jouw mensen, Alexi.'

'Dat weet ik wel. Daarom weet ik ook dat het dieven zijn.'

Sabir en Alexi hadden een hoek van een woonwagen toegewezen gekregen die van een neef van Alexi was. Alexi lag op het ene veldbed bij te komen en Sabir zat naast hem, op de grond.

'Laat me dat pistool eens zien, Alexi. Ik wil kijken waarom het niet goed schoot.'

'Het schoot helemaal niet. Anders had ik hem te pakken gehad. Recht door zijn neus.'

'Weet je dat zo'n ding een veiligheidspal heeft?'

'Natuurlijk weet ik dat. Denk je dat ik gek ben?'

'En weet je dat je de haan moet spannen?'

'De haan? Welke haan?'

'Aha.' Sabir zuchtte. 'Voordat je met een automatisch pistool kunt schieten, moet je deze slede hier naar achteren trekken. Zo komt er een patroon in de kamer en wordt de haan gespannen. Onder militairen heet dat doorladen.'

'Putain. Ik dacht dat het net zo werkte als een revolver.'

'Alleen een revolver werkt als een revolver, Alexi. Hier. Probeer maar.'

'Hé, da's makkelijk.'

'Richt dat ding niet zo op mij.'

'Wees maar niet bang, Adam. Ik ga je niet neerschieten. Zó'n hekel heb ik nou ook weer niet aan gadje.'

'Dat is een hele opluchting.' Sabir fronste zijn voorhoofd. 'Vertel eens, Alexi, waar is Yola eigenlijk gebleven?'

'Bij de vrouwen.'

'Hoe bedoel je?'

'Ik bedoel dat we haar voorlopig minder vaak zullen zien. Niet zoals wanneer we op reis zijn.'

Sabir schudde zijn hoofd. 'Ik snap niets van die scheiding tussen mannen en vrouwen bij de zigeuners, Alexi. En wat is al dat gedoe over onreinheid en het bezoedelen van anderen? Hoe noemde ze dat? Ma... en dan nog iets.'

'Marimé.'

'Dat is het, ja.'

'Heel gewoon. Er zijn dingen die bezoedelen en dingen die niet bezoedelen.'

'Zoals egels.'

'Ja. Egels zijn rein. Net als paarden. Die likken niet aan hun eigen genitaliën. Honden en katten zijn smerig.'

'En vrouwen?'

'Die doen dat ook niet. Wat dacht je? Dat het slangenmensen zijn?'

Sabir gaf Alexi een mep tegen zijn voetzool. 'Ik meen het. Ik wil echt graag weten hoe het zit.'

'Het is gecompliceerd. Vrouwen kunnen anderen bezoedelen als ze bloeden. In die periode mag een vrouw bijvoorbeeld de baby van een ander niet vasthouden. En geen man aanraken. En niet koken. En niet over een bezem stappen. Eigenlijk mag ze dan niets. Daarom mag een vrouw zich ook nooit boven een man bevinden. In een stapelbed, bijvoorbeeld. Of in een huis. Dan zou hij bezoedeld raken.'

'Jezus.'

'In de tijd van mijn vader was het nog veel erger, Adam, echt waar. Zigeuners mochten in Parijs niet met de metro, omdat er dan per ongeluk een zigeunerin op het trottoir boven ze kon lopen. Eten moest buitenshuis worden bewaard, omdat er anders een vrouw op een hoger gelegen verdieping overheen kon lopen. Of het met haar jurk kon aanraken.'

'Dat meen je niet.'

'Jazeker wel. En waarom denk je dat Yola mij vroeg erbij te zijn toen ze je de kist liet zien?'

'Omdat ze jou erbij wilde betrekken?'

'Nee. Omdat een ongetrouwde vrouw niet alleen hoort te zijn met een man die niet haar broer of vader is in een kamer met een bed erin. Bovendien ben jij een gadje, wat je marimé maakte.'

'Dus daarom wilde die oude vrouw in het kamp niet samen met mij eten?'

'Nu heb je het door. Ze zou je bezoedeld hebben.'

'Zij zou míj bezoedeld hebben? Maar ik dacht dat ik háár bezoedeld zou hebben.'

Alexi trok een gezicht. 'Nee. Ik had het mis. Je hebt het niet door.'

'En dan al die lange rokken die de vrouwen moeten dragen. Terwijl Yola het geen punt schijnt te vinden om haar borsten in het openbaar te ontbloten. Zoals tijdens de begrafenis.'

'Borsten zijn om kinderen te voeden.'

'Dat weet ik wel...'

'Maar een vrouw mag nooit haar knieën laten zien. Dat hoort niet. Ze moet ervoor zorgen dat ze de begeerte van haar schoonvader niet aanwakkert. Of die van andere mannen buiten haar echtgenoot. Knieën kunnen dat effect hebben.'

'Maar hoe zit het dan met alle andere vrouwen hier in Frankrijk? Die zie je voortdurend over straat lopen, en die ontbloten zo ongeveer alles.'

'Maar dat zijn payos. Of in elk geval gadje. Die tellen niet.'

'O. Ik snap het.'

'Nu jij een van ons bent, Adam, tel je mee. Misschien niet zoveel als een echte zigeuner, maar je telt wel mee.'

'Dank je wel. Daar ben ik heel blij om.'

'Misschien kunnen we op een dag zelfs een vrouw voor je vinden. Een lelijke. Eentje die niemand anders wil.'

'Val dood, Alexi.'

53

'Er komt een bruiloft.'
'Een bruiloft?' Calque keek op van het bibliotheekboek dat hij las.
'Ja. Ik heb met de commandant van de gendarmerie van Gourdon gepraat, zoals u voorstelde. Er komen nu al drie dagen lang woonwagens aan. Ze zetten zelfs twee agenten extra in voor het geval er ongeregeldheden zijn. Drinkgelagen, problemen met de plaatselijke bevolking, dat soort dingen.'
'Heeft ons trio zich nog verplaatst?'
'Nee. Ik vermoed dat ze hier blijven zolang de feestelijkheden duren. Zeker als een van hen gewond is. Hun auto staat aan de rand van het kamp geparkeerd. Ze lijken wel gek, als ik eerlijk mag zijn. Een gloednieuwe Audi, op een dergelijke plek? Alsof je een gebruikt slipje heen en weer wappert voor de neus van een puberjongen.'
'Je metafoor mist zowel elk fatsoen als elke grond, Macron.'
'Het spijt me, meneer.' Macron zocht naar iets neutraals om te zeggen. Een onschuldige manier om zijn woede over de situatie waar ze dankzij Calque in verzeild waren geraakt te temperen. 'Wat bent u aan het doen, meneer?'
'Ik probeer dit anagram op te lossen. Eerst dacht ik dat "rat monstre" simpelweg een anagram van *monastère* was. Dat het betekende dat het geheim waar iedereen naar op zoek lijkt te zijn in een klooster te vinden is.'
'Maar dat klopt niet. Kijk maar, je houdt een "t" en een "r" over en komt een "e" te kort.'
'Dat weet ik.' Calque keek hem nors aan. 'Tot die conclusie kwam ik ook. Maar ik ging uit van het volstrekt redelijke vermoeden dat de auteur van deze versregels misschien een verouderde spelling gebruikte, zoals bijvoorbeeld *monastter*. Of *montaster*.'
'Maar dat is niet het geval?'
'Nee. Nu zit ik in dit boek te zoeken naar andere plaatsen in Frankrijk

waar zich een Zwarte Madonna bevindt. Misschien dat ik er op die manier uit kom.'

'Waarom moet het in Frankrijk zijn?'

'Waar heb je het over, Macron?'

'Waarom moet de plaats waar dat geheim is verborgen in Frankrijk zijn? Waarom niet in Spanje?'

'Verklaar je nader.'

'Mijn moeder is zeer katholiek. Streng katholiek, mag ik wel zeggen. Toen ik klein was, nam ze ons regelmatig mee, een paar honderd kilometer langs de kust naar het zuiden, naar Barcelona. Met de trein langs de Étangs en de kust. Dat was haar idee van een dagje uit.'

'Kom ter zake, Macron. Ik heb geen tijd om naar verhalen over de vakanties in je gelukkige kindertijd te luisteren.'

'Nee, meneer. Ik zal vertellen waar het om gaat. In de buurt van Barcelona, niet ver van Terrassa, ligt een van de heiligste heiligdommen van Spanje. Het heet Montserrat. Ik kan me niet herinneren of daar een Zwarte Madonna is, maar het is een belangrijke plek voor de jezuïeten. De heilige Ignatius van Loyola legde zijn wapenrusting af in de abdij nadat hij had besloten monnik te worden. Mijn moeder is nogal dol op de jezuïeten, vandaar.'

Calque liet zich tegen de rugleuning van zijn stoel zakken. 'Macron. Je bent er voor één keer in geslaagd me te verrassen. Jij wordt nog wel eens een goede rechercheur.' Hij begon door het boek te bladeren. 'Ja. Hier hebben we Montserrat. Er zitten twee t's in. Uitstekend. En er is een Zwarte Madonna. Luister maar:

"De verering van La Virgen de Montserrat, ook wel La Morenita ofwel de Donkere genoemd, dateert uit 888, toen ze hoog in de Sierra de Montserrat, waar ze verborgen lag, werd gevonden door een groep herders onder de bescherming van een vlucht engelen. Het beeld zou door de discipel Lucas zelf gesneden zijn en door Petrus van Jeruzalem naar Montserrat zijn gebracht, waar het honderden jaren ongestoord heeft gelegen. Kort na de ontdekking probeerde de bisschop van Manresa het beeld te verplaatsen, maar hij kreeg het niet van zijn plek. De graaf van Barcelona werd de eerste beschermer van de Madonna en zijn zoon wijdde in 932 een kapel aan haar, die in 982 door koning Lotharius van Frankrijk werd geconsacreerd. Montserrat is tegenwoordig een bedevaartsoord en een centrum van Catalaans nationalisme. Getrouwde stellen uit heel Spanje komen hiernaartoe om hun verbintenis te laten zegenen door de Madonna, want, zoals het gezegde luidt, *No es ben casat qui no dun la done a Montserrat,* 'een man is niet echt getrouwd voordat hij zijn bruid heeft meegenomen naar Montserrat'. Naar verluidt heeft er in de huidige kapel tevens een altaar gestaan voor Venus, de godin van de schoonheid, de moeder der liefde, koningin van de lach, meesteres van de gratiën en van het plezier, en beschermheilige van de courtisanes."'

Calque klapte in zijn handen. 'Venus, Macron. Nu komen we ergens. Herinner je je de versregel nog? "Hij zal noch man noch vrouw zijn'".

'Wat heeft dat met Venus te maken?'

Calque zuchtte. 'Venus werd ook wel Cypria genoemd, naar haar belangrijkste plaats van verering op het eiland Cyprus. Daar stond een beroemd beeld van Cypria met een baard en een scepter. Maar hoewel Cypria er op het eerste gezicht als een man uitzag, en dat is de link met de versregel, had ze het lichaam van een vrouw en was ze gehuld in vrouwenkleren. Toen Catullus het standbeeld zag, noemde hij haar zelfs de *duplex Amathusia.* Met andere woorden, ze is hermafrodiet, net als haar zoon.'

'Wat is ze?'

'Hermafrodiet. Half man, half vrouw. Noch het ene noch het andere.'

'En wat heeft dat met de Zwarte Madonna te maken?'

'Twee dingen. Ten eerste: het bevestigt het verband met Montserrat – uitstekend werk, Macron. Ten tweede: in combinatie met de tekst op het voetstuk versterkt het het verband tussen de Zwarte Madonna van Montserrat en die van Rocamadour.'

'Hoezo?'

'Herinner je je de gezichten van de Madonna van Rocamadour en haar zoon? Kijk. Hier is een foto.'

'Ik zie niets. Het is gewoon een beeld.'

'Gebruik je ogen, Macron. De twee gezichten zijn hetzelfde. Verwisselbaar. Het zouden allebei mannen of allebei vrouwen kunnen zijn.'

'Ik begrijp er nu echt niets meer van. Ik zie niet wat dit met onze moord te maken heeft.'

'Ik eerlijk gezegd ook niet. Maar ik denk dat je gelijk hebt over de bruiloft. Ik verwacht dat de zigeuners voor de duur daarvan hier zullen blijven om hun wonden te likken. Sabir is natuurlijk een geval apart. En waar hij gaat, zal de ogenman volgen. Deze keer kunnen we de ontwikkelingen dus voor zijn. We gaan een dienstreisje maken.'

'Een dienstreisje? Waarheen?'

'Naar de plaatsen uit je kindertijd, om de kennismaking te hernieuwen, Macron. We gaan naar Spanje. Naar Montserrat. Om een dame te bezoeken.'

54

Achor Bale keek toe hoe de nieuwe jonge bewaker zijn hond meenam van de ene hoek van de basiliek Saint-Sauveur naar de andere. Dat moest je de kerkelijke autoriteiten van Rocamadour nageven: ze waren niet langzaam geweest met het werven van nieuw personeel. Maar het moest geestdodend werk zijn. Hoe groot was de kans dat een boef één avond na een mislukte diefstal terugkwam naar de plaats van het delict? Eén op een miljoen? Nog kleiner, waarschijnlijk. Bale schoof voorzichtig wat dichter naar de rand van de orgelgalerij. Over een minuut zou de man zich recht onder hem bevinden.

Het was kinderspel geweest om het peilzendertje weer in te schakelen en Sabir en de twee zigeuners naar Gourdon te volgen. Bale was zelfs sterk in de verleiding geweest om ze die eerste nacht onverwachts te overvallen, terwijl ze in de auto lagen te slapen. Maar ze hadden een bijzonder onhandige plek gekozen, midden in het centrum van een druk marktstadje aan de rand van de Bouriane; het soort plek waar bewakingscamera's waren en overijverige politiemannen op de uitkijk stonden naar dronkenlappen en vechtlustige jonge boeren.

De juistheid van Bales beslissing was prompt bevestigd toen hij op de radio had gehoord dat de dieven de Madonna hadden achtergelaten. Wat was dat voor onzin? Waarom hadden ze haar niet gestolen? Ze hadden een pistool gehad. En de gardien stond met één been in de seniliteit en met het andere in het graf. Nee. Hij wist zeker dat hij de zigeuner ingespannen naar de voet van de Madonna had zien turen voordat hij zich overgaf aan al die religieuze rimram van hem, en dat betekende dat daar iets geschreven stond, zoals al min of meer was gebleken uit wat het meisje hem aan de oever van de rivier had verteld. Iets wat Bale koste wat het kost moest zien.

Nu zigzagde de bewaker heen en weer tussen de kerkbanken en lokte zijn hond mee met een paar korte fluitsignalen. Je zou denken dat hij gefilmd werd, zoveel ijver legde hij aan de dag in zijn nieuwe baan. Elk normaal mens zou allang een rookpauze hebben ingelast. Hij moest grondig uit de weg worden geruimd. En de hond ook, natuurlijk.

Bale gooide de kandelaar hoog over het hoofd van de man, telde tot drie, en zette af van de galerij. De man liet zich gemakkelijk afleiden, zoals hij al had vermoed. Toen hij het geluid van de vallende kandelaar hoorde, had hij zich meteen afgewend van het orgel en zijn lantaarn op het gevallen object gericht.

De voeten van Bale raakten de bewaker in zijn nek. De man schoot naar voren en viel voorover op de tegels terwijl Bale, die als een projectiel fungeerde, met zijn volledige gewicht op hem neerkwam. Bale was tweeenhalve meter naar beneden gesprongen. De bewaker had net zo goed met een strop om zijn nek van een ladder kunnen springen.

Bale hoorde de wervelkolom kraken op het moment dat hij neerkwam, en hij concentreerde zich onmiddellijk op de hond. De dode bewaker had de gevlochten leren riem nog steeds in zijn hand. De herdershond deinsde instinctief achteruit en dook ineen als voorbereiding op zijn sprong. Bale greep de riem en gaf er een zwiep aan, als een honkbalspeler die uithaalt voor een homerun. De herder vloog door de lucht, gedreven door zijn eigen voorwaartse sprong en de kracht van Bales uithaal. Bale liet de riem precies op het goede moment los en met het gewenste effect: de hond vloog door de kerk als een kogel die zojuist door een atleet is weggeslingerd. Het dier sloeg tegen de stenen muur, viel op de grond en begon te jammeren. Bale rende erheen en stampte het beest op zijn kop.

Hij bleef even staan luisteren, zijn mond en ogen wijd open als een kat. Toen hij zich ervan had vergewist dat niemand hem had gehoord, zette hij koers naar de kapel.

55

Sabir trok de deken weer over zijn buik. Er waren momenten – en dit was er een van – dat hij wilde dat Yola de gewoonte kon afleren om onaangekondigd iemands kamer binnen te komen vallen. Eerder die middag had ze hun kleren meegenomen naar de gemeenschappelijke wastobbe en hen beiden in dekens gehuld achtergelaten, als schipbreukelingen, zodat ze gedwongen waren zich over te geven aan eindeloze, overbodige siesta's. Nu deed Sabir verwoede pogingen iets onschuldigs te vinden wat hij kon zeggen om zijn gêne te camoufleren.

'Oké. Ik heb een ander raadsel voor jullie bedacht. Dit is een echte breinbreker. Klaar? Wat is groter dan God? Slechter dan de duivel? De armen hebben het al. De rijken verlangen ernaar. En als je het eet, ga je dood.'

Yola keek nauwelijks op van wat ze aan het doen was. 'Niets, natuurlijk.'

Sabir liet zich weer tegen de muur zakken. 'Verdorie, hoe wist je dat zo snel? Het heeft mij meer dan een uur gekost toen het zoontje van mijn neef het aan me vroeg.'

'Maar het is toch duidelijk, Adam? Ik had het na de eerste zin al door. Toen je vroeg wat er groter is dan God. Er is niets groter dan God. Als je dat eenmaal beseft, valt de rest op z'n plaats.'

'Ja, nou ja, zo ver kwam ik ook. Alleen heb ik er geen moment bij stilgestaan dat dat het antwoord kon zijn. Ik raakte alleen geïrriteerd en boos dat iemand kon denken dat er iets groter was dan God.'

'Jij bent een man, Adam. Mannen worden kwaad geboren. Daarom moeten ze overal om lachen. Of tegen tekeergaan. Of zich als kinderen gedragen. Als ze dat niet deden, zouden ze gek worden.'

'Dank je. Dank je voor dat inzicht. Nu weet ik waar mijn gevoel voor humor vandaan komt.'

Yola had een compleet stel schone kleren voor zichzelf tevoorschijn getoverd. Ze droeg een roodgebloemde blouse, dichtgeknoopt tot aan de kraag, en een groene rok die strak zat over de heupen en een klokkende rand had, die tot net onder de knie viel. De rok was om haar middel vastgesnoerd met een brede leren riem bezet met kleine spiegeltjes en ze had schoenen aan met halfhoge hakken en enkelbandjes. Ze had haar haar gedeeltelijk opgestoken, net als tijdens de kris.

'Waarom draag je nooit sieraden? Zoals sommige van de vrouwen?'

'Omdat ik maagd ben en nog steeds ongetrouwd.' Yola wierp een beladen blik op Alexi, die kans zag die te negeren. 'Het zou ongepast zijn om te wedijveren met de bruid en haar getrouwde vrouwelijke familieleden.' Ze legde met snelle gebaren twee stel kleren op het bed, bij Alexi's voeten. 'Jullie eigen kleren zijn nog niet droog. Die breng ik wel als ze klaar zijn. Maar hier zijn twee pakken en twee dassen die ik heb geleend. En overhemden. Ze zouden jullie moeten passen. Morgen, op de bruiloft, moeten jullie ook wat papiergeld bij de hand hebben om aan de bruid te geven. Dat moeten jullie hiermee op haar jurk spelden.' Ze gaf beide mannen een veiligheidsspeld.

'Eh, Adam...'

'Zeg maar niets, Alexi. Je moet wat geld lenen.'

'Ik niet alleen. Yola heeft ook wat nodig. Maar ze is te trots om het te vragen.'

Yola wapperde geïrriteerd met haar hand. Haar blik was op Sabir gericht. 'Wat wilde je ons in de auto gaan vertellen? Toen ik je onderbrak?'

'Ik weet niet...'

'Je zei dat je iets belangrijks te zeggen had. Nou, we hebben gegeten. We zijn uitgerust. Nu kun je het zeggen.'

Het moest een keer komen, dacht Sabir. Ik zou zo langzamerhand moeten weten dat Yola nooit iets laat rusten voordat ze het tot op het bot heeft uitgeplozen. 'Ik denk dat jullie tweeën beter hier kunnen blijven. Voorlopig, tenminste.'

'Hoe bedoel je?'

'Alexi is gewond. Hij moet herstellen. En jij, Yola... Jij hebt een enorme schok te verwerken gehad.' Hij stak zijn hand uit naar zijn portefeuille, die op tafel lag. 'Ik heb zitten puzzelen op het gedichtje op het voetstuk van de Zwarte Madonna.' Hij haalde een verkreukeld velletje papier tevoorschijn en streek het glad op zijn knie. 'Ik denk dat het naar Montserrat verwijst. Dat is een plaats in Spanje. In de heuvels boven Barcelona. Tenminste, dat lijkt de essentie te zijn.'

'Je denkt dat we onze tijd verdoen, hè? Is dat waarom je ons niet mee wilt hebben? Je denkt dat die man weer zal opduiken en ons kwaad zal doen als we op dezelfde manier verder reizen. Maar deze keer misschien nog erger?'

'Ik denk dat het een gevaarlijke, hopeloze onderneming is, ja. Luister. Nostradamus, of jullie voorouders, of wie die tekst ook in het voetstuk van de Madonna heeft gegraveerd, kan dat wel bij tientallen Madonna's in het hele land hebben gedaan. Er was in die tijd nog niet zoveel bewaking. En overal trokken mensen rond die op pelgrimstocht waren. Je hoeft geen genie te zijn om te bedenken dat tachtig procent van de Madonnabeelden die toen bestonden er nu waarschijnlijk niet meer is, omdat ze slachtoffer zijn geworden van allerlei godsdienstoorlogen. Om maar te zwijgen van de Revolutie, de Frans-Pruisische oorlog en de Eerste en Tweede Wereldoorlog. Jullie voorouders waren nomaden, Yola. Veel meer dan jullie nu zijn. Ze gingen niet naar legers op zoek, maar probeerden die juist te ontlopen. Als we op het voetstuk van de Madonna van Montserrat weer een tekst vinden, is de kans groot dat die ons gewoon naar een andere plek leidt. En daarvandaan weer ergens anders naartoe. Dat de verzen waar we naar op zoek zijn allang verdwenen zijn.'

'Waarom is die man ons dan gevolgd? Wat wil hij?'

'Ik denk dat hij gek is. Hij heeft zich in zijn hoofd gehaald dat er geld met deze zaak te verdienen valt en hij wil het gewoon niet opgeven.'

'Dat geloof je niet.'

Sabir schudde zijn hoofd. 'Nee.'

'Waarom zeg je het dan? Heb je genoeg van ons?'

Sabir stond even met zijn mond vol tanden, alsof hij overvallen werd door de opmerking van een kind. 'Natuurlijk heb ik geen genoeg van jullie. De laatste paar dagen... eh... het is net alsof het jaren zijn geweest. Alsof we elkaar allang kennen. Ik weet niet hoe ik het moet uitleggen.'

'Omdat we elkaar al eerder hebben ontmoet? Is dat wat je bedoelt?'

'Eerder hebben ontmoet? Nee. Ik bedoelde niet...'

'Alexi heeft je verteld dat ik hexi ben. Dat betekent dat ik soms bepaalde dingen weet. Dingen voel. Dat gebeurde bij jou. Ik voelde onmiddellijk dat je het goed met me voor had. Dat je Babel niet had vermoord. Ik heb me ertegen verzet, maar mijn intuïtie vertelde me dat ik gelijk had. Alexi voelde het ook.' Ze wierp een steelse blik achterom, naar het bed. 'Maar hij is niet hexi. Hij is gewoon een domme zigeuner.'

Alexi maakte een grof gebaar naar haar, maar niet met volle overtuiging. Hij keek haar gespannen aan en luisterde naar wat ze zei.

'Wij zigeuners voelen dingen sterker dan payos en gadje. We luisteren naar de stem in ons binnenste. Soms stuurt die ons de verkeerde kant op. Bij Babel bijvoorbeeld. Maar meestal heeft hij gelijk.'

'En waar stuurt de stem je nu naartoe?'

'Met jou mee.'

'Yola, die man is slecht. Kijk wat hij met jou heeft gedaan. En met Babel. Hij zou Alexi ook hebben gedood als we hem de tijd hadden gegeven.'

'Je was van plan zonder ons te vertrekken. 's Nachts weg te sluipen als een dief. Toch?'

'Natuurlijk niet.' Sabir voelde de leugen van zijn gezicht stralen. Zelfs zijn mond was slap geworden toen hij die debiteerde, zodat zijn woorden gedempt hadden geklonken.

'Hoor eens hier, jij bent Babels phral. Hij heeft zijn bloed met jou uitgewisseld. Dat betekent dat wij drieën familie zijn, met elkaar verbonden door bloed en bij wet. Dus gaan we naar de bruiloft. Samen. We gaan vrolijk en gelukkig zijn en ons weer bewust worden van wat het betekent om op deze aarde te leven. Daarna, op de ochtend na de bruiloft, vertel je ons recht in ons gezicht of je wilt dat we met je meegaan of niet. Ik ben je nu iets schuldig. Je bent mijn broer. Het hoofd van mijn familie. Als je zegt dat ik niet mee mag, zal ik gehoorzamen. Maar je zult een kras in mijn ziel maken als je me achterlaat. En Alexi houdt van je als van een broer. Hij zal huilen van verdriet als hij hoort dat je hem niet vertrouwt.'

Alexi trok een droevig gezicht, wat enigszins lachwekkend werd door de gaten waar zijn tanden hadden gezeten.

'Oké, zo kan-ie wel weer, Alexi. Het hoeft er niet duimendik bovenop te liggen.' Sabir stond op. 'Yola, nu je hebt besloten wat we gaan doen, kun je me misschien vertellen of ik me hier ergens kan wassen en scheren?'

'Kom mee naar buiten. Ik zal het je laten zien.'

Net toen hij Alexi wilde vragen of hij ook meeging, om hun uittocht compleet te maken, ving Sabir de waarschuwende blik van Yola op. Terwijl hij de deken als een Romeinse toga om zijn lijf klemde, liep hij achter haar aan de wagen uit.

Ze stond met haar handen in haar zij uit te kijken over het kamp. 'Zie je die man? Die blonde, die vanaf het trapje van die nieuwe wagen naar ons kijkt?'

'Ja.'

'Hij wil me ontvoeren.'
'Yola...'
'Hij heet Gavril. Hij heeft een bloedhekel aan Alexi omdat Alexi's vader stamhoofd was en in een kris eens een uitspraak heeft gedaan die resulteerde in de ballingschap van een van Gavrils familieleden.'
'Ballingschap?'
'Dat betekent dat iemand wordt verbannen uit de stam. Verder is Gavril boos omdat hij blond is, en enig kind. Men zegt dat hij een ontvoerd kind van een gadje-vrouw is. Dat zijn moeder zelf geen kinderen kon krijgen en dat haar man zoiets vreselijks heeft gedaan. Daarom is hij dubbel zo boos.'
'En toch wil hij jou ontvoeren?'
'Hij is niet echt geïnteresseerd in mij. Hij probeert me alleen zover te krijgen dat ik met hem achter de heg ga omdat hij weet dat Alexi daar kwaad om wordt. Ik had gehoopt dat hij hier niet zou zijn. Maar hij is er wel. Hij zal blij zijn dat Alexi gewond is. Dat hij een paar tanden kwijt is en het zich niet kan veroorloven er iets aan te laten doen.'
Sabir voelde de tektonische platen van zijn voormalige zekerheden schuiven en hun positie in een iets andere configuratie weer innemen. Hij begon gewend te raken aan dat gevoel, het zelfs bijna prettig te vinden. 'En hoe kan ik me nuttig maken?'
'Ik wil dat je op Alexi past. Blijf bij hem. Zorg dat hij niet te veel drinkt. Bij onze bruiloften zijn de mannen en de vrouwen het grootste deel van de tijd gescheiden, dus ik kan hem niet tegen zichzelf beschermen. Die man, Gavril, heeft het slecht met ons voor. Jij bent Alexi's neef. Als je eenmaal bent voorgesteld aan het stamhoofd hier en officieel bent uitgenodigd voor de bruiloft, word je niet meer nagestaard en kun je je makkelijker onder de mensen mengen. Niemand zal de politie durven te waarschuwen. Nu val je op als een albino.'
'Yola, mag ik je iets vragen?'
'Ja.'
'Waarom moet alles bij jou altijd zo verdomd ingewikkeld zijn?'

56

Hoofdinspecteur Bartolomeo Villada i Lluçanes van de Policia Local van Catalonië bood Calque een Turkse sigaret aan uit het barnstenen sigarettendoosje dat hij bewaarde in een speciaal daarvoor gemaakte uitholling in zijn bureaublad.
'Zie ik eruit als iemand die rookt?'
'Ja.'
'U hebt gelijk. Dat doe ik ook. Maar mijn dokter heeft me gewaarschuwd dat ik moet stoppen.'
'Rookt uw dokter?'
'Ja.'
'Rookt uw begrafenisondernemer?'
'Waarschijnlijk wel.'
'Nou dan.'
Calque pakte de sigaret, stak hem aan en inhaleerde. 'Hoe kan het dat iets waar je dood aan gaat je tegelijk het sterkst het gevoel geeft dat je leeft?'
Villada zuchtte. 'Dat noemen de filosofen een paradox. Toen God ons maakte, besloot hij dat letterlijkheid een ondraaglijke last voor de mensheid zou zijn. Daarom bedacht hij de paradox om die te bestrijden.'
'Maar hoe bestrijden we de paradox?'
'Door hem letterlijk te nemen. Kijk. U rookt. En toch begrijpt u de paradox van uw positie.'
Calque glimlachte. 'Wilt u aan mijn verzoek tegemoetkomen? Wilt u dit risico nemen met uw manschappen? Ik zou het volkomen begrijpen als u besloot het niet te doen.'
'Gelooft u echt dat Sabir zijn vrienden zal achterlaten en alleen zal komen? En dat de man die u de ogenman noemt hem zal volgen?'
'Ze moeten er allebei achter zien te komen wat er op het voetstuk van La Morenita staat. Net als ik. Kunt u dat regelen?'

'Een bezoekje aan La Morenita zal geregeld worden. In het belang van de internationale samenwerking, uiteraard.' Villada gaf een ironisch knikje. 'Wat betreft dat andere...' Hij tikte met de onderkant van zijn aansteker op het bureau en draaide hem heen en weer tussen zijn vingers. 'Ik zal de kerk laten bewaken, zoals u voorstelt. Maar niet langer dan drie nachten. De Madonna van Montserrat is erg belangrijk voor Catalonië. Mijn moeder zou het me nooit vergeven als ik haar iets zou laten overkomen.'

57

Sabir voelde zich niet helemaal op zijn gemak in zijn geleende pak. De revers waren bijna een halve meter breed en het jasje paste hem als een jacquet; sterker nog, hij leek ermee op Cab Calloway in *Stormy Weather*. Ook het overhemd liet te wensen over. Hij was nooit dol geweest op zonnebloemen en waterraderen, vooral niet als die tot dessin waren verwerkt. De das was breed en fluorescerend, en vloekte hevig met zijn overhemd, dat zelf weer vloekte met de kastanjebruine strepen in de stof die een of andere grapjas van een kleermaker had gekozen om een pak van te maken. Gelukkig had hij zijn eigen schoenen aan.

'Je ziet er fantastisch uit. Als een zigeuner. Als je niet zo'n payo-kop had, zou ik willen dat je mijn broer was.'

'Hoe krijg je het voor elkaar om dat soort dingen met een onbewogen gezicht te zeggen, Alexi?'

'Mijn kaak is gebroken. Vandaar.'

Yola's herhaaldelijke bezweringen van het tegendeel ten spijt, had Sabir nog steeds het gevoel dat hij opviel als een albino. Iedereen keek naar hem. Waar hij ook ging, wat hij ook deed, blikken gleden van hem af en vestigden zich weer op hem als hij de andere kant op keek. 'Weet je zeker dat ze me niet zullen aangeven? Ik kom vast nog steeds elke avond op tv. Er zal wel een beloning zijn uitgeloofd.'

'Iedereen hier is op de hoogte van de kris. Ze weten dat je Yola's phral bent. Dat de bulibasha in Samois je kirvo is. Als iemand de politie zou waarschuwen, zou diegene zich tegenover hem moeten verantwoorden. Hij zou verbannen worden. Net als die klootzak van een oom van Gavril.'

Gavril hield hen vanaf de rand van het kamp in de gaten. Toen hij zag dat Alexi naar hem keek, maakte hij met de duim en wijsvinger van zijn ene hand een ring en stak de middelvinger van zijn andere hand erdoorheen. Daarna stopte hij die in zijn mond en rolde met zijn ogen.

'Een vriend van je?'
'Hij zit achter Yola aan. Hij wil me vermoorden.'
'Het een volgt niet noodzakelijkerwijs uit het ander.'
'Hoe bedoel je?'
'Als hij je vermoordt, zal Yola niet met hem trouwen.'
'Jawel. Waarschijnlijk wel. Vrouwen vergeten snel. Na een tijdje zou hij haar ervan weten te overtuigen dat hij in zijn recht stond. Ze zou het warm krijgen in haar buik en hem toestaan haar te ontvoeren. Ze is al oud om nog vrijgezel te zijn. Dit feest vanavond is ongunstig. Ze zal de bruiloft zien en nog slechter over me gaan denken. En dan zal Gavril haar een betere partij lijken.'

'Ze is nog niet getrouwd omdat ze op jou wacht, Alexi. Of had je dat niet gemerkt? Waarom ontvoer je haar niet gewoon en zet je de boel in gang?'

'Zou ik dat mogen van jou?'

Sabir gaf Alexi vrolijk een tikje tegen zijn hoofd. 'Natuurlijk mag je dat van mij. Ze is duidelijk verliefd op je. En jij op haar. Daarom maken jullie de hele tijd ruzie.'

'We maken ruzie omdat ze de baas over me wil spelen. Ze wil de broek aanhebben. Ik wil geen vrouw die op me vit. Elke keer dat ik de hort op ga, zal ze boos worden. En dan zal ze me straffen. Yola is hexi. Ze zal me beheksen. Op deze manier ben ik vrij. Ik hoef mezelf tegenover niemand te verantwoorden. Ik kan met payo-vrouwen neuken, zoals ze laatst zei.'

'Maar als iemand anders haar nou inpikt? Gavril bijvoorbeeld?'

'Dan vermoord ik hem.'

Sabir kreunde en richtte zijn aandacht weer op de bruidsstoet, die bijna bij het midden van het kamp was. 'Je moest me maar eens vertellen wat er allemaal gebeurt.'

'Maar het gaat net als bij elke andere bruiloft.'

'Dat waag ik te betwijfelen.'

'Nou, goed dan. Zie je die twee daar? Dat zijn de vader van de bruid en de vader van de bruidegom. Ze moeten de bulibasha ervan overtuigen dat ze een bruidsprijs overeen zijn gekomen. Dan moet het goud worden overgedragen en geteld. Daarna zal de bulibasha het paar brood en zout aanbieden. Hij zal zeggen: "Als het brood en zout jullie niet meer smaken, zullen jullie geen man en vrouw meer zijn."'

'Wat doet die oude vrouw daar, die met die zakdoek zwaait?'

'Ze probeert de vader van de bruidegom ervan te overtuigen dat de bruid nog maagd is.'
'Hou je me voor de gek?'
'Zou ik dat ooit doen, Adam? Maagdelijkheid is bij ons erg belangrijk. Waarom denk je dat Yola altijd zo benadrukt dat ze nog maagd is? Dat maakt haar waardevoller. Je zou haar voor een hoop goud kunnen verkopen als je een man kon vinden die haar wilde hebben.'
'Zoals Gavril?'
'Zijn kelder is leeg.'
Sabir besefte dat hij toch niet verder zou komen. 'Waar is die zakdoek voor?'
'Die wordt een *mocador* genoemd. Of soms een *pañuelo*. De oude vrouw die ermee zwaait, heeft met haar vinger gecontroleerd of de bruid echt nog maagd is. Daarna heeft ze op drie plekken een vlek in de mocador gemaakt met het bloed van het meisje. Dan giet de bulibasha *rakia* over de zakdoek. Daardoor zal het bloed de vorm van een bloem aannemen. Dat gebeurt alleen bij maagdenbloed; varkensbloed zou zich heel anders gedragen. Kijk. Ze knoopt de zakdoek aan een stok. Dat betekent dat de vader van de bruidegom erkent dat het meisje maagd is. Nu zal de oude vrouw de stok ronddragen door het kamp, zodat iedereen kan zien dat Lemma haar oog niet heeft laten doorboren door een andere man.'
'Hoe heet de bruidegom?'
'Radu. Hij is familie van me.'
'Wie niet?'

Sabir kreeg Yola in het oog, aan de andere kant van het terrein. Hij zwaaide naar haar, maar ze keek naar beneden en negeerde hem. Hij vroeg zich vruchteloos af wat hij nu weer voor blunder had begaan.
Intussen tilde de bulibasha een vaas in de lucht en sloeg die uit alle macht kapot op het hoofd van de bruidegom. De vaas brak in gruzelementen. Er ging een zucht van ontzag door de menigte.
'Wat had dat te betekenen?'
'In hoe meer stukken de vaas breekt, des te gelukkiger zal het paar worden. Dit paar zal heel gelukkig worden.'
'Zijn ze nu getrouwd?'
'Nog niet. Eerst moet de bruid iets eten wat is klaargemaakt met kruiden die op een graf zijn gegroeid. Daarna worden haar handen met henna beschilderd; hoe langer de henna blijft zitten, des te langer zal haar man

van haar houden. Dan moet ze een kind over de drempel van hun woonwagen dragen, want als ze niet binnen een jaar een kind krijgt, kan Radu haar wegsturen.'

'O, geweldig. Zeer verlicht.'

'Het gebeurt niet vaak, Adam. Alleen als het stel ruzie heeft. Dan is het voor beide partijen een goed excuus om een ongelukkige verbintenis te beëindigen.'

'En dat is het?'

'Nee. Over een paar minuten gaan we de bruid en bruidegom op onze schouders door het kamp dragen. De vrouwen zullen het *yeli yeli* zingen, het traditionele bruiloftslied. Daarna gaat de bruid zich verkleden en gaan we allemaal dansen.'

'Dan kun jij met Yola dansen.'

'Nee nee. De mannen dansen met de mannen en de vrouwen met de vrouwen. Het is niet gemengd.'

'Je meent het. Weet je, Alexi, er is zo langzamerhand bij jullie niets meer wat me verbaast. Ik bedenk gewoon wat ik zou verwachten en ga uit van het tegenovergestelde. Dan weet ik dat ik goed zit.'

58

Het had Achor Bale drie uur gekost om te voet over de bergen achter de kerk van Montserrat te zwoegen, en hij vroeg zich langzamerhand af of zijn voorzichtigheid geen absurde vormen begon aan te nemen.

Niemand kende zijn auto. Niemand volgde hem. Niemand wachtte hem op. De kans dat een Franse politieman de link legde tussen de moord in Rocamadour en de dood van de zigeuner in Parijs was bijzonder klein. En om daar dan weer uit af te leiden dat hij naar Montserrat ging? Toch was er iets wat hem dwarszat.

Op dertig kilometer van Manresa had hij het volgsysteem ingeschakeld, maar hij had geweten dat de kans dat hij Sabir zou oppikken heel klein was. Eerlijk gezegd kon het hem weinig schelen of hij hem ooit nog zou terugzien. Bale was er de man niet naar om wrok te koesteren. Als hij een vergissing maakte, zette hij die recht, zo simpel was het. In Rocamadour had hij de vergissing begaan de basiliek niet te doorzoeken. Hij had Sabir en de zigeuner onderschat en daar had hij de prijs voor betaald; of eigenlijk had de nieuwe bewaker die prijs betaald.

Deze keer zou hij niet zo nonchalant zijn. Afgezien van de trein, die hem te veel beperkingen zou opleggen, was er maar één manier om in Montserrat te komen en dat was over de weg. Nadat hij zijn auto afdoende verborgen had achtergelaten aan de andere kant van de bergrug, zou hij daarom over de bergen komen, ervan uitgaande dat de politie, als die op wonderbaarlijke wijze was gewaarschuwd voor zijn komst, de twee voor de hand liggende inkomende wegen in de gaten zou houden en niet zou letten op mensen die de plaats 's ochtends vroeg per trein of gestolen auto verlieten.

Er was echter één aspect aan het fiasco in Rocamadour dat hem nog irriteerde. Bale was nooit eerder een vuurwapen kwijtgeraakt, noch in zijn jaren in actieve dienst bij het vreemdelingenlegioen noch in de tijd daarna, bij het uitvoeren van de vele activiteiten die hij voor het Corpus Maleficus had ontplooid. En het ging ook nog om een wapen dat hij persoonlijk had gekregen van monsieur zaliger, zijn adoptievader.

Hij was zeer verknocht geweest aan het halfautomatische .380 Remington 51-pistool, een klein en gemakkelijk te verbergen wapen, maar liefst tachtig jaar oud en een van de laatst geproduceerde exemplaren. Het was met de hand geschuurd om schitteringen te verminderen en had een zeer effectieve vertraagde terugslag. Na elk schot gleden slede en grendel samen naar achteren, maar al na een kleine verplaatsing werd de grendel geblokkeerd en hield de patroonhuls tegen, om even later weer verder te bewegen zodat de huls werd uitgeworpen. Slede en grendel werden afgeremd door de terugslagveer en weer naar voren gedrukt, waarbij de haan werd gespannen en een nieuwe patroon in de kamer geschoven. Briljant. Bale hield van mechanismen die precies deden waarvoor ze bedoeld waren.

Maar spijt was iets voor losers. Het pistool zou hij later terug zien te krijgen. Nu hij zelf de tekst van het gedichtje uit Rocamadour had bemachtigd, kon hij alle gedachten aan een mislukking van zich af zetten en verdergaan met zijn werk. De belangrijkste nieuwe factor was dat hij geen mensen meer hoefde te volgen of met geweld te bejegenen om hun geheimen los te krijgen. Dat kwam Bale uitstekend uit. Want hij was van nature niet rancuneus of hardvochtig. In zijn ogen vervulde hij alleen zijn plicht jegens het Corpus Maleficus. Want als hij en zijn medestanders niet optraden wanneer dat nodig was, zouden Satan, de Grote Pooier, en zijn hetaere, de Grote Hoer, de heerschappij over de wereld verwerven en zou er een einde komen aan het bewind van God. 'Indien iemand in gevangenschap voert, dan gaat hij in gevangenschap; indien iemand met het zwaard zal doden, dan moet hij zelf met het zwaard gedood worden. Hier blijkt de volharding en het geloof der heiligen.'

Om die reden had God volgelingen van het Corpus Maleficus de vrije hand gelaten om anarchie te ontketenen waar en wanneer ze dat wilden als ze voorzagen dat de wereld bedreigd zou worden. Alleen door het absolute kwaad te doen verwateren tot een verdeelde en beheersbare variant kon Satan worden tegengehouden. Dat was het ultieme doel van de drie antichristen die werden aangekondigd in de Openbaring van Johannes, zoals madame, zijn adoptiemoeder, voor hem had beschreven in haar oorspronkelijke uiteenzetting van zijn missie. Napoleon en Adolf Hitler, de twee antichristen uit het verleden, waren, samen met de Grote die nog moest komen, schepsels die door God speciaal waren bedacht om te verhinderen dat de wereld zich tot de duivel zou wenden. Ze leken een personificatie van de duivel te zijn, om hem als het ware gunstig te stemmen en ervoor te zorgen dat hij in een staat van verbaasde tevredenheid bleef verkeren.

Daarom hadden Bale en de andere ingewijden van het Corpus Maleficus de taak de antichristen te beschermen en, indien enigszins mogelijk, de zogenaamde wederkomst van Christus – die beter de wederkomst van het Grote Placebo genoemd kon worden – te verijdelen. Die wederkomst zou de duivel uit zijn rustpauze wekken en daarmee de Eindstrijd op gang brengen. Daarvoor waren er ingewijden nodig die zelf vrijwel volmaakt waren. 'Dezen zijn het, die zich niet met vrouwen hebben bevlekt, want zij zijn maagdelijk. Dezen zijn het, die het Lam volgen, waar Hij ook heengaat. [...] En in hun mond is geen leugen gevonden; zij zijn onberispelijk.'

Het was een eenvoudige opdracht, en een waaraan Achor Bale zich zijn leven lang met evangelische ijver had gehouden. 'En ik zag iets als een zee van glas met vuur vermengd, en de overwinnaars van het beest en van zijn beeld en van het getal van zijn naam, staande aan de glazen zee, met de citers Gods.'

Bale was trots op het initiatief dat hij had ontplooid bij het volgen van Sabir. Trots dat hij het grootste deel van zijn leven had besteed aan het vervullen van een heilige zorgplicht.

'We zijn niet tegen iets, we zijn tegen alles.' Zo had madame zijn moeder het hem uitgelegd. 'Het is onmogelijk om in de openbaarheid te brengen wat we doen, want niemand zou je geloven. Er staat niets zwart op wit. Er is niets uitgeschreven. Zij bouwen en wij vernietigen. Zo simpel is het. Want orde kan alleen voortkomen uit voortdurende verandering.'

59

'Wist je dat Novalis geloofde dat het paradijs na de zondeval uit elkaar was gevallen en dat die brokstukken her en der over de aarde waren verspreid?' Calque ging wat gemakkelijker zitten. 'En dat het daarom zo moeilijk is om er onderdelen van terug te vinden?'

Macron sloeg zijn ogen ten hemel, in het vertrouwen dat de snel invallende schemering zijn irritatie zou verhullen. Hij begon gewend te raken aan de labyrintische denkpatronen van Calque, maar hij voelde zich er nog steeds bijzonder ongemakkelijk bij. Deed Calque het opzettelijk, om hem het gevoel te geven dat hij minderwaardig was? En zo ja, waarom? 'Wie was Novalis?'

Calque zuchtte. 'Novalis was het pseudoniem van Georg Philipp Friedrich Freiherr von Hardenberg. In het prerepublikeinse Duitsland was een Freiherr ongeveer het equivalent van een baron. Novalis was bevriend met Schiller en een tijdgenoot van Goethe. Een dichter. Een mysticus. En wat al niet. Hij werkte ook in een zoutmijn. Novalis geloofde in een *Liebesreligion*, een liefdesreligie. Leven en dood als verstrengelde begrippen, met een onontbeerlijke bemiddelaar tussen God en de mens. Maar die bemiddelaar hoeft niet Jezus te zijn. Het kan iedereen zijn. De Heilige Maagd. De heiligen. De overleden naasten. Zelfs een kind.'

'Waarom vertelt u me dit?' Macron voelde dat de woorden in zijn keel bleven steken als koekkruimels. 'U weet dat ik geen intellectueel ben. Niet zoals u.'

'Als tijdverdrijf, Macron. Als tijdverdrijf. En om enige betekenis te ontdekken in de schijnbare nonsens die we op het voetstuk van La Morenita hebben gevonden.'

'O.'

Calque kreunde alsof iemand hem onverwachts in zijn ribben prikte. 'Het komt door die Catalaanse hoofdinspecteur. Villada. Een zeer ontwikkeld man, zoals alle Spanjaarden. Hij heeft me hierover aan het denken gezet met iets wat hij zei over letterlijkheid en paradox.'

Macron sloot zijn ogen. Hij zou willen slapen. In een bed. Met een donzen dekbed, en zijn verloofde dicht tegen hem aan, met haar billen in zijn kruis gedrukt. Hij wilde helemaal niet hier in Spanje zitten en op grond van een vijfhonderd jaar oude boodschap van een reeds lang overleden idioot posten bij een houten beeld zonder enige waarde met een fallus aan weerszijden, in het gezelschap van een verbitterde superieur die zijn werkdagen duidelijk liever in de bibliotheek van een universitair onderzoeksinstituut zou slijten. Dit was de tweede achtereenvolgende nacht die ze buiten doorbrachten. De Catalaanse politie begon al een beetje vreemd naar hen te kijken.

Er klonk gezoem uit zijn zak. Macron schrok en herstelde zich toen. Had Calque gemerkt dat hij in slaap was gesukkeld? Of werd hij zo in beslag genomen door zijn redeneringen en mythen en gefilosofeer dat hij het niet eens zou merken als de ogenman hem van achteren besloop en de strot afsneed?

Hij keek naar het verlichte schermpje van zijn mobiele telefoon. Er bewoog iets in hem toen hij het bericht las – een fatalistische djinn die zich in zijn binnenste verschool en in tijden van gevaar en onzekerheid tevoorschijn kwam om hem een uitbrander te geven voor zijn gebrek aan verbeeldingskracht en zijn eindeloze, rampzalige twijfels. 'Het is Lamastre. Ze hebben het signaal van het volgsysteem van de ogenman vier uur geleden opgepikt. Twintig kilometer hiervandaan. In de richting van Manresa. Hij moet geprobeerd hebben of hij Sabir kon vinden.'

'Vier uur geleden? Dat meen je toch niet?'

'Er is duidelijk iemand naar huis gegaan zonder verslag te doen.'

'Er is duidelijk iemand die op de volgende betaaldag zal merken dat hij is gedegradeerd tot straatagent. Zorg dat je achter zijn naam komt, Macron. Dan haal ik zijn ingewanden door een worstmachine en voer ik hem die voor zijn ontbijt.'

'Er is nog iets anders, meneer.'

'Wat? Wat kan er nog meer zijn?'

'Er is een moord gepleegd. In Rocamadour. Gisteravond. Niemand had ze blijkbaar iets verteld, dus ze hebben het verband niet gelegd. En daarna wisten ze niet precies hoe ze het best contact met u konden opnemen, aangezien u weigert onder diensttijd een mobiele telefoon bij u te dragen. Het was de nieuwe bewaker. Een gebroken nek. De dader heeft ook zijn hond te pakken genomen. Tegen een muur gegooid en op zijn kop gestampt. Dat is een heel nieuwe techniek, voor zover ik weet.'

Calque kneep zijn ogen dicht. 'Is de Madonna weg?'

'Nee. Blijkbaar niet. Hij moet achter hetzelfde aan hebben gezeten als wij. En Sabir. En de zigeuner.' Macron was even in de verleiding een grapje te maken over de plotselinge populariteit van maagden, maar besloot ervan af te zien. Hij keek op van de telefoon. 'Denkt u dat de ogenman hier al is geweest en weer is vertrokken? Hij zou tijd genoeg hebben gehad, als hij rechtstreeks hierheen was gereden nadat hij de bewaker om zeep had geholpen. Het zijn allemaal snelwegen, van daar naar hier. Hij kan best een gemiddelde van honderdzestig kilometer per uur hebben gehaald.'

'Uitgesloten. Er bevinden zich tien gewapende mannen verspreid over die gebouwen en in de uitlopers van het gebergte. De ogenman is niet met een ultralicht vliegtuigje komen aanvliegen en hij heeft zichzelf zeer zeker niet verstopt in de kerk. Nee. De enige logische manier om hier te komen is via de hoofdweg, nu de trein vanavond niet meer rijdt. Ik ga Villada waarschuwen.'

'Maar, meneer, we zijn hier aan het posten. Niemand mag zijn positie verlaten. Ik kan de hoofdinspecteur een tekstberichtje sturen. En Lamastres bericht meesturen als bijlage.'

'Ik moet hem persoonlijk spreken, ik ben niet van plan hem een epistel te gaan schrijven, verdorie. Wacht hier, Macron. En hou je ogen open. Gebruik de nachtkijker als je die nodig hebt. En als je vermoedt dat de ogenman gewapend is, dood hem dan.'

60

Achor Bale liet zich achter een rotsblok op zijn knieën zakken. Voor hem uit bewoog iets. Hij tuurde door het schemerdonker, maar was niet tevreden met zijn zicht. Hij liet de Redhawk in zijn hand glijden en begon voetje voor voetje verder de heuvel af te sluipen. Datgene wat bewoog maakte er geen half werk van. Steentjes rolden in de verte voor hem uit naar beneden en er klonk zelfs een gebrom toen wat het ook was een onverwacht obstakel tegenkwam. Geen wilde geit dus, maar een mens. De geur van zweet en de bedompte lucht van sigarettenrook dreef op de enigszins lauwe bries naar hem toe.

Bale was nog maar tien meter bij Macron vandaan toen hij eindelijk iets zag bewegen. Macron gebruikte de nachtkijker om de moeizame pogingen tot een geluidloze afdaling van zijn superieur gade te slaan. Bale richtte de revolver, die voorzien was van een geluiddemper, op Macrons achterhoofd. Ontevreden met de zichtbaarheid van de korrel zocht hij in zijn zak naar een stukje wit papier dat hij tot een propje kauwde en als papier-maché om de rode vizierkorrel kneedde, zodat het net boven de geluiddemper uitstak. Hij richtte opnieuw op Macrons hoofd en slaakte een lange, gefrustreerde zucht. Het was domweg te donker voor een trefzeker schot.

Hij schoof de Redhawk in het foedraal en zocht op de tast naar zijn leren knuppel. Daarmee gewapend tijgerde hij over de rotsen in de richting van Macron, onder dekking van het lawaai dat Calque in de verte nog steeds maakte.

Op het laatste moment merkte Macron iets en hij sprong overeind, maar Bales eerste klap raakte hem voluit tegen zijn slaap. Macron klapte met zijn armen strak langs zijn lichaam tegen de grond. Bale kroop naar voren en tuurde ingespannen naar Macrons gezicht. Het was Sabir niet. En het was de zigeuner niet. Dan was het maar goed dat hij de revolver niet had gebruikt.

Met een grijns doorzocht Bale Macrons zakken tot hij zijn mobieltje had gevonden. Hij liet het scherm oplichten en zocht naar berichten. Toen trapte hij met een boos gebrom het telefoontje met zijn hak in de grond. Alleen een politieman zou zijn tekstberichten coderen en daarna zorgen dat ze alleen toegankelijk waren met een wachtwoord; het was net zoiets als een riem én bretels dragen.

Hij zocht verder in de zakken van Macron. Geld. Legitimatie. Een fotootje van een meisje van gemengde afkomst met een witte jurk en een opvallende overbeet; haar ouders waren kennelijk te krenterig of te arm geweest om daar iets aan te laten doen. Inspecteur Paul Macron. Een adres in Créteil. Bale stak het handjevol spullen in zijn zak.

Hij bukte zich, trok Macron zijn schoenen uit en gooide die achter hem in de struiken. Toen pakte hij een voor een Macrons voeten beet, als een moederkat die haar kittens bij het nekvel optilt, en gaf met de knuppel een harde klap tegen elke wreef.

Tevreden over zijn werk pakte hij de nachtkijker op en bestudeerde de helling om zich heen. Hij was nog net op tijd om Calques spookachtig bleke hoofd zeshonderd meter lager te zien verdwijnen achter een uitstekende rotspunt.

Hoe zou de stand van zaken zijn? Hoeveel wist de politie al over hem? Blijkbaar had hij ook hen onderschat, want ook zij moesten de boodschap op het voetstuk van de Madonna hebben gelezen, dankzij Sabirs snelle beslissing haar niet mee te nemen toen hij de mogelijkheid had.

Nu betreurde Bale het enigszins dat hij Macron buiten westen had geslagen. Een gemiste kans. Een man in volmaakte stilte ondervragen op een helling die door de politie in de gaten werd gehouden, dat zou een heel nieuwe ervaring voor hem zijn geweest. Hoe hij dat had kunnen doen? Er was maar één manier om daarachter te komen.

Bale kroop behoedzaam de schuilplaats uit en zette koers naar de uitstekende rotspunt. Het was duidelijk dat die idiote politiemannen alleen in het dal naar hem op zoek waren; het zou veel te veel fantasie van hen hebben gevergd om zich voor te stellen dat hij een kale en nagenoeg onbegaanbare bergkam over was komen lopen. Dat betekende dat hij hen van achteren kon benaderen.

Om de vijftig meter bleef hij met zijn mond open en zijn handen achter zijn oren staan luisteren. Toen hij een meter of tweehonderd bij de rotspunt vandaan was, aarzelde hij. Opnieuw sigarettenrook. Was het dezelfde man, die terugkwam? Of hield een van de *guardias* een snelle rookpauze?

Hij sloop weg bij de rotspunt en naar beneden, naar het laatste steile stuk helling dat uitkeek over het kerkplein. Ja. Hij kon het hoofd van een man onderscheiden, in silhouet tegen de bijna lichtgevende achtergrond van de stenen gevel.

Bale sloop zigzaggend naar beneden, naar de schuilplaats van de man. Hij had een idee gekregen. Een goed idee. En hij was van plan dat uit te testen.

61

Calque liet zich naast Villada op de passagiersstoel van de commandowagen zakken. Villada begroette hem met een korte blik en ging toen verder met het afspeuren van de spoorlijn en de gebouwen eromheen.

Toen hij zich ervan had overtuigd dat nergens iets bewoog, legde hij zijn nachtkijker neer en wendde zich tot Calque. 'Ik dacht dat u de helling in de gaten hield?'

'Ik heb Macron daar achtergelaten.' Hij boog voorover en stak een sigaret op, met zijn hand om de vlam. 'U ook een?'

Villada schudde zijn hoofd.

'De ogenman. Hij is hier.'

Villada trok een wenkbrauw op.

'Onze mensen hebben het verknald. Hij heeft vier uur geleden zijn volgsysteem gebruikt, in de buurt van Manresa. En hij heeft een man vermoord in Rocamadour. Gisteravond. Een bewaker. Plus zijn hond. Deze man is geen lichtgewicht, Villada. Ik durf zelfs wel te zeggen dat hij een getrainde moordenaar is. Zowel de zigeuner, in Parijs, als de bewaker in Rocamadour had een gebroken nek. En die afleidingsmanoeuvre die hij op de N20 bedacht, met dat echtpaar, dat was een meesterzet.'

'Het klinkt bijna alsof u hem bewondert.'

'Nee. Ik heb een bloedhekel aan hem. Maar hij is zo efficiënt als een machine. Ik wou dat ik wist waar hij nou eigenlijk achteraan zat.'

Villada wierp hem een snelle glimlach toe. 'Misschien achter u?' Hij boog zich naar de radio alsof hij de portee van zijn woorden wilde afzwakken. 'Dorada aan Mallorquin. Dorada aan Mallorquin. Hoort u mij?'

Het zendontvangapparaat kraakte en liet een korte explosie van ruis horen. Daarna klonk een afgemeten stem: 'Mallorquin aan Dorada. Ik hoor u.'

'Het doelwit is in de buurt. Er is een kans dat hij over de siërra komt. Pas uw positie aan als dat nodig is. En schiet om te doden. Hij heeft gisteravond een Franse bewaker vermoord, en dat was niet zijn eerste slachtoffer. Ik wil niet dat een van onze mensen de volgende op de lijst wordt.'

Calque legde zijn hand op Villada's arm. 'Hoe bedoelt u, dat hij over de siërra komt?'

'Heel eenvoudig. Als uw mensen hebben geconstateerd dat hij vier uur geleden in Manresa was en er is sindsdien geen spoor meer van hem te bekennen, is de kans vijftig tegen een dat hij over de bergrug komt. Dat is wat ik zou doen in zijn plaats. Als niemand hem opwacht, komt hij ongemerkt binnen, rooft de Madonna mee en springt in een trein of steelt een auto, en weg is hij weer. Als hij merkt dat wij er zijn, klimt hij gewoon terug over de siërra zonder dat wij er iets van merken.'

'Maar ik heb Macron alleen achtergelaten. Als een weerloos doelwit.'

'Maakt u zich geen zorgen. Ik zal een van mijn mannen naar hem toe sturen.'

'Dat zou ik zeer waarderen, Villada. Dank u. Dank u zeer.'

62

Bale lag in camouflagepak op een meter of twintig bij de guardia vandaan toen de man zich plotseling omdraaide en zijn kijker op de helling achter zich richtte.

Nou, zijn plan om de man te verrassen, te ondervragen en zijn kleren te stelen ging dus niet door. Tant pis. Het was ook duidelijk dat hij niet zou kunnen inbreken in de kerk om het voetstuk van La Morenita te bekijken. Als je ergens één zo'n sukkel tegenkwam, waren er steevast meer in de buurt. Ze opereerden altijd in groepen, net als stokstaartjes. De idioten dachten kennelijk dat de anonimiteit van de groep veiligheid bood.

Bale tastte naar zijn revolver. Hij kon hier niet blijven wachten tot zonsopgang, hij moest actie ondernemen. De man stak nu duidelijk af tegen de lichte achtergrond van het kerkplein achter hem. Hij zou hem doden en zich dan ergens rond de gebouwen verschuilen. De politie zou denken dat hij weer de bergen in was getrokken en haar mankracht in die richting concentreren. Als de ochtend aanbrak, zou het hier wemelen van de helikopters.

En dan zouden ze vrijwel zeker zijn auto vinden. Die doorzoeken op DNA en vingerafdrukken. Dan zouden ze hem te pakken hebben. Ze zouden hem invoeren in hun computers en hij zou in een database terechtkomen. Bale huiverde bijgelovig.

De guardia stond op, aarzelde even en begon toen de heuvel op te klimmen, in de richting van Bale. Hoe kon dat in hemelsnaam? Had hij hem gezien? Onmogelijk. Dan zou hij hem wel de volle laag hebben gegeven met zijn Star Z-84 machinepistool. Bale glimlachte. Hij had altijd al een Star willen hebben. Een handig dingetje: 600 schoten per minuut, 9mm Luger-Parabellum munitie en een effectief bereik van 200 meter. De Star zou in elk geval enige compensatie vormen voor het verlies van zijn Remington.

Bale lag roerloos op zijn buik, met zijn gezicht naar de grond. Zijn handen – zijn enige andere lichaamsdelen die in het licht van de opkomende maan zichtbaar zouden kunnen zijn – lagen veilig onder hem, om de revolver geslagen.

De man kwam recht op hem af. Maar hij keek ongetwijfeld voor zich uit en verwachtte niets op de grond.

Bale ademde diep in en hield de lucht in zijn longen vast. Hij hoorde de man ademhalen. Rook zijn zweet en een vleugje knoflook, een restant van zijn avondeten. Bale onderdrukte de neiging zijn hoofd op te tillen en te kijken waar de man precies was.

De voet van de man gleed van een steen en ging rakelings langs Bales elleboog. Toen was hij Bale voorbij en liep hij verder omhoog in de richting van Macron.

Bale draaide zich op zijn heup. In één sprong was hij achter de man en drukte hij de Redhawk tegen zijn hals. 'Op je knieën. Geen geluid.'

Bale merkte dat de man abrupt inademde en dat zijn schouders zich spanden. Helaas. Hij was van plan te reageren.

Bale beukte hem met de loop van de Redhawk tegen zijn slaap en daarna tegen het onderste deel van zijn nek. Het was zinloos hem te doden. Hij wilde de Spanjaarden niet meer tegen zich in het harnas jagen dan strikt noodzakelijk was. Op deze manier zouden ze alleen een hekel krijgen aan de Fransen omdat die hen in zo'n ergerlijke, vernederende positie hadden gebracht. Als hij echter een van hun mensen doodde, zouden ze Interpol achter hem aan sturen en hem tot aan zijn dood niet meer met rust laten.

Hij eigende zich de Star toe en doorzocht de zakken van de man op andere nuttige zaken. Handboeien. Legitimatiebewijs. Hij kwam even in de verleiding de helm met ingebouwde portofoon mee te nemen, maar bedacht toen dat de rest van die guardia-kameleons hem daardoor dan misschien zou kunnen volgen.

Zou hij nog een bezoekje aan inspecteur Macron afleggen? Om hem een tweede tikje op zijn hoofd te geven?

Nee. Niet nodig. Als hij nu de bergen in trok, had hij zo'n beetje een halfuur voorsprong voordat ze doorkregen wat er was gebeurd. Met een beetje geluk zou dat genoeg zijn. In het donker konden ze hem onmogelijk opsporen en tegen zonsopgang was hij allang verdwenen. Terug naar Gourdon om de kennismaking met zijn vriend Sabir te hernieuwen.

63

'Ik denk dat je wel genoeg hebt gedronken, Alexi. Morgen voel je je vreselijk.'

'Mijn gebit en ribben doen nú pijn. De rakia is goed voor me. Ontsmettend.' Hij sprak met dubbele tong, zodat het klonk als 'ontzettend'.

Sabir keek om zich heen of hij Yola zag, maar ze was nergens te bekennen. Het bruiloftsfeest liep op zijn laatste benen en de musici vielen een voor een uit, door uitputting ofwel dronkenschap, dat lag er maar aan wat het eerst toesloeg.

'Geef me het pistool. Ik wil ermee schieten.'

'Dat lijkt me geen goed idee, Alexi.'

'Geef me het pistool!' Alexi greep Sabir bij de schouders en schudde hem door elkaar. 'Ik wil John Wayne zijn.' Hij spreidde zijn armen in een grote boog die het kamp en de woonwagens om zich heen omvatte. 'Ik ben John Wayne! Horen jullie me? Ik leg jullie allemaal om!'

Niemand besteedde enige aandacht aan hem. In de loop van de avond was het al verrassend vaak gebeurd dat een man opstond en in een roes van alcohol vergaande uitspraken deed. Een van hen had zelfs beweerd Jezus Christus te zijn. Onder gefluit en gejoel van op dat moment nog minder benevelde gasten had zijn vrouw hem haastig afgevoerd. Dit was dus blijkbaar wat de schrijver Patrick Hamilton bedoelde toen hij de vier stadia van dronkenschap definieerde als gewoon dronken, vechtlustig dronken, stomdronken en laveloos. Alexi was in het vechtlustige stadium en had dus nog een lange weg te gaan.

'Hé! John Wayne!'

Alexi draaide zich met een theatrale beweging om en bracht zijn handen naar het denkbeeldige paar revolvers aan zijn heupen. 'Wie roept mijn naam?'

Sabir had al gezien dat het Gavril was. Nu gaan we het krijgen, dacht hij. Wie heeft er ooit beweerd dat het leven niet voorspelbaar is?

'Yola heeft me verteld dat je je kloten kwijt bent. Dat die vent die je tanden uit je mond heeft geschopt ook je kloten heeft afgebeten.'

Alexi stond een beetje te zwaaien op zijn benen en trok een geconcentreerd gezicht. 'Wat zei je?'

Gavril kwam wat dichterbij gekuierd, maar hij keek Alexi niet aan, alsof een deel van hem afstand nam van wat hij aan het bekokstoven was. 'Ik heb helemaal niks gezegd. Yola heeft het gezegd. Ik weet niks over je kloten. Sterker nog, ik heb altijd geweten dat je die niet had. Dat is een familiekwaal. Geen enkele Dufontaine heeft kloten.'

'Alexi. Laat hem praten.' Sabir legde een hand op Alexi's schouder. 'Hij liegt. Hij probeert je op de kast te jagen.'

Alexi schudde zijn hand af. 'Dat heeft Yola niet gezegd. Ze heeft niet gezegd dat mijn kloten niet werken. Dat weet ze helemaal niet.'

'Alexi...'

'Wie heeft het me dan wel verteld?' Gavril hief triomfantelijk zijn armen.

Alexi keek om zich heen, alsof hij verwachtte dat Yola plotseling om de hoek van een van de wagens zou komen stappen en zou bevestigen wat Gavril had gezegd. Hij had een geërgerde uitdrukking op zijn gezicht en één kant van zijn mond hing naar beneden, alsof hij behalve met een stoel te zijn geplet ook een lichte beroerte had gehad.

'Je zult haar hier niet zien. Ik kom net bij haar vandaan.' Gavril rook melodramatisch aan zijn vingers.

Alexi deed een paar slingerende stappen in de richting van Gavril. Sabir stak één arm uit en draaide hem rond, zoals je met een kind zou doen. Dat bracht Alexi zo van zijn stuk dat hij zijn evenwicht verloor en hard op zijn achterste neerkwam.

Sabir ging tussen hem en Gavril in staan. 'Hou hiermee op. Hij is dronken. Als jullie een probleem hebben, kunnen jullie dat een andere keer oplossen. Dit is een bruiloft, geen kris.'

Gavril aarzelde, zijn hand in de buurt van zijn zak.

Sabir begreep dat Gavril zichzelf had opgejut tot een staat waarin hij dacht dat hij voor eens en voor altijd met Alexi kon afrekenen, en dat Sabirs aanwezigheid tussen hem en Alexi in niet iets was waar hij op had gerekend. Sabir voelde het kille gewicht van de Remington in zijn zak. Als Gavril hem aanviel, zou hij het pistool trekken en een waarschuwingsschot lossen in de richting van de grond voor zijn voeten. Dan was het meteen afgelopen. Hij had absoluut geen zin in een mes door zijn lever, zo vroeg in zijn levensverhaal.

'Waarom praat jij voor hem, payo? Heeft hij niet het lef om zelf iets te zeggen?' Gavrils stem klonk minder gejaagd dan daarnet.

Alexi lag op zijn buik op de grond met zijn ogen dicht en was het stadium van praten, tegen wie dan ook, duidelijk voorbij. Hij was kennelijk van vechtlustig dronken meteen doorgeschoten naar laveloos en had het tussenliggende stadium stomdronken overgeslagen.

Sabir buitte dat voordeel ten volle uit. 'Ik zei al, jullie kunnen dit een andere keer wel oplossen. Een bruiloft is daar in elk geval niet de juiste gelegenheid voor.'

Gavril sloeg zijn kaken op elkaar en bewoog zijn hoofd met een rukje naar achteren. 'Goed dan, gadje. Vertel die lul van een Dufontaine maar dat ik hem zal opwachten als hij naar het feest van Les Trois Maries komt. Dan kan Sainte Sara tussen ons kiezen.'

Sabir had het gevoel dat de aarde op en neer deinde onder zijn voeten. 'Het feest van Les Trois Maries? Zei je dat?'

Gavril lachte. 'Ik vergeet dat je een indringer bent. Niet een van ons.'

Sabir negeerde de impliciete hoon en keek Gavril strak aan, in de hoop hem tot een antwoord te dwingen. 'Waar wordt dat gehouden? En wanneer?'

Gavril deed alsof hij wilde weglopen en op het laatste moment van gedachten veranderde. Het was duidelijk dat hij genoot van deze plotselinge ommekeer in de teneur van het gesprek. 'Vraag het aan wie je maar wilt, payo. Ze zullen je vertellen dat het feest van Sara-e-Kali elk jaar in Les Saintes-Maries-de-la-Mer wordt gehouden, in de Camargue. Over vier dagen. Op 24 mei. Wat denk je dat we hier allemaal doen, op deze flutbruiloft? We zijn op weg naar het zuiden. Alle Franse zigeuners gaan ernaartoe. Zelfs die castraat die daar naast je ligt.'

Alexi bewoog even, alsof hij ergens diep in zijn bewusteloze geest de belediging had opgevangen. Maar de alcohol bleek een te sterk slaapmiddel en hij begon te snurken.

64

'Waarom John Wayne?'
'Hoe bedoel je?'
'Waarom John Wayne? Gisteravond. Op de bruiloft.'
Alexi schudde zijn hoofd in een vergeefse poging de mist te verdrijven.
'Dat komt door een film. *Hondo*. Die heb ik op de tv van mijn opa gezien. Toen ik die film zag, wilde ik John Wayne zijn.'
Sabir lachte. 'Wat gek, Alexi. Ik heb je nooit voor een filmliefhebber aangezien.'
'Niet alle films. Ik hou alleen van cowboys. Randolph Scott. Clint Eastwood. Lee Van Cleef. En John Wayne.' Zijn ogen glansden. 'Mijn opa hield meer van Terence Hill en Bud Spencer, maar dat waren voor mij geen echte cowboys. Meer Italiaanse zigeuners die deden alsof. John Wayne, dat was je ware. Ik was gewoon jaloers, zo graag wilde ik hem zijn.'
Er viel een stilte. Toen keek Alexi op. 'Gavril. Hij heeft dingen gezegd, hè?'
'Een paar.'
'Leugens. Leugens over Yola.'
'Ik ben blij dat je beseft dat het leugens waren.'
'Natuurlijk zijn het leugens. Ze zou hem dat nooit over mij vertellen. Dat die vent me in mijn ballen heeft getrapt toen hij nog vastgebonden zat.'
'Nee. Dat zou ze niet doen.'
'Maar hoe weet hij het dan? Waar heeft hij die informatie vandaan?'
Sabir sloot zijn ogen alsof hij wilde zeggen: God, sta me bij. 'Vraag het haar zelf. Ik zie door het raam dat ze eraan komt.'
'*Vila Gana*.'
'Wat zei je?'
'Niets.'
'Betekent vila vilein? Is dat het?'

'Nee. Het betekent heks. En Gana is de koningin van de heksen.'
'Alexi...'
Alexi wierp met een dramatisch gebaar zijn deken van zich af. 'Wie kan het Gavril anders hebben verteld? Wie wist het verder? Je hebt toch gezien dat die diddikai aan zijn vingers rook?'
'Alleen om je op te jutten, idioot.'
'Ze heeft de *leis prala* overtreden. Ze is niet *lacha* meer. Ze is geen *lale romni*. Ik zal nooit met haar trouwen.'
'Alexi, ik versta nog niet de helft van wat je uitkraamt.'
'Ik zei dat ze de wet van broederschap heeft overtreden. Ze is immoreel. Ze is geen goede vrouw.'
'Jezus christus, man. Dat meen je toch allemaal niet?'
De deur ging open. Yola stak haar hoofd om de hoek. 'Waar zijn jullie over aan het ruziën? Ik hoorde jullie vanaf de andere kant van het kamp.'
Alexi zweeg. Hij zag kans een blik op zijn gezicht te toveren die bokkig en kwaad was, maar wist tegelijk uit te stralen dat hij bereid was zich de les te laten lezen.
Yola bleef op de drempel staan. 'Je hebt ruzie gemaakt met Gavril, hè? Hebben jullie gevochten?'
'Dat zou je wel graag willen, hè? Dat we gingen vechten? Dan zou je het gevoel hebben dat je in trek was.'
Sabir liep in de richting van de deur. 'Ik denk dat ik jullie beter alleen kan laten. Iets zegt me dat drie te veel is.'
Yola stak haar hand op. 'Nee. Blijf maar hier. Anders moet ik weggaan. Het zou niet gepast zijn als ik hier alleen was met Alexi.'
Alexi klopte zogenaamd uitnodigend op het bed. 'Hoe bedoel je, het zou niet gepast zijn? Je bent ook alleen met Gavril geweest. Híj mocht je wel aanraken.'
'Hoe kom je daar nou bij? Natuurlijk mag hij me niet aanraken.'
'Jij hebt hem verteld dat de man in de kerk mijn ballen heeft afgebeten. Nadat hij mijn tanden uit mijn mond had geramd. Vind je dat gepast? Om iemand dat te vertellen? Om me voor gek te zetten? Die klootzak zal het aan iedereen doorvertellen. Ik zal de risee van het kamp zijn.'
Yola zweeg. Haar gezicht verbleekte onder haar zongebruinde teint.
'Waarom draag je je *dikló* niet, als een fatsoenlijke getrouwde vrouw? Of wil je me wijsmaken dat Gavril je gisteravond niet heeft ontvoerd? Dat die *spiuni gherman* je niet heeft meegenomen achter de heg en je op je zij heeft gelegd?'

Sabir had Yola nog nooit zien huilen. Nu welden er dikke tranen op in haar ogen en stroomden vrijelijk over haar gezicht. Ze liet haar hoofd hangen en staarde naar de grond.

'*Sacais sos ne dicobélan calochin ne bridaquélan.* Is dat het?'

Yola ging met haar rug naar Alexi op het trapje voor de caravan zitten. Een van haar vriendinnen wilde naar de deur komen, maar Yola gebaarde dat ze door moest lopen.

Sabir snapte niet waarom ze niet reageerde. Waarom ze Alexi's beschuldigingen niet tegensprak. 'Wat heb je net tegen haar gezegd, Alexi?'

'Ik zei: "Ogen die niet kunnen zien, breken geen hart". Yola weet wat ik bedoel.' Hij draaide zijn hoofd af en keek strak naar de muur.

Sabir keek van de een naar de ander. Het was niet de eerste keer dat hij zich afvroeg in wat voor gekkenhuis hij terecht was gekomen. 'Yola?'

'Wat? Wat wil je?'

'Wat heb je precies tegen Gavril gezegd?'

Yola spoog op de grond en veegde daarna met de punt van haar schoen over het speeksel. 'Ik heb niets tegen hem gezegd. Ik heb hem niet eens gesproken. Behalve om beledigingen uit te wisselen.'

'Nou, dan begrijp ik niet...'

'Jij begrijpt ook niks, hè?'

'Eh, nee. Dat zal wel niet.'

'Alexi.'

Alexi keek hoopvol op toen hij Yola zijn naam hoorde noemen. Hij streed duidelijk een verloren strijd met datgene wat er aan hem knaagde, wat dat ook was.

'Het spijt me.'

'Dat je Gavril je oog hebt laten doorboren?'

'Nee. Het spijt me dat ik Bazena heb verteld wat er met je ballen is gebeurd. Ik vond het grappig. Ik had het haar niet moeten vertellen. Ze is gek op Gavril. Hij zal haar wel gedwongen hebben het te vertellen. Het was dom van me om er niet aan te denken dat jij eronder te lijden zou hebben.'

'Heb je het Bazena verteld?'

'Ja.'

'En je hebt niet met Gavril gepraat?'

'Nee.'

Alexi vloekte zachtjes. 'Het spijt me dat ik je lacha in twijfel heb getrokken.'

'Dat heb je niet gedaan. Damo verstond niet wat je zei. Dus was er geen sprake van in twijfel trekken.'

Sabir keek haar zijdelings aan. 'Wie is Damo nou weer?'

'Dat ben jij.'

'Ben ik Damo?'

'Dat is je zigeunernaam.'

'Zou je dat willen uitleggen? Ik heb sinds de laatste keer dat ik gedoopt werd geen nieuwe naam meer gekregen.'

'Het is de zigeunernaam voor Adam. Wij stammen allemaal van hem af.'

'Dat geldt voor zo ongeveer iedereen, lijkt me.' Sabir deed alsof hij kritisch nadacht over zijn nieuwe naam. In werkelijkheid was hij dolblij dat het gesprek van toon was veranderd. 'Wat is jullie naam voor Eva?'

'Hayah. Maar ze is niet onze moeder.'

'O.'

'Onze moeder was Adams eerste vrouw.'

'Bedoel je Lilith? De heks die vrouwen en kinderen uitzoog? De vrouw die in de slang veranderde?'

'Ja. Zij is onze moeder. Haar vagina was een schorpioen. Haar hoofd de kop van een leeuwin. Aan haar borsten zoogde ze een big en een hond. En ze reed op een ezel.' Ze draaide zich half om en peilde hoe Alexi op haar woorden reageerde. 'Haar dochter, Alu, was eerst een man maar veranderde in een vrouw; van haar hebben sommige zigeuners hun helderziendheid. Een van haar afstammelingen, Lemec, de zoon van Kaïn, had een zoon bij zijn vrouw Hada. Dat was Jabal, de vader van al degenen die in een tent wonen en nomadisch zijn. We zijn ook familie van Jubal, de vader van alle musici, want Tsilla, de dochter van Jubal, werd de tweede vrouw van Lemec.'

Sabir wilde iets zeggen – een stekelige opmerking maken over de irritante manier waarop zigeuners met logica omsprongen – maar toen zag hij Alexi's gezicht en plotseling drong tot hem door waarom Yola aan haar uiteenzetting was begonnen. Ze was hem ver vooruit geweest.

Alexi was gefascineerd door haar verhaal. Zo te zien was alle woede uit hem verdwenen. Zijn blik was dromerig, alsof hij zojuist een massage met een handschoen van zwanendons had gekregen.

Misschien was het allemaal waar, dacht Sabir. Misschien was Yola echt een heks.

65

Die ochtend liep Sabir van het kamp naar de rand van Gourdon. Hij droeg een vettig honkbalpetje dat hij uit een kast in de woonwagen had gepikt en een rood met zwart, doorgestikt leren jack met bliksemschichten, een overmaat aan overbodige ritsen en ongeveer anderhalve meter bungelende kettingen. Als iemand me nu herkent kan ik het echt schudden, dacht hij; dan is mijn reputatie voorgoed naar de maan.

Enfin. Dit was de eerste keer dat hij alleen was in de openbare ruimte sinds hij bij het kamp in Samois was aangekomen, en hij voelde zich opgelaten en nerveus. Alsof hij hier niet hoorde.

Hij meed zorgvuldig de hoofdstraten – waar de markt in volle gang was en oppassende burgers in cafés zaten te ontbijten, als gewone mensen – en opeens trof het hem hoe vreemd de zogenaamde echte wereld voor hem geworden was. Zijn realiteit was die van het zigeunerkamp, met de smoezelige kinderen, de honden, de kookpotten en de lange rokken van de vrouwen. In vergelijking daarmee leek de stad bijna kleurloos. Blasé. Bekrompen.

Hij kocht croissants bij een stalletje en ging er op de stadswallen een staan opeten, uitkijkend over de markt en genietend van een zeldzaam moment van alleen-zijn. Wat voor waanzin had hij zich op de hals gehaald? In nauwelijks meer dan een week was zijn leven volledig van koers veranderd, en hij wist diep in zijn hart heel zeker dat hij nooit meer terug zou kunnen naar zijn oude leventje. Hij hoorde nu bij de ene noch bij de andere wereld. Hoe noemden de zigeuners dat? *Apatride.* Zonder nationaliteit. Dat was hun woord voor het zigeunerleven.

Hij draaide zich abrupt om en stond oog in oog met de man die achter hem had gestaan. Had hij tijd om zijn pistool te trekken? De aanwezigheid van onschuldige voorbijgangers op het plein deed hem besluiten het niet te proberen.

'Monsieur Sabir?'

'En wie bent u?'

'Hoofdinspecteur Calque. Police Nationale. Ik ben u vanaf het kamp gevolgd. Sterker nog, sinds u drie dagen geleden uit Rocamadour hier bent aangekomen wordt u voortdurend in de gaten gehouden.'

'O jezus.'

'Bent u gewapend?'

Sabir knikte. 'Gewapend wel. Maar niet gevaarlijk.'

'Mag ik het pistool zien?'

Sabir trok behoedzaam zijn zak open, stak er twee vingers in en haalde het pistool er bij de loop uit. Hij kon bijna voelen hoe de scherpschutters hun wapens op zijn kruin richtten.

'Mag ik het vasthouden?'

'Ja, natuurlijk. Ga uw gang. U mag het ook houden, als u wilt.'

Calque glimlachte. 'We zijn hier alleen, monsieur Sabir. U kunt me onder schot houden, als u dat zou willen. U hoeft me het pistool niet te geven.'

Sabir trok verwonderd zijn kin naar zijn borst. 'Ofwel u liegt dat u barst, of u neemt een enorm groot risico.' Hij stak Calque het pistool met de kolf naar voren toe alsof het een stuk rottende vis was.

'Dank u.' Calque nam het pistool aan. 'Een risico, ja. Maar ik denk dat we zojuist iets belangrijks hebben bewezen.' Hij woog het automatische wapen in zijn hand. 'Een Remington 51. Leuk klein pistool. Deze zijn aan het eind van de jaren twintig voor het laatst gemaakt. Wist u dat? Dit is bijna een museumstuk.'

'Is het werkelijk?'

'Het is niet van u, neem ik aan?'

'U weet heel goed dat ik het van die kerel in de basiliek in Rocamadour heb.'

'Mag ik het serienummer opschrijven? Dat zou interessant kunnen zijn.'

'En DNA-sporen? Zweren jullie daar tegenwoordig niet bij?'

'Het is te laat voor DNA-sporen. Het pistool is verontreinigd. Ik heb alleen het serienummer nodig.'

Sabir liet langzaam alle lucht uit zijn longen ontsnappen. 'Ja. Alstublieft. Neem het serienummer op. Neem het pistool mee. Neem mij gevangen.'

'Ik heb u al gezegd dat ik alleen ben.'

'Maar ik ben een moordenaar. Jullie hebben mijn gezicht overal laten zien, op tv en in de kranten. Ik ben een gevaar voor de openbare veiligheid.'

'Dat geloof ik niet.' Calque zette zijn leesbril op en noteerde het serienummer in een zwart opschrijfboekje. Daarna bood hij Sabir het pistool aan.

'Dat meent u toch niet?'

'Jazeker wel, monsieur Sabir. U dient gewapend te zijn om te doen wat ik van u ga vragen.'

66

Sabir ging op zijn hurken bij Yola en Alexi zitten. Het was duidelijk dat ze het hadden bijgelegd. Yola roosterde groene koffiebonen en wilde cichoreiwortel boven een open vuur voor Alexi's ontbijt.

Sabir gaf haar de zak met croissants. 'Ik heb net een aanvaring met de politie gehad.'

Alexi lachte. 'Heb je die croissants gestolen, Damo? Je gaat me toch niet vertellen dat je de eerste keer meteen betrapt bent?'

'Nee, Alexi. Ik meen het. Ik werd net aangesproken door een hoofdinspecteur van de Police Nationale. Hij wist precies wie ik was.'

'*Malos mengues!*' Alexi sloeg zich met zijn vlakke hand tegen zijn voorhoofd. Hij sprong op, klaar om te vluchten. 'Zijn ze al in het kamp?'

'Ga zitten, idioot. Denk je dat ik hier nog zou zijn als ze echt van plan waren me op te pakken?'

Alexi aarzelde. Toen liet hij zich weer op de boomstronk zakken die hij als zitplaats gebruikte. 'Je bent geschuffeld, Damo. Ik moest bijna overgeven. Ik dacht dat ik regelrecht de gevangenis in ging. Dat zijn geen leuke grappen.'

'Het is geen grap. Herinner je je die kerel die in het kamp in Samois is komen praten? Met zijn assistent? Over Babel? Toen ik in de houtkist lag?'

'De houtkist. Ja.'

'Het was dezelfde man. Ik herkende zijn stem. Die was het laatste wat ik hoorde voordat ik van m'n stokje ging.'

'Maar waarom heeft hij je dan laten gaan? Ze denken toch nog steeds dat jij Babel hebt vermoord?'

'Nee. Calque niet. Zo heet hij. Calque. Hij was de politieman waar Yola in Parijs mee heeft gesproken.'

Yola knikte. 'Ja, Damo. Ik herinner me hem heel goed. Hij leek me een fatsoenlijke man, voor een payo tenminste. Hij is met me meegegaan naar de plek waar ze de doden bewaren om ervoor te zorgen dat ik Babels haar zelf mocht afknippen. Dat ze me niet het haar van een ander zouden geven. Anders hadden we Babel niet fatsoenlijk kunnen begraven. Dat begreep hij toen ik het hem vertelde. Of in elk geval deed hij alsof hij het begreep.'

'Nou, Calque en een paar van zijn Spaanse maten hebben een ontmoeting gehad met de maniak die Alexi in zijn ballen heeft getrapt. Weet je waar? In Montserrat. Nadat wij weg waren uit de basiliek in Rocamadour is hij teruggekomen en heeft het raadsel opgelost. Blijkbaar heeft hij ons vanaf Samois al gevolgd. Onze auto.'

'Onze auto? Dat kan niet. Ik heb erop gelet.'

'Nee, Alexi, niet met het oog. Met een elektronisch apparaatje. Dat betekent dat hij ons op een afstand van pakweg een kilometer kan volgen zonder dat wij hem ooit te zien krijgen. Daardoor kon hij ook zo snel bij Yola zijn.'

'*Putain*. We kunnen het beter weghalen.'

'Calque wil dat we het erin laten zitten.'

Alexi trok een aandachtig gezicht terwijl hij probeerde de verschillende elementen uit Sabirs verhaal te ontwarren. Hij keek naar Yola. Ze filterde de koffie en cichorei door een zeef alsof er niets was gebeurd. 'Wat denk jij, luludji?'

Yola glimlachte. 'Ik denk dat we naar Damo moeten luisteren. Ik denk dat hij ons nog meer te vertellen heeft.'

Sabir pakte de mok aan die Yola hem aanbood en ging naast haar op een omgevallen boom zitten. 'Calque wil dat wij als aas dienen.'

'Hoezo aas?'

'Als lokmiddel. Voor de man die Babel heeft vermoord. Zodat de politie hem te pakken kan nemen. Ik heb hem gezegd dat ik bereid ben dat te doen, om mijn naam te zuiveren, maar dat jullie er zelf over moeten kunnen beslissen.'

Alexi haalde zijn hand voor zijn keel langs. 'Ik werk niet samen met de politie. Dat doe ik niet.'

Yola schudde haar hoofd. 'Als wij niet bij je zijn, weet die man dat er iets mis is. Hij zal argwaan krijgen. Dan raakt de politie hem kwijt. Zo is het toch?'

Sabir keek even naar Alexi. 'In Montserrat heeft hij Calques assistent bijna invalide geslagen. Op de siërra heeft hij een Spaanse guardia buiten westen gebeukt. En twee dagen geleden heeft hij in Rocamadour een bewaker vermoord. Dat krijg je ervan als je tijdens zo'n hele bruiloft geen kranten leest en niet naar de radio luistert. Onderweg heeft hij, kort voordat hij Yola aanviel, een onschuldige buitenstaander overreden en zijn vrouw half gesmoord, alleen bij wijze van afleidingsmanoeuvre. De Franse politie zit met man en macht achter hem aan. Het is nu een omvangrijke operatie. En het is de bedoeling dat wij er een grote rol in gaan spelen.'

'Wat wil hij, Damo?' Yola was zowaar even vergeten dat ze niet in het openbaar koffie mocht drinken met twee mannen. Een van de oudere getrouwde vrouwen liep langs en bekeek haar afkeurend, maar ze sloeg er geen acht op.

'De verzen. Niemand weet waarom.'

'En waar zijn die? Weten we dat?'

Sabir trok een vel papier uit zijn zak. 'Kijk. Dit heeft Calque me net gegeven. Hij heeft het overgeschreven van het voetstuk van La Morenita in Montserrat.

L'antechrist, tertius
Le revenant, secundus
Primus, la foi
Si li boumian sian catouli.

Primus, secundus, tertius, quartus, quintus, sextus, septimus, octavus, nonus, decimus. Dat zijn de rangtelwoorden in het Latijn, die overeenkomen met eerste, tweede, derde, vierde, vijfde, enzovoorts. De antichrist is dus de derde. De geest, of degene die terugkeert, is de tweede. Het geloof is de eerste. En van de laatste regel begrijp ik helemaal niets.'

'Die betekent "als de zigeuners nog katholiek zijn".'

Sabir wendde zich tot Yola. 'Hoe weet jij dat in godsnaam?'

'Het is in het Romani.'

Sabir richtte zich op en keek naar zijn twee metgezellen. Hij had al een grote affiniteit met hen en werd zich er langzamerhand van bewust dat het hem veel verdriet zou doen als hij hen zou kwijtraken of als zijn relatie met hen minder intensief zou worden. Ze waren hem vreemd vertrouwd geworden, als échte verwanten in plaats van familieleden in naam. Met een ontluikende verbazing over zijn eigen menselijke trekjes besefte Sabir dat hij hen nodig had; waarschijnlijk meer dan andersom. 'Ik heb iets voor Calque achtergehouden. Bepaalde informatie. Ik weet alleen nog steeds niet zeker of ik daar goed aan heb gedaan. Maar ik wilde dat wij

een voordeel behielden, iets waar de andere partijen niets van weten.'
'Welke informatie was dat?'
'Het eerste kwatrijn. De tekst die in de bodem van jouw kist is gegraveerd. Deze:

> *Hébergé par les trois mariés*
> *Celle d'Egypte la dernière fit*
> *La vierge noire au camaro duro*
> *Tient le secret de mes vers à ses pieds.*

Ik heb er de laatste tijd veel over nagedacht en ik denk dat dit de sleutel bevat.'
'Maar je hebt het al ontcijferd. Het gaf ons de aanwijzing dat we in Rocamadour moesten zijn.'
'Ik heb het verkeerd geïnterpreteerd. Ik heb een paar aanwijzingen gemist. Met name in de eerste – en traditioneel belangrijkste – regel. Ik dacht dat die betekende "Geherbergd door de drie gehuwden", en omdat dat nergens op leek te slaan ben ik zo dom geweest er verder geen aandacht meer aan te besteden. Als ik heel eerlijk ben, heb ik me laten afleiden door het fraaie anagram in regel drie en mijn eigen scherpzinnigheid bij het ontdekken en oplossen ervan. Intellectuele ijdelheid is de ondergang geweest van grotere geesten dan ik, en dat wist Nostradamus. Misschien heeft hij de hele boel wel opgezet om idioten zoals ik op het verkeerde been te zetten, als een soort raadseltje, om te zien of we het waard zijn serieus te worden genomen. Vijfhonderd jaar geleden zou zo'n vergissing me weken vergeefs door het land reizen hebben gekost. De moderne techniek en een dosis geluk hebben dat teruggebracht tot een paar dagen. Door iets wat Gavril gisteren tegen me zei ben ik er anders over gaan denken.'
'Gavril. Die *pantrillon*. Wat kan hij mogelijkerwijs gezegd hebben waar iemand wijzer van zou kunnen worden?'
'Hij zei dat jij en hij jullie meningsverschil aan de voeten van Sainte Sara zouden oplossen, Alexi. Op het feest van Les Trois Maries. In Les Saintes-Maries-de-la-Mer, in de Camargue.'
'Nou en? Ik kijk ernaar uit. Dat geeft me de kans om hem ook wat ruimte te geven voor een paar gouden tanden.'
'Nee, daar gaat het me niet om.' Sabir schudde ongeduldig zijn hoofd. 'Les Trois Maries. De Drie Maria's. Snap je het niet? Dat accent aigu dat

ik in het kwatrijn op de "e" van "maries" heb gezet, waardoor het "mariés" werd, dat was gewoon een trucje van Nostradamus om de ware betekenis te verhullen. We hebben het niet goed gelezen. En dat veranderde de betekenis van het kwatrijn. Het enige wat ik nog steeds niet begrijp is wie die mysterieuze Egyptische vrouw is.'

Yola boog zich naar voren. 'Maar dat is simpel. Het is Sainte Sara. Ook zij is een Zwarte Madonna. Voor de Roma is ze de belangrijkste Zwarte Madonna van allemaal.'

'Waar heb je het over, Yola?'

'Sainte Sara is onze beschermheilige. De beschermheilige van alle zigeuners. De katholieke Kerk erkent haar natuurlijk niet als een echte heilige, maar voor de zigeuners is ze veel belangrijker dan de twee echte heiligen: Maria Jacoba, de zus van de Heilige Maagd, en Maria Salome, de moeder van de apostelen Jacobus de Meerdere en Johannes.'

'En wat is dan het verband met Egypte?'

'Sainte Sara heet bij ons Sara l'Égyptienne. Mensen die denken er verstand van te hebben zeggen dat alle zigeuners oorspronkelijk uit India komen. Maar wij weten wel beter. Sommigen van ons zijn uit Egypte gekomen. Toen de Egyptenaren na de vlucht van Mozes probeerden de Rode Zee over te steken, zijn er maar twee ontkomen. Die twee waren de grondleggers van het zigeunervolk. Een van hun afstammelingen was Sara-e-kali, Sara-de-zwarte. Zij was een Egyptische koningin. Ze kwam naar Les Saintes-Maries-de-la-Mer toen dat een centrum van verering van de Egyptische zonnegod was; in die tijd heette het Oppidum-Râ. Sara werd de koningin. Nadat de drie Maria's – Maria Jacoba, Maria Salome en Maria Magdalena – samen met Marta, Maximinius, Sidonius en Lazarus de Herrezene vanuit Palestina de zee op gingen in een boot zonder riemen, zeilen of voedsel, bracht de goddelijke wind hen uiteindelijk in Oppidum-Râ. Koningin Sara ging naar het strand om te zien wie ze waren en over hun lot te beschikken.'

'Waarom heb je me dit niet eerder verteld, Yola?'

'Je had me op het verkeerde been gezet. Je zei dat het om drie gehuwden ging. Maar Sara was maagd. Haar lacha was onbezoedeld. Ze was niet getrouwd.'

Sabir sloeg zijn ogen ten hemel. 'En wat gebeurde er toen Sara naar het strand ging om ze te ontmoeten?'

'Eerst bespotte ze hen.' Yola keek aarzelend. 'Dat zal wel als test bedoeld zijn geweest, denk ik. Toen klom een van de Maria's uit de boot en ging op het water staan, zoals Jezus bij Betsaïda had gedaan. Ze vroeg Sara hetzelfde te doen. Sara liep de zee in en werd door de golven verzwolgen. Maar de tweede Maria gooide haar mantel op het water, en Sara klom erop en was gered. Toen verwelkomde Sara hen in haar stad. Nadat ze haar hadden bekeerd, hielp ze hen er een christelijke gemeenschap op te zetten. Maria Jacoba en Maria Salome bleven tot hun dood in Les Saintes-Maries. Hun gebeente is daar nog steeds.'

Sabir leunde achterover. 'Dus alles stond al in die eerste regel. De rest was alleen maar gewauwel. Zoals ik al zei.'

'Nee. Dat denk ik niet.' Yola schudde haar hoofd. 'Ik denk dat het ook een test was. Om te controleren of de zigeuners nog steeds katholiek zijn, "si li boumian sian catouli". Of we het nog waard zijn de verzen te vinden. Als een soort pelgrimstocht die je moet maken voordat je een belangrijk geheim te weten komt.'

'Een overgangsrite, bedoel je? Zoals de zoektocht naar de heilige graal?'

'Ik begrijp niet wat je zegt. Maar als je daarmee een test bedoelt om te controleren of iemand het waard is om iets te weten te komen, ja, dan komt het op hetzelfde neer, toch?'

'Yola.' Sabir legde zijn handen stevig om haar gezicht. 'Je blijft me verbazen.'

67

Macron was woedend. Een diepe, intuïtieve, schuimbekkende, kwijlende woede. Zijn slaap was gezwollen, hij had een blauw oog dat niet om aan te zien was en zijn kaak voelde aan alsof iemand er met een heimachine overheen was gereden. Hij had barstende koppijn en zijn voeten, die door de ogenman met zijn knuppel waren bewerkt, gaven hem het gevoel alsof hij blootsvoets over een grindpad liep.

Hij zag hoe Calque hem tussen de cafétafeltjes door tegemoet liep, zijn heupen naar links en naar rechts draaiend alsof hij net ergens had gehoord – en geloofde – dat alle dikke mannen per definitie uitstekende dansers waren. 'Waar hebt u gezeten?'

'Waar ik gezeten heb?' Calque trok een wenkbrauw op vanwege Macrons toon.

Macron krabbelde haastig terug, met alle waardigheid die hij kon opbrengen. 'Het spijt me, meneer. Mijn hoofd doet pijn. Ik ben een beetje humeurig. Dat kwam er niet goed uit.'

'Dat ben ik met je eens. Ik ben het zelfs zó met je eens dat ik vind dat je in een ziekenhuis zou moeten liggen in plaats van hier in een café koffie te zitten kwijlen uit die afzichtelijk gezwollen mond van je. Moet je jezelf nou eens zien. Je eigen moeder zou je niet herkennen.'

Macron grimaste. 'Het gaat echt wel. De Spaanse arts heeft gezegd dat ik geen hersenschudding heb. En mijn voeten zijn alleen gekneusd. Met die krukken rust er minder gewicht op als ik loop.'

'En je wilt erbij zijn voor de ontknoping? Is dat het? Om wraak te nemen? Op een paar krukken achter de ogenman aan strompelen?'

'Natuurlijk niet. Ik weet mijn werk en het persoonlijke te scheiden. Ik ben professioneel. Dat weet u best.'

'Is dat zo?'

'Gaat u me van de zaak halen? Me naar huis sturen? Is dat wat u probeert te zeggen?'

'Nee. Dat doe ik niet. En zal ik je vertellen waarom niet?'

Macron knikte. Hij wist niet zeker wat hij te horen zou krijgen, maar hij had het gevoel dat het misschien onaangenaam zou zijn.

'Het was mijn schuld dat de ogenman je te grazen heeft genomen. Ik had je niet alleen moeten laten op die berghelling, ik had op mijn post moeten blijven. Je had wel dood kunnen zijn. Volgens mij heb je daarom recht op één, let wel, één gunst. Wil je aan de zaak blijven werken?'

'Graag, meneer.'

'Dan zal ik je vertellen waar ik net ben geweest.'

68

Sabir wreef over zijn gezicht alsof hij zich met zonnebrandcrème insmeerde. 'Er is maar één moeilijkheid.'
'En dat is?'
'Weliswaar zal de Franse politie niet precies weten waar we naartoe gaan, doordat ik iets voor Calque heb verzwegen, maar ze zullen nog steeds met man en macht achter me aan zitten voor de moorden op Babel en de bewaker. Met jullie als medeplichtigen door steun achteraf.'
'Dat meen je toch niet?'
'Zeker meen ik dat wel. Calque heeft me verteld dat hij dit helemaal op eigen initiatief doet.'
'En geloof je hem?'
'Ja. Hij had me vanochtend in hechtenis kunnen nemen en de sleutel weg kunnen gooien. Dan had hij met alle eer kunnen gaan strijken. Ik was volkomen bereid me zonder verzet aan hem over te geven. Ik ben niet het type dat een agent omlegt. Dat heb ik hem gezegd. Hij heeft de Remington zelfs in zijn hand gehad en weer aan me teruggegeven.'
Alexi floot.
'Als hij me had ingerekend, hadden de autoriteiten maanden bezig kunnen zijn om mij de daden van die maniak in de schoenen te schuiven, en daarna zou de man – die zij de ogenman noemen – allang verdwenen zijn, waarschijnlijk met de verzen in zijn bezit en klaar om die op de vrije markt te verkopen. En wie zou kunnen bewijzen hoe hij eraan was gekomen? Niemand. En ze hebben geen DNA-materiaal, want de dood van een onbekende zigeuner is hier blijkbaar geen volledig politieonderzoek waard. En bovendien zouden ze mij al in hechtenis hebben, dus waarom zouden ze al die moeite nog doen? De ideale verdachte, want het slachtoffer was besmeurd met zijn bloed. Simpel toch?'
'Maar waarom doet Calque dit dan? Als het misgaat, zullen ze hem ongetwijfeld naar de guillotine sturen of naar Elba verbannen, zoals Napoleon.'

'Dat zal wel meevallen. Hij doet het gewoon omdat hij de ogenman dolgraag te pakken wil krijgen. Het was zijn schuld dat zijn assistent gewond is geraakt. Bovendien houdt hij zichzelf verantwoordelijk voor de dood van de bewaker. Hij vindt dat hij had moeten bedenken dat de ogenman terug zou komen om zijn werk af te maken. Maar hij heeft zich laten verblinden door zijn eigen genialiteit en die van zijn assistent bij het ontcijferen van de Montserrat-code, zegt hij. Ongeveer net als ik, eigenlijk.'

'Weet je zeker dat het geen valstrik is? Zodat ze jullie allebei te pakken kunnen krijgen? Ik bedoel, misschien denken ze dat jullie samenwerken?'

Sabir kreunde. 'Eerlijk gezegd ben ik nergens meer zeker van. Het enige wat ik weet is dat hij me vanochtend had kunnen arresteren en dat niet heeft gedaan. En dan ben je voor mij betrouwbaar.'

'Wat doen we dan nu?'

In gespeelde verbazing deinsde Sabir achteruit. 'Wat we nu gaan doen? We gaan naar de Camargue, dat is wat we gaan doen. Via Millau. Dat heb ik afgesproken met Calque. Daar brengen we onopvallend een paar dagen door te midden van tienduizend van jullie naaste verwanten. Uiteraard rekening houdend met het feit dat de ogenman onze auto waar en wanneer hij maar wil kan vinden, en dat we nog steeds van moord worden verdacht en de Franse politie ons op de hielen zit, met hun handboeien en machinegeweren in de aanslag.'

'*Jesu Cristu!* En dan?'

'En dan, over zes dagen, op het absolute hoogtepunt van het feest van de Drie Maria's, komen we tevoorschijn en jatten het beeld van Sainte Sara uit het voorste deel van een kerk die tot de nok toe gevuld is met gelovigen die druk bezig zijn haar eerbied te betonen. Zonder in een handgemeen met de ogenman verzeild te raken. En zonder opgehangen of in stukken gehakt te worden door een uitzinnige menigte wraaklustige godsdienstfanaten.' Sabir grijnsde. 'Wat zeg je daarvan, Alexi?'

Deel twee

1

Achor Bale voelde een grote kalmte over zich neerdalen toen hij zag dat het volgsysteem het signaal van Sabirs auto oppikte en hem rustig knipperend volgde.
En ja hoor. Daar was ook het schaduwbeeld van het politiezendertje. Dus ze zaten nog steeds achter hem aan. Het was te optimistisch om te hopen dat ze Sabir als schuldige zagen van de aanval in Montserrat. Maar er was een aardige kans dat ze hem verantwoordelijk hielden voor de moord op de bewaker. Wel vreemd dat ze hem nog steeds niet hadden opgepakt; blijkbaar zaten ook zij achter de verzen aan. De politie keek kennelijk net als hij de kat uit de boom.
Bale glimlachte en zocht op de tast op de passagiersstoel naar Macrons identiteitskaart. Hij hield hem voor zijn neus en praatte tegen de foto. 'Hoe gaat het met je voeten, Paul? Een beetje gevoelig?' Hij zou Macron weer ontmoeten, daar was hij van overtuigd. Die was nog niet van hem af. Hoe durfde de Franse politie tot in Spanje jacht op hem te maken? Hij zou ze een lesje moeten leren.
Maar voorlopig zou hij al zijn energie op Sabir richten. De man was wel op weg naar het zuiden, maar niet naar Montserrat. Waarom zou dat zijn? Het was niet waarschijnlijk dat hij iets over de gebeurtenissen hier had gehoord. En hij had exact dezelfde informatie over de verzen die Bale had: de essentie van het kwatrijn dat in de bodem van de kist was gebrand en de strofe uit Rocamadour. Had dat zigeunerinnetje aan de rivier iets voor hem achtergehouden toen ze de inhoud van de tekst op de kist voor hem had samengevat? Nee. Dat kon hij zich nauwelijks voorstellen. Je wist altijd zeker dat iemand écht bang was als hij zelfs geen controle meer had over zijn blaas; het was onmogelijk een dergelijke angst te simuleren. Je kon het vergelijken met een springbok die door een leeuw werd gepakt: alle lichamelijke functies van de springbok werden uitgeschakeld zodra de leeuw zijn tanden in zijn hals had, zodat hij stierf door

shock voordat zijn luchtpijp tussen de kaken van de leeuw werd samengeperst.

Zo had monsieur, zijn vader zaliger, Bale geleerd zich te gedragen: zonder aarzeling en met volledige overtuiging voorwaarts gaan. In gedachten besluiten wat het optimale resultaat van je daden zal zijn en naar dat resultaat blijven streven, ongeacht mogelijke afleidingsmanoeuvres van je tegenstander. Schaken werkte vrijwel net zo, en Bale was goed in schaken. Het draaide allemaal om de wil om te winnen.

Het mooiste was dat zijn laatste telefoontje met madame zijn moeder zeer bevredigend was verlopen. Hij had het fiasco in Montserrat uiteraard verzwegen en had haar eenvoudig uitgelegd dat de mensen die hij volgde waren opgehouden door een bruiloft; het waren per slot van rekening zigeuners en geen atoomgeleerden. Het was het soort mensen dat stopte om wilde asperges langs de kant van de weg te plukken terwijl ze op de vlucht waren voor de politie. Werkelijk subliem.

Dientengevolge had madame verklaard geheel tevreden te zijn met zijn handelwijze en ze had hem verteld dat hij, van haar vele kinderen, haar het dierbaarst was. Degene op wie ze het meest rekende om haar bevelen uit te voeren.

Terwijl Bale naar het zuiden reed, voelde hij de geest van monsieur zijn vader zaliger met een goedkeurende glimlach vanaf de andere zijde op hem neerblikken.

2

'Ik weet waar we ons schuil kunnen houden.'
Sabir wendde zich tot Yola. 'Waar dan?'
'Diep in de Camargue staat een huis. Bij het Marais de la Sigoulette. Het is jarenlang de inzet geweest van een strijd tussen vijf broers, die er allemaal een deel van hadden geërfd van hun vader – strikt volgens de letter van de napoleontische wet, uiteraard – en het niet eens konden worden over wat ze met hun gedeelde bezit zouden doen. Intussen hebben ze alle contact met elkaar verbroken. Niemand betaalt dus voor het onderhoud van het pand of om het te laten bewaken. Een jaar of vijftien geleden heeft mijn vader met een weddenschap het recht van gebruik van het huis gewonnen, en sinds die tijd is het ons territorium. Ons *patrin*.'
'Heeft hij het recht van gebruik van de broers gewonnen? Nee toch zeker?'
'Nee. Van een paar andere zigeuners die het hadden gevonden. Volgens de denkwijze van gadje is het natuurlijk volkomen illegaal, en niemand is op de hoogte van de overeenkomst, maar voor ons is die in steen gehouwen. Het wordt gewoon geaccepteerd. We slapen er soms als we naar het festival gaan. Er loopt geen weg naartoe, alleen een uitgesleten pad. In die streek is het enige vervoermiddel dat de *gardians* gebruiken hun paard.'
'De gardians?'
'Dat zijn de hoeders van de stieren in de Camargue. Je ziet ze op hun witte paarden rijden, soms met een lans in hun hand. Ze kennen de moerassen van de Camargue als hun broekzak. Ze zijn onze vrienden. Als Sara-e-kali naar zee wordt gedragen, zijn het de Nacioun Gardiano die haar voor ons bewaken.'
'Dus zij zijn ook op de hoogte van dat huis?'
'Nee. Niemand anders weet dat wij het gebruiken. We kunnen er via de kelder in, zodat het van buitenaf nog steeds onbewoond lijkt, ook als we het gebruiken.'

'Wat doen we met de auto?'

'Die moeten we maar op veilige afstand van de Camargue achterlaten.'

'Maar dan raakt de ogenman ons kwijt. We hebben een afspraak met Calque, weet je nog?'

'Dan laten we de auto voorlopig in Arles achter. We kunnen ongetwijfeld van andere zigeuners een lift krijgen de Camargue in. Ze zullen ons meenemen als ze ons zien staan. Als we een *shpera*-symbool op de weg tekenen, stoppen ze. Dan stappen we op een paar kilometer afstand van het huis uit en lopen het laatste stuk, met onze proviand; en voor wat we verder nog nodig hebben kan ik op pad gaan en de *manghèl* doen.'

'De wat?'

'Bedelen bij boerderijen.' Alexi, die achter het stuur zat, keek op van de weg. Hij begon eraan gewend te raken van alles over de zigeunerwereld aan Sabir uit te leggen. Hij trok er zelfs een bepaald gezicht bij: ergens tussen dat van een deskundige op tv, vol van zijn eigen verdiensten, en een spiritueel leidsman die recentelijk het licht had gezien. 'Al sinds ze een *chey* was, heeft Yola, zoals alle zigeunermeisjes, moeten leren de plaatselijke boeren over te halen hun overtollige voedsel met ons te delen. Yola is een ware kunstenares in de manghèl. De mensen voelen zich bevoorrecht dat ze haar iets mogen geven.'

Sabir lachte. 'Dat geloof ik onmiddellijk. Ze heeft mij in elk geval overgehaald allerlei dingen te doen die ik nooit in mijn hoofd had gehaald als ik enigszins bij zinnen was geweest. Trouwens, wat doen we als we in dat huis zitten en jij de hele omgeving van voedsel hebt beroofd?'

'Als we binnen zijn, verschuilen we ons daar tot het festival begint. Dan ontvoeren we Sara. Verbergen haar. Daarna gaan we terug naar de auto en rijden weg. We bellen Calque. De politie zal de rest doen.'

De glimlach bevroor op Sabirs gezicht. 'Zoals jij het vertelt, klinkt het doodsimpel.'

3

'Ik geloof dat ik hem heb.'
'Zorg dan dat je een beetje achterblijft.'
'Maar ik moet hem in het zicht houden.'
'Nee, Macron. Hij zal ons zien en schrikken. We hebben maar één kans. Ik heb een wegversperring stand-by vlak voor Millau, waar de weg door een ravijn loopt en smaller wordt. Daar laten we hem doorrijden. Een halve kilometer verder is nog een wegversperring, deze keer een échte. We laten Sabir en de zigeuners erdoor. Dan sluiten we de weg af. Als de ogenman probeert terug te rijden, zit hij als een rat in de val. Zelfs hij zal niet in staat zijn tegen een steile rotswand op te klimmen.'
'En de verzen dan?'
'De pot op met de verzen. Ik wil de ogenman. Ik wil hem van de straat. Voorgoed.'

Eigenlijk dacht Macron al langer dat zijn baas zijn verstand begon te verliezen. Eerst het geknoei in Rocamadour, dat was uitgelopen op de nodeloze dood van de nachtwaker. Macron had zichzelf er geruime tijd geleden al van overtuigd dat zoiets nooit gebeurd zou zijn als híj het onderzoek had geleid. Daarna de enorme stommiteit van Calque om in Montserrat zijn post te verlaten, waar Macron voor was opgedraaid, want per slot van rekening was hij en niet Calque in elkaar geslagen door de ogenman. En nu dit.

Macron was er zeker van dat ze de ogenman zelf konden inrekenen. Dan moesten ze hem op veilige afstand volgen. Zijn voertuig identificeren en isoleren. Collega's in onopvallende auto's voor en achter hem laten rijden. En hem dan naar de kant dwingen. Er was geen enkele noodzaak voor statische wegversperringen. Daar had je meer last dan gemak van. Als je niet uitkeek, liep het uit op een krankzinnige achtervolging door een veld vol zonnebloemen en stenen in de grond. En daarna drie weken lang formulieren invullen om alle schade aan de politievoertuigen te verklaren. Het soort bureaucratie waar hij, Macron, niets van moest hebben.

'Hij rijdt in een SUV, een witte Volvo. Het moet hem zijn. Ik ga er nog iets dichter achter zitten, om het zeker te weten. Geef de nummerplaat door.'

'Niet dichterbij komen. Hij zal ons in de gaten krijgen.'

'Het is superman niet, meneer. Hij heeft geen idee dat wij weten dat hij Sabir volgt.'

Calque zuchtte. Het was bijzonder dom van hem geweest om Macron die ene gunst te verlenen. Dat kreeg je met schuldgevoel. Je werd er teerhartig van. De man was overduidelijk een racist. Elke dag dat ze samen onderweg waren werd zijn onverdraagzaamheid duidelijker. Eerst waren het de zigeuners. Toen de Joden. Nu was het de familie van zijn verloofde. Ze waren *métis*. Van gemengd bloed. Van zijn verloofde vond Macron dat blijkbaar niet erg, maar van haar familie wel.

Calque vermoedde dat de man een Front National-stemmer was, maar hij was van een generatie die het onbeleefd vond om een ander naar zijn politieke overtuigingen te vragen, dus hij zou het nooit weten. Of was Macron misschien een communist? Naar Calques oordeel was de Parti Communiste nog racistischer dan het Front National. De twee partijen wisselden onderling van stemgedrag als hun dat zo uitkwam. 'Zo is het genoeg, zeg ik je. Je vergeet hoe hij ons op de Sierra de Montserrat te slim af was. Villada dacht dat een man in z'n eentje onmogelijk de heuvel af kon komen zonder omsingeld en opgepakt te worden door het politiekordon. Die smeerlap moet zich als een kat bewegen. Hij was waarschijnlijk al buiten de linie voordat de Spanjaarden ook maar aan hun operatie begonnen.'

'Hij gaat harder rijden.'

'Laat hem maar. Pas over dertig kilometer kunnen we de strop om zijn hals leggen. Ik heb een helikopter paraat op het vliegveld van Rodez. De CRS staat klaar in Montpellier. Hij kan niet ontkomen.'

Calque zag eruit alsof hij competent was – klónk alsof hij competent was – maar dat was allemaal bullshit, dacht Macron. Hij was een dilettant. Waarom zou je de kans om de ogenman nu te pakken laten lopen vanwege een ingewikkeld plan waarmee ze waarschijnlijk nog meer smaad over zich zouden afroepen? Nog één vergissing en hij, Paul Eric Macron, kon alle kansen op promotie die hij ooit zou krijgen wel op zijn buik schrijven en net zo goed meteen weer als straatagent aan het werk gaan, de eeuwige pandore.

Langzaam drukte Macron het gaspedaal wat dieper in. Ze reden op bochtige landweggetjes. De ogenman concentreerde zich natuurlijk op de weg voor hem uit. Het zou niet bij hem opkomen te letten op wat er een halve kilometer achter hem gebeurde. Onopvallend trok Macron de drukknoop van zijn holster los, die hij die ochtend onder zijn stoel had gelegd.

'Langzamer, zei ik.'

'Ja, meneer.'

Calque zette de verrekijker weer aan zijn ogen. De weg was zo kronkelig dat hij misselijk werd als hij er meer dan een paar seconden achter elkaar doorheen keek. Ja. Macron had gelijk. Het moest de Volvo zijn. Dat was nu al twintig kilometer lang de enige auto tussen henzelf en Sabir. Hij kreeg een droge mond en voelde een nerveus gefladder in zijn buik, iets wat hij normaal gesproken alleen voelde in de aanwezigheid van zijn onmogelijk te onderhouden ex-vrouw.

Toen ze de volgende bocht om kwamen, zagen ze Bale. Hij stond tachtig meter voor hen uit midden op de weg met het Star Z-84 machinepistool van de Catalaanse guardia in de draaghouding.

Bale glimlachte, drukte de Z-84 tegen zijn rechterschouder en haalde de trekker over.

4

Macron draaide het stuur razendsnel naar links. Het was een instinctieve reactie, niet aangeleerd in een speciale rijopleiding of een hinderlaagtraining. De auto, die niet als politiewagen herkenbaar was, helde over. Ter compensatie gooide hij het stuur de andere kant op. De auto ging op zijn oorspronkelijke koers verder, maar sloeg daarbij wel een paar keer over de kop.

Bale keek naar het wapen in zijn hand. Ongelofelijk. Het werkte nog beter dan hij had gehoopt.

De auto kwam op zijn zijkant tot stilstand, begeleid door gerinkel en gekraak van metaal. De weg lag over vijftig meter bezaaid met glas, plastic en aluminium strips. Onder en rond de auto vormde zich een grote olievlek, als een bloedplas.

Bale liet zijn blik snel in beide richtingen over de weg gaan. Toen hurkte hij neer, pakte in één beweging de lege hulzen op en stopte ze in zijn zak. Hij had opzettelijk hoog gericht om te zorgen dat de kogels in het open veld terecht zouden komen. Hij vond het amusant dat de twee politiemannen, als ze de klap hadden overleefd, op geen enkele manier zouden kunnen bewijzen dat hij hier daadwerkelijk was geweest.

Na nog één bijna terloopse blik achterom, stapte hij weer in de Volvo en vervolgde zijn weg.

5

'Wat weerhoudt de ogenman ervan ons simpelweg aan te vallen en te dwingen hem te vertellen waar de verzen zijn?'
'Dat we niet weten waar de verzen zijn. Tenminste, dat is wat hij denkt.'
Alexi trok een aarzelend gezicht. Hij keek vragend naar Yola, maar die lag vredig te slapen op de achterbank.
'Ga maar na, Alexi. Hij weet alleen wat Yola hem heeft verteld. Verder niets. En zij kon hem niet vertellen over de Drie Maria's omdat ze daar zelf niets van wist.'
'Maar...'
'Bovendien heeft hij alleen het kwatrijn dat op het voetstuk van de Zwarte Madonna in Rocamadour stond. Dat heeft hem naar Montserrat gestuurd. Maar in Montserrat is het hem niet gelukt het kwatrijn te bemachtigen dat aan La Morenita's voeten is verborgen, het kwatrijn dat het verband met de zigeuners hardmaakt. Noch weet hij van mijn ontmoeting met Calque, of dat Calque me de tekst van het kwatrijn uit Montserrat heeft gegeven, als teken dat hij te goeder trouw is. Dus moet hij ons wel blijven volgen. Hij kan alleen maar aannemen dat we op weg naar een bepaalde plek zijn om daar een volgende aanwijzing op te halen. Dus waarom zou hij ons lastigvallen? Hij weet niet dat wij weten dat we gevolgd worden. En nadat hij de Spaanse politie in Montserrat te slim af is geweest, is hij waarschijnlijk zo ontzettend zeker van zichzelf dat hij denkt de hele Police Nationale wel in zijn eentje aan te kunnen als ze zo dom of zo kwaad zijn om zich weer met hem te bemoeien.'
'Hoe weet je dat?'
'Gewoon mensenkennis. En die ene keer dat ik zijn gezicht heb gezien in de basiliek van Rocamadour. Dit is iemand die eraan gewend is te krijgen wat hij wil. En hoe komt dat? Doordat hij handelt. Instinctief. En volkomen gewetenloos. Kijk maar naar zijn staat van dienst. Hij vliegt iedereen meteen naar de keel.'

'Waarom laten wij hem dan niet in een hinderlaag lopen? Dan gebruiken we zijn eigen tactiek tegen hem. Waarom zouden we wachten tot hij naar ons komt?'

Sabir leunde achterover in zijn stoel.

'De politie zal het verknallen, Damo. Dat doen ze altijd. Hij heeft mijn neef vermoord. Yola's broer. We hebben gezworen hem te wreken. Jij hebt daarmee ingestemd. We hebben die man aan het lijntje, hij volgt ons waar we maar gaan. Waarom zouden we niet een beetje aan dat lijntje trekken? Hem binnenhalen? We zouden Calque er een dienst mee bewijzen.'

'Denk je?'

'Ja. Dat denk ik.' Alexi grijnsde en het sarcasme droop van zijn gezicht. 'Ik mag de politie graag. Dat weet je. Ze zijn toch altijd rechtvaardig geweest voor ons, zigeuners? Ze hebben ons toch altijd respectvol en hoffelijk behandeld? Hebben ons in onze waarde gelaten en dezelfde rechten gegeven als de rest van de Franse bevolking? Waarom zouden wij hen dan niet eens een keer helpen? Als blijk van erkentelijkheid?'

'Je bent toch niet vergeten wat er de vorige keer is gebeurd?'

'Deze keer zijn we beter voorbereid. En in het ergste geval kan de politie ons altijd nog te hulp schieten. Zoals in *Stagecoach*, met John Wayne.'

Sabir wierp hem een terechtwijzende blik toe.

'Ja. Ik weet het, ik weet het. We spelen geen indiaantje. Maar ik vind dat we zijn eigen tactiek tegen die kerel moeten gebruiken. De vorige keer werkte het bijna...'

'... afgezien van je ballen en je tanden...'

'... afgezien van mijn ballen en mijn tanden, ja. Maar deze keer zal het werken. Als we het tenminste goed plannen. En als we niet terugkrabbelen.'

6

Calque kroop voorzichtig door de gebroken voorruit van de politiewagen naar buiten. Hij bleef een tijdje languit op de grond liggen en keek naar de hemel. Macron had gelijk gehad. De airbag werkte inderdaad als je de veiligheidsriem om had. Zo goed zelfs dat zijn neus erdoor gebroken was. Hij stak een hand op en betastte de nieuwe vorm, maar hij had niet de moed om hem in zijn oorspronkelijke stand terug te duwen. 'Macron?'

'Ik kan me niet bewegen, meneer. En ik ruik benzine.'

De auto lag precies in de bocht van de weg. Calque kreeg een absurd visioen waarin hij de achterbak openwrikte, de gevarendriehoeken eruit haalde en terugstrompelde om ze neer te zetten, zodat niemand hen per ongeluk van achteren zou aanrijden. Volgens de veiligheidsrichtlijnen zou hij daarbij een reflecterend vest moeten dragen. Even moest hij zelfs bijna lachen.

In plaats daarvan ging hij moeizaam op zijn knieën zitten en boog zijn hoofd naar de grond om onder het wrak te kunnen gluren. 'Kun je bij de sleutel?'

'Ja.'

'Zet de motor dan uit.'

'Dat gaat automatisch als de airbags worden opgepompt. Maar voor de zekerheid heb ik de sleutel ook teruggedraaid.'

'Goed zo. Kun je bij je mobieltje?'

'Nee. Mijn linkerhand zit klem tussen de stoel en de deur. En de airbag zit tussen mijn rechterhand en mijn zak.'

Calque zuchtte. 'Goed. Ik sta nu op. Ik ben zo bij je.' Calque stond te zwaaien op zijn benen. Het bloed trok weg uit zijn gezicht en even dacht hij dat hij ging flauwvallen.

'Bent u in orde, meneer?'

'Mijn neus is gebroken. Ik voel me een beetje slap. Ik kom eraan.' Calque ging midden op de weg zitten. Heel langzaam ging hij weer liggen en sloot zijn ogen. Van ergens achter hem klonk op enige afstand het plotselinge piepen van oververhitte remmen.

7

'Hoe is hij aan het machinepistool gekomen?'
'Van de Spaanse guardia, natuurlijk. Dat is een klein detail dat Villada me niet heeft verteld.'
Calque zat naast Macron bij de Spoedeisende hulp van het ziekenhuis van Rodez. Ze waren beiden overdadig verbonden en ingezwachteld. Calque had één arm in een mitella. Zijn neus was gezet en hij voelde het restant van de plaatselijke verdoving tintelen bij zijn voortanden.
'Ik kan nog rijden, meneer. Als u een nieuwe auto voor ons kunt versieren, zou ik nog wel een poging willen wagen met de ogenman.'
'Zei je nóg een poging? Ik kan me de eerste niet herinneren.'
'Nou ja, bij wijze van spreken.'
'Een heel domme wijze van spreken.' Calque liet zijn hoofd weer tegen de beklede rugleuning zakken. 'De jongens van de wegversperring geloven niet eens dat de ogenman er daadwerkelijk was, omdat er geen kogelgaten in de auto zitten. Ik heb ze verteld dat de smeerlap blijkbaar al zijn troep heeft opgeruimd, maar ze hebben nog steeds lol over het idee dat we de auto per ongeluk aan barrels hebben gereden en nu met een smoesje komen.'
'Bedoelt u dat hij dat expres heeft gedaan? Dat hij probeert ons tot mikpunt van spot te maken?'
'Hij lacht ons uit, ja.' Calque haalde een sigaret onder zijn neus door en maakte aanstalten die aan te steken. Een verpleegkundige schudde haar hoofd en wees naar buiten. Calque zuchtte. 'Ze willen me de zaak afpakken. De DCSP erop zetten.'
'Dat kunnen ze niet doen.'
'Jawel hoor. En dat zullen ze ook. Tenzij ik hun een overtuigende reden geef om ervan af te zien.'
'Uw anciënniteit, meneer.'
'Ja. Dat is overtuigend. Die voel ik elke dag in mijn rug, armen, boven-

benen en voeten. Ik geloof dat er halverwege mijn rechterkuit ergens een plekje is dat zich nog jong en vitaal voelt. Misschien moet ik ze dat laten zien?'

'Maar wij hebben hem gezien. Zijn gezicht.'

'Van tachtig meter afstand. Uit een rijdende auto. Achter een machinepistool.'

'Dat weten zij niet.'

Calque boog zich naar voren. 'Bedoel je dat ik tegen ze moet liegen, Macron? Doen alsof ik meer weet dan ik weet? Alleen om een zaak te houden die nu al een paar keer bijna onze dood is geworden?'

'Ja, meneer.'

Calque bewoog zijn vingers open en dicht als de grijper van een hijskraan om voorzichtig aan zijn zojuist rechtgezette neus te voelen. 'Geen gek idee, jongen. Geen gek idee.'

8

'Ik moet op internet kijken.'
 'Op wat?'
 'Op een computer. Ik moet naar een internetcafé.'
 'Ben je gek geworden, Damo? Je wordt nog steeds gezocht door de politie. Je zult zien dat iemand achter de computer naast je het nieuws leest, je foto ziet, doorgeeft waar je bent en vrolijk toekijkt hoe ze je komen ophalen. En als hij dan je arrestatie filmt met zijn webcam, kan hij het materiaal meteen posten en er beroemd mee worden. Hij zal onmiddellijk miljonair zijn. Beter dan de loterij winnen.'
 'Ik dacht dat je niet kon lezen, Alexi. Hoe kun je dan zoveel over computers weten?'
 'Hij speelt games.'
 Sabir draaide zich om en staarde Yola aan. 'Wat zei je?'
 Ze geeuwde. 'Hij gaat naar internetcafés om games te spelen.'
 'Maar hij is volwassen.'
 'Toch doet hij dat.'
 Omdat Alexi reed, kon hij Yola's gezicht niet zien, maar hij slaagde er wel in een paar bezorgde blikken in de achteruitkijkspiegel te werpen. 'Wat is er mis met gamen?'
 'Niets. Als je vijftien bent.'
 Yola en Sabir probeerden hun gezicht in de plooi te houden en niet te laten merken dat ze moesten lachen. Alexi was een ideaal slachtoffer van plagerijtjes, want hij nam alles wat op hemzelf betrekking had voetstoots aan, terwijl hij als het om andere mensen ging heel wat kritischer was.
 Alexi was er deze ene keer blijkbaar in geslaagd hun gedachten te lezen, want hij veranderde ogenblikkelijk van onderwerp en begon over iets serieuzers. 'Vertel eens waar je internet voor nodig hebt, Damo.'
 'Om een nieuwe Zwarte Madonna te zoeken. We moeten een plek op flinke afstand van de Camargue zien te vinden, waar we de ogenman

naartoe kunnen sturen. En die moet geloofwaardig zijn. Daar hebben we een Zwarte Madonna voor nodig.'

Yola schudde haar hoofd. 'Ik vind niet dat je dit moet doen.'

'Maar je was er helemaal voor. In Samois. En toen we naar Rocamadour gingen.'

'Ik heb een bepaald gevoel over deze man. Je moet hem aan de politie overlaten. Zoals je met de hoofdinspecteur hebt afgesproken. Ik heb een heel slecht gevoel over hem.'

'Hem aan de politie overlaten? Die idioten?' Alexi wiegde met zijn bovenlijf heen en weer tussen de stoelleuning en het stuur. 'En jullie lachen mij uit omdat ik spelletjes doe? Jij bent degene die een spelletje speelt, ik niet.' Alexi liet een dramatische stilte vallen en wachtte op een reactie. Toen die niet kwam vervolgde hij, niet in het minst uit het veld geslagen: 'Ik vind dat Damo zijn Zwarte Madonna moet gaan zoeken. Dan lokken we de ogenman ernaartoe. Deze keer maken we een waterdicht plan. We wachten hem op. Hij komt binnen... en we schieten hem neer. Daarna slaat Damo hem tot pulp met zijn stok. We begraven hem ergens. Dan kan de politie de komende tien jaar naar hem zoeken. Op die manier zijn er in elk geval weer een paar minder die ons lastig kunnen vallen, toch?'

Yola hief geërgerd haar handen. 'Alexi, toen O Del het verstand uitdeelde, had hij maar een beperkte hoeveelheid om over iedereen te verdelen. Hij probeerde natuurlijk eerlijk te zijn, maar dat was moeilijk voor Hem, omdat je moeder zo op Hem zat te vitten dat Hij vergat wat Hij aan het doen was en per ongeluk het weinige verstand dat jij had bij je weghaalde. En moet je zien waar dat toe leidt.'

'Aan wie heeft Hij dat dan gegeven? Mijn verstand, bedoel ik? Zeker aan Damo? Of aan Gavril? Is dat wat je wilt zeggen?'

'Nee. Ik denk dat Hij een heel grote vergissing heeft begaan. Ik denk dat Hij het aan de ogenman heeft gegeven.'

9

'Hebbes.' Sabir liet zich met een vel papier in zijn hand op de passagiersstoel van de Audi zakken. 'Espalion. Hemelsbreed hier maar vijftig kilometer vandaan. En het is volkomen logisch dat we een omweg kiezen om er te komen, want tenslotte zitten zowel de politie als de ogenman nog achter ons aan.' Hij liet zijn blik over de gezichten van de anderen gaan. 'Ik zou niet weten waarom hij er niet in zou trappen, jullie wel?'

'Waarom Espalion?'

'Omdat dat stadje alles heeft wat we nodig hebben. Om te beginnen ligt het in de tegenovergestelde richting van Les Saintes-Maries. En het heeft zijn eigen Zwarte Madonna, die La Négrette wordt genoemd. Goed, ze heeft geen kind, maar je kunt niet alles hebben. Ze staat in een kapelletje bij een ziekenhuis, wat betekent dat het hoogstwaarschijnlijk 's nachts niet dichtgaat, zoals de basiliek in Rocamadour, omdat patiënten en hun familieleden er dag en nacht terecht moeten kunnen. En er zijn wonderen gebeurd: kennelijk barst La Négrette af en toe in tranen uit, en als ze geverfd wordt, verkleurt ze altijd weer tot haar oorspronkelijke tint. Ze is tijdens de kruistochten gevonden en door de heer van Calmont mee teruggenomen naar het Château de Calmont d'Olt. Hier staat dat La Négrette tijdens de Revolutie in gevaar is geweest, toen het kasteel werd geplunderd, maar een of andere goede ziel heeft haar gered. Het is dus volkomen geloofwaardig dat ze er in de tijd van Nostradamus al was. De Pont-Vieux in Espalion staat zelfs op de Werelderfgoedlijst. Het ligt op de pelgrimsroute naar Santiago de Compostela, net als Rocamadour. Het is perfect.'

'En hoe lokken we de ogenman dan in de val?'

'Ik durf te wedden dat hij onmiddellijk weet waar we voor komen als we in Espalion stoppen. Dan zal hij vrijwel zeker proberen er eerder te zijn dan wij. Volgens Calque rijdt hij nooit meer dan ongeveer een kilometer achter ons, dus dan hebben we twee à drie minuten om een val te zetten. Dat is natuurlijk niet genoeg. Daarom moeten Yola en ik nu een taxi gaan zoeken. En wel onmiddellijk. Ik heb een plannetje bedacht.'

10

Sabir stapte uit de taxi. Hij had twintig minuten voordat Alexi met de Audi zou aankomen, met de ogenman op zijn hielen. Twintig minuten om een goede plek te zoeken voor een hinderlaag.

Hij had Yola vijf minuten geleden afgezet. Ze wachtte vlak bij een telefooncel in het centrum van de stad. Als ze over een halfuur nog niets van hen had gehoord, moest ze Calque bellen en hem vertellen wat er aan de hand was. Het was geen fantastisch plan, maar Sabir had het gevoel dat ze met drie tegen een misschien net dat kleine voordeel hadden dat ze nodig hadden om de rollen om te draaien.

Maar het hing allemaal van hem af. Hij had de Remington. Hij was een redelijke schutter. Maar hij wist dat hij een rechtstreekse confrontatie met de ogenman niet zou overleven. Het was geen kwestie van vaardigheid maar van wil. Hij was geen moordenaar. De ogenman wel. Zo simpel lag het. Daarom moest hij de ogenman raken – hem uitschakelen – voordat die de kans had te reageren.

Sabir liet zijn blik over het ziekenhuisterrein dwalen. Zou de ogenman hier in zijn auto naartoe rijden? Of zou hij de auto achterlaten en lopend komen, zoals hij in Montserrat had gedaan? Sabir voelde dat het zweet hem uitbrak.

Nee. Hij moest de kapel ingaan en daar op de ogenman wachten.

Hij kreeg plotseling een zware aanval van claustrofobie. Waar was hij mee bezig? Hoe had hij zichzelf in deze absurde positie gemanoeuvreerd? Hij moest wel gek zijn.

Hij rende de kapel in, waarbij hij bijna een oude dame en haar zoon, die zojuist waren wezen bidden, van de sokken liep.

Er was een dienst aan de gang. De priester droeg de mis op. Jezus christus.

Sabir stapte achterwaarts weer naar buiten en keek panisch achterom naar het parkeerterrein. Nog twaalf minuten. Sabir begon op een sukkeldrafje over de weg in de richting van het centrum te lopen. Het was onmogelijk. Ze konden geen vuurgevecht gaan houden in een kapel tjokvol kerkgangers die net de hostie tot zich namen.

Misschien zou Alexi vroeg zijn? Sabir ging over in wandeltempo. Vast niet. Een fraaie hinderlaag had hij georganiseerd. Alexi was niet de enige geweest die er bekaaid vanaf was gekomen toen O Del het verstand uitdeelde.

Sabir ging op een paaltje langs de weg zitten. Hier had Alexi in elk geval genoeg ruimte om te keren. Dat was tenminste íéts waar hij aan had gedacht.

Hij haalde de Remington tevoorschijn en legde hem op zijn schoot.

Toen ging hij zitten wachten.

11

'Er is een mis aan de gang. De kapel is afgeladen. Het zou een bloedbad worden.'

'Dus het is van de baan? We zien ervan af?'

'We hebben drie minuten om rechtsomkeert te maken en Yola op te halen. En daarna moesten we maar heel snel wegwezen. Als we de stad uit zijn, dumpen we dat kloterige peilzendertje en gaan we naar Les Saintes-Maries. En dan zoeken Calque en de ogenman het zelf maar uit.'

Alexi maakte een scherpe draai en reed terug naar de stad. 'Waar heb je Yola achtergelaten?'

'Ze zit in het Café Central. Vlak bij een telefooncel. Ik heb het nummer. Ik zou haar bellen als alles goed was gegaan.'

Alexi keek zijdelings naar Sabir en toen snel weer naar de weg. 'En als we de ogenman nou zo meteen tegenkomen? Hij kent onze auto.'

'Dat moeten we er maar op wagen. We kunnen Yola niet als lokaas in het centrum van de stad laten zitten.'

'En wat dan als hij háár ziet?'

Sabir kreeg een rilling. 'Stop bij die telefooncel daar. Ik ga haar bellen. Nu.'

Achor Bale wierp de lijst op de passagiersstoel. Espalion. Een Zwarte Madonna die La Négrette werd genoemd. Bij het ziekenhuis. Dat was het dus.

Nog maar twee dagen geleden had hij de lijst van alle Zwarte Madonna's ten zuiden van de lijn Lyon-Massif Central ontvangen, via zijn mobieltje. Welwillend ter beschikking gesteld door de privésecretaresse van madame zijn moeder. Ze had de lijst voor de zekerheid voor hem opgesteld, met behulp van onderzoeksgegevens uit de bibliotheek van monsieur zijn vader. Toen had hij haar overdreven precies gevonden, bemoeizuchtig zelfs. Nu wist hij dat ze er goed aan had gedaan.

Hij drukte het gaspedaal dieper in. Het zou goed zijn als dit werd afgehandeld. Het had allemaal al te lang geduurd. Hij liep er te veel door in de gaten. Hoe langer je in het veld bleef, hoe groter de kans dat je een vergissing maakte. Dat had hij in het vreemdelingenlegioen geleerd. Kijk maar wat er in Dien Bien Phu in de strijd tegen de Vietminh was gebeurd.

Bale reed met ruim 110 kilometer per uur de buitenwijken van Espalion in. Zijn blik schoot van links naar rechts op zoek naar een bordje met een rode 'H'.

Toen hij het centrum naderde, ging hij langzamer rijden. Het had geen zin de aandacht op zich te vestigen. Hij had de tijd. Die drie malloten wisten niet eens dat hij hen nog steeds volgde.

Hij stopte bij het Café Central om de weg te vragen.

Het meisje. Daar zat ze.

Ze hadden haar dus achtergelaten. Waren het vuile werk zonder haar gaan opknappen. Zouden later terugkomen en haar oppikken als de kust veilig was. Echte heren.

Bale stapte uit. Op dat ogenblik begon de telefoon in de cel voor het café te rinkelen.

Het meisje keek langs hem naar de cel. Toen keek ze naar hem. Hun blikken kruisten elkaar. Er brak een verwelkomende glimlach door op Bales gezicht, alsof hij een vriend van vroeger tegen het lijf liep.

Yola stond op, waarbij ze haar stoel omgooide. Een kelner liep onwillekeurig naar haar toe.

Bale draaide zich terloops om en liep terug naar zijn auto.

Toen hij omkeek, rende het meisje al voor haar leven.

12

Bale reed rustig weg van de stoeprand, alsof hij had besloten toch maar geen kopje koffie te nemen, of zijn portemonnee thuis had laten liggen. Hij wilde niet dat iemand zich hem zou herinneren. Hij wierp een blik over zijn linkerschouder. Het meisje sprintte door de straat met de kelner op haar hielen. Stomme trut. Ze had de rekening niet betaald.

Hij stopte naast de kelner en toeterde zachtjes. 'Sorry. Mijn fout. We hebben een beetje haast.' Hij wapperde met een biljet van twintig euro uit het raampje. 'Ik hoop dat u hier nog wat fooi aan overhoudt.'

De kelner keek hem verbijsterd aan. Bale glimlachte. Dat effect hadden zijn donker gevlekte ogen altijd op mensen. Ze werden erdoor gebiologeerd.

In zijn kindertijd had zijn afwijking een hele rits artsen gefascineerd. Er waren zelfs artikelen over hem geschreven. Eén arts had hem verteld dat ogen zonder wit ('witloos', had de arts ze genoemd), waarin alleen de proximale interommatidiale cellen gepigmenteerd waren, voordat zíjn geval bekend werd alleen waren gevonden bij *Gammarus chevreuxi Sexton*, een zandgarnaal. Hij was een geheel nieuw genetisch type. Een zuiver resultaat van de wetten van Mendel, ontstaan uit oorspronkelijk recessieve genen. Als hij ooit kinderen zou krijgen, kon hij een dynastie stichten.

Bale zette, geamuseerd door de verwarring van de kelner, zijn zonnebril op. 'Drugs, snapt u wel? De jeugd van tegenwoordig. Je kunt ze geen moment alleen laten. Als ze u meer schuldig is, moet u het zeggen.'

'Nee. Zo is het goed. Zo is het prima.'

Bale haalde zijn schouders op. 'Ze moet nodig terug naar de kliniek. Maar ze wil er niet van weten. Dit doet ze me keer op keer aan.' Hij zwaaide naar de kelner en gaf gas. Het laatste wat hij wilde was opnieuw een paar agenten die hem op de voet volgden. Het had hem al veel te veel moeite gekost om het vorige stelletje af te schudden. Op deze manier zou de kelner zijn klanten vertellen wat er aan de hand was en iedereen zou tevreden zijn. Tegen de tijd dat ze thuiskwamen zou het verhaal vleugels hebben gekregen, en een stuk of tien verschillende eindes.

Yola wierp in paniek een blik over haar schouder. Ze ging langzamer lopen. Wat was hij aan het doen? Hij praatte met de kelner. Oerstom van haar om weg te rennen zonder te betalen. Ze probeerde op adem te komen, maar leek haar hart niet onder controle te kunnen krijgen.

En als hij de man niet was? Waarom was ze eigenlijk weggerend? Er wás iets aan hem. Aan de manier waarop hij naar haar had geglimlacht. Bijna alsof ze hem eerder had ontmoet. Iets bekends.

Op de hoek van de straat bleef ze staan kijken naar zijn gesprek met de kelner. Hij zou wegrijden. Hij had niets met haar te maken. Ze was voor niets in paniek geraakt. En de telefoon had gerinkeld. Misschien had Damo gewild dat ze de politie belde? Of misschien had hij haar willen vertellen dat ze de ogenman hadden gedood?

De ogenman? Nu herinnerde ze zich zijn ogen. De manier waarop zijn blik haar had doorboord, achter in het café.

Ze jammerde zachtjes en zette het weer op een rennen.

Achter haar ging de Volvo sneller rijden.

13

In het begin rende Yola zonder na te denken – weg, alleen maar weg van de witte auto. Maar op zeker moment had ze de tegenwoordigheid van geest om een smal steegje in te glippen, zodat de grote Volvo haar niet zou kunnen volgen. De kortstondige rust die dit meebracht kalmeerde haar en gaf haar verstand voor het eerst in de drie minuten sinds ze haar aanvaller had herkend de kans haar emoties te domineren.

De Volvo verscheen weer bij de uitgang van het steegje en begon haar in een langzamer, ongelijkmatiger tempo te volgen: hij trok impulsief op en minderde weer vaart als ze dat totaal niet verwachtte. Plotseling besefte ze dat hij haar naar de rand van de stad dreef, zoals je dat met vee zou doen.

Damo had gebeld. Hij moest het wel zijn geweest. En dat betekende dat Alexi en hij misschien terugkwamen om haar op te halen.

Ze keek over haar rechterschouder achterom, naar het centrum van de stad. Ze zouden over de weg vanaf het ziekenhuis komen. Ze maakte alleen een kans als ze hen zou ontmoeten. Als de ogenman zo doorging, zou ze uiteindelijk uitgeput raken en dan kon hij haar zo van de straat plukken.

Ze zag een man uit een winkel komen, bukken om zijn broekspijpen in zijn sokken te doen en naar zijn fiets stappen, die aan een plataan gebonden stond. Zou ze hem roepen? Nee. Ze wist instinctief dat de ogenman er niet voor zou terugdeinzen hem te doden. De manier waarop hij haar volgde had iets gepredestineerds, alsof het zo was voorbeschikt. Ze zou er niemand bij betrekken, niemand die buiten het huidige hermetisch gesloten kringetje stond.

Met haar hand tegen haar hart gedrukt rende ze terug naar het centrum, waarbij ze haar richting zodanig koos dat ze de binnenkomende weg zou kruisen, de weg waarover Alexi en Damo waarschijnlijk zouden aankomen. Hoe lang was het geleden dat ze hadden gebeld? Vijf minuten? Zeven? Ze hijgde als een postpaard; haar longen waren niet gewend aan de droge stadslucht.

De Volvo maakte meer snelheid, alsof hij nu echt op haar afkwam, alsof hij haar omver wilde rijden.

Ze rende een krantenwinkel binnen en rende er meteen weer uit, bang om ingesloten te worden. Kwam er maar een politiewagen langs. Of een bus. Of wat dan ook.

Ze dook weer een steegje in. Achter haar gaf de Volvo gas om naar het andere uiteinde te rijden.

Ze rende terug en verder over de hoofdstraat. Als hij nu terugkwam, als hij omkeerde voordat hij bij de uitgang van het steegje was, was ze verloren.

Nu rende ze echt uit alle macht, en haar adem kwam met kleine uithaaltjes van inspanning over haar lippen. Ze herinnerde zich zijn handen op haar lichaam. Zijn woorden. De fatale uitwerking ervan. Bij de rivier had ze geweten dat er geen ontsnapping was. Dat hij precies zou doen wat hij zei. Als hij haar nu te pakken kreeg, zou hij haar bewusteloos slaan om haar het zwijgen op te leggen. Dan kon hij haar van alles aandoen. Ze zou het nooit weten.

Ze stoof de hoofdweg op en keek naar links en naar rechts of ze de Audi zag. De weg was verlaten.

Moest ze teruggaan naar de stad? Terug naar het café? Of koers zetten naar het ziekenhuis?

Ze nam de weg naar het ziekenhuis. Ze strompelde nu en kon niet meer hollen.

Toen de Volvo van Bale de bocht om kwam, struikelde ze en viel op haar knieën.

Het was midden op de dag. Iedereen zat te lunchen. Ze was alleen.

14

'Het is Yola. Ze is gevallen.' Sabir stuurde de auto dwars over de weg naar de stoeprand.

'Damo. Kijk.' Alexi pakte hem bij zijn arm.

Sabir keek op. Een witte suv, een Volvo met getint glas, kwam in kalm tempo de bocht om en bleef toen aan de verkeerde kant van de weg staan, een meter of vijftig bij het meisje vandaan. Het portier ging open en er stapte een man uit.

'Het is hem. Het is de ogenman.'

Sabir stapte uit de Audi.

Yola krabbelde overeind en stond, enigszins wankel, strak naar de Volvo te staren.

'Ga haar halen, Alexi.' Sabir haalde de Remington uit zijn zak. Hij richtte hem niet op de ogenman – dat zou onzinnig zijn geweest, gezien de afstand tussen hen – maar liet zijn hand langs de zijkant van zijn broek hangen, alsof hij van plan was geweest het pistool weer in zijn zak te stoppen maar helemaal vergeten was dat hij het vasthad. 'Neem haar mee terug naar de auto.'

De ogenman verroerde zich niet. Als een neutrale toeschouwer bij een officiële uitruil van gevangenen stond hij naar hen te kijken.

'Zijn jullie binnen?' Sabir durfde zijn angstaanjagend roerloze tegenstander geen moment uit het oog te verliezen.

'Is dat mijn pistool?' De stem van de man klonk weloverwogen, beheerst, alsof hij van tevoren geplande onderhandelingen tussen vijandige facties leidde.

Sabir begon zich licht in zijn hoofd te voelen, bijna alsof hij onder hypnose was. Hij tilde het pistool op en bekeek het.

'Ik geef jullie tien minuten voorsprong als je het op de weg achterlaat.'

Sabir schudde zijn hoofd. Hij was als verdoofd. In een andere werkelijkheid. 'Dat meen je niet.'

'Dat meen ik wel degelijk. Als je ermee instemt het pistool achter te laten, laat ik mijn auto staan en loop ik naar het centrum. Ik kom over tien minuten terug. Jullie kunnen wegrijden in welke richting jullie maar willen. Zolang het maar niet naar het ziekenhuis is, natuurlijk.'

Alexi boog zich voor in de auto naar Sabir toe. Hij fluisterde doordringend: 'Hij weet niet dat we op de hoogte zijn van het zendertje. Hij weet zeker dat hij ons probleemloos weer kan oppikken, voor het geval we La Négrette al gestolen zouden hebben. Maar hij gaat ervan uit dat we dat nog niet hebben gedaan. Er zijn maar vier wegen deze stad uit. Hij zal opletten welke kant we opgaan en ons volgen. We hebben die tien minuten nodig. Laat het pistool voor hem achter. We dumpen het zendertje, zoals je al zei.'

Sabir verhief zijn stem. 'Maar dan hebben we niets om onszelf mee te verdedigen.'

Alexi fluisterde tussen zijn opeengeklemde kaken door: 'Damo, laat verdomme dat pistool voor hem achter. We kopen wel een ander als we eenmaal in de...' Hij onderbrak zichzelf, alsof hij dacht dat Bale zou kunnen liplezen of hem op miraculeuze wijze zou kunnen verstaan, op een afstand van ruim vijftig meter. '... als we zijn waar we naartoe gaan.'

Bale stak zijn hand achter zijn rug en trok de Ruger uit het holster. Hij hief de revolver en hield hem met beide handen op Sabir gericht. 'Ik kan je knie kapot schieten. Dan kun je niet meer rijden. Of ik kan je voorband doorboren. Zelfde verhaal. Deze revolver is tot op vijfentachtig meter nauwkeurig. Jouw pistool tot op een meter of tien.'

Sabir ging achter het portier staan.

'Daar schiet ik makkelijk doorheen. Maar het is in niemands belang om hier tumult te veroorzaken. Laat het pistool achter. Geef me de gelegenheid naar het ziekenhuis te gaan. Dan kunnen jullie vertrekken.'

'Leg je wapen weg. In de auto.'

Bale ging dichter naar de Volvo toe. Hij wierp de Redhawk op de passagiersstoel.

'Loop er nu bij weg.'

Bale zette drie stappen de weg op. Er kwam een bestelwagen langs, een blauwe Citroën, maar de passagiers zaten druk te praten en besteedden geen aandacht aan hen.

Sabir verborg de Remington achter zijn rug en deed alsof hij in de Audi ging stappen.

'Hebben we een afspraak, meneer Sabir?'

'Ja.'

'Laat het pistool dan langs de stoeprand achter, in de goot. Ik loop nu weg.' Hij vergrendelde op afstand de portieren van de Volvo. 'Als je niet doet wat ik zeg kom ik je achterna, ongeacht wat ik in de kapel van het ziekenhuis vind, en dan zal ik zorgen dat je lang moet lijden voordat je sterft.'

'Ik laat het pistool achter. Maak je geen zorgen.'

'En de Zwarte Madonna?'

'Die is nog in de kapel. We hebben geen tijd gehad om haar op te halen. Dat weet je.'

Bale glimlachte. 'Het meisje. Vertel haar maar dat ze heel dapper is. Je mag haar ook vertellen dat het me spijt dat ik haar bang heb gemaakt, bij de rivier.'

'Ze kan je horen. Ze is vast geroerd door je gevoelens.'

Bale haalde zijn schouders op en draaide zich om alsof hij weg ging lopen. Toen bleef hij staan. 'Het pistool is van monsieur mijn vader geweest, weet je. Leg het alsjeblieft voorzichtig neer.'

15

'Denk je dat hij gek is?' Alexi had zojuist voor de derde keer hun nummerplaten verwisseld; hij had een voorkeur voor picknickplaatsen en pittoreske parkeergelegenheden met een weids uitzicht, zodat hij de eigenaars goed kon zien naderen.
'Nee.'
'Waarom niet?' Hij ging weer in de auto zitten en legde de schroevendraaier in het dashboardkastje. 'Hij had ons makkelijk kunnen overmeesteren. Met die joekel van een revolver van hem. Hij had alleen maar schietend op ons af te hoeven rennen.'
'Wat? Zoals in *Butch Cassidy and the Sundance Kid*?'
'Nu ben je me aan het plagen, Damo. Even serieus. We hadden nooit op tijd weg kunnen komen.'
'Maar het gaat hem niet om óns.'
'Hoe bedoel je?'
'Wij zijn alleen middelen om een doel te bereiken, Alexi. Om de verzen te pakken te krijgen. Als hij aan de rand van de stad een schietpartij begint, wordt de kans dat hij ze eerder vindt dan de politie alleen maar kleiner. De stad ligt geïsoleerd. Zoals je net al zei lopen er hiervandaan maar vier wegen, en het is kinderspel voor de politie om die allemaal af te sluiten. En dan kunnen ze een helikopter naar binnen sturen. Net konijnen vangen met een fret.'
'Nu weet ik hoe het voelt om een konijn te zijn. En dat terwijl ik mijn hele leven heb gedacht dat ik een fret was.'
'Je bent een fret, Alexi. Een moedige fret.' Op de achterbank richtte Yola zich op. 'Bedankt dat je me hebt gered.'
Alexi bloosde. Hij vertrok zijn gezicht, haalde zijn schouders op, en toen brak er een grijns door en sloeg hij met zijn vlakke hand op het dashboard. 'Ja, dat heb ik gedaan, hè? Hij had me kunnen neerschieten. Maar toch ben ik de straat op gerend om je te komen halen. Heb je dat gezien, Damo?'

'Ik heb het gezien.'

'Ik ben je komen halen, hè, Yola?'

'Ja. Je bent me komen halen.'

Alexi zat grijnzend op de passagiersstoel. 'Misschien ontvoer ik je wel als we in Les Saintes-Maries zijn. Misschien vraag ik Sainte Sara om onze toekomstige kinderen te zegenen.'

Yola ging wat meer rechtop zitten. 'Is dat een aanzoek?'

Alexi bleef vastberaden voor zich uit kijken, als El Cid die aan het hoofd van zijn troepen Valencia in rijdt. 'Ik zei misschien. Reken er niet te veel op.' Hij sloeg Sabir op de schouder. 'Wat jij, Damo? Meteen op de goede toon beginnen, zo moet je dat met vrouwen doen.'

Sabir en Yola wisselden een blik in de achteruitkijkspiegel. Zij sloeg berustend haar ogen ten hemel. Hij haalde zijn schouders op en gaf een klein knikje om zijn medeleven te tonen. Ze reageerde met een heimelijke glimlach.

16

'Ze hebben het zendertje gedumpt.'
'Wat? Het zendertje van de ogenman?'
'Nee. Het onze. Ik denk dat ze alleen dat hadden gevonden. Ik vermoed dat ze dénken dat het het zendertje van de ogenman was. Hebt u dat tegen ze gezegd? Dat er maar een was?'
Calque zuchtte. Het leven liep niet geheel volgens plan. Maar ja, wanneer deed het dat wel? Hij was jong getrouwd, nog vol idealen. Zijn huwelijk was van het begin af aan een ramp geweest. Zijn vrouw was een feeks gebleken en hij een morele slappeling. Een noodlottige combinatie. Vijfentwintig ellendige jaren waren gevolgd, zo ellendig dat zelfs de afgelopen tien jaar van rechtszaken, hoge alimentatie en grote armoede hem soms een godsgeschenk leken. Het enige wat hij nog had was zijn politiewerk en een ontgoochelde dochter die haar man liet terugbellen als hij haar had gebeld. 'Kunnen we Sabirs auto met behulp van het zendertje van de ogenman volgen?'
'Nee, want we hebben de juiste code niet.'
'Kunnen we daar aan komen?'
'Er wordt aan gewerkt. Helaas zijn er een stuk of honderd miljoen mogelijke combinaties.'
'Hoe lang gaat het duren?'
'Een dag. Misschien twee.'
'Te lang. En het serienummer van het pistool?'
'Het is in de jaren dertig geregistreerd. Maar de gegevens van vóór 1980 zijn nog niet gedigitaliseerd. En alle dossiers van voor de oorlog – voor zover ze niet door de nazi's in beslag zijn genomen – liggen opgeslagen in een pakhuis in Bobigny. Ze moeten met de hand worden doorzocht. Hetzelfde probleem als met de code van het zendertje, dus. Maar met een half zo grote kans op succes.'
'Dan moeten we terug naar het zigeunerkamp in Gourdon. Hun spoor daarvandaan volgen.'

'Hoe komt u daarbij?'

'Ons trio is daar drie dagen geweest. Er zal vast wel iemand iets tegen iemand hebben gezegd. Dat gebeurt altijd.'

'Maar u weet hoe die mensen zijn. Waarom denkt u dat ze nu opeens wel met u zullen praten?'

'Dat denk ik niet. Maar het is de beste manier die ik kan bedenken om de tijd door te brengen totdat die uilskuikens van een vrienden van jou ons weer op het spoor zetten van die mensen, zoals jij ze hardnekkig blijft noemen.'

17

Achor Bale nam een hap van zijn brood en stelde de verrekijker weer scherp op het zigeunerkamp terwijl hij met een afwachtend gezicht kauwde. Hij bevond zich in de kerktoren, zogenaamd bezig met het maken van rubbings door het kopiëren van koperen gedenkplaten. De priester was een goeierd en had er geen enkel bezwaar tegen gehad dat Bale de dag met zijn houtskool en schetspapier hierboven doorbracht. De honderd euro die hij aan de kerk had geschonken had daarbij waarschijnlijk wel geholpen.

Tot nu toe had Bale echter nog niemand gezien die hij herkende van het kamp in Samois. Dat zou zijn eerste lijn van aanval zijn geweest. De tweede was afhankelijk van ongerijmdheden. Hij zocht iets wat of iemand die niet op zijn plaats was, zodat hij via die route toenadering kon zoeken. Dingen die buiten de gevestigde orde vielen, vormden altijd een zwakke plek. En een zwakke plek betekende een kans.

Tot op dat moment had hij een jonge getrouwde vrouw zonder kinderen gezien, een oude vrouw tegen wie niemand sprak en die door niemand werd aangeraakt, en een blonde man die eruitzag alsof hij was weggelopen van de set van een Vikingfilm, of anders van de paradeplaats van het SS-trainingskamp in Paderborn, zo rond 1938. Hij leek op geen enkele zigeuner die Bale ooit was tegengekomen. Toch accepteerden ze hem kennelijk als een van hen. Curieus. Dat was een onderzoekje waard.

Hij was niet rancuneus over het doodlopende spoor dat het beeld in Espalion was gebleken. Dat was het risico van het vak. Die drie hadden hem bedot en hij was erin gevlogen. Het was een goede list geweest en hij had zijn mening over hen opnieuw moeten herzien. Vooral over het meisje, dat hem echt bij de neus had gehad: hij was volledig overtuigd geweest van haar doodsangst voor hem. Ze had het Trojaanse paard voortreffelijk gespeeld. Hij mocht haar niet meer onderschatten.

Tant pis. Hij had de Remington van monsieur zijn vader terug – voordat het bij iemand was opgekomen het wapen na te trekken – en hij was van die sleep politiemensen af. Dus het was niet allemaal verspilde tijd geweest.

Hij moest toegeven dat Sabirs keuze, Espalion, in één woord briljant was geweest. Alles klopte. Daardoor wist hij nu zeker dat de werkelijke aanwijzing voor de locatie van de verzen in precies de tegenovergestelde richting moest liggen als waarin het trio zogenaamd had gereisd. Dat deden intellectuele kamergeleerden als Sabir altijd: dingen tot in overbodige details uitdenken. En dat betekende dat de echte Zwarte Madonna ergens in het zuiden van Frankrijk moest huizen. Dat beperkte de mogelijkheden aanzienlijk. En het maakte Bales gedwongen terugkeer naar het noorden – naar Gourdon – extra irritant. Maar er zat niets anders op.

Hij was het signaal van het peilzendertje van de drie vrijwel meteen kwijtgeraakt. Zelf vermoedde hij dat Sabir een stukje over de D920 in de richting van Rodez was gereden en al snel de D28 naar het oosten had genomen, naar Laissac. Daarvandaan kon hij gemakkelijk verder naar het zuiden rijden, naar Montpellier en daarvandaan naar verschillende knooppunten van autowegen. Misschien waren ze toch nog van plan naar Montserrat te gaan? Dat zou niet onlogisch zijn. In dat geval zouden ze van een koude kermis thuiskomen. Als hij de mentaliteit van de Spaanse politie een beetje doorhad, zouden ze daar nog ruim een halfjaar posten, waarbij iedereen, van hoog tot laag, een enorm aantal overuren maakte en de kans zou grijpen opzichtig rond te paraderen, gehuld in glanzende leren jacks en rijbroeken en sjouwend met machinepistolen. Het Latijnse volk was over de hele wereld hetzelfde. Ze vonden de schone schijn veel belangrijker dan de essentie.

De blonde man verliet het kamp en liep in de richting van de stad. Goed. Dan zou hij hem als eerste benaderen. Dat zou bij hem gemakkelijker zijn dan bij het meisje of de oude vrouw.

Bale stak het laatste stukje brood in zijn mond, pakte zijn houtskool, papier en verrekijker, en liep naar de trap.

18

Calque keek toe hoe Gavril tussen de marktstalletjes door liep. Dit was de tiende zigeuner die Macron en hij die ochtend observeerden. Doordat hij blond was, ging Gavril echter veel meer in de menigte op dan de anderen hadden gedaan. Toch was er wel degelijk iets 'anders' aan hem, een anarchistisch trekje, net onder de oppervlakte, waardoor mensen werden gewaarschuwd dat het twijfelachtig was of hij zich zou conformeren aan hun zeden of zou instemmen met hun meningen.

Calque zag dat de plaatselijke bevolking met een grote boog om hem heen liep als ze hem eenmaal in de peiling had. Was het het opzichtige overhemd, dat wel een wasje kon gebruiken? Waren het de goedkope schoenen van nepkrokodillenleer? Of was het de absurde riem, met een gesp als een brandijzer? De man liep alsof hij een mes van achttien centimeter op zijn heup droeg. Maar dat deed hij niet. Zoveel was duidelijk. Dat nam niet weg dat hij iets dergelijks best elders op zijn lichaam kon dragen. 'Pak hem op, Macron. Hij is degene die we nodig hebben.'

Macron liep op hem af. Hij hing nog steeds aan elkaar van pleisters, zwachtels, ontsmettingsmiddelen en verbandgaas, om het maar niet te hebben over de pijn in zijn voeten. Maar Macron was nu eenmaal Macron en wist die gebreken te verbergen onder zijn geheel eigen zwierige gang. Calque schudde licht vertwijfeld zijn hoofd toen hij zijn ondergeschikte op de zigeuner af zag koersen.

'Police Nationale.' Macron liet snel zijn badge zien. 'Meekomen, alstublieft.'

Even leek het erop dat Gavril het op een rennen zou zetten, maar Macron klemde zijn bovenarm in de stevige greep die ze op de politieacademie leerden. Gavril zuchtte – alsof het niet de eerste keer was dat hem dit overkwam – en kwam rustig mee.

Toen hij Calque zag, aarzelde hij even, in verwarring gebracht door de mitella en de verbonden neus. 'Wie heeft er gewonnen? U of het paard?'

'Het paard.' Calque knikte naar Macron, die Gavril omzichtig tegen een muur duwde, met gespreide benen, en hem fouilleerde op verborgen wapens.

'Dit is het enige, meneer.' Het was een Opinel-zakmes.

Calque wist dat hij juridisch niet veel kon beginnen met een eenvoudig zakmes. 'Hoe lang is het lemmet?'

'O, een centimeter of twaalf.'

'Twee centimeter langer dan wat wettelijk is toegestaan?'

'Zo te zien wel. Ja, meneer.'

Gavril snoof. 'Ik dacht dat er een einde was gekomen aan dit soort pesterijen? Ik dacht dat jullie opdracht hadden gekregen ons als gewone mensen te behandelen? Ik zie jullie nog niet alle oppassende burgers hier fouilleren.'

'We hebben een paar vragen voor je. Als je die naar tevredenheid beantwoordt, kun je gaan. Mét je zakmes en je ongetwijfeld vlekkeloze reputatie. Zo niet, dan rekenen we je in.'

'O, dus dit is de manier waarop jullie een zigeuner tegenwoordig aan het praten krijgen?'

'Precies. Zou je anders met ons hebben gepraat? In het kamp, bijvoorbeeld? Had je dat liever gewild?'

Gavril huiverde alsof er iemand over zijn graf was gelopen.

Geen publiek, dacht Calque. Deze man had publiek nodig om van leer te trekken. Even had Calque bijna met hem te doen. 'Om te beginnen je naam.'

Er was een korte aarzeling, maar toen capituleerde hij. 'Gavril La Roupie.'

Macron barstte in lachen uit. 'Dat meen je niet. La Roupie? Heet je echt La Roupie? Waar ik vandaan kom betekent dat troep. Weet je zeker dat het niet Les Roupettes is? Zo noemen we kloten in Marseille.'

Calque negeerde hem. Hij bleef strak naar de zigeuner kijken en lette op enige verandering in zijn gelaatsuitdrukking. 'Heb je je legitimatiebewijs bij je?'

Gavril schudde zijn hoofd.

'Dat is twee,' zei Macron opgewekt.

'Ik zal het eenvoudig houden. We willen weten waar Adam Sabir en zijn twee metgezellen naartoe zijn. Hij wordt gezocht wegens moord. En de andere twee als medeplichtigen.'

Gavrils uitdrukking werd afwerend.

Calque merkte meteen dat hij het woord 'moord' niet had moeten gebruiken. Daar was La Roupie door in de verdediging geschoten. Calque probeerde de schade te beperken. 'Je moet goed begrijpen: we denken niet dat jij er iets mee te maken hebt. We hebben alleen informatie nodig. Die man is een moordenaar.'

Gavril haalde zijn schouders op. Maar de kans op communicatie was verkeken. 'Als ik het wist, zou ik het zeggen. Ik ken de mensen die u noemt nauwelijks. Alles wat ik weet is dat ze hier twee dagen geleden vertrokken zijn en dat niemand sinds die tijd meer iets van ze heeft vernomen.'

'Hij liegt,' zei Macron.

'Ik lieg niet.' Gavril keerde zich naar Macron. 'Waarom zou ik liegen? Jullie kunnen me het leven behoorlijk zuur maken. Dat weet ik best. Als ik kon, zou ik jullie helpen. Echt waar.'

'Geef hem zijn zakmes terug.'

'Maar...'

'Geef hem zijn zakmes terug, Macron. Met mijn kaartje. Als hij ons belt met informatie die rechtstreeks tot een arrestatie leidt, krijgt hij een beloning. Heb je dat gehoord, La Roupie?'

Samen keken ze Gavril na, die zich een weg baande door de menigte vroege marktbezoekers.

'Waarom deed u dat, meneer? We hadden hem best wat langer kunnen laten zweten.'

'Omdat ik weer een vergissing heb gemaakt, Macron, in mijn lange reeks van recente vergissingen. Ik heb het woord "moord" laten vallen. Dat is taboe voor zigeuners. Het staat voor jaren gevangenisstraf. Het staat voor narigheid. Zag je niet dat hij dichtklapte als een oester? Ik had een andere benadering moeten kiezen.' Calque rechtte zijn rug. 'Kom mee. Laten we een ander slachtoffer gaan zoeken. Ik heb de oefening blijkbaar nodig.'

19

'Wat heb je de twee *Ripoux* verteld?' Bale drukte de punt van zijn mes tegen de achterkant van Gavrils dijbeen.
 'O christus. Wat nou weer?'
 Bale stak het lemmet een halve centimeter in Gavrils vlees.
 'Au! Wat doe je?'
 'Mijn hand schoot uit. Elke keer dat je een vraag van mij niet beantwoordt, zal hij verder uitschieten. Na drie onbeantwoorde vragen ben ik bij de dijslagader. Dan bloed je binnen vijf minuten dood.'
 'O, *putain!*'
 'Ik herhaal. Wat heb je de twee Ripoux verteld?'
 'Niets.'
 'Hij is weer uitgeschoten.'
 'Aaaahhh!'
 'Een beetje zachtjes, anders steek ik mijn mes in je achterste. Begrepen?'
 'Jezus. Jezus christus.'
 'Ik zal mijn vraag anders formuleren. Waar zijn Sabir en zijn twee luizen naartoe gegaan?'
 'Naar de Camargue. Naar het feest van Sainte Sara.'
 'En wanneer is dat feest?'
 'Over drie dagen.'
 'En waarom gaan ze daarheen?'
 'Daar gaan alle zigeuners heen. Sainte Sara is onze beschermheilige. We gaan om door haar gezegend te worden.'
 'Hoe word je gezegend door een heilige?'
 'Haar beeld. We gaan naar haar beeld en vragen het ons te zegenen. We raken het aan. Proberen het te kussen.'
 'Over wat voor beeld hebben we het dan?'
 'Jezus christus. Gewoon een beeld. Haal dat mes alsjeblieft uit mijn been.'

Bale draaide het mes. 'Is het beeld soms toevallig zwart?'
Gavril begon te jammeren. 'Zwart? Zwart? Natuurlijk is het zwart.'
Bale rukte het mes uit Gavrils been en stapte achteruit.
Gavril klapte dubbel en omklemde met beide handen zijn dijbeen alsof het een rugbybal was.
Bale gaf hem een nekslag voordat hij de kans had op te kijken.

20

'We kunnen niet wachten tot het feest, Alexi. We moeten het beeld van tevoren bekijken. Ik zie die maniak er echt wel voor aan het optelsommetje te maken en met de goede uitkomst te komen. Als hij de juiste vragen stelt, kan elke zigeuner hem over Sainte Sara en het feest vertellen. En dan komt hij als een vlieg op de stroop af.'

'Maar het wordt bewaakt. Ze weten dat de mensen naar binnen willen en haar willen aanraken, dus zetten ze de boel af. Overal staan bewakers totdat het feest begint. Dan wordt ze naar buiten gebracht en boven de boetelingen heen en weer gezwaaid. Iedereen springt op en probeert haar te pakken. Mannen tillen hun kinderen in de lucht. Maar ze is altijd in het volle zicht. Het is niet zoals in Rocamadour. Dit is anders. Konden we maar wachten tot na het feest. Dan wordt ze alleen gelaten. Iedereen kan dan naar haar gaan kijken.'

'We kunnen niet wachten. Dat weet je.'

'Waarom zit hij achter die verzen aan, Damo? Waarom is hij bereid ervoor te doden?'

'Eén ding kan ik je wel vertellen. Het draait niet alleen om geld.'

'Hoe weet je dat?'

'Je hebt hem toch gezien? Hij was bereid al het voordeel dat hij op ons had op te geven, alleen om het pistool van zijn vader terug te krijgen. Vind je dat normaal gedrag? Voor iemand die bezig is de hand op een fortuin te leggen? Als hij de verzen eenmaal heeft, kan hij duizenden pistolen kopen. Uitgevers uit de hele wereld zullen over elkaar heen buitelen om de hoogste prijs te bieden voor zoiets. Daar komt mijn oorspronkelijke interesse voor de verzen vandaan: de verdorven hang naar financieel gewin. Ik schaam me er niet voor het toe te geven. Nu denk ik dat er meer achter zit, dat de verzen een geheim onthullen dat de ogenman graag wil kennen of juist niet geopenbaard wil zien. Blijkbaar heeft Nostradamus iets ontdekt, iets wat voor de wereld en voor jullie, zigeuners, van groot belang is. Hij had al precies voorspeld wanneer hij zou sterven, en hij besloot zijn ontdekking te beschermen. Die niet te publiceren maar verborgen te houden. Hij geloofde in God en hij geloofde dat zijn gaven hem door God gegeven waren. Naar mijn gevoel geloofde hij ook dat God de juiste manier en het juiste tijdstip zou kiezen voor de bekendmaking van zijn onthullingen.'

'Volgens mij zie je ze vliegen, Damo. Ik geloof er allemaal niets van. Ik denk dat we achter een *mulo* aanjagen.'

'Maar je hebt de tekst in de bodem van de kist toch gezien? En onder de Zwarte Madonna? Dan kun je het patroon zelf herkennen.'

'Ik zou je graag willen geloven. Heus waar. Maar ik kan niet eens lezen, Damo. Soms raken mijn hersens zo in de knoop door het nadenken over deze dingen, dat ik ze wel uit mijn hoofd zou willen trekken om ze te ontwarren.'

Sabir glimlachte. 'Wat denk jij, Yola?'

'Ik denk dat je gelijk hebt, Damo. Ik denk dat er iets met die verzen is wat we nog niet begrijpen. Een reden waarom de ogenman bereid is ervoor te moorden.'

'Misschien wil hij ze zelfs wel vernietigen. Heb je daar al eens aan gedacht?'

Yola's ogen werden groot. 'Waarom? Waarom zou iemand dat willen?'

Sabir schudde zijn hoofd. 'Dat is de hamvraag. Als we die konden beantwoorden, zaten we goed.'

21

Sommige vrienden van hem dachten dat Gavril altijd boos was geweest. Dat er bij zijn geboorte een mulo in hem was gevaren en dat die hem, als een chirurg die niet van een tumor kan afblijven, nooit meer met rust had gelaten. Dat dat de verklaring was voor het feit dat hij er als een gadje uitzag. Dat hij misschien helemaal niet ontvoerd was na zijn geboorte, maar gewoon was vervloekt, lang geleden, in een ander leven, en dat zijn uiterlijk daar het gevolg van was. Hij was erger dan gewoon apatride. Zelfs binnen zijn eigen gemeenschap was hij een rariteit.

Bazena geloofde dit in elk geval. Maar zij had een warme buik voor hem, dus zij kon er niet meer redelijk over nadenken.

Vandaag leek Gavril bozer dan ooit. Bazena wierp een snelle blik op de oude vrouw die fungeerde als haar tijdelijke *duenna* en keek daarna weer naar het haar van Gavril. Hij lag met zijn broek rond zijn enkels op de grond en ze naaide de wond in zijn been dicht. Ze vond niet dat die eruitzag als de beet van een hond, eerder als een messteek. En de blauwe plek in zijn nek was zeker niet veroorzaakt door een ontsnapping over een hek. Wat had hij dan gedaan, was hij achterovergevallen? Maar wie was zij om hem tegen te spreken? Ze vroeg zich even af hoe hun kinderen eruit zouden zien. Zouden ze op haar lijken en zigeuners zijn, of zouden ze naar Gavril aarden en vervloekt zijn? Die gedachte maakte haar bang.

'Wanneer gaat jouw familie op weg naar Les Saintes-Maries?'

Bazena maakte de laatste hechting. 'Straks. Over een uur of zo.'

'Ik ga met jullie mee.'

Bazena ging meer rechtop zitten. Zelfs de oude duenna begon op te letten.

'Ik rijd voorin mee. Met je vader en je broer. Hier.' Hij zocht in zijn zak en haalde er een gekreukt briefje van twintig euro uit. 'Zeg hun maar dat dit voor de diesel is. Voor mijn deel ervan.'

Bazena keek naar de oude duenna. Dacht Truffeni wat zij dacht? Dat

Gavril duidelijk maakte dat hij van plan was haar te ontvoeren, als ze eenmaal in Les Saintes-Maries waren, en Sainte Sara's zegen te vragen voor hun huwelijk?

Ze knoopte de laatste hechting dicht en wreef met klis over zijn been.

'Au. Dat doet pijn.'

'Ik moet het wel doen. Het is ontsmettend. Zo wordt de wond schoon en krijg je geen infecties.'

Gavril rolde zich op zijn rug en trok zijn broek omhoog. Bazena en de oude vrouw wendden hun blik af.

'Weet je zeker dat je niet marimé bent? Je hebt me niet bezoedeld?'

Bazena schudde haar hoofd. De oude vrouw lachte kakelend en maakte een grof gebaar met haar vingers.

Ja, dacht Bazena. Zij denkt ook dat hij me wil. Zij denkt ook dat hij zijn belangstelling voor Yola heeft verloren.

'Mooi.' Hij stond op, de vlammende woede nog in zijn ogen. 'Dan zie ik je straks. Bij de wagen van je vader. Over een uur.'

22

'Het lukt niet. We worden niks wijzer.'

Macron trok een gezicht. 'Ik zei toch al dat je niks aan die mensen hebt, dat ze niet te vertrouwen zijn.'

Calque duwde zich overeind. 'Volgens mij hebben we juist het tegendeel ontdekt. Ze zijn kennelijk wel te vertrouwen, want ze weigeren hun eigen mensen te verlinken. En of je iets aan ze hebt... nou ja. Genoeg gezegd.'

Macron zat op een stenen muurtje met zijn rug tegen een hoek van de kerk geleund. 'Mijn voeten... Jezus christus, wat doen ze pijn. Eigenlijk doet alles pijn. Als ik die smeerlap ooit te pakken krijg, rooster ik hem met een soldeerlamp.'

Calque nam de nog niet aangestoken sigaret uit zijn mond. 'Dat is een vreemde uitspraak voor een politieman. Ik neem aan dat je alleen stoom afblaast, Macron, en niet werkelijk meent wat je zegt?'

'Ik blaas alleen stoom af. Uiteraard, meneer.'

'Ik ben heel blij dat te horen.' Calque bespeurde cynisme in zijn eigen stem en dat verontrustte hem. Hij deed een bewuste poging zijn toon wat luchtiger te maken. 'Hoe schieten die uilskuikens van jou op met het ontrafelen van de code van het zendertje?'

'Ze zijn al een heel eind. Het wordt op z'n laatst morgenochtend.'

'Wat deden we voordat er computers waren, Macron? Ik geef toe dat ik het me niet meer kan herinneren. Echt speurwerk, misschien? Nee. Dat zal toch niet?'

Macron sloot zijn ogen. Het was weer hetzelfde liedje als altijd. Zou Calque ooit veranderen? Altijd in de contramine. 'Zonder computers zouden we niet zo ver zijn gekomen.'

'O, ik denk van wel.' Nog meer bombast. Soms werd Calque er zelf ziek van. Hij stak zijn neus in de lucht als een bloedhond die zich verheugt op een jachtpartij. 'Ik ruik coq-au-vin. En wacht eens. Nog iets anders. Ik ruik coq-au-vin en *pommes dauphinoises*.'

Macron barstte in lachen uit. Ondanks het feit dat de man hem zeer irriteerde, kon Calque hem altijd weer aan het lachen maken. Het was alsof hij het geheime vermogen bezat een beroep te doen op wat ze onder de oppervlakte gemeenschappelijk hadden – hun gezamenlijke Frans-zijn – net als Fernandel of bijvoorbeeld Charles de Gaulle had gekund. 'Dat noem ik nog eens goed speurwerk. Zullen we een nader onderzoek instellen, meneer?' Hij deed zijn ogen open, nog steeds niet helemaal zeker van Calques humeur. Had zijn superieur nog steeds de pik op hem of was hij eindelijk in een wat toegeeflijker bui geraakt?

Calque schoot zijn peuk in een vuilnisbak. 'Gaat u voor, inspecteur. Voedsel moet, zoals de filosofen zeggen, immer voorrang krijgen op de plicht.'

23

'Het is volmaakt.' Sabir keek om zich heen in het Maset du Marais. 'Die broers zijn gek dat ze een plek als deze leeg laten staan. Moet je daar eens zien.'

Alexi rekte zijn nek om te zien waar Sabir naar wees.

'Dat is een originele Provençaalse buffetkast. En kijk daar.'

'Waar?'

'Die bergère. Daar, in de hoek. Die moet minstens honderdvijftig jaar oud zijn.'

'Bedoel je dat die spullen geld waard zijn? Dat het geen waardeloze ouwe troep is?'

Opeens herinnerde Sabir zich weer tegen wie hij het had. 'Alexi, je blijft ervan af, hè? We zijn te gast bij deze mensen. Ook al weten ze het zelf niet. Oké? We moeten op z'n minst de hoffelijkheid hebben hun spullen met rust te laten.'

'Zeker, zeker. Ik zal niets aanraken.' Alexi klonk niet overtuigd. 'Maar wat schat je dat ze waard zijn? Ongeveer?'

'Alexi?'

'Ja, ja. Het was maar een vraag.' Hij haalde zijn schouders op. 'Ik neem aan dat die antiekhandelaren in Arles er wel belangstelling voor zouden hebben? Als ze wisten dat het hier stond, tenminste.'

'Alexi.'

'Oké. Oké.'

Sabir glimlachte. Hoe ging dat gezegde ook weer? Een vos verliest wel zijn haren, maar niet zijn streken. 'Hoe ver is het naar Les Saintes-Maries?'

Alexi's blik dwaalde nog steeds over het meubilair. 'Weet je, Damo, als jij de spullen voor me uitzoekt en ik ze verkoop, zouden we daar heel goed van kunnen leven. Misschien zou je zelfs een vrouw kunnen kopen, na een jaar of twee. En dan niet zo'n lelijke als de eerste die ik je aanbood.'

'Les Saintes-Maries, Alexi. Hoe ver?'

Alexi zuchtte. 'Hemelsbreed tien kilometer. Met de auto misschien vijftien.'

'Dat is een aardig eind. Is er geen veilige plek dichterbij waar we zouden kunnen logeren? Zodat we makkelijker bij de stad kunnen komen?'

'Alleen als je toevallig herkend wilt worden, zodat in een mum van tijd iedere politieman weet waar we zitten.'

'Daar zit wat in.'

'Maar je kunt altijd een paard stelen.'

'Hoe bedoel je?'

'Van de dichtstbijzijnde boerderij. Ze hebben tientallen paarden los rondlopen. Op een terrein van een paar honderd hectare. Ze kunnen onmogelijk bijhouden waar die allemaal zijn. We lenen er gewoon drie. In de *buanderie* hangen tuig en zadels. We houden ze in de stal als we ze niet gebruiken. Niemand zal het merken. We kunnen door het veld naar Les Saintes-Maries rijden wanneer we maar willen en de paarden achterlaten bij een paar zigeuners net buiten de stad. Op die manier zullen de gardians hun eigen paarden niet herkennen en dus ook niet kwaad op ons worden.'

'Meen je dat echt? Wil je dat we paardendieven worden?'

'Ik meen alles wat ik zeg, Damo. Weet je dat nou nog niet?'

'Kijk eens wat ik heb.' Yola zette een houten kratje vol groenten en fruit neer. 'Kolen, een bloemkool, een paar courgettes... Ik heb zelfs een pompoen. Nu hebben we alleen nog wat vis nodig. Kun jij even snel naar de Baisses de Tages glippen en iets voor ons vangen, Alexi? Of een paar handjes *tellines* stelen bij de kwekerij?'

'Ik heb geen tijd voor die onzin. Damo en ik willen naar Les Saintes-Maries rijden en de kerk bekijken. Zien of we een manier kunnen bedenken om bij het beeld van Sainte Sara te komen voordat de ogenman hier is.'

'Rijden? Maar we hebben geen auto meer. Die hebben we in Arles laten staan.'

'We hebben geen auto nodig. We gaan een paar paarden stelen.'

Yola nam Alexi taxerend op. 'Dan kom ik met jullie mee.'

'Dat is geen goed idee. Je zou ons alleen maar ophouden.'

'Ik kom met jullie mee.'

Sabir keek zijn twee nieuwe familieleden om beurten aan. Zoals gewoonlijk hing er tussen hen tweeën een spanning in de lucht die hij niet begreep. 'Waarom wil je mee, Yola? Het is gevaarlijk. Het zal er wemelen van de politie. En jij hebt al twee confrontaties met die man achter de rug; dat wil je niet nóg eens meemaken.'

Yola zuchtte. 'Moet je hem zien, Damo. Moet je dat schuldbewuste gezicht zien. Snap je niet waarom hij zo graag de stad in wil?'

'Nou, we moeten ons voorbereiden...'

'Nee. Hij wil drinken. En dan, als hij genoeg op heeft om ziek van te worden, zal hij op zoek gaan naar Gavril.'

'Gavril? Jezus, die was ik helemaal vergeten.'

'Maar hij is jou of Alexi niet vergeten. Daar kun je zeker van zijn.'

24

'Hier schieten we niets mee op, meneer. Het pistool is in 1933 voor het laatst geregistreerd. En de toenmalige eigenaar is waarschijnlijk al jaren dood. Hij kan intussen wel zes keer verhuisd zijn. Of het pistool kan zes keer zijn doorverkocht. Volgens de onderzoeker heeft het na de oorlog tot in de jaren zestig geduurd voordat de boel weer goed werd bijgehouden. Waarom zouden we onze tijd eraan verspillen?'

'Hebben die uilskuikens van jou de zendercode al gekraakt?'

'Nee, ik heb er niets over gehoord.'

'Heb je andere aanwijzingen waar je me niets over hebt verteld?' Macron kreunde. 'Nee, meneer.'

'Lees me dan het adres voor.'

'Le Domaine de Seyème, Cap Camarat.'

'Cap Camarat? Dat is toch in de buurt van Saint-Tropez?'

'Zo'n beetje.'

'Jouw thuishaven, hè?'

'Ja, meneer.' Macron vond het geen aangenaam vooruitzicht om met Calque in zijn kielzog terug te keren naar een plek zo dicht bij huis.

'Op welke naam stond het?'

'U zult het niet geloven.'

'Laat maar horen.'

'Hier staat dat het pistool is geregistreerd op naam van Louis de Bale, chevalier, comte d'Hyères, marquis de Seyème, pair de France.'

'Een pair de France? Echt waar?'

'Wat is een pair de France?'

Calque schudde zijn hoofd. 'Je kennis van je eigen geschiedenis is om te huilen, Macron. Heb je dan helemaal geen belangstelling voor het verleden?'

'Niet voor de adel, nee. Ik dacht dat we al die flauwekul in de Revolutie hadden afgeschaft?'

'Dat was tijdelijk. Het stelsel is door Napoleon weer ingesteld, in de revolutie van 1848 opnieuw afgeschaft en in 1852 per decreet weer ingevoerd. En voor zover ik weet is het sinds die tijd niet meer weggeweest. Officiële titels zijn zelfs wettelijk beschermd, en dat betekent dus door jou en door mij, Macron. Hoezeer je republikeinse ziel er ook tegen in opstand mag komen.'

'Goed, en wat mag een pair de France dan wel wezen?'

Calque zuchtte. 'De Pairie Ancienne is het oudste en meest exclusieve adellijke gezelschap in Frankrijk. In 1216 waren er negen pairs. Twaalf jaar later, in 1228, werden er nog drie gecreëerd om tot het totaal van twaalf te komen, hetzelfde aantal als de paladijnen van Karel de Grote. Je hebt toch wel eens van Karel de Grote gehoord? Het waren voornamelijk bisschoppen, hertogen en graven, die de koning moesten bijstaan bij de kroning. Een van de pairs zalfde hem, een andere droeg de koninklijke mantel, een derde zijn ring, een vierde zijn zwaard, enzovoorts... Ik dacht dat ik ze allemaal kende, maar de namen en titels van deze man zeggen me niets.'

'Misschien is het een oplichter? Aangenomen dat hij niet dood is, natuurlijk, wat hij ongetwijfeld wel is, want het is meer dan vijfenzeventig jaar geleden dat hij het pistool heeft laten registreren.' Macron wierp Calque een vertwijfelde blik toe.

'Met dat soort dingen kun je niet doen alsof.'

'Waarom in hemelsnaam niet?'

'Omdat dat niet kan. Onbeduidende titels kun je vervalsen. Dat wordt door veel mensen gedaan. Zelfs door ex-presidenten. En dan eindigen ze in het *Dictionnaire de la fausse noblesse*. Maar belangrijke titels zoals die? Nee. Onmogelijk.'

'Wat? Hebben die mensen zelfs een boek met valse edelen?'

'Sterker nog. Het is eigenlijk een soort spiegel.' Calque nam Macron kritisch op, alsof hij vreesde parels voor de zwijnen te werpen. 'Er is bijvoorbeeld een fundamenteel verschil tussen napoleontische titels en titels van vóór die tijd, zoals degene die we hier hebben. Napoleon, die nu eenmaal een dwarse je-weet-wel was, gaf een paar van zijn gunstelingen dezelfde of reeds bestaande namen en titels; waarschijnlijk om de oorspronkelijke dragers ervan te vernederen en in bedwang te houden. Maar de gevolgen bleken onverwacht lang merkbaar te blijven. Want zelfs nu kan het nog gebeuren dat, als je iemand van napoleontische adel hoger aan tafel zet dan een oude aristocraat met dezelfde naam, de oude aristo-

craat en zijn familie eenvoudigweg hun bord omdraaien en weigeren te eten.'
'Wat? En doodleuk blijven zitten?'
'Ja. En dat is het soort familie waar we hier waarschijnlijk mee te maken hebben.'
'Houdt u me voor de gek?'
'Zoiets wordt als een bewuste belediging gezien, Macron. Net als wanneer iemand zou zeggen dat er in Marseille alleen maar idioten van school komen. Zo'n bewering zou zonneklaar onwaar zijn en zou daarom herzien moeten worden. Behalve in bepaalde extreme gevallen, natuurlijk, waarin ze volkomen juist blijkt te zijn.'

25

Drie uur lang had Gavril door de straten van Les Saintes-Maries gelopen op zoek naar enig spoor van Alexi, Sabir of Yola. In die tijd had hij elke zigeuner, elke gardian, elke straatmuzikant, stalknecht, bedelaar en handlezer binnen zijn gezichtsveld aangesproken, maar hij was niets wijzer geworden.

Hij kende de stad goed, want tot aan de dood van zijn vader, drie jaar eerder, hadden zijn ouders altijd deelgenomen aan de jaarlijkse pelgrimage. Na die tijd had zijn moeder echter halsstarrig geweigerd zich meer dan dertig kilometer bij hun kamp – in de buurt van Reims – vandaan te begeven. Als gevolg van haar onverzettelijkheid was ook Gavril de gewoonte kwijtgeraakt op pelgrimstocht te gaan. Hij had dus gelogen toen hij tegen Sabir zei dat hij uiteraard naar het zuiden zou trekken met de rest van zijn groep. Maar een mulo in zijn binnenste had hem ertoe aangezet Alexi uit te dagen hem bij het schrijn van Sainte Sara te ontmoeten. Een onbewuste kracht, een vorm van bijgeloof, waarvan hij niet wist wat de oorsprong was.

Het kwam op het volgende neer: als hij Alexi maar kwijt kon raken, hem Yola kon afnemen en zelf met haar trouwen, zou dat bewijzen dat hij een echte zigeuner was. Niemand kon hem dan nog zijn plek binnen de gemeenschap ontzeggen. Want Yola's familie werd door de zigeuners als adellijk beschouwd. Hij zou door het huwelijk deel gaan uitmaken van een geslacht dat terugging tot aan de grote exodus en nog eerder. Misschien wel tot in Egypte zelf. Als hij eenmaal zonen en dochters met een dergelijke afkomst had, kon niemand zijn rechten of antecedenten meer in twijfel trekken. Het domme, kwetsende verhaal dat zijn vader hem van een gadje-vrouw had gestolen zou voorgoed uit de wereld zijn. Misschien zou hij zelfs op een dag wel bulibasha worden, met wat geluk, geld en enige zorgvuldige diplomatie. Hij zou zijn haar laten groeien. Het rood verven als hij dat wilde. Alle anderen in hun gezicht spugen.

De twee gadje-politiemannen waren de eersten die hem op het idee hadden gebracht, met hun visitekaartjes, hun zinspelingen en walgelijke insinuaties. Als direct gevolg van hun optreden had hij besloten Alexi te doden en Sabir vervolgens aan te geven om de beloofde beloning in ontvangst te nemen. Niemand kon hem toch zeker kwalijk nemen dat hij zich verdedigde tegen een crimineel? Daarna zou hij zich kunnen wreken op die andere smeerlap, de gadje die hem had vernederd en in zijn been gestoken.

Want ook die vent was een idioot gebleken, net als alle gadje. Had hij niet verraden waar hij op uit was, met al zijn vragen en bedreigingen? Iets wat verband hield met het beeld van Sara-e-Kali zelf? Gavril kon zich wel voor z'n kop slaan dat hij zoveel tijd had verdaan met door de stad lopen en domme vragen stellen. De man en Sabir hadden duidelijk iets met elkaar te maken; per slot van rekening hadden ze allebei een onwaarschijnlijke belangstelling voor het feest aan de dag gelegd. Ze moesten dus wel achter hetzelfde aan zitten. Misschien wilden ze het beeld stelen en er losgeld voor vragen? Gavril schudde zijn hoofd over zoveel gadje-domheid. Zigeuners betaalden nooit ergens voor. Wisten die mensen dat niet?

Nu hoefde hij alleen nog maar bij de deur van de kerk te wachten tot ze binnenkwamen. Het feest was tenslotte al over twee dagen. Dat gaf hem nog voldoende tijd om zijn plan in werking te zetten. En als hij moest rusten, was Bazena er altijd nog. Het zou kinderspel zijn om haar over te halen zijn plaats in te nemen. Dat domme mens dacht nog steeds dat hij haar wilde. Nou, het kwam hem heel goed uit om haar achter de hand te hebben. Dus hij zou met haar blijven aanpappen, haar een beetje hoop geven.

Boven aan zijn wensenlijstje stond het idee haar zover te krijgen dat ze voor de kerk zou gaan zitten bedelen. Dan zou er niemand de kerk in kunnen lopen zonder dat ze het merkte, én ze zou tegelijk geld voor hem verdienen. Twee vliegen in één klap.

Ja. Gavril had het allemaal duidelijk op een rijtje. Eindelijk zou hij erkenning krijgen, dat voelde hij. Na al die jaren zou hij het die klootzakken betaald zetten. Ze laten boeten voor een leven lang verdriet en kleinzielige vernederingen vanwege zijn blonde haar.

Met het idee nog smeulend in zijn hoofd haastte Gavril zich door de stad terug naar de woonwagen van Bazena's vader.

26

Achor Bale observeerde Gavrils capriolen met enige geamuseerdheid. Hij was de idoot gevolgd vanaf het moment dat hij hem in figuurlijke zin had afgevuurd in Gourdon, en gedurende de laatste drie uur was hij er stellig van overtuigd geraakt dat hij nog nooit een man had geschaduwd die zich zo volledig onbewust was van wat er om hem heen gebeurde. Over monomaan gesproken. Als er iets bij die zigeuner opkwam dacht hij vanaf dat moment alleen nog maar daaraan, met uitsluiting van al het andere; je kon de radertjes in zijn hoofd bijna horen kraken als ze in elkaar grepen. Hij leek op een renpaard met oogkleppen.

Nadat hij hem in Gourdon in zijn been had gestoken, was het absurd gemakkelijk gebleken de man te volgen. En hier, in de straten van Les Saintes-Maries, waar het wemelde van de toeristen, was het zo simpel geworden dat het in geen enkele verhouding meer stond tot de potentiële resultaten. Bale bracht een vrolijk kwartiertje door met toekijken hoe Gavril een jonge vrouw afblafte om haar zo ver te krijgen dat ze met een of ander nieuw plan van hem instemde. En daarna nog twaalf minuten, terwijl zij zich installeerde in een leeg hoekje van het plein dicht bij de ingang van de kerk. Het meisje begon bijna ogenblikkelijk te bedelen; niet bij de zigeuners natuurlijk, maar bij de toeristen.

Jij sluwe schoft, dacht Bale. Goed zo. Laat anderen het vuile werk maar voor je opknappen. En nu ga je zelf zeker een dutje doen?

Bale negeerde Gavril verder. Hij installeerde zich in een nabijgelegen café, zette een hoed met een brede rand en een zonnebril op om de plaatselijke politie om de tuin te leiden, en ging het meisje in de gaten zitten houden.

27

'Putain! Moet je dat huis zien. Dat moet verdomme een fortuin waard zijn.'
Calque vertrok zijn gezicht, maar zei niets.
Macron stapte moeizaam uit de auto. Hij staarde naar de landmassa van Cap Camarat, voor hen uit, en daarna naar de brede halvemaanvormige strook helderblauw water tussen hen en de Cap de Saint-Tropez, links van hen. 'Dit is het soort huis waar Brigitte Bardot in zou kunnen wonen.'
'Niet echt,' zei Calque.
'Nou, volgens mij wel.'
Een vrouw van middelbare leeftijd in een tweed rok en een kasjmieren twinset kwam vanaf het huis naar hen toe lopen.
Calque begroette haar met een knikje. '*Madame la marquise?*'
De vrouw glimlachte. 'Nee. Ik ben haar privésecretaresse. Ik ben madame Mastigou. En de correcte titel van madame is *madame la comtesse*. Het markizaat wordt door de familie als de mindere titel beschouwd.'
Achter Calques rug ontblootte Macron zijn tanden in een vergenoegde grijns. Dat zou die verwaande kwast een lesje leren. Moest hij maar niet zo snobistisch doen. Hij wist zogenaamd altijd alles over iedereen. En toch kleunde hij nog mis.
'Hebt u beiden een auto-ongeluk gehad? Ik zie dat uw assistent mank loopt. En u ziet eruit alsof u recht uit de oorlog komt, als ik zo vrij mag zijn, meneer Calque.'
Met een scheve glimlach vanwege zijn mitella en de pleisters die nog kruiselings over zijn in model geduwde neus zaten, bevestigde Calque haar vermoeden. 'Dat is precies wat er is gebeurd, madame. We achtervolgden een misdadiger. Een zeer zware crimineel. Daarom zijn we nu ook hier.'
'U verwacht toch zeker niet hem hier in huis aan te treffen?'

'Nee, madame. We onderzoeken de herkomst van een pistool dat in zijn bezit is geweest. Daarom willen we uw werkgeefster graag spreken. Het is mogelijk dat het pistool van haar vader is geweest. We moeten nagaan welke weg het in de afgelopen vijfenzeventig jaar heeft afgelegd.'

'Vijfenzeventig jaar?'

'Sinds het in de vroege jaren dertig is geregistreerd. Ja.'

'Is het in de jaren dertig geregistreerd?'

'In de vroege jaren dertig, ja.'

'Dan zal het van de man van madame la comtesse zijn geweest. Hij leeft niet meer.'

'Aha.' Calque voelde meer dan hij zag dat Macron achter zich zijn ogen ten hemel sloeg. 'Is madame la comtesse dan hoogbejaard?'

'Integendeel, monsieur. Ze was veertig jaar jonger dan monsieur le comte toen ze in de jaren zeventig trouwden.'

'Aha.'

'Maar komt u alstublieft mee. Madame la comtesse verwacht u.'

Calque volgde madame Mastigou naar het huis, en Macron trekkebeende erachteraan. Toen ze bij de voordeur aankwamen, werd die door een wachtende lakei opengeduwd.

'Dit gebeurt niet echt,' fluisterde Macron. 'Dit is een filmset. Of een practical joke. Zo leven mensen niet meer.'

Calque deed alsof hij hem niet hoorde. Hij liet zich door de lakei met een lichte aanraking van zijn gezonde arm de paar treden op helpen. Heimelijk was hij dankbaar voor de ondersteuning, want hij had voor Macron verborgen hoe gammel hij zich werkelijk voelde, uit angst zijn overwicht te verliezen. Macron was een product van de sloppenwijk, een straatvechter, altijd op zoek naar de zwakke plekken van anderen. Calque wist dat zijn enige echte voordeel zijn hersens waren, en zijn grotere kennis van de wereld en de geschiedenis. Als hij die voorsprong kwijtraakte, was hij er geweest.

'Madame la comtesse wacht op u in de bibliotheek.'

Calque volgde de gestrekte arm van de lakei. De secretaresse, of wat ze ook was, kondigde hen al aan.

Daar gaan we, dacht hij. Opnieuw een dood spoor. Dat begint mijn specialiteit te worden. Als het zo doorgaat, zal ik als we straks terug zijn in Parijs dankzij Macrons vrolijke grappen op kantoor de risee van het hele tweede arrondissement zijn.

28

'Kijk, daar heb je Bazena.' Alexi wilde zijn hand opsteken, maar Sabir hield hem tegen.

Ze stapten allebei naar achteren, achter een scherm op straat dat twee winkelpuien van elkaar scheidde.

'Wat is ze aan het doen?'

Alexi gluurde langs het scherm. 'Het is niet te geloven.'

'Wat dan?'

'Ze zit te bedelen.' Hij keerde zich naar Sabir. 'Ik meen het. Als haar vader of haar broer haar zag, zouden ze haar ervan langs geven met de zweep.'

'Waarom? Ik zie zo vaak zigeuners bedelen.'

'Geen zigeuners zoals Bazena. Niet uit zo'n familie. Haar vader is een zeer trots man. Die wil je niet tegen je in het harnas jagen. Zelfs ik zou me wel tweemaal bedenken.' Hij spoog bijgelovig in zijn handen.

'Maar waarom doet ze het dan?'

Alexi sloot zijn ogen. 'Wacht. Even nadenken.'

Sabir stak zijn hoofd om de hoek van het scherm en keek uit over het plein.

Alexi greep hem bij zijn overhemd. 'Ik heb het! Het moet iets met Gavril te maken hebben. Misschien heeft hij haar op de uitkijk naar ons gezet.'

'Waarom kijkt hij zelf niet naar ons uit?'

'Omdat hij een luie donder is.'

'Aha. Je bent toch zeker niet een heel klein beetje bevooroordeeld?'

Alexi vloekte gedempt. 'Wat doen we nu, Damo? We kunnen de kerk niet in nu Bazena daar zit. Ze zal wegrennen om Gavril te waarschuwen, en hij zal met veel lawaai binnenkomen en alles in de war sturen.'

'We moeten Yola vragen met haar te praten.'

'Wat schieten we daarmee op?'

'Yola bedenkt wel iets om te zeggen. Dat doet ze altijd.'
Alexi knikte alsof hij een vaststaand feit beaamde. 'Goed. Wacht hier. Ik ga haar zoeken.'

Alexi vond zijn nicht met een hele club snaterende vriendinnen op de stoep van het stadhuis, aan de place des Gitans. 'Yola. We hebben een probleem.'
'Hebben jullie de ogenman gezien?'
'Nee. Maar het is bijna net zo erg. Gavril laat de ingang van de kerk in de gaten houden: Bazena zit er te bedelen.'
'Bazena? Bedelen? Haar vader zal haar iets aandoen!'
'Dat weet ik. Dat zei ik ook al tegen Damo.'
'En wat ga je nu doen?'
'Ik ga niets doen. Jij gaat iets doen.'
'Ik?'
'Ja. Jij gaat met haar praten. Damo zegt dat jij altijd weet wat je moet zeggen.'
'Zegt hij dat?'
'Ja.'
Een van de andere meisjes begon te giechelen.
Yola gaf het meisje een por. 'Stil, Yeleni. Ik moet nadenken.'
Tot Alexi's verrassing luisterden de meisjes naar Yola en spraken ze haar niet tegen, zoals ze anders altijd deden tegen iedereen van haar leeftijd die nog vrijgezel was. Normaal gesproken zou het feit dat ze nog steeds ongetrouwd was slecht zijn voor haar status onder de vrouwen, want sommige van deze meisjes hadden al een kind gebaard of waren voor de tweede of derde keer zwanger. Maar hij moest toegeven dat Yola een bijzondere uitstraling had die eerbied afdwong. Het zou goed zijn voor zijn reputatie als hij met haar trouwde.

Maar ja. De gedachte dat Yola hem voortdurend in de gaten zou houden vervulde hem bij voorbaat al met angst. Alexi gaf toe dat zijn vlees zwak was als het op vrouwen aankwam. Het was een vrijwel onmogelijke opgaaf voor hem om een gelegenheid voorbij te laten gaan om een gadjemeisje te versieren. Yola had gelijk. Dat was in de huidige situatie niet zo'n probleem, maar ze was niet het type vrouw om dat soort gedrag door de vingers te zien als ze eenmaal getrouwd waren. Waarschijnlijk zou ze hem in zijn slaap castreren.

'Alexi, waar denk je aan?'

'Ik? O, niets. Helemaal niets.'

'Ga dan maar tegen Damo zeggen dat ik zal zorgen dat we de kerk in kunnen. Maar dat hij niet verrast moet zijn over hoe ik dat doe.'

'Oké.' Alexi dacht nog steeds na over hoe het zou zijn om vergiftigd of gecastreerd te worden. Hij wist niet waar hij de voorkeur aan zou geven. Beide leken onvermijdelijk als hij met Yola zou trouwen.

'Heb je me gehoord?'

'Natuurlijk. Natuurlijk heb ik je gehoord.'

'En als je Gavril ziet en hij jou niet, ontloop hem dan.'

29

'Hoofdinspecteur Calque? Gaat u alstublieft zitten. En u ook, inspecteur.'
Calque liet zich dankbaar op een van de drie grote sofa's rond de open haard zakken. Toen kwam hij weer moeizaam overeind terwijl de gravin ging zitten.
Macron, die even geneigd was geweest op de armleuning van een van de sofa's te gaan zitten en zijn pijnlijke voeten in de lucht te laten bungelen, bedacht zich en nam plaats naast Calque.
'Wilt u misschien koffie?'
'Nee hoor, dat hoeft niet.'
'Dan laat ik koffie voor mezelf komen. Dat drink ik altijd om deze tijd.'
Calque keek als een man die had vergeten zijn loterijbriefje te kopen en wiens nummer zojuist op het tv-scherm verscheen.
'Weet u zeker dat u niet meedoet?'
'Nou, als u zo aandringt...'
'Uitstekend. Milouins, een pot koffie voor drie, alsjeblieft. En breng wat madeleines mee.'
'Ja, madame.' De lakei verliet achterwaarts de kamer.
Macron trok weer een ongelovig gezicht, maar Calque weigerde zijn blik te beantwoorden.
'Dit is ons zomerhuis, meneer Calque. In de negentiende eeuw was het ons winterhuis, maar alles verandert, nietwaar? Nu zoeken de mensen de zon op. Hoe warmer hoe beter, toch?'
Calque had zin om zijn wangen bol te blazen, maar deed het niet. Hij had trek in een sigaret, maar vermoedde dat hij alleen een verborgen rookalarm zou activeren of een hele heisa over asbakken zou veroorzaken als hij toegaf aan zijn verlangen. Hij besloot ervan af te zien en zich niet meer stress op de hals te halen dan strikt noodzakelijk was. 'Ik wilde

u iets vragen, madame. Puur voor het dossier. Over de titels van uw echtgenoot.'

'De titels van mijn zoon.'

'Ah. Ja. De titels van uw zoon. Enkel uit nieuwsgierigheid. Uw zoon is toch een pair de France?'

'Ja. Dat klopt.'

'Maar ik dacht dat er slechts twaalf pairs de France waren. Zegt u het me alstublieft als ik het mis heb.' Hij telde op zijn vingers. 'De aartsbisschop van Reims, die van oudsher de leiding had over de kroning van de koning. De bisschoppen van Laon, Langres, Beauvais, Châlons en Noyons, die respectievelijk de koning zalfden, en zijn scepter, zijn mantel, zijn ring en zijn gordel droegen. En dan waren er de hertogen van Normandië, Bourgondië en Aquitanië, ook bekend als Guyenne. De hertog van Bourgondië droeg de kroon en gespte de gordel dicht. Die van Normandië hield de eerste vierkante banier vast, en die van Guyenne de tweede. En ten slotte waren er de graven: van Champagne, Vlaanderen en Toulouse. Die van Toulouse droeg de sporen, die van Vlaanderen het zwaard en die van Champagne de koninklijke standaard. Is dat juist?'

'Volkomen juist. Je zou denken dat u die namen net in een boek hebt opgezocht en uit uw hoofd hebt geleerd.'

Calque bloosde. Hij voelde het bloed kloppen in zijn beschadigde neus.

'Nee, madame. Hoofdinspecteur Calque weet waar hij het over heeft.'

Calque staarde Macron ongelovig aan. Goeie god. Was dit een geval van klassensolidariteit? Dat moest het wel zijn. Er was geen andere reden te bedenken waarom Macron hem zo onverdroten en openlijk verdedigde. Calque boog zijn hoofd in oprechte dankbaarheid. Hij moest onthouden dat hij meer zijn best moest doen met Macron. Hem meer moest aanmoedigen. Calque voelde zelfs een zweem van genegenheid, die zijn gebruikelijke ergernis over Macrons jeugdige onbezonnenheid bijna verdrong. 'En dan komen we bij de familie van uw echtgenoot, madame. Neemt u me niet kwalijk, maar ik begrijp het nog steeds niet. Dat zou toch betekenen dat zij de dertiende pair waren? Maar voor zover ik weet wordt er in de geschiedenis niets vermeld over een dergelijke pair. Wat zou de voorouder van uw echtgenoot tijdens de kroning hebben gedragen?'

'Hij zou niets hebben gedragen, meneer Calque. Hij zou hebben beschermd.'

'Beschermd? Tegen wie?'

De gravin glimlachte. 'Tegen de duivel, natuurlijk.'

30

Yola vond dat ze haar twee ingrepen nauwelijks beter had kunnen timen. Eerst had ze Yeleni naar Gavril gestuurd om hem wakker te maken en te vertellen dat Bazena hem moest spreken. Dringend.

Daarna had ze vijf minuten gewacht voordat ze Badu, Bazena's vader, haastig was gaan vertellen dat zijn dochter zojuist bedelend voor de kerk was gesignaleerd. Die vijf minuten waren ingebouwd vanwege het feit dat Badu en Stefan, Bazena's broer, ongetwijfeld linea recta naar de kerk zouden stormen als ze het nieuws hoorden. Nu rende Yola zelf ook die kant op, omdat ze de ontknoping van wat ze in gang had gezet niet wilde missen.

Alexi zag haar aankomen. 'Kijk. Daar heb je Yola. En daar Gavril. O shit. Badu en Stefan.'

De scène maakte op Sabir de indruk losjes te zijn geïnspireerd op de dolle achtervolging in de eerste *Pink Panther*-film, waarin de oude man, verbijsterd door de overvloed aan politiewagens en Lelijke Eendjes die rondjes rijden over het plein dat voor hem ligt, ten slotte zijn leunstoel naar buiten brengt, die op een gunstige plek neerkwakt en er comfortabel in gaat zitten om te zien hoe het afloopt.

Gavril, die zich totaal niet bewust was van Badu en Stefan, liep snel in de richting van Bazena. Zij had zojuist haar vader en broer in het oog gekregen en wist dus dat ze op heterdaad was betrapt, met een lap vol munten die voor haar lag. Ze stond op en riep Gavril. Gavril bleef staan. Bazena gebaarde heftig dat hij weg moest gaan. Badu en Stefan zagen dat gebaar, draaiden zich om en herkenden Gavril. In plaats van te blijven staan en te doen alsof hij van niets wist, besloot Gavril de benen te nemen. Badu en Stefan gingen uiteen – een manoeuvre die ze duidelijk al bij vele gelegenheden in de praktijk hadden gebracht – en kwamen van tegenoverliggende kanten op Gavril af. Bazena begon te gillen en haar haar uit haar hoofd te trekken.

Nog geen anderhalve minuut nadat Yola's plan in werking was gezet, waren er een stuk of vijftig zigeuners van beide seksen en verschillende leeftijden als uit het niets samengestroomd op het midden van het plein. Gavril deinsde achteruit voor Badu en Stefan, die hun messen hadden getrokken. Mensen dromden de kerk uit om te zien waar al dat rumoer vandaan kwam. Twee politieagenten op motoren kwamen uit een ander deel van de stad aanrijden, maar hun voortgang werd gehinderd en hun uitzicht op het gevecht belemmerd door tientallen zigeuners. Bazena had zich om de hals van haar vader geworpen en hield hem vast alsof haar leven ervan afhing, terwijl haar broer rondcirkelde om Gavril, die ook zijn mes had gepakt maar nog frunnikte aan de metalen veiligheidsring.

'Dit is het. Dit is mijn moment.' Alexi stormde de menigte in voordat Sabir kon vragen wat hij van plan was.

'Alexi! In jezusnaam! Hou je erbuiten!'

Maar het was te laat om hem tegen te houden. Alexi sprintte al langs de rand van de menigte in de richting van de kerk.

31

Alexi was al zijn hele leven een meesterdief, en meesterdieven weten hoe ze het toeval moeten benutten. Hoe ze van de gelegenheid gebruik moeten maken.

Hij wist zeker dat de bewaker zich uiteindelijk zou laten verlokken de kerk uit te komen. Hoe kon het anders, als alle gelovigen de kerk uit waren gestroomd, gedreven door nieuwsgierigheid over wat er op het plein gebeurde?

Alexi kon zich de gedachtegang van de bewaker voorstellen. Zijn plicht lag toch zeker buiten? Sainte Sara kon toch wel eventjes op zichzelf passen? Hij was zich niet van enige dreiging jegens haar bewust. Niemand had hem gewaarschuwd dat hij extra goed moest opletten. Wat kon het voor kwaad om de saaie ochtend te onderbreken voor een beetje frisse lucht en een relletje?

Alexi had zich net aan de rechterkant van de hoofdingang verscholen toen de bewaker in het kielzog van de menigte naar buiten kwam, zijn gezicht stralend van verwachting. Alexi schoot achter hem naar binnen en rende meteen door naar de crypte. Hij kwam hier al zijn hele leven, dus hij kende het interieur als zijn broekzak.

Sainte Sara stond in een hoek van de verlaten crypte, omringd door votiefgeschenken, foto's, kaarsen, snuisterijen, gedichten, gedenkplaten, schoolbordjes met de namen van mensen erop geschreven en bloemen, heel veel bloemen. Ze was gekleed in minstens twintig lagen geschonken kleding, pelerines, linten en met de hand genaaide sluiers, en alleen haar mahoniebruine gezicht, in het niet verzinkend onder de zilveren kroon erboven, piepte door de verstikkende laag textiel naar buiten.

Nadat hij bijgelovig een kruis had geslagen en een blik die smeekte 'vergeeft u het mij alstublieft' op het dichtstbijzijnde kruisbeeld had geworpen, kantelde Alexi Sara-e-kali en liet zijn hand over de onderkant glijden. Niets. Zo glad als albast.

Met een vertwijfelde blik op de ingang van de crypte mompelde Alexi een gebed, pakte zijn zakmes en begon te schrapen.

Achor Bale had de zich snel ontwikkelende gebeurtenissen op het plein dat voor hem lag met grote interesse gevolgd. Eerst verscheen haastig de blonde idioot, daarna de twee boze zigeuners, die op de bedelende vriendin afstormden. Toen was de bedelende vriendin gaan krijsen en had ieders aandacht gevestigd op haar blonde vriendje, dat anders ongetwijfeld had gezien wat er gebeurde voordat iemand hem in de gaten had gehad en zich uit de voeten had kunnen maken voordat de pleuris uitbrak. Wat nu gebeurde.

De twee motoragenten deden nog steeds pogingen zich een weg door de menigte te banen. Het blonde vriendje stond tegenover de jongste van de twee andere mannen, en als Bale zich niet vergiste, zwaaide hij met een Opinel-zakmes, dat ongetwijfeld ogenblikkelijk zou breken als het iets substantiëlers dan een vogelbotje raakte. De oudere man – de vader, waarschijnlijk – had zijn handen vol aan zijn hysterische dochter, maar het was duidelijk dat hij er binnenkort in zou slagen zich aan haar te ontworstelen, waarna die twee samen de blonde zouden fileren, lang voordat de politie ook maar een schijn van kans zou hebben om in de buurt te komen.

Bale liet zijn blik over het plein gaan. Op de een of andere manier kwam het geheel hem opgezet voor. Een rel brak bijna nooit op natuurlijke wijze uit, zomaar uit zichzelf. Ze werden georkestreerd. Tenminste, dat was zijn ervaring. Hij had er zelf een paar op touw gezet in zijn tijd in het vreemdelingenlegioen; niet onder de hoge bescherming van het legioen, uiteraard, maar puur als manier om te bewerkstelligen dat ze betrokken raakten bij een situatie die zichzelf anders misschien gewoon had opgelost zonder dat er geweld aan te pas kwam.

Er was een rel geweest in Tsjaad waar hij met warme gevoelens aan terugdacht. Dat was in de jaren tachtig, toen het legioen daar was ingezet. Veertig doden en tientallen gewonden. Volgens het Corpus was hij gevaarlijk dicht bij het starten van een burgeroorlog gekomen. Wat zou monsieur zijn vader zich daarover hebben verheugd.

Legio Patria Nostra; Bale kreeg er bijna nostalgische gevoelens van. Hij had heel veel nuttige dingen geleerd in het 'strijdersdorp' van het legioen in Fraselli op Corsica, en ook in Rwanda, Djibouti, Libanon, Kameroen en Bosnië. Dingen die hij nu misschien in de praktijk zou moeten brengen.

Hij stond op om een beter uitzicht te hebben. Toen dat niet werkte, klom hij op het cafétafeltje en gebruikte zijn hoed om het zonlicht af te schermen. Niemand sloeg acht op hem; alle ogen waren op het plein gericht.

Hij keek net op tijd om naar de kerk om te zien hoe Alexi, die zich achter de deur van de hoofdingang had verscholen, achter de bewaker langs naar binnen stormde.

Uitstekend. Bale werd weer eens op zijn wenken bediend. Hij keek of hij Sabir ergens op het plein zag, maar kon hem niet ontdekken. Dan kon hij zich het beste bij de ingang van de crypte opstellen. Wachten tot de zigeuner weer naar buiten kwam. In de turbulente chaos die de place de l'Église was, zou het niemand verbazen een tweede lijk met een steekwond in zijn borst te vinden.

32

Calque had het moeilijk met de gravin. Dat was begonnen toen ze had ontdekt dat hij sceptisch stond tegenover haar bewering dat de familie van haar echtgenoot verantwoordelijk was geweest voor de bescherming van de koningen van het Huis Angevin, Capet en Valois tegen duivelse tussenkomst.

'Waarom is hier niets over geschreven? Waarom heb ik nog nooit van een dertiende pair de France gehoord?'

Macron keek ongelovig toe. Wat was Calque aan het doen? Hij was hier om de herkomst van een pistool te onderzoeken, niet om zich in iemands afkomst te verdiepen.

'Maar er is wel over geschreven, meneer Calque. Alleen hebben de geleerden niet de beschikking over die documenten. Dacht u dat alles uit de geschiedenis precies zo is gebeurd als de historici het beschrijven? Dacht u echt dat er geen adellijke families in heel Europa zijn die hun privécorrespondentie en -papieren verborgen houden voor nieuwsgierige ogen? Dat er geen geheime genootschappen zijn die vandaag de dag nog steeds geheim zijn en van het bestaan waarvan niemand nog op de hoogte is?'

'Bent u op de hoogte van een dergelijk genootschap, madame?'

'Natuurlijk niet. Maar ze bestaan beslist. Gaat u daar maar van uit. En misschien hebben ze wel meer macht dan u zou denken.' Er gleed een vreemde blik over het gezicht van de gravin. Ze stak haar hand uit en deed een belletje klingelen. Zonder een woord te zeggen kwam Milouins de kamer binnen en begon het koffieservies af te ruimen.

Calque besefte dat het gesprek bijna ten einde was. 'Het pistool, madame. Het pistool dat op naam van uw man stond. Wie heeft het nu in zijn bezit?'

'Mijn man is het voor de oorlog kwijtgeraakt. Ik herinner me nog goed dat hij me dat heeft verteld. Het was gestolen door een jachtopziener die op zeker moment ontevreden was over zijn betrekking. De graaf heeft de politie op de hoogte gesteld, dat kunt u vast nog wel terugvinden. Er is een voorlopig onderzoek ingesteld, maar het pistool is nooit teruggevonden. Het deed er weinig toe. Mijn man had veel pistolen. Een collectie met enige faam, geloof ik. Ikzelf heb echter geen enkele belangstelling voor vuurwapens.'

'Ik snap het, madame.' Calque wist wanneer hij verslagen was. De kans dat er nog rapporten uit de jaren dertig bestonden van een voorlopig onderzoek naar een verdwenen vuurwapen was minimaal. 'Maar als ik het goed begrijp bent u in de jaren zeventig met uw man getrouwd? Hoe kunt u dan op de hoogte zijn van gebeurtenissen uit de jaren dertig?'

Macrons mond viel open.

'Mijn man vertelde me altijd alles, meneer Calque.' De gravin stond op.

Macron kwam overeind. Hij zag met plezier hoe Calques eerste poging om overeind te komen van de sofa mislukte. De oude man voelde het ongeluk blijkbaar nog goed, dacht hij bij zichzelf. Misschien is hij toch wat zwakker dan hij laat merken? Hij gedraagt zich in elk geval verdomd vreemd.

De gravin belde tweemaal. De lakei kwam weer binnen. Ze knikte naar Calque en de lakei haastte zich om hem overeind te helpen.

'Het spijt me, madame. Inspecteur Macron en ik zijn betrokken geraakt bij een botsing. Bij de achtervolging van een schurk. Ik ben nog een beetje stijf.'

Een botsing? Bij de achtervolging van een schurk? Wat had dat allemaal te betekenen? Macron wilde naar de deur lopen. Toen bleef hij staan. De oude man was helemaal niet zo stijf. Hij deed maar alsof.

'Uw zoon, madame? Zou hij misschien nog iets aan uw verhaal kunnen toevoegen? Misschien heeft zijn vader met hem over het pistool gepraat?'

'Mijn zoon? Ik heb negen zonen. En vier dochters. Met wie van hen zoudt u willen spreken?'

Calque bleef als aan de grond genageld staan. Hij slingerde een beetje, alsof hij nauwelijks meer op zijn benen kon staan. 'Dertien kinderen? Dat verbaast me, madame. Hoe is dat mogelijk?'

'Dat heet adoptie, meneer Calque. De familie van mijn man financiert al negen eeuwen een nonnenklooster, als onderdeel van haar liefdadige werken. Mijn man is in de oorlog zwaar gewond geraakt. Vanaf dat moment kon hij geen natuurlijke erfgenaam meer krijgen. Daarom is hij zo laat getrouwd. Maar ik heb hem overgehaald zijn standpunt inzake de erfopvolging te heroverwegen. We zijn vermogend. Het klooster heeft een weeshuis. We hebben zo veel mogelijk wezen in huis gehaald. Adoptie is een oud gebruik binnen Franse en Italiaanse adellijke families in het geval van overmacht. Verre te verkiezen boven het uitsterven van de naam.'

'De huidige graaf, dan? Mag ik zijn naam weten?'

'Graaf Rocha. Rocha de Bale.'

'Zou ik hem kunnen spreken?'

'We zijn hem kwijtgeraakt. Om redenen die hij zelf het beste kent heeft hij zich aangesloten bij het vreemdelingenlegioen. Zoals u weet, moeten legionairs een nieuwe naam aannemen. Die naam hebben we nooit gekend. Ik heb hem al vele jaren niet gezien.'

'Maar het legioen neemt alleen buitenlanders aan, madame. Geen Fransen. Alleen in de officiersrangen. Was uw zoon officier?'

'Mijn zoon was een dwaas. Op de leeftijd waarop hij dienst nam was hij tot elke dwaasheid in staat. Hij spreekt zes talen. Het is heel goed mogelijk dat hij zichzelf heeft uitgegeven voor een buitenlander.'

'Wat u zegt, madame. Wat u zegt.' Calque knikte erkentelijk naar de lakei. 'We lijken op een dood punt in ons onderzoek te zijn beland.'

De gravin leek hem niet gehoord te hebben. 'Ik kan u verzekeren dat mijn zoon niets weet van zijn vaders pistool. Hij is dertig jaar na de verdwijning ervan geboren. We hebben hem op zijn twaalfde geadopteerd. Omdat mijn man niet zo jong meer was.'

Als Calque een kans zag, greep hij die onmiddellijk. Hij beproefde zijn geluk. 'Zoudt u de titel niet kunnen laten overgaan op uw tweede zoon? Om de nalatenschap veilig te stellen?'

'Die mogelijkheid is met de dood van mijn man verloren gegaan. Het erfgoed is onvervreemdbaar.'

Calque en Macron werden soepeltjes overgedragen in de handen van de capabele madame Mastigou. In nauwelijks een halve minuut had die ze weer vloeiend doorgesluisd naar hun auto en reden ze over de oprijlaan in de richting van Ramatuelle.

Macron wees met zijn kin naar het kleiner wordende huis. 'Wat was dat allemaal?'

'Wat was wat allemaal?'

'Die schijnvertoning daar. Ik heb zelfs twintig minuten lang niet aan de pijn in mijn voeten gedacht. U was zo overtuigend dat ik er zelf bijna in vloog. Ik bood haast aan u de trap af te helpen.'

'Schijnvertoning?' vroeg Calque. 'Wat voor schijnvertoning? Ik weet niet waar je het over hebt, Macron.'

Macron wierp hem een snelle blik toe.

Calque grijnsde.

Voordat Macron er verder op in kon gaan, zoemde de telefoon. Macron stopte in een parkeerhaven en nam op.

'Ja. Ja. Begrepen. Ja.'

Calque trok een wenkbrauw op.

'Ze hebben de code van het zendertje van de ogenman gekraakt, meneer. Sabirs auto staat op een terrein voor lang parkeren in Arles.'

'Daar hebben we heel weinig aan.'

'Er is nog iets.'

'Ik luister.'

'Een steekpartij. In Les Saintes-Maries-de-la-Mer. Tegenover de kerk.'

'Nou en?'

'Ik heb iets laten checken. Na ons speurwerk in Gourdon heb ik de namen van alle mensen die we hebben ondervraagd genoteerd. En ons kantoor gevraagd me op de hoogte te houden van alle incidenten waar zigeuners bij betrokken waren. Om vast te stellen of er een overlapping was, als het ware.'

'Ja, Macron? Ik ben al onder de indruk. Nu wil ik graag de ontknoping horen.'

Macron startte de auto. Hij kon beter niet glimlachen, hield hij zichzelf voor. Hij kon beter helemaal geen emotie laten blijken. 'In verband met de steekpartij is de politie op zoek naar een zekere Gavril La Roupie.'

33

Gavril had geen moment aan Badu en Stefan gedacht. In zijn bezeten opwinding over zijn plan om Sainte Sara te ontvoeren, had hij helemaal over het hoofd gezien dat Bazena kon bogen op twee van de gewelddadigste mannelijke familieleden aan deze kant van de Montagne Sainte-Victoire. Er deden legio verhalen over hen de ronde. Vader en zoon traden altijd samen op, waarbij de een de aandacht afleidde van de ander. Hun kroeggevechten waren legendarisch. Het gerucht ging dat ze samen meer slachtoffers hadden gemaakt dan de eerste atoombom.

Het was de rit naar Les Saintes-Maries geweest waardoor het mis was gegaan. De beide mannen waren in een onnatuurlijk vriendelijke stemming geweest. Het feest was voor hen het hoogtepunt van het jaar: het bood een overvloed aan mogelijkheden tot het vereffenen van oude rekeningen en het creëren van nieuwe. Gavril was zo vaak bij hen en zo aanwezig, dat hij niet telde. Ze waren aan hem gewend. En het was natuurlijk niet bij hen opgekomen dat hij het in zijn hoofd zou halen om Bazena te laten bedelen. Dus hadden ze hem binnengehaald in hun verdorven wereldje en hem, ook al was het maar kort, deelgenoot gemaakt.

Nu kwam Stefan op hem af en het enige wat hij had om zich mee te verdedigen was een lullig Opinel-zakmes. Als Badu er zo meteen in zou slagen zich te bevrijden van zijn dochter, wist Gavril dat hij er geweest was. Ze zouden zijn ogen uit zijn kop snijden.

Gavril wierp het zakmes met al zijn kracht naar Stefan en maakte zich toen uit de voeten in de menigte. Achter hem klonk gebrul, maar hij besteedde er geen aandacht aan. Hij moest hier weg. Later zou hij wel bekijken hoe hij de schade kon beperken. Dit was een zaak van leven of dood.

Hij zigzagde als een bezetene tussen de samengestroomde zigeuners door. Als een American footballspeler die door de verdediging heen probeert te komen. Instinctief gebruikte Gavril de vijf klokken die je in de open kerktoren kon zien hangen als oriëntatiepunt, want hij wilde naar de kade sprinten en een boot stelen. Aangezien er slechts drie wegen de stad uit leidden en het verkeer in beide richtingen met een slakkengangetje reed vanwege het festival, was het de enige zinnige manier om te ontkomen.

Toen, op het kruispunt van de rue Espelly en de avenue Van Gogh, recht voor de stierenarena, zag hij Alexi. En achter hem Bale.

34

Alexi had op het punt gestaan met een humeurig gezicht het beeld van Sainte Sara terug te zetten op de sokkel. Dit was allemaal een enorme verspilling van tijd geweest. Hoe kwam Sabir erbij te verwachten dat dingen die honderden jaren geleden waren gebeurd hun sporen tot in het heden hadden nagelaten? Het was waanzin.

Alexi vond het zelf al bijna onmogelijk twintig jaar terug te kijken, laat staan vijfhonderd. De krabbeltjes die Sabir vol zelfvertrouwen had gedecodeerd waren in zijn ogen niets dan de wartaal van een krankzinnige. Dat kreeg je ervan als mensen per se alles wilden opschrijven en op die manier wilden communiceren. Waarom praatten ze niet gewoon met elkaar? Als iedereen alleen maar praatte, zou de wereld er een stuk zinniger uitzien. Dan zou alles tenminste direct gebeuren. Net als in Alexi's wereld. Als hij 's ochtends wakker werd, bedacht hij hoe hij zich op dat moment voelde. Hij dacht niet aan het verleden of de toekomst. Alleen aan het heden.

Hij had de stop van hars bijna over het hoofd gezien. In de loop der eeuwen was die verweerd tot een walnootachtige glans, net als de rest van Sainte Sara's geverfde voetstuk. Maar het was duidelijk ander materiaal. Toen hij er met zijn zakmes aan krabde, vormde het schaafkrullen, geen poeder. Hij gebruikte zijn zakmes als hefboom en wrikte het stuk hars naar boven tot het eruit wipte. Hij voelde met zijn vinger in het gat. Ja. Er zat iets in.

Hij stak zijn zakmes in het gat en draaide. Er kwam een pluk textiel naar buiten. Alexi spreidde het uit over zijn hand en keek ernaar. Niets. Alleen een mottig lapje linnen met wormgaatjes erin.

Hij tuurde in het gat, maar zag niets. Geïntrigeerd gaf hij een paar korte tikjes met het beeld tegen de grond. Nog een keer. Er viel een bamboe koker uit. Bamboe? In een beeld?

Alexi wilde de koker net in tweeën breken toen hij het geluid van voetstappen hoorde op de brede stenen trap naar de crypte.

Snel ruimde hij de sporen van zijn aanwezigheid op en zette het beeld weer op zijn plaats. Toen ging hij er geknield voor liggen.

Hij hoorde de voetstappen naderen. Malos mengues! Stel dat het de ogenman was! Dan zou hij een weerloos doelwit zijn.

'Wat doe jij hier?'

Alexi duwde zich overeind en knipperde met zijn ogen. Het was de bewaker. 'Wat denk je dat ik doe? Bidden. Dit is toch een kerk?'

'Je hoeft niet kwaad te worden.' Het was duidelijk dat de bewaker eerder ruzie met zigeuners had gehad en een herhaling daarvan wenste te voorkomen. Vooral na wat hij zojuist op het plein had gezien.

'Waar is iedereen?'

'Heb je dat dan niet gehoord?'

'Wat gehoord? Ik was aan het bidden.'

De bewaker haalde zijn schouders op. 'Twee van jullie mensen. Ruzie over een vrouw. De een wierp een mes naar de ander. Raakte hem in zijn oog. Overal bloed. Ze zeggen dat het oog aan een draadje langs zijn wang bungelde. Weerzinwekkend. Maar ja. Dan moeten ze maar niet gaan vechten bij een plechtige gelegenheid als deze. Ze hadden hierbinnen moeten zijn, net als jij.'

'Als je een mes gooit, komt een oog niet naar buiten vallen. Dat verzin je.'

'Nee, nee. Ik heb het bloed gezien. De mensen gilden. Een van de politieagenten had het oog op een doekje en probeerde het terug te duwen.

'Heilige Maria moeder van God.' Alexi vroeg zich af of het Gavril was die zijn oog was kwijtgeraakt. Dat zou een lelijke tegenvaller voor hem zijn. En het zou hem vertragen. Misschien zou hij niet meer zo hard lachen om lichamelijke gebreken van anderen nu hij zelf een lichaamsdeel miste? 'Mag ik de voeten van de Madonna kussen?' Alexi had gezien dat er nog wat harskrullen op de grond lagen; even zacht blazen en ze zouden onder de rokken van Sainte Sara verdwijnen.

De bewaker keek om zich heen. De crypte was verlaten. Kennelijk waren de mensen met hun aandacht nog bij wat er op het plein gebeurde. 'Goed dan. Maar doe het snel.'

35

Bijna onmiddellijk nadat Alexi de kerk uit was gekomen, was Bale dicht achter hem gaan lopen. Maar de zigeuner was hyperalert. Als een windhond na een race. Wat hij daarbinnen ook had gedaan, het had hem in een staat van grote opwinding gebracht en de adrenaline stroomde door zijn lijf.

Bale had min of meer verwacht dat de zigeuner meteen terug zou gaan naar het plein om te zien wat daar gebeurde en om Sabir te zoeken. Maar in plaats daarvan had hij zich over de place Lamartine in de richting van de zee gehaast. Waarom? Had hij binnen iets gevonden?

Bale besloot Alexi te schaduwen tot ze de stad uit waren. Het was altijd een goed idee om de ergste drukte achter je te laten. De politie zou net zomin geïnteresseerd zijn in de locatie van de moord als in het eindresultaat. Het slachtoffer zou toch maar een zigeuner zijn. En op die manier zou hij ruim de tijd hebben om Alexi's zakken te doorzoeken naar wat hij in de crypte had gepikt of overgeschreven. Daarom versnelde hij zijn pas en gaf hij zijn onzichtbaarheid op, want hij rekende erop dat hij in de mensenmassa veilig was.

Op dat moment zag Alexi hem. Dat merkte Bale aan het feit dat de zigeuner van schrik zijn evenwicht verloor en heel even op één knie viel. Alexi leefde niet met zijn hoofd in de wolken, zoals Gavril.

Bale zette het op een lopen. Het was nu of nooit. Hij mocht de man niet laten ontsnappen. De zigeuner klemde iets stevig tegen zijn borst. Daardoor kon hij zijn ene arm niet gebruiken en was hij minder snel. Dus wat hij ook vasthield, het was belangrijk voor hem. En daarom was het belangrijk voor Bale.

Nu zette hij koers naar de arena. Mooi. Als hij eenmaal op de Esplanade was, zou hij veel gemakkelijker in het oog te houden zijn. Veel gemakkelijker dan hier in de drukte.

Mensen draaiden zich om en staarden de twee mannen die langs hen stormden na.

Bale was in goede conditie. Dat moest hij wel zijn. Sinds het vreemdelingenlegioen besefte hij dat een goede conditie gelijkstond aan gezondheid. Je lichaam luisterde naar je. Een goede conditie bevrijdde je van de last van de zwaartekracht. Als je de juiste balans kon vinden, kon je bijna vliegen.

Alexi kon hard rennen, maar niemand kon beweren dat hij een goede conditie had. Hij had zelfs nog nooit van zijn leven bewust aan lichaamsbeweging gedaan. Onbewust leidde hij een tamelijk gezond leven, in natuurlijke harmonie met zijn instincten, die hem eerder de kant van gezondheid dan van ziekte op stuurden. Van oudsher stierven zigeunermannen jong, meestal als gevolg van roken, genetische aanleg en alcohol. Alexi had nooit gerookt. Aan zijn genen kon hij niets veranderen, maar alcohol was altijd een zwakte geweest, en hij had nog last van de nawerking van het drinkgelag op de bruiloft en van het feit dat er vanaf flinke hoogte een man in een stoel op hem was gevallen. Dezelfde man die hem nu achtervolgde.

Hij voelde dat hij begon te verzwakken. Nog vijfhonderd meter tot hij bij de paarden was. Als God hem genadig was, hadden ze de zadels erop laten zitten. Boubouls familie kennende zou niemand de moeite hebben genomen de paarden ook maar aan te raken nadat Yola, Sabir en hij ze aan de zorg van Bouboul hadden toevertrouwd, twee uur geleden, toen ze vanuit het Maset du Marais bij de stad waren aangekomen. De paarden vormden zijn enige kans op ontsnapping. Hij had ze alle drie goed kunnen bekijken en wist dat de merrie met de vier zwarte sokken verreweg het beste was. Als de ogenman hem niet te pakken kreeg voordat hij bij Bouboul was, had hij nog een kans. In het ergste geval kon hij zelfs zonder zadel rijden.

Eén ding kon Alexi heel goed, en dat was met paarden omgaan. Dat deed hij al sinds zijn kindertijd.

Nu moest hij alleen zien dat hij het strand haalde en heel hard bidden.

Gavril voelde zijn verontwaardiging groeien terwijl hij Bale en Alexi volgde. Het was hun schuld dat deze aaneenschakeling van ellende hem was overkomen. Als hij niet in aanvaring was gekomen met Alexi zou hij de gadje nooit hebben ontmoet. En als de gadje hem niet met zijn mes in zijn been had gestoken, zou hij die confrontatie met de politie niet hebben gehad. En dan zou hij dus nooit van de beloning gehoord hebben. Of was het nou andersom? Soms gingen Gavrils gedachten met hem op de loop en raakte hij het spoor bijster.

Hij zou hoe dan ook naar Les Saintes-Maries zijn gekomen, dat was waar, maar hij zou de gebeurtenissen de baas zijn geweest in plaats van zij hem. Dan had hij Alexi kunnen uitdagen op het moment dat het hém uitkwam, als die idioot bezopen was. Gavril was een meester in het uitdelen van stoten onder de gordel, puur gericht op het effect. Waar hij niet van hield, waren plotselinge veranderingen in vaste patronen.

Misschien kon hij de boel toch nog redden? Als hij de gadje liet afrekenen met Alexi, zou de man afgeleid zijn. En daardoor kwetsbaarder. En als Gavril de twee tegelijk kon uitleveren aan de politie, had hij pas echt een onderhandelingspositie. Een eenvoudig telefoontje zou genoeg zijn. Nadat ze hem de beloning hadden betaald, kon hij bedingen dat ze Badu en Stefan waarschuwden zich niet meer met hem te bemoeien. Alle zigeuners waren doodsbang voor de gevangenis. De gedachte daaraan zou het enige zijn wat hen in bedwang kon houden.

Misschien kon hij dan toch nog met Yola trouwen? Ja. Op die manier hoefde hij zijn plannen helemaal niet te veranderen. Alles kon weer goedkomen.

Terwijl hij zich achter de twee mannen aan haastte, vroeg hij zich terloops af hoeveel geld Bazena van de toeristen los had weten te peuteren voordat haar bemoeizuchtige vader daar een einde aan had gemaakt.

36

Sabir keek vergeefs om zich heen op zoek naar Alexi. Waar was die gek gebleven? Het laatste wat hij van hem had gezien, was dat hij in de richting van de kerk was gerend. Maar Sabir had in de crypte gezocht en hem nergens gevonden. En deze crypte was anders dan die in Rocamadour. Hier was geen plek om je te verbergen – tenzij het hem gelukt was onder de vele rokken van Sainte Sara te kruipen.

Zoals afgesproken ging hij terug naar het stadhuis. 'Heb jij hem gevonden?'

Yola schudde haar hoofd.

'Tja, wat nu?'

'Misschien is hij teruggegaan naar het Maset? Misschien heeft hij iets gevonden? Heb je hem daadwerkelijk de kerk in zien gaan?'

'Je kon helemaal niets zien, zo'n heksenketel was het.'

Onbewust, zonder een woord tegen elkaar te zeggen, sloegen ze de avenue Léon Gambetta in naar de plage des Amphores en de paarden.

Sabir wierp een zijdelingse blik op Yola. 'Je hebt het trouwens briljant gespeeld. Dat wilde ik je nog even zeggen. Je bent een geboren provocateur.'

'*Provocatrice*. Wie heeft jou je Frans geleerd?'

Sabir lachte. 'Mijn moeder. Maar niet van harte. Ze wilde dat ik honderd procent Amerikaans zou worden, zoals mijn vader. Maar ik heb haar teleurgesteld. Ik ben een fiftyfifty-product geworden.'

'Ik snap het niet.'

'Ik ook niet.'

Ze waren bij de woonwagen van Bouboul aangekomen. De staak waar de drie paarden aan vastgebonden hadden moeten staan, was verdacht leeg.

'Fantastisch. Iemand is er met onze paarden vandoor. Of misschien heeft Bouboul ze verkocht als hondenvlees? Weet je wat de benenwagen betekent, Yola?'

'Wacht. Daar is Bouboul. Ik ga hem vragen wat er is gebeurd.'

Yola rende de weg over. Terwijl hij haar nakeek, besefte Sabir dat hij iets miste, een aanwijzing die zij al had opgepikt. Hij stak achter haar aan de weg over.

Bouboul hief zijn handen ten hemel. Hij praatte in het Sinti. Sabir probeerde het te volgen, maar begreep alleen dat er iets onverwachts was gebeurd en dat Bouboul met luide stem alle verantwoordelijkheid ervoor van de hand wees.

Toen hij Boubouls tirade zat was, nam Sabir Yola terzijde. 'Vertaal het, alsjeblieft. Ik versta geen woord van wat die man zegt.'

'Het is slecht nieuws, Damo. Slechter kan niet.'

'Waar zijn de paarden gebleven?'

'Alexi heeft er een meegenomen. Twintig minuten geleden. Hij was uitgeput. Hij had gerend. Volgens Bouboul was hij zo bekaf dat hij nauwelijks op het paard kon komen. Een halve minuut later kwam er een andere man aanrennen. Deze man was helemaal niet moe. Hij had vreemde ogen, volgens Bouboul. Hij keek niemand aan. Sprak tegen niemand. Hij heeft simpelweg het tweede paard meegenomen en is achter Alexi aan gereden.'

'Jezus christus. Dat konden we nou net gebruiken. Heeft Bouboul geprobeerd hem tegen te houden?'

'Ziet hij eruit alsof hij gek is? De paarden waren niet van Bouboul. Ze waren niet eens van ons. Waarom zou hij risico lopen voor het eigendom van iemand anders?'

'Dat is waar.' Sabir vroeg zich nog steeds af hoe het tot de achtervolging was gekomen. 'Waar is het derde paard? En had Alexi iets bij zich? Vraag dat eens.'

Yola wendde zich tot Bouboul. Ze wisselden een paar korte zinnen in het Sinti. 'Het is erger dan ik dacht.'

'Erger? Hoe kan het nog erger zijn? Je zei al dat het niet slechter kon.'

'Alexi had iets bij zich. Je had gelijk. Een koker van bamboe.'

'Een koker van bamboe?'

'Ja. Die hield hij als een baby tegen zijn borst geklemd.'

Sabir greep Yola's arm. 'Snap je wat dat betekent? Hij heeft de profetieën gevonden. Alexi heeft ze gevonden.'

'Maar dat is niet alles.'

Sabir sloot zijn ogen. 'Je hoeft het niet meer te vertellen. Ik ving de naam op terwijl jullie stonden te praten. Gavril.'

'Ja, Gavril. Hij volgde de andere twee. Hij kwam ongeveer een minuut na de ogenman aan en heeft het derde paard meegenomen.'

37

Twintig minuten nadat hij uit Les Saintes-Maries was vertrokken, herinnerde Gavril zich dat hij geen wapen had. Dat had hij tijdens de vechtpartij naar Stefan gegooid.

De gedachte trof hem als een mokerslag, zozeer zelfs dat hij zijn galopperende paard inhield en stil deed staan en een halve minuut overwoog rechtsomkeert te maken.

Maar de gedachte aan Badu en Stefan bracht hem ertoe verder te gaan. Die twee zouden zijn bloed wel kunnen drinken. Ze zouden op dit moment de straten van Les Saintes-Maries uitkammen op zoek naar hem, of anders lieten ze hun messen slijpen op de slijpsteen van Nan Maximoff. Zolang hij zich te paard midden in het Marais bevond, had in elk geval niemand de kans hem te pakken te krijgen.

De twee mannen voor hem uit hadden geen idee dat hij hen volgde. Sterker nog, nu ze eindelijk de verharde weg hadden verlaten, kon hij meer dan een halve kilometer achter hen blijven, zo duidelijk was het spoor dat ze achterlieten in het struikgewas. Twee galopperende paarden ploegden de grond ruim voldoende om, en Gavril kon de nieuwe hoefafdrukken gemakkelijk onderscheiden van oude.

Hij zou het spoor van Alexi en de gadje gewoon volgen en zien wat er gebeurde. In het ergste geval, als hij ze kwijtraakte, kon hij altijd nog doorrijden naar de buitenwijken van Arles en daar op een bus stappen. Zich een tijdje uit de voeten maken.

Wat had hij per slot van rekening te verliezen?

38

Alexi wist zijn afstand tot de ogenman enigszins te vergroten – maar dat ging niet zo snel als hij had gehoopt. De merrie had tijd genoeg gehad om bij te komen van de tien kilometer die ze die ochtend hadden gereden, maar Alexi vermoedde dat Bouboul haar eten noch drinken had gegeven, want haar tong hing al uit haar mond. Ze liep duidelijk op haar laatste benen.

Zijn enige troost was dat de ruin waarop de ogenman reed ongetwijfeld in dezelfde conditie verkeerde. Het vooruitzicht om in zo'n verlaten omgeving te voet verder te moeten, dwars door het moeras en achtervolgd door een gek met een pistool, was ronduit onverdraaglijk.

Tot dan toe had hij precies dezelfde weg terug genomen als ze die ochtend vanaf het huis hadden afgelegd. Maar Alexi wist dat hij nu snel van richting zou moeten veranderen en onbekend gebied zou moeten betreden. Hij kon niet het risico nemen de ogenman terug te leiden naar hun basis. Want als Sabir en Yola ontdekten dat de twee paarden weg waren, zou hun niets anders resten dan terug te keren naar de enige plek waarvan ze wisten dat hij er misschien naartoe zou komen.

Zijn enige hoop was uit handen te blijven van de ogenman. Om daar enige kans op te hebben, wist Alexi dat hij zijn verstand erbij moest houden. Dat hij zijn groeiende paniek moest onderdrukken. Dat hij helder en constructief moest denken, en dat in volle galop.

Links van hem, achter het Étang des Launes, liep de Petit Rhône. Die kende Alexi goed, want hij had er sinds zijn kindertijd regelmatig gevist met een hele reeks mannelijke familieleden. Voor zover hij wist was er maar één veerdienst in de buurt: de Bac du Sauvage. De enige andere manier om de rivier over te steken was een brug, de Pont de Sylvéréal, maar daarvoor moest je een flink stuk om, want die lag een kilometer of tien verder stroomopwaarts. Er was letterlijk geen andere weg de Petite Camargue in, tenzij je kon vliegen.

Als hij precies op het juiste moment bij de veerpont kwam, had hij misschien een kleine kans. Maar hoe waarschijnlijk was dat? De pont ging op het hele en het halve uur. Hij zou best aan de overkant kunnen liggen, op het punt om terug te keren – en in dat geval kon Alexi geen kant uit. In zijn herinnering was de rivier daar ongeveer tweehonderd meter breed en stroomde veel te snel om door een uitgeput paard te kunnen worden overgestoken. En hij had geen horloge. Moest hij alles op één kaart zetten en op de veerpont mikken? Of was hij gek als hij dat deed?

De merrie struikelde en herstelde zich. Alexi wist dat haar hart uit elkaar zou barsten als hij zo doorging; hij had gehoord van paarden waarbij dat was gebeurd. Ze zou als een baksteen neervallen en hij zou over haar schoft vliegen en zijn nek breken. Als dat gebeurde, zou de ogenman in elk geval niet meer de moeite hoeven te nemen hem te martelen, zoals hij blijkbaar met Babel had gedaan.

Alexi was op twee minuten rijden van de aanlegplaats van de pont. Hij moest het erop wagen. Hij wierp een laatste, wanhopige blik over zijn schouder. De ogenman reed vijftig meter achter hem en liep op hem in. Misschien had de ruin wel een slokje water kunnen bemachtigen bij Bouboul? En werd hij daarom niet zo snel moe als de merrie?

Bij het veer waren de slagbomen naar beneden, en de pont stak net van wal. Er waren vier auto's en een bestelbusje aan boord. De oversteek was zo kort dat niemand de moeite had genomen uit te stappen. Alleen de kaartjesverkoper zag Alexi aankomen.

De man stak waarschuwend zijn hand op en riep: 'Non! Non!'

Alexi liet de merrie naar de enkele slagboom koersen. Die stond onder aan een steile helling. Misschien zou ze genoeg greep op het asfalt hebben om eroverheen te springen? Hoe dan ook, hij kon het zich niet veroorloven vaart te minderen.

Op het allerlaatste moment bleek de merrie de sprong niet aan te durven en ze dook naar links. Haar achterbenen gleden onder haar vandaan en haar heup zakte naar de grond, een effect dat werd versterkt door de steile helling naar het veer. Ze gleed schril hinnikend met vier benen in de lucht onder de slagboom door. Alexi raakte de slagboom met zijn rug. Hij probeerde zich op te rollen tot een bal, maar dat lukte niet. Hij sloeg tegen de stang, wat zijn val enigszins brak. Daarna viel hij met zijn rechterzijde op het asfalt. Zonder zichzelf tijd te gunnen om na te denken of stil te staan bij hoeveel pijn het zou doen, sprong Alexi achter de pont aan. Als hij de metalen oprijplaat zou missen, zou hij verdrinken, dat wist hij. Niet alleen had hij zichzelf met de val bezeerd, maar bovendien kon hij niet zwemmen.

De kaartjesverkoper had al veel rare dingen gezien in zijn leven – welke veerman niet? – maar dit spande de kroon. Een man te paard die probeerde over de slagboom te springen om aan boord te komen? Hij vervoerde zo vaak paarden. Er was zelfs een semipermanente paal waar paarden in de zomermaanden aan konden worden vastgelegd; weggedraaid van de auto's, zodat de paarden niemands lak konden beschadigen als ze achteruit trapten. Misschien was deze man een paardendief? Dan was hij zijn buit in elk geval kwijt. Het paard had haar been gebroken bij de val, als hij zich niet vergiste. Ook de man was waarschijnlijk gewond.

De kaartjesverkoper pakte de reddingsboei van de haak. 'Hij zit met een touw aan de boot vast! Pak hem en hou vast!'

Nu de pont eenmaal onderweg was, was het te gevaarlijk om te stoppen. Het schip had zijn eigen aandrijving door twee schoepenwielen aan weerszijden, maar was wegens de sterke stroming gekoppeld aan twee geleidingskabels die tijdens de overtocht voortdurend strak werden getrokken. Als je de motoren zou stoppen, zou de pont door de stroming meegetrokken worden tot alle extra lengte uit de kabels was, die dan de volle kracht van het snelstromende water te verduren zouden krijgen. Bij een extreem sterke stroming, zoals na zware regenval, kon de pont zelfs losbreken van de verankeringen en naar open zee drijven.

Alexi greep de band en liet hem over zijn hoofd glijden.

'Draai je om! Draai je om in het water en laat je voortslepen!'

Alexi draaide zich om en liet zich door de pont op zijn rug meetrekken. Hij was bang dat hij water binnen zou krijgen en daardoor misschien alsnog zou verdrinken. Daarom boog hij zijn hoofd naar voren tot zijn kin op zijn borst lag en het water als een boeggolf over zijn schouders stroomde. Toen hij daar zo lag, kwam het eindelijk bij hem op om in zijn overhemd naar de bamboe koker te voelen. Die was verdwenen.

Hij keek naar de helling bij het veer. Had hij hem daar verloren, toen hij viel? Of in het water? Zou de ogenman hem zien liggen en beseffen wat het was?

De ogenman zat te paard bij de slagboom. Terwijl Alexi toekeek, pakte hij zijn pistool en schoot de merrie dood. Toen draaide hij zich om in de richting van Pont de Gau en het Marais en verdween in het struikgewas.

39

Misschien was het niet handig om je vijanden zoveel angst aan te jagen dat ze niets meer te verliezen hadden? Want wat kon de zigeuner er anders toe hebben bewogen het gigantische risico te nemen om met een uitgeput paard over een slagboom te springen? Iedereen wist dat paarden er een hekel aan hadden om over iets heen te springen waar ze daglicht onderdoor zagen komen. En het paard had geweten dat het op diep water af ging. Daar moest je paarden speciaal op trainen. Het was waanzin. Je reinste waanzin.

Toch kon Bale niet anders dan de man bewonderen om de poging. Per slot van rekening had de zigeuner geweten wat hem te wachten stond als hij in handen van Bale viel. Zonde van het paard, dat wel. Maar het had zijn been gebroken bij de val, en Bale hield er niet van een dier te zien lijden.

Bale gaf de uitgeputte ruin de vrije teugel. Instinctief koos de ruin dezelfde weg terug als ze gekomen waren. De eerste stop op de terugweg zou de zigeuner zijn die op de paarden had gepast. Kijken of hij wat informatie los kon krijgen. Dan in de stad op zoek naar de blonde Viking. En als hij die niet kon vinden, zijn vriendinnetje.

Hoe dan ook, Bale zou Sabirs spoor wel weer ergens oppikken. Dat wist hij zeker. Dat deed hij altijd.

40

Gavril liet zijn paard vaart minderen en stapvoets lopen. Het dier kon niet meer. Hij wilde niet het risico lopen dat het bezweek en hij hier vast kwam te zitten, midden in het Marais en kilometers van de bewoonde wereld.

Anders dan Alexi was Gavril niet echt een jongen van het buitenleven. Hij voelde zich het meest thuis aan de rand van de stad, waar altijd iets te ritselen viel. Tot op dit moment was de handel in gestolen mobieltjes een van Gavrils favoriete bezigheden geweest. Hij stal ze uiteraard niet zelf, want daar waren zijn gezicht en haar veel te opvallend voor. Hij trad alleen op als tussenpersoon en wandelde van café naar café, van bar naar bar, om ze met een paar euro winst per stuk door te verkopen. Van de opbrengst kon hij bier en kleren kopen, en een bijkomend voordeel was dat hij, als hij geluk had, af en toe een payo-meisje een beurt kon geven. Zijn haar vormde het eerste gespreksonderwerp, dat was vaste prik. Hoe kun jij nou een zigeuner zijn, met zulk blond haar? Zijn haarkleur had dus ook positieve kanten.

Bijna onwillekeurig had Gavril het paard tot stilstand gebracht. Wilde hij eigenlijk wel achter Alexi en de gadje aan jagen? En wat zou hij doen als hij hen inhaalde? Hen zo bang maken dat ze zichzelf overgaven? Misschien moest hij het stelen van het paard gewoonweg zien als een slimme uitweg uit een onmogelijke situatie. Het had er in elk geval voor gezorgd dat Badu en Stefan hem niet hadden kunnen achtervolgen om zich op hem te wreken op een manier die ongetwijfeld alleen zij met hun verwrongen geest konden bedenken. Hij zou blij toe zijn als hij hen of Bazena nooit van zijn leven meer hoefde te zien.

En hoe zat het met Yola? Wilde hij echt zo graag met haar trouwen? Ze was niet de enige vrouw op de wereld. Misschien was het beter om alles maar te vergeten. Zich een tijdje uit de voeten te maken. Hij kon het paard laten uitrusten en dan langzaam naar het noorden trekken. Het ergens bij een rangeerterrein achterlaten en in een goederenwagon klimmen voor een ritje naar Toulouse. Daar had hij familie. Die zou hem onderdak geven.

Vol vertrouwen in zijn nieuwe plan liet Gavril de rivier achter zich en zette koers naar de Panperdu.

41

Bale besloot Gavril op te wachten achter een verlaten *cabane* van de gardians. De ruin en hij vielen vrijwel weg tegen het laag doorlopende rieten dak, dat aan de nok met een witte kap was afgedekt, alsof er een roeiboot ondersteboven op was gelegd.

Bale had tien minuten in de beschutting van de cabane staan kijken hoe Gavril naderbij kwam. Af en toe had hij zelfs zijn hoofd geschud, verbijsterd over de hardnekkige blindheid van de man voor alles wat er om hem heen gebeurde. Was de zigeuner in slaap gevallen? Had hij daarom volkomen willekeurig een pad verlaten dat zo duidelijk door het moerasland was gebaand dat iedereen het kon zien? Het was puur geluk geweest dat Bale Gavril in het oog had gekregen vlak voordat die tijd had gehad voorgoed tussen de bomen te verdwijnen.

Op het laatste moment stapte Bale met zijn paard aan de teugels achter de cabane vandaan. Hij maakte de zakdoek los die hij om de mond van het paard had geknoopt en stopte die weer in zijn zak. Dat was een trucje dat hij had geleerd met lastkamelen van de Berbers toen hij in het legioen zat. Nu had het paard niet gehinnikt toen het zijn kameraad had horen aankomen en hem dus niet verraden.

'Afstijgen.' Bale zwaaide met zijn pistool om zijn woorden kracht bij te zetten.

Gavril keek over Bales hoofd naar de rand van het nabijgelegen bosgebied.

'Vergeet dat maar. Ik heb net een paard doodgeschoten. Dat kan ik best nog een keer doen. Maar ik heb niets tegen het dier. Ik zou er zeer boos van worden als ik het nodeloos moest neerschieten.'

Gavril sloeg zijn been over het zadel en liet zich langs de flank van het paard naar beneden glijden. Hij ging automatisch met de teugels in zijn handen staan, alsof hij een beleefdheidsbezoekje aan Bale bracht in plaats van het slachtoffer van een hinderlaag te zijn. Hij leek van zijn stuk gebracht, alsof hij weer zeven jaar oud was en zijn vader hem zojuist een oorvijg had gegeven voor iets wat hij niet had gedaan. 'Heb je Alexi doodgeschoten?'

'Waarom zou ik?'

Bale liep naar Gavril toe en nam hem de teugels uit handen. Die bond hij aan de paal bij de cabane. Toen knoopte hij de lasso los van de zadelknop. 'Ga liggen.'

'Wat wil je van me? Wat ga je doen?'

'Ik ga je vastbinden. Ga liggen.'

Gavril ging op zijn rug liggen en keek op naar de hemel.

'Nee. Draai je om.'

'Je gaat me toch niet weer steken?'

'Nee. Dat niet.' Bale legde Gavrils armen gestrekt boven zijn hoofd en stak ze door de lus van de lasso. Toen maakte hij het andere uiteinde met een slipsteek vast aan de paal waar ook Gavrils paard aan stond. Hij liep naar de ruin en knoopte de lasso los van zijn zadelknop. Daarna liep hij terug, knoopte Gavrils voeten bij elkaar en liet de rest van het touw op de grond liggen. 'We zijn hier alleen. Dat had je waarschijnlijk intussen wel door. Alleen maar paarden, stieren en die stomme roze flamingo's, waar je ook kijkt.'

'Ik vorm geen bedreiging voor je. Ik had net besloten naar het noorden te gaan. Om jou, Sabir en Yola voorgoed achter me te laten.'

'Aha. Dus ze heet Yola? Dat vroeg ik me al af. Hoe heet die andere zigeuner? Van wie ik het paard heb doodgeschoten?'

'Alexi. Alexi Dufontaine.'

'En jij?'

'Gavril. La Roupie.' Gavril schraapte zijn keel. Hij vond het moeilijk zich te concentreren. Zijn gedachten bleven afdwalen naar irrelevante details. Zoals hoe laat het was. Of de structuur van de pol gras die een paar centimeter bij zijn ogen vandaan stond. 'Wat heb je met hem gedaan? Met Alexi?'

Bale liep met de ruin naar de plek waar Gavril lag. 'Met hem gedaan? Ik heb helemaal niets met hem gedaan. Hij is van zijn paard gevallen. Is erin geslaagd de rivier in te scharrelen en een lift van een veerpont te krijgen. Het is pech voor jou dat hij weg heeft weten te komen.'

Gavril begon te huilen. Voor zover hij wist had hij dat sinds zijn kindertijd niet meer gedaan, en nu was het alsof alle ellende en verdriet die hij sinds die tijd in zichzelf had opgekropt eindelijk tot een overstroming

leidden. 'Laat me alsjeblieft gaan. Alsjeblieft.'
 Bale knoopte het touw dat om Gavrils voeten zat aan de zadelknop van de ruin. 'Dat kan niet. Je hebt me gezien. Je hebt de gelegenheid gehad mijn uiterlijk in je op te nemen. En je hebt een wrok tegen me. Mannen die een wrok tegen me hebben laat ik nooit gaan.'
 'Maar ik heb helemaal geen wrok.'
 'Je been. Ik heb je met mijn mes in je been gestoken. In Gourdon.'
 'Dat ben ik alweer vergeten.'
 'Dus je vergeeft het me? Dat is ruimhartig van je. Waarom ben je dan achter me aan gekomen?' Bale had Gavrils paard losgemaakt van de paal en nam het aan de teugels mee tot het voor Gavril stond. Nu trok hij het uiteinde van het touw waarmee Gavrils handen aan elkaar waren gebonden los en knoopte het aan de zadelknop van zijn paard vast.
 'Wat doe je?'
 Bale beproefde de twee knopen. Gavril rekte zijn nek om te zien wat er achter hem gebeurde. Bale liep naar de rand van het moeras en sneed een handvol gedroogde riethalmen af, ongeveer een meter lang. Hij sneed nog een rietstengel af en strikte die tot een lus. Toen knoopte hij de uiteinden van de halmen aan elkaar, zodat het geheel op een bezem ging lijken. Een van de paarden begon te snuiven.
 'Zei je daarnet iets?'
 'Ik vroeg wat je aan het doen bent.' De woorden kwamen eruit als een snik.
 'Ik maak een gesel. Van deze riethalmen. Een beetje knutselen.'
 'O god. Ga je me geselen?'
 'Jou geselen? Nee. Ik ga de paarden geselen.'
 Gavril begon luidkeels te jammeren. Het was een geluid dat hij nooit eerder in zijn leven had gemaakt. Maar Bale had het vaker gehoord. Steeds weer, als mensen dachten dat ze op het punt stonden te sterven. Het was alsof ze de werkelijkheid probeerden buiten te sluiten met geluid.
 'Er is ooit een voorouder van me opgetakeld, zijn buik is opengesneden en hij is gevierendeeld. Ergens in de middeleeuwen. Weet je hoe dat in z'n werk gaat, Gavril?'
 Gavril gilde nu.
 'Dan word je aan een galg gehangen en krijg je een strop om je nek. Daarna word je opgehesen, soms wel vijftien meter hoog, en aan de menigte getoond. Verrassend genoeg ga je hier zelden aan dood.'

Gavril sloeg met zijn hoofd tegen de grond. De paarden werden onrustig van het onverwachte geluid en een van hen liep zelfs een paar passen, waardoor de touwen strakker kwamen te staan.

'Dan laten ze je zakken en wordt de strop losgemaakt. Je wordt weer bij bewustzijn gebracht. Vervolgens pakt de beul een gekromd instrument – een soort kurkentrekker – en maakt een insnijding in je buik. Hier.' Hij bukte zich, keerde Gavril een stukje om en prikte hem net boven de blindedarm. 'Tegen die tijd ben je half gestikt, maar nog wel in staat te volgen wat er gebeurt. Dan wordt het haakvormige instrument in je buik gestoken en worden je ingewanden er als een lange streng worstjes uitgetrokken. De menigte staat intussen te juichen, ongetwijfeld blij dat het hun niet overkomt.'

Gavril was stil geworden. Hij ademde met horten en stoten, alsof hij tbc of kinkhoest had.

'Dan, als je nog net niet dood bent, word je aan vier paarden gebonden, die elk in een hoek van het plein staan. Noord, zuid, oost en west. Dat is een symbolische straf, zoals je wel zult begrijpen.'

'Wat wil je van me?' Gavrils stem klonk onverwacht helder, alsof hij een plechtig besluit had genomen en van plan was zich zo serieus mogelijk aan de contractuele bepalingen te houden.

'Prima. Ik wist dat je bij zinnen zou komen. Weet je wat? Ik zal je niet ophijsen. En ik zal je ingewanden er niet uit trekken. Ik heb niets tegen jou persoonlijk. Je hebt ongetwijfeld een zwaar leven gehad. Het zal best een strijd om het bestaan zijn geweest. Ik wil je stervensproces niet onnodig pijnlijk of langdurig maken. En ik zal je niet vierendelen. Voor dat soort vertoon kom ik twee paarden te kort.' Bale gaf Gavril een klopje op zijn hoofd. 'Dus zal ik je halveren. Tenzij je praat, natuurlijk. Ik moet je wel vertellen dat de paarden moe zijn. Het halveren zal ze moeite kosten. Maar je zult er versteld van staan hoe je met een beetje geselen een vermoeid dier nog kunt opzwepen.'

'Waar gaat het om? Wat wil je weten?'

'Dat zal ik je vertellen. Ik wil weten waar Sabir en... Yola, was dat het? Was dat de naam die je noemde? Ik wil weten waar ze zich verbergen.'

'Maar dat weet ik niet.'

'Jawel, dat weet je wel. Ze moeten op een plek zijn die Yola kent. Een plek die zij en haar familie eerder hebben gebruikt, als ze hiernaartoe kwamen. Een plek die jullie kennen, de zigeuners, maar waar niemand anders aan zal denken. Om je creatieve sappen te laten stromen, zal ik de paarden een beetje ophitsen. Ze kennis laten maken met de gesel.'

'Nee. Nee. Zo'n plek ken ik wel.'

'Heus? Dat is snel.'

'Ja. Heel snel. Yola's vader heeft het huis gewonnen met een spelletje kaart. Ze gebruikten het altijd als ze hier waren. Maar ik was het vergeten. Ik had geen reden om eraan te denken.'

'Waar is het?'

'Laat je me gaan als ik het vertel?'

Bale liet de ruin de gesel voelen. De ruin schoot naar voren, waardoor het touw strak ging staan. Het andere paard was geneigd dezelfde richting op te lopen, maar Bale joeg het terug.

'Auuu. Hou op! Hou op!'

'Waar is het?'

'Het huis heet het Maset du Marais.'

'Welk Marais?'

'Het Marais de la Sigoulette.'

'Waar is dat?'

'Alsjeblieft. Laat ze ophouden.'

Bale kalmeerde de paarden. 'Wat zei je?'

'Vlak bij de D85a. Aan de weg die langs het departementale natuurpark loopt. Ik weet niet meer hoe het heet. Maar het is het kleine park. Voordat je bij de zoutpannen komt.'

'Kun je kaartlezen?'

'Ja. Ja.'

'Wijs het dan voor me aan.' Bale ging op zijn hurken naast Gavril zitten. Hij vouwde een kaart van de omgeving open. 'Eén centimeter hierop is in werkelijkheid vijfhonderd meter. Dat betekent dat het huis zou moeten zijn aangegeven. Ik hoop voor je dat dat zo is.'

'Kun je me losmaken?'

'Nee.'

Gavril begon weer te snikken.

'Eén moment. Even de paarden ophitsen.'

'Nee. Alsjeblieft. Ik zie het al. Het is aangegeven. Daar.' Hij wees met zijn elleboog.

'Zijn er andere huizen in de buurt?'

'Ik ben er nooit geweest. Ik heb er alleen van gehoord. Iedereen heeft ervan gehoord. Ze zeggen dat Yola's vader vals moet hebben gespeeld, om het gebruiksrecht te winnen van Dadul Gavriloff.'

Bale stond op. 'Ik ben niet geïnteresseerd in volksverhalen. Heb je me nog iets anders te vertellen?'

Gavril keerde zijn gezicht weer naar de grond.

Bale wandelde een paar meter weg, totdat hij een rotsklomp van een kilo of tien vond. Hij hees hem onder zijn arm en liep terug naar Gavril. 'Zo ben je gestorven: je bent van je paard gevallen, je voet is in je stijgbeugel blijven haken en je bent met je gezicht op dit stuk rots gevallen.'

Gavril draaide zijn hoofd een stukje om te zien wat Bale aan het doen was.

Bale beukte de rotsklomp tegen Gavrils gezicht. Hij aarzelde, vroeg zich af of hij het nog een keer moest doen, maar het hersenvocht druppelde al door Gavrils neus naar buiten. Als hij niet dood was, was hij in elk geval stervende. Het was onnodig het tafereel te bederven. Voorzichtig legde hij de rotsklomp langs het pad.

Hij knoopte de lasso's los en sleepte Gavril bij één voet naar zijn paard. Daar pakte hij Gavrils linkervoet in zijn hand en draaide de voet rond in de stijgbeugel totdat die daar stevig in vastzat, terwijl Gavrils bovenlijf nog over de grond sleepte. Toen bond hij de lasso weer aan de zadelknop.

Intussen was het paard weer gaan grazen, gekalmeerd door de rustige zorgvuldigheid waarmee Bale zijn werk had gedaan. Bale streek het dier over zijn oren.

Toen besteeg hij zijn eigen paard en reed weg.

42

Calque keek om zich heen op de place de l'Église. Hij liet zijn blik langs de cafés, de winkelpuien en de her en der verspreide bankjes gaan. 'Dus hier is het gebeurd?'

'Ja, meneer.' De motoragent had zojuist gehoord dat deze vragen hem werden gesteld in verband met een lopend moordonderzoek. Zijn gezicht had ogenblikkelijk een serieuzere uitdrukking gekregen, alsof hij werd ondervraagd over de waarschijnlijke tekortkomingen van de ziektekostenverzekering voor zijn gezin.

'En u was als eerste ter plaatse?'

'Ja, meneer. Mijn collega en ik.'

'En wat hebt u gezien?'

'Heel weinig. De zigeuners belemmerden ons opzettelijk het zicht.'

'Typerend.' Macron keek met een boze blik om zich heen. 'Het verbaast me dat hier nog toeristen komen. Moet je al die troep zien.'

Calque schraapte zijn keel; dat was een gewoonte die hij recentelijk had opgevat in de gevallen dat Macron weer eens een aanstootgevende opmerking maakte in het openbaar. Hij kon toch moeilijk zijn schoenveters voor hem strikken? Hij kon hem toch niet vertellen wat hij moest denken en wat niet? 'Wat hebt u dan geconcludeerd? Als u niets kon zien?'

'Dat de dader, La Roupie, zijn mes naar het slachtoffer had gegooid, Angelo, en hem in het oog had geraakt.'

'Alexi Angelo?'

'Nee, meneer. Stefan Angelo. Er was geen Alexi bij betrokken, voor zover ik weet.'

'Doet monsieur Angelo aangifte?'

'Nee, die mensen doen nooit aangifte tegen elkaar. Ze vechten hun ruzies onderling uit.'

'En monsieur Angelo had zelf vast geen mes in zijn bezit toen u hem te hulp kwam? Daar had iemand hem zeker van verlost? Klopt mijn vermoeden?'

'Dat weet ik niet zeker, meneer. Maar inderdaad, het is heel waarschijnlijk dat hij het iemand in handen heeft gedrukt.'

'Ik had het u al gezegd.' Macron stak een vinger in de lucht. 'Ik had u al gezegd dat dit ons geen stap verder zou brengen.'

Calque wierp een blik op de kerk aan de overkant. 'Nog andere opvallende zaken?'

'Hoe bedoelt u?'

'Heeft iemand gemerkt of er tegelijkertijd iets anders is gebeurd? Een diefstal? Een achtervolging? Andere gewelddadigheden? Met andere woorden, kan het een afleidingsmanoeuvre zijn geweest?'

'Nee, meneer. Er is mij niets van dien aard gemeld.'

'Goed. U kunt gaan.'

De gendarme salueerde en liep terug naar zijn motor.

'Zullen we Angelo gaan ondervragen? Hij zal nog wel in het ziekenhuis zijn.'

'Nee. Niet nodig. Het zou irrelevant zijn.'

Macron trok een gezicht. 'Hoe komt u daarbij?' Hij leek teleurgesteld dat zijn initiatief in verband met La Roupie hen op een dood spoor had gebracht.

Maar Calque zat met zijn gedachten elders. 'Wat gebeurt hier eigenlijk?'

'Wat bedoelt u?'

'Waarom zijn al die zigeuners hier? Nu, bedoel ik. Op dit moment. Wat gebeurt er? Waar zijn ze voor gekomen? Toch niet weer een bruiloft?'

Macron keek zijn superieur stomverbaasd aan. Nou ja, het was natuurlijk een Parijzenaar. Maar toch. 'Het jaarlijkse feest van Sainte Sara, meneer. Dat is morgen. De zigeuners lopen achter het beeld van hun beschermheilige aan naar de zee, waar het wordt ondergedompeld. Dat gebeurt al tientallen jaren.'

'Het beeld? Welk beeld?'

'Het staat in de kerk. Het is...' Macron aarzelde.

'Is het zwart, Macron? Is het beeld zwart?'

Macron ademde diep in. Daar gaan we weer, dacht hij. Hij gaat me de mantel uitvegen om mijn domheid. Waarom kan ik niet associatief denken, zoals hij? Waarom ben ik zo rechtlijnig? 'Dat wilde ik net zeggen, meneer. Ik wilde net voorstellen om eens naar het beeld te gaan kijken. Om te zien of er een verband is met waar Sabir achteraan zit.'

Calque liep al met grote stappen naar de kerk. 'Heel goed, Macron. Ik ben blij dat ik op je kan rekenen. Twee weten altijd meer dan een, vind je niet?'

De crypte was stampvol gelovigen. De lucht was zwaar van de rook van kaarsen en wierook, en er klonk het voortdurende geprevel van biddende mensen.

Calque keek taxerend om zich heen. 'Daar. Een bewakingsbeambte. Ja? Die man in burger? Met dat naamplaatje?'

'Dat zou best eens kunnen, meneer. Ik ga erheen.'

Calque liep naar de zijkant van de crypte terwijl Macron zich een weg baande door de menigte. In het gedempte, flakkerende licht leek Sainte Sara bijna onstoffelijk onder haar vele lagen kleding. Het was vrijwel onmogelijk dat iemand onder deze omstandigheden bij haar zou kunnen komen. Er waren voortdurend honderden paren ogen op haar gericht. De bewaker was volkomen overbodig. Als iemand de moed had naar haar toe te rennen en haar iets aan te doen, zou hij of zij waarschijnlijk worden gelyncht.

Macron kwam terug met de bewaker. Hij en Calque stelden zich aan elkaar voor, en Calque gebaarde naar boven, naar het schip van de kerk.

'Ik kan niet weg. We zullen hier moeten blijven.'

'Gaat u nooit weg?'

'Tijdens het festival niet. We hebben diensten van vier uur. Vier uur op, vier uur af.'

'Met z'n hoevelen zijn jullie?'

'Met z'n tweeën, meneer. Als de een werkt, is de ander vrij. Met een reservekracht voor als er iemand ziek wordt.'

'Was u hier tijdens de steekpartij?'

'Ja, meneer.'

'Wat hebt u gezien?'

'Helemaal niets. Ik was hier beneden, in de crypte.'

'Wat? Helemaal niets? Bent u niet op het plein gaan kijken?'

'Dat zou me mijn baan kunnen kosten. Ik ben hier gebleven.'

'En de andere aanwezigen? Zijn die allemaal gebleven?'

De bewaker aarzelde.

'U wilt me toch niet vertellen dat iedereen gewoon hier is gebleven en verder is gegaan met bidden terwijl er boven zo ongeveer een rel was uitgebroken?'

'Nee, meneer. De meeste mensen zijn naar buiten gegaan.'

'De meeste?'
'Nou ja. Allemaal.'
'En u bent natuurlijk meegegaan?'
Stilte.
Calque zuchtte. 'Hoor eens, monsieur...'
'Alberti.'
'... monsieur Alberti. Ik spreek er geen oordeel over uit. En ik ben hier niet namens uw werkgevers van het gemeentehuis. Wat u tegen mij zegt, blijft onder ons.'
Alberti aarzelde. Toen haalde hij zijn schouders op. 'Goed dan. Toen de crypte leegliep, ben ik even naar boven gegaan om een kijkje te nemen. Ik ben vlak voor de deur van de kerk blijven staan, zodat er niemand langs me heen kon glippen. Ik dacht dat het misschien een zaak voor de beveiliging was. Ik vond dat ik even moest gaan kijken.'
'En u had gelijk. Het had heel goed een zaak voor de beveiliging kunnen zijn. Ik zou hetzelfde hebben gedaan.'
Alberti leek niet overtuigd.
'En toen u terugkwam. Nog steeds leeg?'
Alberti bolde zijn wangen.
Calque zocht in zijn zakken en bood hem een sigaret aan.
'We mogen hier niet roken. Het is een kerk.'
Calque keek met een schuin oog naar de slierten rook van de kaarsen die langzaam naar het lage plafond van de crypte kringelden. 'Geeft u dan antwoord. Was de crypte nog leeg toen u terugkwam?'
'Zo goed als. Er was hier maar één man. Hij lag op zijn knieën voor het beeld. Biddend.'
'Eén man, zegt u? En u weet zeker dat u hem niet hebt gezien toen u wegging?'
'Nee, meneer. Toen heb ik hem over het hoofd gezien.'
'Goed. Macron, hou deze man hier terwijl ik het beeld bekijk.'
'Maar dat kunt u niet doen. Dit is een kerkelijk feest. Vóór morgen mag niemand het beeld aanraken.'
Maar Calque was al weg; hij beende als Vadertje Tijd met zijn zeis tussen de samengedromde schare boetelingen door.

43

Calque stond voor de kerk en tuurde tegen de late middagzon in. 'Ik wil zes rechercheurs. Vraag ze maar aan uit Marseille.'
'Maar dat kost tijd, meneer.'
'Het kan me niet schelen hoe lang het duurt. Of hoe impopulair we ons ermee maken. Ze moeten elke *chef de famille* van die zigeuners bezoeken. Elke woonwagen. Elk aangebouwd schuurtje, elke tent en elke *cabanon*. En ik wil dat ze de volgende vragen stellen...' Hij krabbelde snel iets op een vel papier en gaf dat aan Macron. '... precies zoals ik ze heb opgeschreven.'
Macron keek op het vel. 'Wat hebt u gevonden?'
'Een gat onder in het beeld. En verse schaafkrullen op en tussen de snuisterijen eromheen. En dit lapje linnen. Zie je hoe het opkrult als je het loslaat? Niet erg verbazingwekkend als je bedenkt dat het de afgelopen vijfhonderd jaar opgerold in een beeld heeft gezeten bij wijze van afsluiting.'
Macron floot tussen zijn tanden. 'Dus Sabir heeft eindelijk gevonden waar hij naar op zoek was?'
'En waar de ogenman naar op zoek is. Ja. Ik ben er vrijwel zeker van.'
'Zal hij dan geen contact met u opnemen, meneer?' Macron kon niet voorkomen dat er een zweem van sarcasme doorklonk in zijn stem.
'Natuurlijk niet. De man heeft geen idee met wie hij te maken heeft.'
'En wij wel?'
'Wij beginnen een idee te krijgen, ja.'
Macron wilde naar de auto lopen.
'Macron.'
'Ja, meneer?'
'Je wilde toch weten wat ik in mijn schild voerde? Toen we op het Domaine de Seyème waren, bij de gravin?'
'Dat klopt, ja.' Macron had het onaangename gevoel dat hij weer eens

iets miste. Iets wat zijn baas de gravin had weten te ontlokken en wat hem compleet was ontgaan.

'Vertel die uilskuikens in Parijs maar dat ik een testje voor ze heb. Als ze slagen, zal ik erkennen dat computers misschien toch van enig nut zijn. Ik zal er zelfs mee instemmen in werktijd een mobiele telefoon bij me te dragen.'

Macrons ogen werden groot. 'En wat mag dat testje inhouden?'

'Ik wil dat ze alles over de oudste zoon van de gravin natrekken. Bale. Of De Bale. Om te beginnen via de nonnen in het weeshuis; dat zou niet al te ingewikkeld moeten zijn. De jongen was al twaalf toen hij geadopteerd werd. Daarna wil ik dat ze me een volledig overzicht bezorgen van de carrière die hij misschien bij het vreemdelingenlegioen heeft gemaakt, inclusief een complete beschrijving van zijn uiterlijk, waarbij met name aandacht wordt besteed aan zijn ogen. En als ze ontdekken dat hij inderdaad in het legioen heeft gezeten, wil ik dat iemand persoonlijk gaat praten met zijn directe superieur om hem te vragen... nee, om hem te vertellen dat we inzage willen krijgen in zijn militaire dossier. En dat we zijn eigen oordeel over hem willen horen.'

'Maar, meneer...'

'Ze mogen geen genoegen nemen met een weigering. Dit is een moordonderzoek. Ik wil geen kletspraat van het legioen horen over beveiliging en wat ze hun mannen beloven als die dienst nemen.'

'U mag zich gelukkig prijzen als dat lukt, meneer. Ik weet zeker dat ze hun dossiers nooit aan iemand laten lezen. Ik kom uit Marseille, zoals u weet, dus ik ben opgegroeid met verhalen over het legioen.'

'Ga verder.'

'Hun hoofdkwartier bevindt zich in Aubagne, maar vijftien kilometer bij mijn ouders vandaan. Mijn achterneef is zelfs legionair geworden nadat hij uit de gevangenis kwam. Hij heeft me verteld dat ze soms een loopje nemen met de regels en Fransen onder een valse nationaliteit laten toetreden. De namen van de mannen die dienst nemen worden zelfs veranderd. Ze krijgen een nieuwe naam waaronder ze gedurende hun diensttijd in het legioen bekendstaan. Hun eigen naam gaat voor altijd verloren, tenzij ze worden neergeschoten en *Français par le sang versé* worden – Frans op grond van vergoten bloed – of tenzij ze profiteren van het recht om na drie jaar dienst Frans staatsburger te worden. U zult hem nooit vinden. Het zou zelfs kunnen dat hij opnieuw Frans is geworden, maar onder een nieuwe identiteit.'

'Dat kan ik me niet voorstellen, Macron. Dat hun eigen namen voorgoed verloren gaan. Zeker niet in de dossiers. Dit is Frankrijk. Het legioen is net zo bureaucratisch als elke andere instelling. Tot aan hun ellebogen in het papierwerk.'

'Als u het zegt, meneer.'

'Hoor eens, Macron, ik weet dat je het niet altijd met mijn methodes eens bent. Of met mijn beslissingen. Dat is niet te vermijden. Dat heb je binnen een hiërarchie. Maar jij bent inspecteur en ik ben hoofdinspecteur. Dat maakt de vraag of je het met me eens bent of niet irrelevant. We moeten Sabir en de twee zigeuners vinden. Dat is het enige wat telt. Als ons dat niet lukt, zal de ogenman hen vermoorden. Zo simpel en zo fundamenteel ligt het.'

44

De kaartjesverkoper keek op Alexi neer als op een gewond wild dier waar hij onverwachts mee werd geconfronteerd op een middagwandelingetje. De veerman en de inzittenden van de bestelwagen en twee van de auto's kwamen bij hem staan. De andere twee auto's waren van de pont af gereden; blijkbaar hadden de bestuurders geen behoefte aan oponthoud. De veerman pakte zijn mobieltje om te gaan bellen.

Alexi worstelde zich los uit de reddingsboei en gooide hem op het dek. Hij boog zich voorover en sloeg zijn armen om zijn ribben. 'Bel alstublieft de politie niet.'

De veerman aarzelde met de telefoon halverwege zijn oor. 'Je hebt geen politie nodig, jongen. Maar wel een ambulance, een ziekenhuisbed en morfine. En misschien een stel droge kleren.'

'Dat wil ik ook niet.'

'Leg eens uit.'

'Kunt u me mee terug nemen?'

'Mee terug nemen?'

'Ik heb iets laten vallen.'

'Wat? Bedoel je soms je paard?' De twee mannen lachten.

Alexi had het gevoel dat het beter was als hij zich aan de concrete feiten hield en luchthartig deed. Dan kon hij de herinnering van de mannen aan de gebeurtenis doen verbleken, zodat ze het incident gingen zien als een schelmenstreek die verkeerd was uitgepakt in plaats van de bijna-tragedie die het onmiskenbaar was. 'Maakt u zich geen zorgen. Ik kan regelen dat het karkas wordt weggehaald. Er zit veel vers vlees aan. Ik ken mensen in Les Saintes-Maries die het best willen komen ophalen.'

'En onze slagboom?'

'Ik zal u betalen wat ik voor het vlees krijg. Contant. En u kunt uw werkgevers vertellen dat er iemand tegen de slagboom is gereden en er toen vandoor is gegaan.'

De veerman keek zijdelings naar de kaartjesverkoper. Er stonden al drie auto's te wachten om aan boord te gaan voor de oversteek terug. Beide mannen wisten dat de slagboom minstens drie of vier keer per jaar kapot werd gereden. Meestal door dronken bestuurders. Of buitenlanders in huurauto's. Het contract met de reparateur werd elk jaar verlengd.

De bestuurder van de bestelwagen en de inzittenden van de twee auto's hadden gemerkt dat de spanning wegebde. Ze liepen langzaam weg om hun reis voort te zetten. Per slot van rekening was de gewonde alleen maar een stomme zigeuner. En alle zigeuners waren gek, zo was het toch? Ze hanteerden andere regels.

'Dat geld mag je houden. We nemen je mee terug. Maar zorg dat dat karkas verdwijnt, begrepen? Ik wil niet dat het de aanlegplaats de komende twee weken in de stank zet.'

'Ik zal meteen bellen. Mag ik uw telefoon gebruiken?'

'Goed. Maar denk erom, geen internationale gesprekken. Hoor je me?' De veerman gaf Alexi zijn mobieltje. 'Toch vind ik dat je gek bent dat je jezelf niet even laat nakijken. Je hebt waarschijnlijk een hele rij gebroken ribben overgehouden aan die val. En misschien een hersenschudding.'

'We hebben onze eigen dokters. We gaan niet graag naar een ziekenhuis.'

De veerman haalde zijn schouders op. De kaartjesverkoper wenkte zijn nieuwe klanten al aan boord.

Alexi toetste een willekeurig nummer in en deed alsof hij afspraken maakte over het paard.

Alexi had nog nooit zoveel pijn gehad. Gebroken ribben? Een hersenschudding? Hij voelde zich alsof allebei zijn longen met een priem waren doorboord en daarna om het af te maken op een aambeeld waren gelegd en met een hamer waren bewerkt. Elke ademtocht was een kwelling. Bij elke stap die hij zette, schoot er een pijnscheut als een stroomstoot door zijn rechterheup en -schouder.

Hij hurkte neer op de betonnen helling van het veer en zocht naar de bamboe koker. Mensen die met hun auto langs hem reden, wierpen nieuwsgierige blikken op hem. Als de ogenman nu terugkomt, ga ik gewoon liggen en geef me over, dacht Alexi. Dan kan hij met me doen wat hij wil. Alstublieft, O Del, haal die pijn weg. Gun me even een pauze.

De bamboe koker was nergens te bekennen. Moeizaam kwam Alexi overeind. De veerpont was vol en voer weer weg. Alexi liet de helling strompelend achter zich en volgde de loop van de rivier, zijn blik gevestigd op het water vlak langs de oever. De bamboe koker zou met de stroom kunnen zijn meegevoerd. Met een beetje geluk kon hij zelfs verstrengeld zijn geraakt in de begroeiing langs de kant.

Of hij kon gezonken zijn. Als hij gezonken was zouden de verzen bedorven zijn, dat wist Alexi zeker. Als hij de koker dan zou openen, zou er een pak nat papier met gevlekte inkt tevoorschijn komen. In dat geval had hij niet alleen meer de ogenman om bang voor te zijn: Sabir en Yola zouden hem levend villen.

Al een tijdje had Alexi een hinderlijk gevoel in zijn rechterbeen, vlak boven zijn enkel. Hij had het bewust genegeerd, omdat hij aannam dat het gewoon onderdeel was van zijn verwondingen. Nu bleef hij abrupt staan en bukte zich om zijn broekspijp op te trekken. Als hij maar niets gebroken had. Zijn enkel misschien, of zijn scheenbeen.

Er stak een voorwerp uit de brede schacht van zijn cowboylaars. Alexi stak zijn hand erin en viste de bamboe koker eruit. Hij had de koker achter zijn riem gestoken en die was door de kracht van het water langs de binnenkant van zijn broekspijp naar beneden gespoeld en zo in zijn laars terechtgekomen. De verzegeling van was die de beide helften van de koker bijeenhield was goddank nog intact.

Hij keek op naar de hemel en lachte. Toen kermde hij, omdat het lachen vreselijke pijn deed aan zijn beschadigde ribben.

Met zijn armen om zijn buik geslagen sjokte Alexi langzaam terug in de richting van het Maset du Marais.

45

Na een halfuur lopen zag hij het gezadelde paard. Het stond bij een van de huisjes van de gardians te grazen.
 Alexi verborg zich snel achter een boom. Het zweet droop langs zijn voorhoofd en in zijn ogen. Hij was recht in de val gelopen. Het was geen moment bij hem opgekomen dat de ogenman hem misschien toch nog aan deze kant van de rivier zou opwachten. Hoe groot was de kans geweest dat hij de rivier opnieuw zou oversteken nadat hij op de pont was ontkomen? Eén op een miljoen? Die man was gek.
 Alexi gluurde langs de boom. Er was iets vreemds aan het paard. Iets wat niet helemaal klopte.
 Hij tuurde tegen de zon in. Wat was die donkere massa aan de voeten van het dier? Was het een gestalte? Was de ogenman van zijn paard gevallen en buiten bewustzijn geraakt? Of was het een valstrik en wachtte de ogenman rustig af tot Alexi ernaartoe zou stommelen om hem dan voorgoed uit te schakelen?
 Alexi aarzelde en overdacht zijn opties. Toen hurkte hij neer en begroef de bamboe koker achter de boom. Hij zette weifelend een paar stappen en keek achterom om te controleren of hij de plek zou herkennen. Geen probleem. De boom was een cipres. Van kilometers afstand te zien.
 Hij strompelde een paar meter verder, bleef toen staan en ritselde met zijn handen in zijn zakken alsof hij een lekker hapje zocht. Het paard hinnikte naar hem. De gestalte aan zijn voeten bewoog zich niet. Misschien had de ogenman zijn nek gebroken? Misschien had O Del zijn gebeden verhoord en voorgoed met de smeerlap afgerekend?
 Alexi schuifelde weer naar voren en praatte kalm tegen het paard om het gerust te stellen. Hij zag dat de voet van de gestalte gedraaid in een stijgbeugel zat. Als het paard naar hem toe zou lopen en plotseling voelde dat het werd tegengehouden door het gewicht van het lichaam, zou het in paniek raken. En Alexi had dat paard nodig. Anders zou hij nooit bij het

Maset aankomen, zoveel was in de afgelopen twintig minuten wel duidelijk geworden.

Met elke stap werd hij zwakker en wanhopiger. Zijn kleren waren aan zijn lijf opgedroogd, waardoor zijn wonden waren verstijfd. Zijn rechterschouder was vast gaan zitten en hij kon zijn hand nog maar tot aan zijn navel optillen. In zijn huidige toestand zou hij een schildpad nog niet kunnen inhalen.

Alexi kwam bij de ruin en liet zich door hem besnuffelen; het was duidelijk dat het dier onrustig was door de aanwezigheid van het lichaam, hoewel het grazen en Alexi's zachte fluiten het tijdelijk hadden gekalmeerd. Alexi pakte de teugels en liet zich naast het paard op zijn hurken zakken. Hij zag al aan de kleren met wie hij te maken had. Niemand anders droeg zulke brede riemen met zulke opzichtige gespen. Gavril. Jezus. Hij had vast geprobeerd hen te volgen en was toen op een of andere manier van zijn paard gevallen, met zijn hoofd op iets hards. Of hij was de ogenman tegengekomen toen die terugkwam van het veer, en de ogenman had vermoed dat hij meer wist dan hij deed. Alexi kokhalsde en spoog een klodder speeksel uit. Er verzamelden zich al vliegen rond Gavrils neusgaten en de enorme buts in zijn slaap. Je kon wel zeggen dat hij op het verkeerde moment op de verkeerde plaats was geweest.

Alexi haakte Gavrils voet los uit de stijgbeugel. Hij bond het paard aan de paal die daarvoor bedoeld was en keek om zich heen op zoek naar iets waar iemand zo'n wond van kon oplopen. De ruin kon niet ver zijn afgedwaald, met het gewicht van de dode Gavril achter zich aan.

Hij liep moeizaam naar een rotsklomp. Ja. Die zat onder het bloed. Hij tilde hem op in zijn armen, maar zorgde er wel voor dat hij hem alleen met zijn mouwen aanraakte om geen vingerafdrukken achter te laten. Hij droeg de steen terug naar Gavril en legde hem naast zijn hoofd. Even was hij in de verleiding Gavrils zakken te doorzoeken naar geld dat hij kon meenemen, maar hij besloot het niet te doen. Hij wilde de politie niet de mogelijkheid geven dat ten onrechte als een motief te zien.

Toen hij tevreden was over hoe hij de zaak in scène had gezet, hees Alexi zich op de ruin. Hij zat slingerend in het zadel; het bloed bonkte door zijn hoofd als een bal die door een flipperkast schiet.

Tien tegen een dat de ogenman achter de dood van Gavril zat; anders was het ál te toevallig. Kennelijk was hij Gavril op de terugweg tegen het lijf gelopen. Had hem ondervraagd. Hem vermoord. In dat geval was er een kleine kans dat hij nu op de hoogte was van het Maset, want Gavril moest, net als elke andere zigeuner van zijn leeftijd die regelmatig in de Camargue kwam, hebben geweten van het beroemde potje kaarten tussen Dadul Gavriloff en Aristeo Samana, Yola's vader. Hij had misschien niet precies geweten waar het huis was, maar zeker wel dat het bestond.

Even ging Alexi twijfelen en stond op het punt terug te gaan naar de boom om de bamboe koker op te halen. Maar uiteindelijk won zijn voorzichtigheid het van zijn behoefte te pochen. Hij liet de teugels van de ruin los en liet hem op eigen houtje teruglopen naar het huis.

46

Yola had een nieuwe manier van liften ontwikkeld. Ze wachtte tot ze een auto zag aankomen die waarschijnlijk van een zigeuner was, maakte een slangachtig gebaar met haar linkerhand – waarna ze onmiddellijk een kruis sloeg – en liep de weg op naar de plek waar het raampje van de bestuurder zou zijn. De auto's stopten bijna altijd.

Dan praatte Yola door het raampje met de bestuurder en vertelde waar ze naartoe wilde. Als hij een andere kant op moest, of niet ver genoeg, wuifde ze hem ongeduldig weg. De vierde auto die ze aanhield voldeed precies aan haar eisen.

Sabir, die zich Clark Gable voelde, met Yola in de rol van Claudette Colbert, volgde haar de met stro bedekte laadruimte van de *bétaillère* in. Hij moest toegeven dat zelfs een stinkende Citroën H-veewagen marginaal beter was dan lopen. In eerste instantie had hij geprobeerd Yola ervan te overtuigen dat ze het zich gemakkelijk moesten maken en een taxi terug naar het Maset moesten nemen, maar ze had hem erop gewezen dat op deze manier niemand zou kunnen achterhalen waar ze gebleven waren. Zoals gewoonlijk had ze sneller nagedacht dan hij.

Sabir leunde tegen de latten aan de binnenkant van het vrachtwagentje en speelde met het knipmes van het Spaanse merk Aitor dat hij in zijn zak had verborgen. Hij had het twintig minuten eerder voor vijftig euro van Bouboul gekocht. Het had een twaalf centimeter lang vlijmscherp lemmet, dat met een prettige klik op zijn plaats veerde als je het open zwaaide. Het was overduidelijk een mes om mee te vechten, want ruim een centimeter achter het lemmet had het een holte voor de duim, en Sabir nam aan dat die bedoeld was om het mes in je tegenstander te kunnen steken zonder het gevaar te lopen daarbij je eigen vingers af te snijden.

Bouboul had met tegenzin afstand gedaan van het mes, maar hebzucht – hij had het dertig jaar eerder waarschijnlijk voor het equivalent van vijf euro gekocht – en een van Yola's tirades waren genoeg geweest om hem te doen capituleren. Ze had verkondigd hem persoonlijk aansprakelijk te houden voor het verdwijnen van de paarden, en bovendien was hij volgens haar veel te oud om met een mes rond te lopen. Wilde hij soms eindigen zoals Stefan, met zijn oog aan een draadje uit de kas bungelend? Hij kon het ding maar beter kwijt zijn.

Het was laat in de middag toen Yola en Sabir weer bij het Maset du Marais arriveerden. Zoals te verwachten, was het huis verlaten.

'Wat doen we nu, Damo?'

'Afwachten.'

'Maar hoe weten we of de ogenman Alexi te pakken heeft gekregen? Als de ogenman de profetieën heeft, zal hij zich uit de voeten maken. Dan komen we er nooit achter wat er is gebeurd.'

'Wat wil je dan dat ik doe, Yola? Het Marais in dwalen en Alexi's naam roepen? Ik zou binnen de kortste keren verdwalen. Achter die bomenrij ligt driehonderd vierkante kilometer absolute leegte.'

'Je zou nog een paard kunnen stelen. Dat is wat Alexi zou doen.'

Sabir voelde dat hij rood werd. Yola leek beter dan hij te begrijpen hoe mannen zich in extreme omstandigheden dienden te gedragen. 'Wacht jij dan hier? Beloof je me dat? Om niet zelf op stap te gaan, zodat ik straks twee mensen moet zoeken?'

'Ja. Ik blijf hier. Misschien komt Alexi terug. Misschien heeft hij me dan nodig. Ik ga soep maken.'

'Soep?'

Yola stond op en keek hem met een ongelovig gezicht aan. 'Mannen vergeten altijd dat mensen moeten eten. Alexi is al sinds vanochtend onderweg. Als het hem lukt hier levend terug te komen, zal hij honger hebben. Dan moeten we hem iets te eten kunnen geven.'

Sabir liep haastig naar de schuur om te zien of hij nog een zadel, tuig en een touw kon vinden. Als Yola in zo'n bui was, begreep hij Alexi's gevoelens over het huwelijk volkomen.

Hij was nog geen kwartier op paardenjacht toen hij al besefte dat hij op deze manier niet snel iets zou bereiken. Hij was niet getraind in het gebruik van een lasso, zoals Alexi, en de paarden werden steeds schichtiger naarmate de schemering inviel. Elke keer dat hij er een op het oog had, keek het dier hem vol vertrouwen aan totdat hij het op een meter of drie was genaderd, keerde zich dan op zijn achterbenen om en verdween scheten latend en achteruit schoppend in het kreupelhout.

Sabir liet het zadel en het hoofdstel aan de rand van de *clos* achter en liep chagrijnig terug over het pad. Toen hij bij de tweesprong kwam waar hij naar rechts moest om naar het huis te gaan, aarzelde hij en sloeg af naar links, het pad dat ze die ochtend gedrieën hadden genomen naar Les Saintes-Maries.

Hij maakte zich ernstige zorgen over Alexi. Maar de jongen had ook iets wat hem vertrouwen inboezemde, vooral als het op overleven in de wildernis aankwam. Het was waar dat de ogenman volgens Bouboul maar nauwelijks een minuut achterstand op Alexi had gehad toen ze de stad uit waren gegaloppeerd. Maar in een minuut legde je te paard een flinke afstand af, en Sabir had Alexi die ochtend met de paarden bezig gezien en had gezien hoe hij reed... Nou, het volstond te zeggen dat hij een natuurtalent was. Bovendien kende hij de moerassen hier als zijn broekzak. Als zijn paard het volhield, durfde Sabir te wedden dat Alexi de ogenman achter zich kon laten.

Wat Sabir betreft was het dan ook alleen een kwestie van tijd voordat Alexi met de profetieën triomfantelijk in zijn opgestoken hand over het pad zou komen aanrijden. Dan zou Sabir zich op een rustige plek terugtrekken om ze te vertalen – liefst in de buurt van een goed restaurant – terwijl de politie deed waar de politie voor werd betaald: afrekenen met de ogenman.

Te zijner tijd zou hij contact opnemen met zijn uitgever. Ze zouden de profetieën verkopen aan de hoogst biedende. Het geld zou binnenstromen – geld dat hij met Yola en Alexi zou delen.

En dan zou de nachtmerrie eindelijk voorbij zijn.

47

Achor Bale besloot dat hij het huis vanuit oostelijke richting zou naderen, via een oude greppel die over de hele lengte langs een braakliggend veld liep. Nu Alexi er niet was, zouden Sabir en het meisje op de uitkijk staan, op hun qui-vive zijn. Misschien was er wel een jachtgeweer in huis? Of een oude karabijn? Hij kon beter geen onnodig risico nemen.

Hij kwam even in de verleiding terug te gaan voor het paard, dat hij in een bosje een meter of honderd achter het huis had vastgezet. Het paard zou eenvoudig achter hem aan langs de greppel kunnen lopen, en het geluid van hoeven zou zijn nadering misschien juist maskeren. Zouden die twee dan het huis uit komen, omdat ze dachten dat Alexi terug was? Nee, hij deed het toch maar niet. Waarom zou hij de zaak nodeloos ingewikkeld maken?

Want Alexi zou terugkomen. Daar was Bale zeker van. Hij had gezien hoe de zigeuner in Espalion zijn leven op het spel had gezet toen het meisje op de weg in elkaar was gezakt. Als ze in het Maset was, zou de zigeuner op haar afkomen als een wesp op een pot met honing. Het enige wat Bale hoefde te doen was Sabir doden, het meisje als lokaas gebruiken en een creatieve manier bedenken om de tijd door te brengen.

Hij sloop naar een van de grote ramen. De schemering viel. Iemand had een olielamp en twee kaarsen aangestoken. Smalle streepjes licht vielen tussen de latjes van de gesloten luiken door. Bale glimlachte. Dankzij de gloed van de vlammen was er geen enkele kans dat iemand in het huis hem zou kunnen zien. Zelfs als ze op twee meter van het raam stonden en recht naar de latjes keken, zou hij praktisch onzichtbaar zijn.

Bale luisterde of hij stemmen hoorde. Maar er was alleen stilte. Hij bewoog zich naar het keukenraam. Ook hier waren de luiken dicht. Gavril had dus gelijk gehad. Als dit huis normaal werd bewoond, zouden de luiken niet zo vroeg op de avond gesloten zijn. Je hoefde alleen maar om je heen te kijken naar het erf en de bijgebouwen om te zien dat het huis al jaren leegstond. Geen wonder dat het voor de zigeuners van waarde was. Voor hen was het een gratis hotel.

Even overwoog hij door de voordeur naar binnen te gaan. Als Sabir en het meisje zich naar verwachting gedroegen, zou die niet vergrendeld zijn. Er waren momenten dat Bale zich bijna ergerde aan het gebrek aan professionaliteit bij zijn tegenstanders. Neem nou het geval met de Remington. Waarom had Sabir ermee ingestemd hem die terug te geven? Dat was pure waanzin geweest. Had hij echt geloofd dat Bale op hem zou hebben geschoten, met de Redhawk, aan de rand van een stad die gezegend was met slechts twee grote uitvalswegen en twee kleinere? En voordat hij de Zwarte Madonna had bekeken? Die ene beslissing van Sabir had ervoor gezorgd dat zij drieën ongewapend waren en geen enkele aanwijzing hadden omtrent Bales ware identiteit, dankzij zijn onvergeeflijke – maar gelukkigerwijs gecorrigeerde – blunder met het serienummer. Sabir had slecht nagedacht toen hij over het hoofd zag wat het serienummer hun had kunnen opleveren. Monsieur zijn vader zou daar een uitgesproken mening over hebben gehad.

Want monsieur had slecht nadenken altijd verfoeid. Slechte denkers kregen van hem met het rietje. Er waren dagen dat hij alle dertien kinderen stuk voor stuk had afgeranseld, het ene na het andere, te beginnen met het grootste. Als hij dan bij het kleinste kind was aangekomen, was hij – gezien zijn gevorderde leeftijd en slechte gezondheid – al vermoeid en zouden de klappen niet zo pijnlijk meer zijn. Dát was nog eens consideratie hebben.

Madame zijn moeder was niet zo attent geweest. Bij haar waren lijfstraffen altijd meer een individuele aangelegenheid. Daarom was Bale na de dood van monsieur zijn vader weggelopen om zich bij het vreemdelingenlegioen aan te sluiten. Later was die stap onverwachts nuttig gebleken en had ze hem vergeven. Maar twee jaar lang hadden ze elkaar niet gesproken en was hij gedwongen geweest de werken van het Corpus Maleficus geïsoleerd uit te voeren, zonder leiding of regelgeving. In die anarchistische periode had hij voorkeuren ontwikkeld die madame zijn moeder later in strijd achtte met de doelstellingen van de beweging. Daarom hield hij nog steeds dingen voor haar verborgen. Betreurenswaardige kleinigheden. Onvermijdelijke sterfgevallen. Dat soort dingen.

Maar Bale had geen plezier in het toebrengen van pijn. Nee. Dat was het beslist niet. Hij had er een hekel aan dieren te zien lijden, zoals het paard bij het veer. Dieren konden zichzelf niet beschermen. Ze konden niet denken. Mensen wel. Als Bale iemand vragen stelde, verwachtte hij antwoorden. Hij had zijn positie dan misschien niet door afkomst verworven, maar gezien zijn karakter was hij er wel voor in de wieg gelegd. Hij was trots op de oude adellijke titel die hij van monsieur zijn vader had geërfd. Trots op de staat van dienst van zijn familie bij het anticiperen op – en daarmee bestrijden van – het werk van de duivel.

Want het Corpus Maleficus had een lange en indrukwekkende geschiedenis. Onder de belangrijkste ingewijden waren mensen geweest als de pauselijke inquisiteurs Konrad von Marburg en Hugo de Beniols, prins Vlad Dracula, de markies de Sade, prins Carlo Gesualdo, tsaar Ivan de Verschrikkelijke, Niccolò Machiavelli, Roderigo, Lucrezia en Cesare Borgia, graaf Alessandro di Cagliostro, Grigori Raspoetin, maarschalk Gilles de Rais, Giacomo Casanova en gravin Erzsébet Báthory. Allen waren door opeenvolgende generaties arrogante historici voortdurend in een volkomen verkeerd daglicht gesteld.

Bale was er in de talloze uren dat hij geschiedenisles had gekregen aan de voeten van monsieur en madame, zijn ouders, van doordrongen geraakt dat Marburg en De Beniols ten onrechte waren afgeschilderd als sadistische en ijdele vervolgers van onschuldigen, terwijl ze eenvoudig de orders van de moederkerk hadden uitgevoerd; Vlad 'de Spietser' was er valselijk van beschuldigd dat hij marteling tot een kunst had verheven, terwijl hij in werkelijkheid zijn geliefde Walachije had verdedigd – op een manier die destijds als opportuun werd gezien – tegen de verschrikkingen van de Ottomaanse expansie; de markies de Sade was door zijn critici beschuldigd van losbandigheid en het stimuleren van seksuele anarchie, terwijl hij volgens het Corpus eenvoudig een vooruitstrevende filosofie van extreme vrijheid en tolerantie had gepropageerd, bedoeld om de wereld te bevrijden van morele tirannie; de componist prins Carlo Gesualdo was door zijn ongetwijfeld vooringenomen beschuldigers valselijk gehekeld als moordenaar van vrouw en kind, alleen omdat hij zijn gewijde huwelijk had verdedigd tegen ongewenste inmenging; de geschiedenis had tsaar Ivan IV zwartgemaakt als 'kindermoordenaar', 'tiran' en 'de Verschrikkelijke', terwijl hij voor veel van zijn landgenoten en in de visie van het Corpus de redder van het Slavische Rusland was geweest; Niccolò Machiavelli was door zijn critici beschreven als een teleologische absolutist en verbreider van een politiek van angst, etiketten die bedoeld waren om afbreuk te doen aan het feit dat hij ook een briljant diplomaat, dichter, toneelschrijver en inspirerend politiek filosoof was; de hele familie Borgia was gebrandmerkt als misdadig, immoreel en geestelijk gestoord, terwijl het in de zienswijze van het Corpus, afgezien van een paar te verwaarlozen onfortuinlijkheden, ging om verlichte pausen, formidabele wetgevers en geïnspireerde kunstliefhebbers, zeer begaan met de verspreiding van de luister van de Italiaanse hoogrenaissance buiten de landsgrenzen; graaf Alessandro di Cagliostro was uitgemaakt voor charlatan en meestervervalser, maar in werkelijkheid was hij een alchemist en kabbalist van de hoogste orde geweest, die eropuit was de tot dan toe grotendeels ongepeilde diepten van het occulte te verlichten; natuurgenezer en ziener Grigori Raspoetin was door zijn critici omschreven als een ongrijpbaar dominante 'maniakale monnik' die in zijn eentje verantwoordelijk was voor de ondergang van de geïsoleerde en zieltogende Russische monarchie – maar wie kon hem dat kwalijk nemen, vroeg Bale zich af; wie zou terugblikkend de eerste steen durven werpen? Maarschalk Gilles de Rais was uitgemaakt voor pedofiel, kannibaal en kinderbeul, maar hij was ook een vroege medestander van Jeanne d'Arc, een briljant militair en een verlicht begunstiger van het theater geweest, wiens hobby's op bepaalde onbelangrijke terreinen misschien af en toe met hem op de loop waren gegaan; maar deed dat afbreuk aan zijn grootse daden? Zijn leven als geheel? Nee. Natuurlijk niet, en dat zou ook niet terecht zijn. Giacomo Casanova werd door het nageslacht gezien als zowel op religieus als moreel gebied ontaard, terwijl hij in werkelijkheid een vooruitstrevende liberale denker was geweest, een briljant historicus en geniaal dagboekschrijver; en gravin Erzsébet Báthory, die door haar tijdgenoten werd gezien als een vampierachtige massamoordenares, was in feite een ontwikkelde vrouw geweest, die haar talen sprak en niet alleen in de Dertienjarige Oorlog van 1593-1606 het kasteel van haar echtgenoot had verdedigd, maar ook veelvuldig actie had ondernomen ten behoeve van nooddruftige vrouwen die door de Turken gevangen waren genomen en waren verkracht; het feit dat ze later het bloed uit een aantal van haar ernstiger getraumatiseerde beschermelingen zoog werd door het Corpus (hoewel met een flinke dosis ironie) geacht empirisch noodzakelijk te zijn geweest voor de ontwikkeling en bevordering van de nu alomtegenwoordige, eenentwintigste-eeuwse wetenschap van de cosmetische verfraaiing. Allen waren 'brengers van dood en verderf' geweest, door hun ouders, grootouders, leermeesters of raadslieden geïntroduceerd bij het geheime, gesloten genootschap van het Corpus, een genootschap dat was bedoeld om de wereld te beschermen tegen en isoleren van haar eigen verblinde instincten.

Zoals monsieur zijn vader het had geformuleerd: 'In een wereld van zwart en wit regeert de duivel. Schilder de wereld grijs, vervaag de grenzen van de algemeen aanvaarde moraal, en de duivel raakt zijn houvast kwijt.'

Later waren de 'natuurlijke' adepten gekomen, zoals de graaf hen had genoemd; mensen met een aangeboren gen voor destructie, die niet noodzakelijkerwijs hadden ingezien dat wat ze deden deel uitmaakte van een groter of veelomvattender geheel. Mannen en vrouwen als Catharina de Medici, Oliver Cromwell, Napoleon Bonaparte, koningin Ranavalona, keizer Wilhelm II, Vladimir Lenin, Adolf Hitler, Jozef Stalin, Benito Mussolini, Mao Zedong, Idi Amin Dada en Pol Pot. Ieder had op zijn of haar beurt de status quo aangetast. Morele geboden aangevochten. Aan de boom der beschaving geschud. Natuurlijke adepten van het Corpus, die ondanks – of misschien zelfs ter wille van – hun eigen agenda de doelstellingen van het Corpus dichterbij brachten.

Dergelijke tirannen trokken volgelingen aan als een vliegenlamp insecten. Ze wierven rekruten onder de zwakkeren, de kreupelen en de geperverteerden; precies de categorieën mensen die het Corpus nodig had om zijn doelstellingen te vervullen. En de grootste en succesvolste onder hen – tot nu toe althans – waren de eerste twee antichristen geweest wier komst in de Openbaring was voorspeld: Napoleon Bonaparte en Adolf Hitler. In tegenstelling tot hun voorgangers waren beide mannen mondiaal en niet alleen nationaal te werk gegaan. Ze hadden gefunctioneerd als katalysatoren voor een groter kwaad, dat bedoeld was om de duivel gunstig te stemmen en te voorkomen dat hij de aarde blijvend zou teisteren met zijn incubi en succubi.

Bale wist intuïtief dat de derde antichrist waarover in de Openbaring werd gesproken – Hij die nog zal komen – zijn beide voorgangers gemakkelijk zou overtreffen in de grootsheid van zijn verrichtingen. Want het Corpus geloofde dat chaos in ieders belang was, omdat het mensen dwong hun krachten ertegen te bundelen. Om gemeenschappelijk en met een dynamische creativiteit te handelen. Alle grote uitvindingen, alle sprongen voorwaarts in de beschaving, waren gedaan in tijden van sterke veranderingen. De aarde had het dionysische nodig en moest het apollinische mijden. Het alternatief leidde slechts tot verdoemenis en het zich afkeren van God.

Wat had de heilige Johannes ook alweer geschreven in zijn apocalyptische boek Openbaring, na zijn verbanning naar Pátmos door keizer Nero?

'En ik zag een engel nederdalen uit de hemel met de sleutel des afgronds en een grote keten in zijn hand; en hij greep de draak, de oude slang, dat is de duivel en de satan, en hij bond hem duizend jaren, en hij wierp hem in de afgrond en sloot en verzegelde die boven hem, opdat hij de volkeren niet meer zou verleiden, voordat de duizend jaren voleindigd waren; daarna moet hij voor een korte tijd worden losgelaten. [...] En wanneer de duizend jaren voleindigd zijn, zal de satan uit zijn gevangenis worden losgelaten, en hij zal uitgaan om de volkeren aan de vier hoeken der aarde te verleiden, Gog en Magog, om hen tot de oorlog te verzamelen, en hun getal is als het zand der zee.'

DAARNA MOET HIJ VOOR EEN KORTE TIJD WORDEN LOSGELATEN...

Helaas was de som van Achor Bales naam volgens de kabbalistische numerologie het getal twee. Dat betekende dat hij evenwichtig en kalm van aard was, maar garandeerde ook dat hij altijd ondergeschikt en overgevoelig zou blijven: de eeuwige volgeling en geen leider. Sommige idioten noemden het zelfs een ongunstig getal, dat ongeluk bracht, omdat het binnen het negatieve vrouwelijke spectrum viel en ervoor zorgde dat de dragers ervan ten prooi vielen aan twijfels, aarzeling en een slechte concentratie.

Tenzij hun karakter natuurlijk van jongs af aan werd beïnvloed en versterkt door een strenge begeleider met een wezenlijke overtuiging.

Bale was van mening dat hij het positieve aspect van zijn karakter aan de invloed van monsieur zijn vader te danken had. Als Bale geen instigator kon zijn, dan maar een volgeling. Een trouw volgeling. Een essentieel radertje in de machine om de duivel de baas te blijven.

Nu hij de naam van het meisje had losgekregen van die idioot van een Gavril, besloot Bale dat het amusant kon zijn de kabbalistische test op haar los te laten. En op de zigeuner, Alexi Dufontaine. Dat zou hem helpen met hen af te rekenen. Het zou hem meer inzicht bieden in hun karakter dan hij anders zou hebben.

Uit zijn hoofd maakte hij snel de berekeningen. Ze kwamen allebei op acht uit. Over het algemeen een gunstig getal, en in zekere zin verbonden met het zijne. Maar als de dragers van dit getal uit pure koppigheid of weerspannigheid bleven vasthouden aan een bepaalde wijze van handelen, werd het getal negatief en veroordeelde de drager ervan tot de ondergang. Dat moest bij de zigeuners het geval zijn, concludeerde Bale.

Wat was Sabirs getal? Dat was een interessante vraag. Bale dacht erover na. A. D. A. M. S. A. B. I. R. Wat leverde dat in de kabbalistische numerologie op? 1, 4, 1, 4, 3, 1, 2, 1, 2. Bij elkaar 19. Als je 1 en 9 bij elkaar optelde, dan kreeg je 10. Dat was 1 plus 0. Dat betekende dat Sabir een nummer één was. Machtig. Ambitieus. Dominant. Iemand die gemakkelijk vrienden maakte en mensen kon beïnvloeden. De persoonlijkheid van een 'rechtschapen mens'. Met andere woorden, iemand die niet kan toegeven dat hij ooit ongelijk heeft. Een alfamannetje.

Bale glimlachte. Het zou hem plezier doen Sabir te martelen en doden. Wat zou dat een schok zijn voor die man.

Want Sabir had zijn geluk tot de laatste druppel verbruikt, en het was tijd de zaak af te ronden.

48

Toen Sabir het kalme hoefgeklepper van Alexi's paard hoorde, durfde hij in eerste instantie zijn oren niet te geloven. Het was een afgedwaald paard van het naburige *domaine*. Of een ontsnapte Camargue-stier, op zoek naar vrouwelijk gezelschap.

Hij zocht beschutting achter een bosje acacia's, in het vertrouwen dat zijn silhouet door de contouren van de takken en de snel invallende schemering vervaagd zou worden. Uiterst voorzichtig pakte hij het mes uit zijn zak en klapte het lemmet uit. Ondanks zijn inspanningen gaf het een duidelijke klik toen het openging.

'Wie is daar?'

Sabir had zich niet gerealiseerd dat hij zijn adem had ingehouden. In één dankbare, opgetogen stoot blies hij alle lucht uit zijn longen. 'Alexi? Ik ben het, Damo. Goddank ben je terug.'

Alexi zat te slingeren in het zadel. 'Ik dacht dat je de ogenman was. Toen ik die klik hoorde, dacht ik dat ik er geweest was. Ik dacht dat je me dood ging schieten.'

Sabir klauterde de aarden wal op. Hij klampte zich vast aan Alexi's stijgbeugel. 'En, heb je ze? Heb je de profetieën?'

'Ik geloof het wel, ja.'

'Je gelooft het wel?'

'Ik heb ze begraven. De ogenman...' Alexi kantelde naar voren en gleed langs de hals van de ruin naar beneden.

Sabir was zo opgewonden geweest over de profetieën dat hij nog helemaal geen aandacht aan Alexi's lichamelijke conditie had besteed. Hij ving Alexi op, pakte hem onder zijn armen en liet hem voorzichtig van de ruin glijden. 'Wat is er? Ben je gewond?'

Alexi kromp op zijn zij ineen op de grond. 'Ik ben gevallen. Hard. Op een slagboom. Daarna op het beton. Toen ik vluchtte voor de ogenman. Het is erger geworden, het afgelopen halfuur. Ik geloof niet dat ik het huis nog kan halen.'

'Waar is hij? Waar is de ogenman?'

'Dat weet ik niet. Ik heb hem afgeschud. Maar hij heeft Gavril vermoord. Heeft zijn hoofd ingeslagen met een steen en alles geënsceneerd alsof het een ongeluk was. Ik heb de steen weer op zijn plaats gelegd om de verdenking op hem te laden. Daarna heb ik Gavrils paard meegenomen. Mijn eigen paard is dood. Nu moet je teruggaan naar het huis. De ogenman weet misschien dat we in het Maset zitten.'

'Hoe kan hij dat nou weten? Dat is onmogelijk.'

'Nee. Niet onmogelijk. Hij kan het van Gavril hebben gehoord. Die idioot was ons gevolgd. De ogenman is hem tegen het lijf gelopen. Maar dat heb ik je al verteld. Ik ben te moe om mezelf te herhalen. Luister, Damo, laat mij hier achter. Neem het paard. Ga terug naar het Maset. Haal Yola en kom met haar hierheen. Morgen, als het beter met me gaat, zal ik je laten zien waar de profetieën zijn.'

'De profetieën. Heb je ze gezien?'

'Schiet op, Damo. Neem het paard en ga Yola halen. De profetieën doen er niet meer toe. Snap je dat niet? Het zijn maar woorden. Ze zijn geen mensenleven waard.'

49

Bale had het kapotte luik gevonden – het kapotte luik dat je bij een oud huis altijd kon vinden, als je maar het geduld had ernaar te zoeken. Hij wrikte het voorzichtig open. Toen stak hij zijn mes in het kromgetrokken kozijn en bewoog het heen en weer. Met een geluid dat aan het schudden van een pak kaarten deed denken ging het raam open.

Bale verstarde en luisterde. In het huis was het doodstil. Bale liet zijn ogen even aan het donker van de kamer wennen. Toen hij weer kon zien, keek hij om zich heen. Het stonk naar uitgedroogde dode knaagdieren en het stof dat zich in jaren van verwaarlozing had verzameld.

Hij sloop naar de gang en toen in de richting van de keuken. Daar had hij de olielamp en kaarsen zien branden. Vreemd dat er geen stemmen klonken. Uit ervaring wist Bale dat mensen bijna altijd praatten in verlaten huizen; dat was een manier om de geesten op afstand te houden. Het doorbreken van de stilte.

Hij kwam bij de keukendeur en keek naar binnen. Niets. Zijn neusvleugels trilden. Soep. Hij rook soep. Dan was in elk geval het meisje hier. Was ze misschien even naar buiten gegaan om haar behoefte in de natuur te doen? In dat geval had hij heel veel geluk gehad dat hij haar niet tegen het lijf was gelopen, met het risico dat hij haar in het donker was kwijtgeraakt.

Of misschien had ze hem gehoord? Sabir gewaarschuwd? Dan lagen ze nu mogelijk ergens in het huis in een hinderlaag. Bale glimlachte. Dat zou alles wat spannender en amusanter maken.

'Je soep kookt over.' Zijn stem weerklonk door het huis als door een kathedraal.

Was er een geritsel geweest in de verste hoek van de salon? Daar, achter de sofa? Waar de oude, versleten gordijnen laag neerhingen? Bale pakte de ene van twee bronzen snuisterijen op en smeet die tegen de voordeur. Het gekletter klonk buitensporig hard in de stille kamer.

Een gestalte schoot achter de sofa vandaan en begon paniekerig aan de luiken te wrikken. Bale pakte het tweede bronzen beeldje en slingerde het naar de man of vrouw. Er klonk een kreet en de gestalte viel.

Bale bleef waar hij was; hij luisterde en ademde alleen door zijn mond. Had er nog iemand anders een geluid gemaakt? Of was alleen die ene persoon in het huis? Het meisje. Hij voelde nu dat het het meisje was geweest.

Hij ging de keuken weer in en haalde de olielamp. Met de lamp voor zich uit liep hij naar het grote raam met de gesloten luiken toe. Het meisje lag op haar zij op de grond. Had hij haar gedood? Dat zou slecht uitkomen. Hij had het bronzen beeldje inderdaad zo hard gegooid als hij maar kon. Want het had Sabir kunnen zijn. Hij kon zich niet veroorloven in dit late stadium van het spel risico's te nemen.

Toen hij zich naar haar bukte, glipte het meisje onder zijn handen weg en rende in paniek de gang in.

Had ze hem horen inbreken? Ging ze naar het raam aan de achterkant? Bale rende in de tegenovergestelde richting. Hij sprintte de voordeur uit en maakte een bocht naar links, om het huis heen.

Toen hij het raam naderde, ging hij langzamer lopen. Ja. Daar was haar voet. Nu trok ze zichzelf erdoorheen.

Bale tilde haar met geweld uit het raam en liet haar op de grond vallen. Hij gaf haar een pets om de oren en ze bleef stil liggen. Bale richtte zich op en luisterde. Niets. Geen enkel geluid. Ze was alleen geweest in het huis.

Hij bukte zich om haar te fouilleren en tussen haar benen te betasten op zoek naar een mes of een ander verborgen wapen. Toen hij zeker wist dat ze ongewapend was, tilde hij haar op, hing haar als een zak meel over zijn schouders en nam haar mee naar de woonkamer.

50

Bale nam wat soep. Allemachtig, wat was dat lekker! Het was het eerste wat hij in twaalf uur at. Hij voelde dat de voedzame bouillon hem nieuwe kracht gaf en zijn energie aanvulde.

Hij dronk ook een beetje wijn en at wat brood. Maar het brood bleek oud en hij moest het in de soep dopen om het eetbaar te maken. Nou ja. Je kon niet alles hebben.

'Begin je al moe te worden, schat?' Hij wierp een blik op het meisje.

Ze stond midden in de kamer op een kruk met drie poten, met een broodzak over haar hoofd en met haar hals door een strop gestoken die Bale had gemaakt van een leren lasso. De kruk was net breed genoeg om redelijk op te kunnen staan, maar ze was duidelijk verzwakt door de klap tegen haar hoofd en af en toe stond ze gevaarlijk te zwaaien en gaf alleen het touw haar enige steun.

'Waarom doe je dit? Ik heb niets wat jij wilt hebben. Ik weet niets wat jij wilt weten.'

Zojuist had Bale de luiken van de salon en de voordeur van het Maset opengezet. Ook had hij kaarsen en olielampen om de kruk gezet, zodat het meisje als het ware in de schijnwerpers stond, van een afstand van vijftig meter zichtbaar vanuit alle richtingen behalve het noorden.

Nu leunde hij naar achteren alsof hij op een divan zat, de steelpan met soep op zijn schoot. De contouren van zijn lichaam gingen schuil in het duister buiten de kring van kaarslicht, ruimschoots buiten het gezichtsveld van iemand die door de open ramen of voordeur naar binnen zou kijken. Rechts van hem lag de Redhawk, de kolf voor het grijpen.

Hij had de driepotige kruk gekozen omdat één schot van de Redhawk dan voldoende zou zijn om te zorgen dat het meisje in de lucht zou bungelen. Hij hoefde maar één poot van de kruk kapot te schieten. Dan zou ze weliswaar een paar minuten trappen en schokken, want de val zou bij lange na niet groot genoeg zijn om haar nek te breken, maar uiteindelijk zou ze stikken, en terwijl Sabir en de zigeuner zich inspanden om haar leven te redden, zou Bale ruim de tijd hebben om zich door het raam aan de achterkant uit de voeten te maken.

Dit alles zou uiteraard niet nodig zijn als Sabir bereid was een compromis te sluiten. En Bale hoopte dat de aanblik van het meisje zou helpen hem te doordringen van de noodzaak daartoe. Een eenvoudige overdracht van de profetieën zou voldoende zijn. Dan zou Bale vertrekken. Sabir en de zigeuner mochten die arme meid hebben. Graag zelfs. Bale brak nooit zijn woord als hij een afspraak maakte.

In het onwaarschijnlijke geval dat ze achter hem aan kwamen, zou hij hen doden – maar hij was er honderd procent zeker van dat Sabir overstag zou gaan. Wat had hij te verliezen? Een beetje geld en wat vluchtige roem. En te winnen? Alles.

51

'Vertel me nog eens hoe laat hij weg is gegaan.'

Yola kreunde. Ze stond al ruim een uur op de kruk en haar blouse was doordrenkt van het zweet. Haar benen voelden aan alsof ze onder de krioelende parasieten zaten, die op en neer liepen over haar dijen en kuiten en onderweg aan haar knaagden. Haar handen waren achter haar rug gebonden, en dus kon ze haar steeds breder wordende slingerbewegingen alleen onder controle houden door haar kin te gebruiken. Als ze voelde dat ze opzij ging zwaaien, klemde ze het touw stevig met de onderkant van haar kaak tegen haar schouder, in het vertrouwen dat de spanning die op de lasso stond haar overeind zou houden.

Ze vroeg zich al een tijdje af of het misschien een goed idee zou zijn om de proef op de som te nemen en zichzelf opzettelijk te laten vallen. Het was duidelijk dat hij op Sabir en Alexi wachtte. Maar als zij er niet waren om haar te zien stikken, zou de ogenman haar dan snel optillen en redden? En haar tijdelijk de strop afdoen, terwijl ze bijkwam, voordat hij haar opnieuw op de kruk zette? Zou zijn aandacht even verslappen? Het zou haar enige kans op ontsnapping zijn. Maar ze zou wel een ontzaglijk risico nemen.

Misschien zou hij met plezier toekijken hoe ze stierf? Daarna kon hij haar weer ophijsen en van een afstand zou niemand beseffen dat ze al dood was.

'Ik vroeg je iets. Hoe laat is Sabir weggegaan?'

'Ik heb geen horloge. Ik weet niet hoe laat het was.'

'Hoe lang duurde het voordat de schemering inviel?'

Yola wilde hem niet ergeren. Hij had haar al een keer geslagen, nadat hij haar uit het raam had getrokken. Ze was bang voor hem. Bang voor waar hij toe in staat was. Bang dat hij zich zou herinneren waar hij bij hun eerste confrontatie mee had gedreigd en dat dreigement zou herhalen, gewoon omdat hij dat leuk vond. Ze wist zeker dat de informatie die ze hem gaf alleen bevestigde wat hij al wist. Dat er niets nieuws aan was, niets wat Alexi's en Damo's overlevingskans kleiner maakte. 'Ongeveer een uur. Ik heb hem weggestuurd om weer een paard te gaan vangen. Het was de bedoeling dat hij te paard naar Alexi ging zoeken.'

'En je denkt dat Alexi hiernaartoe komt?'

'Ja. Dat weet ik zeker.'

'En Alexi kent de weg in de moerassen? Goed genoeg om het huis in het donker te kunnen vinden?'

'Ja. Hij kent de moerassen goed.'

Bale knikte. Dat was hem al gebleken. Als Alexi de weg niet had gekend en maar wat had gedaan, zou Bale hem te pakken hebben gekregen. Als hij niet op de hoogte was geweest van het veer, zou deze hele poppenkast niet nodig zijn geweest. Dan had Bale de profetieën naar madame zijn moeder kunnen brengen en was hij als een held binnengehaald. Het Corpus Maleficus zou hem hebben geëerd. Misschien zou hij wel persoonlijk de taak hebben gekregen de volgende antichrist te beschermen. Of de toekomstige ouders van de nieuwe messias uit te schakelen vóórdat die zelfs maar geboren was. Bale was goed in dat soort dingen. Hij was een methodisch denker. Als je hem een doel gaf, werkte hij daar gestaag en onverdroten naartoe, net als hij in de afgelopen weken had gedaan met de profetieën.

'Ga je ze vermoorden?'

Bale keek op. 'Sorry. Wat zei je?'

'Ik vroeg of je ze gaat vermoorden.'

Bale glimlachte. 'Misschien. Misschien ook niet. Dat hangt helemaal af van hun reactie op het beeld dat ik heb gecreëerd, van jou bungelend aan een touw. Het is te hopen voor jou dat ze precies begrijpen wat ik hun duidelijk wil maken met mijn theaterstukje. Dat ze zich uit vrije wil melden. Dat ze me niet dwingen een van de poten van die kruk kapot te schieten.'

'Waarom doe je dit allemaal?'

'Wat allemaal?'

'Je snapt wel wat ik bedoel. Mensen martelen. Achtervolgen. Doden.'

Bale snoof geamuseerd. 'Omdat het mijn plicht is dat te doen. Dat heb ik gezworen. Het zal je absoluut niet interesseren en het heeft voor jou geen enkel belang, maar in de dertiende eeuw heeft mijn familie en de broederschap waar die toe behoort een taak gekregen van koning Lodewijk IX van Frankrijk.' Bale sloeg een omgekeerd kruis, dat bij zijn schaamstreek begon en achter zijn hoofd eindigde. 'Ik heb het over Lodewijk de Heilige, *Rex Francorum et Rex Christianissimus*, plaatsvervanger van God op aarde.' Hij liet het teken van het omgekeerde kruis volgen door dat van een zeszijdige amulet, opnieuw van beneden naar boven. 'De taak die hij ons opdroeg zou voorgoed de onze blijven en bestond heel eenvoudig uit het beschermen van het Franse volk tegen de machinaties van de duivel – of Satan, Azazel, Typhon, Ahriman, Angra Mainyu, Asmodai, Lucifer, Belial, Beëlzebub, Iblis, Shaitan, Alichino, Barbariccia, Calcobrina, Cagnazzo, Ciriato Sannuto, Draghignazzo, Farfarello, Grafficane, Libicocco, Rubicante, Scarmiglione, of hoe allerlei domme mensen hem ook maar noemen. Deze verplichting hebben we negen eeuwen lang vervuld, vaak ten koste van ons leven. En we zullen die blijven vervullen tot Ragnarök, het einde der tijden en de komst van Vidar en Vali.'

'Waarom hebben we jullie nodig om ons te beschermen?'

'Die vraag weiger ik te beantwoorden.'

'Waarom heb je dan mijn broer vermoord?'

'Hoe kom je erbij dat ik je broer heb vermoord?'

'Ze hebben hem hangend aan een beddenspiraal gevonden. Je had zijn wang opengesneden met een mes. Je had zijn nek gebroken.'

'Dat van het mes, dat gaatje in zijn wang, dat was ik, ja. Dat geef ik toe. Samana wilde maar niet begrijpen dat ik meende wat ik zei. Ik moest hem laten merken dat ik serieus was. Maar je broer heeft zelfmoord gepleegd.'

'Hoe dan? Dat kan helemaal niet.'

'Dat dacht ik ook. Maar ik had hem iets gevraagd – iets wat me rechtstreeks naar jou zou leiden. Ik denk dat hij diep in zijn hart besefte dat hij uiteindelijk zou praten. Dat doet iedereen. De menselijke geest kan zich niet voorstellen hoeveel mishandeling het menselijk lichaam kan doorstaan. De geest grijpt aanzienlijk eerder in dan nodig is. Hij gaat alles na wat hij weet en trekt te snel conclusies. Hij is zich er niet van bewust dat bijna alle lichaamsfuncties uiteindelijk weer kunnen terugkeren, behalve als er een vitaal orgaan wordt beschadigd. Maar de gedachte aan alle schade die wordt aangericht, werkt als een tijdelijke katalysator. De geest verliest de hoop, en op dat ogenblik – alleen op dat ogenblik – wordt de dood verkieslijk boven het leven. Dat is het cruciale moment voor de folteraar, als het keerpunt is bereikt.'

Bale boog zich in zijn enthousiasme naar voren. 'Ik heb hier min of meer een studie van gemaakt, weet je. De grootste folteraars – die van de inquisitie bijvoorbeeld, zoals de beul van Dreissigacker, of Heinrich Intitoris en Jacob Sprenger, of zelfs Chinese meesters als Zhou Xing en Suo Yuanli, die hun werk deden tijdens het bewind van Wu Zetian – brachten mensen keer op keer terug van de rand. Ik kan aan je houding zien dat je me niet gelooft. Hier, ik zal je iets voorlezen. Om de tijd te verdrijven, als het ware. Want het moet wel erg ongemakkelijk voor je zijn om je op die kruk in evenwicht te houden. Het komt uit een knipsel dat ik altijd bij me draag. Ik heb het voorgelezen aan veel van mijn...' Bale aarzelde, alsof hij op het punt had gestaan een minder gelukkig woord te gebruiken. 'Zullen we ze mijn cliënten noemen? Het gaat over de eerste man die ik noemde in mijn opsomming van folteraars. Hij werd de beul van Dreissigacker genoemd. Een ware expert in het toebrengen van pijn. Het zal indruk op je maken, dat beloof ik je.'

'Ik word misselijk van je. Kotsmisselijk. Ik wou dat je me nu meteen vermoordde.'

'Nee, nee. Dit moet je horen. Het is echt heel bijzonder.'

Er klonk het geluid van een vel papier dat glad werd gestreken. Yola probeerde haar oren te sluiten voor de stem van de ogenman, maar ze slaagde er alleen in het gebons van haar bloed door haar hoofd te versterken, zodat de stem van de ogenman juist intenser leek te worden, als het klappen van duizend handen.

'Je moet proberen je voor te stellen hoe het in 1631 was. De tijd van de katholieke inquisitie. Zo'n gedachtesprong is voor jou waarschijnlijk niet moeilijk, hè, met je hoofd in die zak? Een zwangere vrouw is net beschuldigd van hekserij door het kerkelijk gezag, een gezelschap mannen met zowel de godsdienstige als de wereldse wetten aan hun kant. Ze zal ondervraagd worden; een volkomen redelijke stap onder de omstandigheden, vind je niet? Het is de eerste dag van haar proces. Wat ik je nu ga voorlezen is de beschrijving die de grote humanist B. Emil König heeft gegeven van het officiële onderzoek van de inquisitie, in zijn geschrift met de pakkende titel: *Ausgeburten des Menschenwahns, im Spiegel der Hexenprozesse und der Auto da fé's: Historische Schandsaülen des Aberglaubens: Eine Geschichte des After- und Aberglaubens bis auf die Gegenwart.*

'Om te beginnen bond de beul de vrouw, die zwanger was, vast en legde haar op de pijnbank. Toen folterde hij haar tot ze verlangde naar de dood, maar hij had geen erbarmen. Toen ze niet bekende, werd de marteling herhaald. Daarna bond de beul haar handen bijeen, knipte haar haar af, goot brandewijn over haar hoofd en stak die aan. Ook legde hij zwavel in haar oksels en verbrandde die. Daarna werden haar handen achter haar rug bijeengebonden en werd ze opgehesen naar het plafond, waarna hij haar abrupt liet vallen. Dit ophijsen en laten vallen werd een paar uur lang herhaald, totdat de beul en zijn assistenten gingen eten. Toen ze terugkwamen, bond de meester-beul haar voeten en handen op haar rug; er werd brandewijn over haar rug gegoten en die werd aangestoken. Toen werden er zware gewichten op haar rug gelegd en werd ze opgehesen. Daarna werd ze weer op de pijnbank gelegd. Er werd een plank met spijkers op haar rug gelegd en ze werd opnieuw opgehesen naar het plafond. De meester bond haar voeten weer bij elkaar en hing er een blok van vijftig pond aan, waardoor ze dacht dat haar hart uit elkaar zou barsten. Dat bleek onvoldoende; daarom maakte de meester haar voeten los en klemde haar benen in een bankschroef, die hij aandraaide tot het bloed er bij haar tenen uitstroomde. Dit was nog niet voldoende; daarom werd ze opnieuw op diverse manieren gerekt en gekweld. Nu begon de beul van Dreissigacker aan de derdegraadsmarteling. Terwijl hij haar op de bank legde, zei hij: "Ik hou je hier niet voor een, twee, drie, niet voor acht dagen, noch voor een paar weken, maar voor een halfjaar of een jaar, voor je hele leven, totdat je bekent; en als je niet bekent, zal ik je dood martelen en zul je alsnog worden verbrand." De schoonzoon van de beul hees haar bij haar handen op naar het plafond. De beul van Dreissigacker geselde haar met een rijzweep. Ze werd in een bankschroef gezet waar ze zes uur bleef. Daarna werd ze opnieuw genadeloos gegeseld. Dit alles werd op de eerste dag gedaan.'

Het was stil in de kamer. Buiten ruiste de wind door de bomen. Ergens ver weg riep een uil, en zijn roep werd beantwoord uit een van de schuren, dichter bij het huis.

Bale schraapte zijn keel. Er was het geluid van papier dat werd opgevouwen. 'Ik heb me in je broer vergist. Ik besefte niet hoe dol hij op jou was. Hoe bang hij was zijn gezicht te verliezen binnen zijn gemeenschap. Er zijn maar weinig mensen die nog het geluk hebben een gemeenschap te kennen, snap je. De meesten hebben alleen zichzelf om aan te denken, of hun naaste familie. Dan zijn rationalisaties mogelijk, wordt het verleidelijk iets van jezelf door de vingers te zien. Maar als er een grotere gemeenschap in het spel is, gaan er andere factoren meespelen. Martelaarschap is een optie. Mensen zijn bereid te sterven voor een ideaal. Je broer was zo'n idealist, op zijn eigen manier. Hij heeft de positie waarin ik hem had vastgebonden en de werking van de zwaartekracht gebruikt om zijn eigen nek te breken. Ik had nooit eerder zoiets gezien. Het was zeer indrukwekkend. Aan het eind van de eerste dag van haar ondervraging zou de vanzelfsprekend onschuldige vrouw van wie ik je de beproevingen zojuist heb beschreven ongetwijfeld bereid zijn geweest haar ziel aan de duivel te verkopen in ruil voor het eenvoudige geheim van hoe ze haar leven kon beëindigen.' Bale keek even naar Yola's staande gestalte. 'Eén op een miljoen mensen zou in staat zijn tot zo'n indrukwekkende lichamelijke prestatie: zichzelf de dood verschaffen terwijl hij op zo'n manier is vastgebonden. En jouw broer was zo iemand. Ik zal hem nooit vergeten. Is dat een antwoord op je vraag?'

Yola stond zwijgend op de kruk. Door de zak was de houding van haar hoofd niet goed te zien en was het onmogelijk te bepalen wat ze dacht.

52

'Ik laat je niet achter. Als je overeind komt en tegen me aan leunt, probeer ik je op het paard te duwen. In het Maset kun je rusten. Yola heeft soep gemaakt.'

'Damo. Je luistert niet naar me.'

'Ik luister wel, Alexi. Maar ik geloof niet dat de ogenman een soort superman is. Er is een goede kans dat Gavril gewoon van zijn paard is gevallen en dat hij per ongeluk met zijn hoofd op die steen terecht is gekomen.'

'Hij had striemen rond zijn polsen en enkels.'

'Wat had hij?'

'De ogenman heeft hem vastgebonden voordat hij zijn hoofd heeft ingeslagen. Hij heeft hem pijn gedaan. Tenminste, dat was mijn indruk. De politie zal beseffen wat er gebeurd is, ook al geloof je me niet.'

'Sinds wanneer ben jij zo'n fan van de politie, Alexi?'

'De politie houdt zich met feiten bezig. Soms zijn feiten goed. Zelfs ik ben niet zo onwetend dat ik dat niet besef.' Met Sabirs hulp hees Alexi zich weer in het zadel. Hij hing vermoeid over de nek van het paard naar voren. 'Ik weet niet wat jou de laatste tijd bezielt, Damo. Het lijkt wel alsof de profetieën je onder hypnose houden. Ik wou dat ik ze niet gevonden had. Dan zou je weer eens aan je broer en zus denken.'

Sabir voerde de ruin mee in de richting van het huis. Zijn hoeven maakten een hamerend geluid in het met dauw doordrenkte zand. Behalve dat en het gezoem van muggen hing de stilte van het moeras als een mantel om de mannen heen.

Alexi vloekte gelaten. Hij stak een hand uit en raakte Sabirs schouder even aan. 'Het spijt me, Damo. Van wat ik net zei. Ik ben moe. En ik heb pijn. Als er iets met me gebeurt, wil ik natuurlijk dat jij weet waar de profetieën begraven zijn.'

'Er zal je niets gebeuren, Alexi. Je bent nu veilig. En laat die profetieën maar barsten.'

Alexi duwde zich overeind. 'Nee. Dit is belangrijk. Ik had die dingen niet tegen je moeten zeggen, Damo. Maar ik zit in angst om Yola. Daardoor misdraagt mijn tong zich. Wij zigeuners hebben een gezegde: "Iedereen ziet alleen zijn eigen maaltijd".'

'Dus nu zie je Yola als maaltijd?'

Alexi zuchtte. 'Je begrijpt me met opzet verkeerd, Damo. Misschien snap je deze uitdrukking beter: "Als je voedsel krijgt, eet dan. Als je geslagen wordt, ren dan weg".'

'Ik snap wat je bedoelt, Alexi. Ik begrijp je niet opzettelijk verkeerd.'

'De gedachte dat haar akelige dingen kunnen overkomen maakt me misselijk van angst, Damo. Ik droom zelfs van haar, dat ik haar weghaal uit verdorven plekken. Of uit drijfzand en modderpoelen die me haar proberen af te nemen. Dromen zijn belangrijk, Damo. De gemeenschap van de Manouches heeft altijd geloofd in de *cacipen*, de waarheid van dromen.'

'Er zal haar niets akeligs overkomen.'

'Damo, luister naar me. Luister goed, of ik schijt op je hoofd.'

'Wacht, ik weet het al. Dat is natuurlijk ook weer zo'n uitdrukking van jullie.'

Alexi keek strak naar Sabirs nek. Hij deed zijn uiterste best niet flauw te vallen. 'Als je de profetieën wilt gaan halen, moet je naar de plek gaan waar ik Gavril heb gevonden. Te paard twintig minuten ten noorden van het veer. Net voordat je bij de Panperdu komt. Er staat een cabane van de gardians. Met de achterkant naar het noorden, als bescherming tegen de mistral. Je kunt hem niet missen. Hij heeft een rieten dak, een witgepleisterde kap over de nok en een schoorsteen. Geen ramen. Alleen een deur. Met een paal om paarden aan vast te leggen aan de voorkant en een uitkijktoren erachter, waar de gardians op kunnen klimmen om ver uit te kijken over de moerassen.'

'En volgens jou zal het binnenkort een "plaats delict" zijn. Waar het wemelt van de politie met hun speurhonden, metaaldetectoren en plastic overalls.'

'Dat geeft niet. Je hoeft niet gezien te worden als je de profetieën gaat halen.'

'Hoezo niet?'

'Je kunt jezelf verschuilen. Stel je voor dat je bij de cabane staat en naar het zuiden kijkt. Daar zie je één cipres, die apart staat van het bosje vlakbij. Vlak achter die boom liggen de profetieën begraven, ruim een halve meter van de stam. Niet diep. Daar was ik al te veel voor verzwakt. Maar diep genoeg. Je zult wel zien dat de aarde is omgewoeld.'

'Maar daar zullen ze vergaan. Bij de eerste de beste regenbui. Ze zullen onleesbaar worden. Dan is dit allemaal voor niets geweest.'

'Nee, Damo. Ze zitten in een koker van bamboe. De koker is in het midden afgesloten met harde was. Of hars. Zoiets. Er kan geen water in komen.'

Voor hen uit hinnikte plotseling een onbekend paard. Het geluid weerklonk over het moeras als een klaagzang voor de doden. Hun eigen paard wilde antwoord geven, maar Sabirs overlevingsinstinct zorgde ervoor dat hij de neusgaten van de ruin precies dichtdrukte toen het dier wilde inademen. Hij stond met de neus van de ruin onder zijn arm geklemd te luisteren.

'Ik heb het je toch gezegd?' fluisterde Alexi. 'Het is de ogenman. Ik heb je verteld dat hij Gavril heeft gemarteld. Hem de locatie van het Maset heeft ontfutseld.'

'Ik zie licht schijnen door de bomen. Waarom zou de ogenman zoveel licht maken? Dat is niet logisch. Het is waarschijnlijker dat Yola bezoek heeft van een paar vriendinnen uit het stadje. Iedereen kent deze plek, dat heb je me zelf verteld.' Ondanks zijn schijnbare gerustheid trok Sabir zijn overhemd uit en wikkelde het stevig om de neus van de ruin. Toen voerde hij hem mee door het wilgenbosje en verder naar de achterkant van de stal. 'Kijk. De ramen en deuren staan wijd open. Het huis is verlicht als een kathedraal. Is Yola gek geworden? Misschien wilde ze dat we het huis uit de verte konden zien, als oriëntatiepunt?'

'Het is de ogenman. Ik zeg het je, Damo. Luister alsjeblieft naar me. Ga niet rechtstreeks op het licht af. Je moet het huis eerst aan de buitenkant inspecteren. Misschien heeft Yola kans gezien om weg te lopen? Anders is ze daarbinnen met hem.'

Sabir keek op naar Alexi. 'Meen je dat?'

'Je hebt zijn paard gehoord.'

'Dat zou elk willekeurig paard kunnen zijn.'

'Alleen dat van Gavril en dat van de ogenman waren over. Ik heb dat van Gavril. Het derde paard is dood. De paarden kennen elkaar, Damo. Ze herkennen het geluid van elkaars hoeven en elkaars gehinnik. En er zijn geen andere paarden binnen een halve kilometer omtrek.'

Sabir knoopte de teugels aan een struik. 'Je hebt me overtuigd, Alexi. Wacht hier en beweeg je niet. Ik ga het huis verkennen.'

53

'Wat ben je aan het verbranden? Ik ruik dat er iets brandt.' Yola draaide haar gezicht instinctief weg van het licht en naar het donker achter haar.

'Niets aan de hand. Ik steek het huis niet in brand. En ik ben ook niet bezig de marteltang heet te stoken, als een soort beul van Dreissigacker. Ik ben alleen een kurk aan het verschroeien. Om mijn gezicht zwart te maken.'

Yola voelde dat ze de uitputting gevaarlijk nabij was. Ze wist niet hoeveel langer ze kon blijven staan. 'Ik ga vallen.'

'Nee hoor.'

'Alsjeblieft, je moet me helpen.'

'Als je me dat nog een keer vraagt, slijp ik een punt aan een bezemsteel en steek ik die in je reet. Dan blijf je wel rechtop staan.'

Yola liet haar hoofd hangen. Je kon geen vat op deze man krijgen. Haar hele leven had ze mannen kunnen manipuleren en daardoor overheersen. Zigeunermannen waren een gemakkelijke prooi. Als je maar met genoeg overtuigingskracht zei wat je te zeggen had, gaven ze meestal toe. Ze waren goed opgevoed door hun moeders. Maar deze man was koud. Niet ontvankelijk voor het vrouwelijke. Yola concludeerde dat er een heel slechte vrouw in zijn leven moest zijn door wie hij zo geworden was.

'Waarom heb je een hekel aan vrouwen?'

'Ik heb geen hekel aan vrouwen. Ik heb een hekel aan iedereen die me in de weg loopt.'

'Als je een moeder hebt, zal ze zich wel voor je schamen.'

'Madame mijn moeder is heel trots op me. Dat heeft ze me zelf verteld.'

'Dan moet zij ook slecht zijn.'

Even viel er een diepe stilte. Daarna beweging. Yola vroeg zich af of ze nu echt te ver was gegaan. Of hij op haar afkwam om het haar betaald te zetten.

Maar Bale zette alleen de rest van de soep weg om meer bewegingsvrij-

heid te hebben. 'Als je nog iets zegt, gesel ik de achterkant van je benen met mijn riem.'
'Dan zien Alexi en Damo je.'
'Wat kan mij dat schelen. Ze hebben geen pistool.'
'Maar wel messen. Alexi is de beste messenwerper die ik ken.'
In de verte hinnikte een paard. Bale aarzelde even en luisterde ingespannen. Toen hij er zeker van was dat het zijn eigen paard was geweest en dat er geen antwoord kwam, hervatte hij hun gesprek. 'Hij heeft Sabir gemist. Die keer op de open plek.'
'Heb je dat gezien?'
'Ik zie alles.'
Yola vroeg zich af of ze hem zou vertellen dat Alexi opzettelijk had gemist. Maar toen bedacht ze dat het wel goed was als hij zijn tegenstanders bleef onderschatten. Zelfs het kleinste detail kon genoeg zijn om Alexi of Damo het cruciale voordeel te geven. 'Waarom wil je die geschriften hebben? Die profetieën?'
Bale zweeg nadenkend. Yola verwachtte dat hij haar vraag zou negeren, maar plotseling leek hij tot een beslissing te komen. Daardoor was er een minieme verandering in de toon van zijn stem. Dankzij de broodzak over haar hoofd, waardoor ze zich in claustrofobische afzondering bevond, was Yola zeer gevoelig geworden voor elke nuance in de stem van de ogenman, en daardoor wist ze op dat ogenblik volkomen zeker dat hij van plan was haar te doden, hoe de onderhandelingen ook zouden verlopen.
'Ik wil de geschriften hebben omdat ze vertellen wat er gaat gebeuren. Belangrijke gebeurtenissen. Gebeurtenissen die de wereld zullen veranderen. De man die ze heeft geschreven, heeft het al vaak bij het rechte eind gehad. Er zitten codes en geheimen verborgen in wat hij schrijft. Mijn collega's en ik weten hoe we die codes moeten breken. We proberen al eeuwen om de verdwenen profetieën in handen te krijgen. We hebben talloze malen een vals spoor gevolgd. Dankzij jou en je broer zitten we deze keer eindelijk goed.'
'Als ik die profetieën had, zou ik ze vernietigen.'
'Maar je hebt ze niet. En straks ben je dood. Dus voor jou doet het er allemaal weinig meer toe.'

54

Sabir lag op zijn buik aan de rand van het bosje te kijken. Zijn ontzetting over de situatie groeide in zijn lijf als een kankergezwel.

Yola stond op een kruk met drie poten. Ze had een broodzak over haar hoofd en een strop om haar nek. Sabir wist zeker dat het Yola was; dat zag hij aan haar kleren en hoorde hij aan het timbre van haar stem. Ze praatte tegen iemand en die persoon gaf antwoord – een diepere, meer dominante klank. De stem ging niet op en neer, zoals die van een vrouw, maar was vlak, eentonig. Als een priester die de liturgie voordroeg.

Je hoefde geen genie te zijn om te begrijpen dat de ogenman Yola op die kruk had gezet als lokaas voor Alexi en hemzelf. En ook niet om te beseffen dat ze er onmiddellijk geweest zouden zijn als ze zich vertoonden, en Yola ook. Het feit dat de ogenman dan en passant de beste kans zou verspelen die hij ooit had gehad om te ontdekken waar de profetieën waren, was een van die pijnlijke tegenstrijdigheden van het leven.

Sabir nam een besluit. Hij scharrelde door het kreupelhout terug naar Alexi. Deze keer zou hij niet naar binnen blunderen en ieders leven op het spel zetten. Deze keer zou hij zijn hersens gebruiken.

55

Toen Macrons mobieltje ging, was hij drie onwillige *gitans* aan het verhoren, die net die ochtend vlak bij Perpignan de Catalaanse grens waren overgestoken. Ze hadden duidelijk nog nooit van Sabir, Alexi of Yola gehoord en zagen er geen been in dat luid te verkondigen. Een van hen voelde Macrons slecht verborgen vijandigheid en deed zelfs alsof hij hem wilde afweren met zijn onderarm, alsof Macron het 'boze oog' had. Macron zou de belediging normaal gesproken misschien hebben genegeerd. Nu reageerde hij kwaad; de bijgelovige overtuigingen van zijn moeder, waarmee hij was grootgebracht, borrelden ongevraagd naar boven door het meestal zo kalme oppervlak van zijn eigen bewustzijn.

Het punt was dat hij mismoedig en afgepeigerd was. Al zijn verwondingen leken samengesmolten te zijn tot één allesomvattende pijn, en tot overmaat van ramp leek Calque een van de nieuwe rechercheurs geschikter te vinden om een belangrijke rol te spelen in het onderzoek. Macron voelde zich vernederd en geïsoleerd. Des te meer omdat hij zichzelf als een jongen van hier beschouwde, terwijl de zes pandores die Calque uit Marseille had laten komen – nota bene de plaats waar hij was opgegroeid – hem desondanks als een paria behandelden. Als een zeeman die overboord is gesprongen en haastig naar de vijand zwemt in de hoop zich te kunnen overgeven in ruil voor een voorkeursbehandeling. Als een Parijzenaar.

'Hallo?'

Vijfhonderd meter van het Maset knikte Sabir dankbaar naar de automobilist die hem zijn telefoontje had geleend. Vijf minuten eerder was hij, theatraal met zijn armen zwaaiend, voor de auto van de man gesprongen. Zelfs toen was de man nog niet gestopt, maar had zijn stuur omgegooid en was half over de harde berm verder gereden, zodat hij Sabir op een haar na miste. Vijftig meter verderop was hij van gedachten veranderd en alsnog gestopt, ongetwijfeld met het idee dat er ergens in het moeras een ongeluk gebeurd moest zijn. Sabir kon het hem niet kwalijk nemen. In zijn paniek had hij helemaal vergeten dat zijn overhemd nog om de neus van de ruin gewikkeld zat; hij moest een angstwekkende aanblik hebben geboden, zoals hij op een landweggetje ineens uit het struikgewas was komen springen, halfnaakt en in het pikkedonker.

'Met Sabir.'
'Dat meen je niet.'
'Met wie spreek ik?'
'Inspecteur Macron. De assistent van hoofdinspecteur Calque. We hebben elkaar helaas nog niet ontmoet, maar ik weet alles van je af. Jullie hebben ons zo ongeveer heel Frankrijk door gestuurd, jij en je twee magiers.'
'Geef me Calque. Ik moet hem spreken. Dringend.'
'Meneer Calque is mensen aan het verhoren. Vertel me waar je bent, dan sturen we een verlengde limousine om je op te halen. Hoe vind je dat? En dat is nog maar het begin.'
'Ik weet waar de ogenman is.'
'Wat?'
'Hij houdt zich schuil in een huis, niet ver van waar ik nu ben. Hij heeft een gijzelaar, Yola Samana. Hij heeft haar op een kruk gezet met een strop om haar hals. Ze is verlicht als een kathedraal met schijnwerpers erop. Vermoedelijk verbergt de ogenman zich in het donker met een pistool en wacht hij tot Alexi en ik ons laten zien. Wat betreft wapens: Alexi en ik hebben samen precies één mes. We maken geen enkele kans. Als die fantastische hoofdinspecteur Calque van u een peloton CRS kan sturen en als hij me kan garanderen dat zijn prioriteit Yola's veiligheid is – en niet het gevangennemen van de ogenman – dan zal ik u vertellen waar ik ben. Zo niet, dan kunnen jullie allebei de pot op. Dan ga ik zelf naar binnen.'
'Stop, stop. Wacht. Ben je nog steeds in de Camargue?'
'Ja. Dat wil ik u wel vertellen. Is het afgesproken? Anders zet ik deze telefoon nu uit.'
'Het is afgesproken. Ik ga Calque halen. Er staan permanent agenten van de CRS paraat in Marseille. Die kunnen onmiddellijk ingezet worden. Per helikopter, als dat nodig is. Dat kost hoogstens een uur.'
'Te lang.'
'Minder. Minder dan een uur. Als je nauwkeurig kunt zijn over de locatie. Geef me een precieze aanduiding op een kaart. De CRS zal moeten uitzoeken waar ze een helikopter kunnen laten landen zonder dat hun

aanwezigheid wordt opgemerkt. Daarna moeten ze het huis te voet naderen.'

'Misschien heeft de man van wie ik de telefoon heb geleend een kaart. Ga Calque halen. Ik blijf aan de lijn.'

'Nee. Nee. We mogen niet riskeren dat je batterij leeg raakt. Ik heb je nummer. Als ik bij Calque ben, bel ik je terug. Zorg dat je dan een locatie voor me hebt.'

Terwijl Macron naar de plek rende waar hij wist dat Calque was, scrolde hij al naar beneden naar het nummer van hun hoofdkwartier in Parijs. 'André. Paul hier. Ik heb een mobiel nummer voor je. We hebben onmiddellijk een gps-bepaling nodig. Het is dringend. Code een.'

'Code een? Dat meen je niet.'

'Het gaat om een gijzeling. De man die de gijzelaar vasthoudt heeft de bewaker in Rocamadour vermoord. Zorg voor die gps-bepaling. We zitten in de Camargue. Als dat apparaat van je met een ander deel van Frankrijk aankomt, heb je last van storing of een defect. Geef me de exacte locatie van dat mobieltje. Tot op vijf meter nauwkeurig. En binnen de vijf minuten. Ik mag dit niet verkloten.'

Binnen een halve minuut nadat Macron hem de situatie had uitgelegd, had Calque Marseille aan de telefoon.

'Dit is zeer urgent, code een. Ik zal mezelf identificeren.' Hij las het nummer op zijn legitimatiebewijs voor. 'Als u mijn naam intikt in de computer, krijgt u een wachtwoord van tien tekens te zien. Dit is het: HKL481GYP7. Hebt u dat? Komt het overeen met de code in de nationale database? Ja? Mooi zo. Geef me dan onmiddellijk uw baas.'

Calque voerde een intensief telefoongesprek van vijf minuten. Daarna wendde hij zich tot Macron.

'Heeft Parijs zich al bij je gemeld met de plaatsbepaling van Sabirs mobieltje?'

'Ja, meneer.'

'Bel hem dan terug. Vergelijk je gegevens met de locatie die hij je geeft.'

Macron belde Sabir. 'Heb je een exacte locatie voor ons? Ja? Kom maar op.' Hij maakte een aantekening in zijn opschrijfboekje, rende naar Calque en duwde het onder zijn neus.

'Ze komen overeen. Zeg hem dat hij precies op de plek waar hij nu is op jou moet wachten. Zorg dat je ter plaatse komt en bel me op dit nummer om door te geven hoe de situatie is.' Hij krabbelde een nummer op

Macrons notitieblok. 'Dat is het nummer van de plaatselijke gendarmerie. Van daaruit zal ik zorgen voor de coördinatie tussen Parijs, Marseille en Les Saintes-Maries. Ik heb uit betrouwbare bron vernomen dat het minstens vijftig minuten kost om de CRS ter plaatse te krijgen. Jij kunt in een halfuur bij het Maset zijn. In vijfentwintig minuten zelfs. Zorg dat Sabir en de zigeuner niet in paniek raken en geen overhaaste dingen doen. Als het erop lijkt dat het meisje in acuut gevaar is, treed dan op. Zo niet, hou je gedeisd. Heb je je pistool?'

'Ja, meneer.'

'Neem de rechercheurs mee die je kunt vinden. Als je niemand kunt vinden, ga dan alleen. Ik zal ze achter je aan sturen.'

'Ja, meneer.'

'En Macron?'

'Ja?'

'Geen nodeloze heroïek. Er staan levens op het spel.'

56

Het revolutionaire idee kwam bij Macron op toen hij zes minuten onderweg was. Het leek zo eenvoudig – en zo logisch – dat hij sterk de neiging had de auto aan de kant te zetten om er wat dieper over na te denken.

Waarom zou hij niet een keer buiten de lijntjes denken en zelf initiatief nemen? Waarom zou hij niet profiteren van het feit dat de ogenman niet op de hoogte was van de geheime connectie tussen Sabir en de politie? Dat was het enige voordeel dat ze op hem hadden. Hij zou alleen Sabir en de zigeuner verwachten als redders van het meisje. Waarom zou hij daar geen gebruik van maken door een verrassingsaanval te doen?

Macron was in de loop van zijn carrière slechts eenmaal aanwezig geweest bij een grootschalige actie van de politie. Hij was destijds net twintig geweest en had zes dagen eerder zijn politie-examen gehaald. Buren hadden gemeld dat ze een man zijn vrouw met een vuurwapen hadden zien bedreigen. Een gebouw in het dertiende arrondissement was omsingeld. Niemand had meer aan Macron gedacht. Zijn mentor binnen het korps was een getraind onderhandelaar en er werd op het laatste moment een beroep op hem gedaan om de situatie te redden. Macron had gevraagd of hij mee mocht komen als toeschouwer. De man had ja gezegd. Zolang hij maar niet in de weg liep.

Na vijf minuten waren de onderhandelingen afgebroken. De vrouw had iets tegen haar man gezegd waardoor hij door het lint was gegaan. Hij had haar doodgeschoten, de onderhandelaar doodgeschoten en daarna zichzelf doodgeschoten.

Het was de eerste keer dat Macron de intrinsieke feilbaarheid had gezien en begrepen van het politieapparaat, dat niet sterker was dan de radertjes waaruit het bestond. Als een van de radertjes een tandje oversloeg, kon de hele machinerie naar de filistijnen gaan. Sneller dan de Titanic.

Hij had die mentor graag gemogen en had op hem gerekend om hem te begeleiden en verder te helpen met zijn carrière. Tot hij niet langer een groentje was.

Na die actie had er opnieuw niemand aan hem gedacht. Hij was in de steek gelaten. Geen mentoren meer. Geen helpende handen om hem de glibberige paal op te duwen. En nu gebeurde het opnieuw. De rechercheurs uit Marseille zouden zijn zaak overnemen. Zich bij Calque inlikken. Macron op een zijspoor zetten. Alle eer opstrijken die hém toekwam.

De ogenman had hem schade toegebracht. Een keer persoonlijk, op de helling bij Montserrat, en een keer als gevolg van het ongeluk op de weg naar Millau. En nu zat de man als een gemakkelijk doelwit in een gedeeltelijk verlichte kamer en verwachtte dat hij voor de derde keer de dienst kon uitmaken.

Maar Macron zou de spaak in zijn wiel zijn. Hij had een pistool. Hij had het cruciale voordeel van de verrassing. De ogenman had zichzelf tot een weerloos slachtoffer gemaakt. Wie zou er na een chaotische schietpartij kunnen reconstrueren wat er precies was gebeurd?

Als hij de ogenman doodde, zou zijn carrière gemaakt zijn. Hij zou voorgoed de man blijven die de zaak van de dode zigeuner in Parijs had opgelost. De zigeuner deed niet ter zake, natuurlijk. Maar bewakers stonden bijna gelijk aan politieagenten – tenminste, zodra ze werden vermoord. Macron kon zich de afgunst van zijn collega's al voorstellen, en de bewondering van zijn verloofde, het schoorvoetende respect van zijn altijd zo afstandelijke vader en de triomfantelijke genoegdoening van zijn onder de duim gehouden moeder, die lang en hard had gestreden voor zijn recht om de bakkerij te verlaten en naar de politieacademie te gaan.

Ja. Dit was het. Dit zou het moment van de waarheid worden voor Paul Eric Macron.

57

Sabir stond langs de kant van de weg, zoals afgesproken. Macron herkende hem onmiddellijk van de foto die hij op zijn mobieltje had. Sabir was intussen afgevallen, en hij was iets kwijtgeraakt van het brallerige zelfvertrouwen dat hij uitstraalde op de omslagfoto die ze hadden gedownload van de website van zijn agent. Nu was zijn gezicht bleek in het onnatuurlijke licht van de koplampen van de stationair draaiende Simca; een vliegveldgezicht, het gezicht van een man die eindeloos onderweg is.

De idioot had zelfs een bloot bovenlijf. Waarom was de automobilist gestopt? Als Macron een gewone burger was geweest en midden op een verlaten weg, in de schemering, een halfnaakte man was tegengekomen, zou hij snel zijn doorgereden en had hij hem overgelaten aan de volgende malloot. Of hij had de politie gebeld. Hij zou nooit het risico hebben genomen te stoppen en beroofd te worden van zijn geld of zijn auto. Mensen gedroegen zich soms eigenaardig.

Macron stopte naast de Simca en zocht met zijn blik de weg af naar valstrikken. Zo langzamerhand achtte hij de ogenman tot alles in staat. Zelfs tot het opzetten van een hinderlaag met Sabir als het aas, om een politieman te kunnen gijzelen. 'Zijn jullie alleen? Niemand behalve jullie tweeen? Waar is die andere zigeuner?'

'Bedoelt u Alexi? Alexi Dufontaine? Hij is gewond. Ik heb hem bij het paard achtergelaten.'

'Het paard?'

'We kwamen te paard aan. Alexi althans.'

Macron zoog wat lucht tussen zijn voortanden door. 'En u, monsieur. U besloot deze man uw telefoon te laten gebruiken?'

De boer knikte. 'Ja. Ja. Hij stond midden op de weg met zijn armen omhoog. Ik reed hem bijna aan. Hij zei dat hij de politie moest bellen. Bent u van de politie? Wat is hier aan de hand?'

Macron liet de man zijn legitimatie zien. 'Ik ga uw naam en adres noteren in mijn mobieltje en een foto van u nemen. Met uw toestemming, uiteraard. Dan mag u gaan. Als dat nodig is, nemen we later contact met u op.'

'Wat gebeurt hier precies?'

'Uw naam, meneer?'

Toen de formaliteiten waren afgehandeld, keken Sabir en Macron de Simca na, die verdween in het donker.

Sabir wendde zich tot de politieman. 'Wanneer komt meneer Calque?'

'Meneer Calque komt niet. Hij coördineert de operatie vanuit de gendarmerie in Les Saintes-Maries. De CRS is over twee uur hier.'

'Dat meent u niet, verdomme! Binnen het uur, zei u. Jullie zijn niet goed bij je hoofd. De ogenman dwingt Yola al god weet hoelang om op een kruk te staan met een strop om haar hals en een zak over haar hoofd. Ze moet doodsangsten uitstaan. Ze zal vallen. We hebben een ambulance nodig. Medisch personeel. Een helikopter, verdomme!'

'Kalmeer een beetje, Sabir. In Marseille heeft zich een crisissituatie voorgedaan. De CRS-eenheid waar we normaal gesproken een beroep op zouden doen voor dit soort operaties heeft haar handen vol aan andere zaken. We hebben ons tot Montpellier moeten wenden. Er moest toestemming gegeven worden. Er moesten identiteiten worden gecheckt. Die tijd komt er allemaal nog bij.' Macron was verbaasd over het gemak waarmee deze leugens van zijn lippen rolden.

'Wat doen we dan? Wachten, verder niets? Zo lang zal ze het niet volhouden. En Alexi ook niet. Hij zal doordraaien en naar binnen denderen. En ik ook. Als hij gaat, ga ik mee.'

'Vergeet dat maar.' Macron klopte op taillehoogte tegen zijn jack, vlak boven zijn heup. 'Ik heb een pistool. Als dat nodig is, zet ik jullie met handboeien aan mijn auto vast en laat ik jullie hier achter voor mijn collega's. Jij wordt nog steeds gezocht wegens moord. En ik heb redenen om te vermoeden dat je metgezellen – Dufontaine en het meisje – dat huis illegaal hebben gebruikt. Heb je enig idee van wie het eigenlijk is? Of hebben jullie op de bonnefooi huisoppas gespeeld?'

Sabir negeerde hem. Hij wees naar het pad dat naar het Maset liep. 'Wanneer komt de versterking van hier uit de buurt? Jullie moeten ophouden met zeiken, het huis omsingelen en onmiddellijk contact leggen met de ogenman. Hoe sneller jullie hem onder druk gaan zetten, des te beter. Maak hem duidelijk dat hij er niets bij zal winnen als hij Yola kwaad doet. Dat was de afspraak die we hadden. De afspraak die ik met uw baas heb gemaakt.'

'Mijn versterking uit de buurt is over een kwartier hier. Hoogstens twintig minuten. Ze weten precies waar ze moeten zijn en wat ze moeten doen. Laat me de situatie zien, Sabir. Leg me precies uit in wat voor wespennest jullie je hebben gestoken. Dan zullen we kijken wat we kunnen doen om jullie eruit te halen.'

58

Macron had besloten wat hij ging doen. Het was absurd eenvoudig. Hij had de buitenkant van het huis verkend en de indeling was hem volkomen duidelijk. Aan de achterkant stond een raam open. Hij zou wachten tot Sabir en Alexi zich hadden laten zien en dan zou hij erdoor naar binnen klimmen. Eventueel geluid dat hij maakte zou worden gemaskeerd door de stemmen van de mannen, en bovendien zou de ogenman al zijn aandacht bij hen hebben. Zodra hij de ogenman duidelijk in zicht had, zou hij hem uitschakelen; een schot in de rechterschouder zou voldoende moeten zijn.

Want Macron wilde hem voor het gerecht hebben. Het zou niet volstaan de ogenman simpelweg dood te schieten; de smeerlap moest lijden. Net zoals hijzelf leed, met de pijn in zijn voeten. En zijn rug. En zijn nek. En de spier net boven zijn bil die een klap had gekregen van de autostoel en sinds het ongeluk onophoudelijk trok, vooral als hij in slaap probeerde te vallen.

Hij wilde dat de ogenman alle kleine vernederingen van een bureaucratische procedure zou ondergaan die hij, Macron, moest ondergaan in zijn positie als beginnend politiefunctionaris. Alle onoverkomelijke hindernissen, alle roddels en de zogenaamd onbedoeld kwetsende opmerkingen. Hij wilde dat de ogenman dertig jaar lang zou wegrotten in een cel van twee bij drie en eruit zou komen als een oude man, zonder vrienden, zonder toekomst en met een ondermijnde gezondheid.

Sabir bleek toch de waarheid te hebben verteld. Dit was inderdaad een crisissituatie. Het meisje was duidelijk aan het einde van haar Latijn. Ze stond heen en weer te zwaaien als een lappenpop. Ze kon het onmogelijk nog vijfentwintig minuten volhouden, de tijd die de agenten van de CRS nodig hadden om een helikopter op anderhalve kilometer van het Maset aan de grond te zetten – zodat de ogenman het niet hoorde – en daarna haastig hun post in te nemen.

Dit was zijn verantwoordelijkheid geworden. Hij was de man ter plaatse. Enige aarzeling van zijn kant zou tot een tragedie leiden.

Macron ging gehurkt naast Sabir en Alexi zitten. Hij controleerde of zijn pistool geladen was en genoot van het gevoel van macht dat hem dat over de andere twee mannen gaf. 'Geef me drie minuten om aan de achterkant van het huis te komen en laat je dan zien. Maar kom niet binnen het bereik van de ogenman. Blijf in de buurt van de bomen en maak hem gek. Lok hem naar buiten. Ik wil hem in silhouet tegen de deuropening zien.'

'Als u hem ziet, schakelt u hem dan uit? Zult u niet aarzelen? De man is een psychopaat. Hij zal er geen enkele moeite mee hebben Yola te doden. God weet wat hij haar nu al heeft aangedaan.'

'Ik zal schieten. Dat heb ik eerder gedaan. Het zou niet de eerste keer zijn. Ons deel van Parijs is geen kinderbewaarplaats. Er zijn vrijwel dagelijks schietpartijen.'

Om de een of andere reden klonken Macrons woorden niet overtuigend; Sabir kon zich er niet toe zetten er volledig in te geloven. De bezieling van de man had iets onechts. Alsof hij een burger was die toevallig in een grootschalige operatie van de politie terecht was gekomen en voor de vuist weg had besloten zich uit te geven voor politieman en mee te doen. 'Weet u zeker dat meneer Calque hiermee instemt?'

'Ik heb hem net aan de lijn gehad. Ik heb hem uitgelegd dat langer wachten fataal zou kunnen zijn. Mijn versterking is er pas over ruim een kwartier. In die tijd kan er van alles gebeuren. Doe je mee of niet?'

'Ik vind dat we eropaf moeten.' Alexi duwde zich overeind tot hij op zijn knieën zat. 'Moet je haar zien. Ik kan dit niet langer aanzien.'

Alexi's woorden en de noodsituatie waarin ze zich bevonden, deden Sabir besluiten zijn bedenkingen terzijde te schuiven. 'Goed dan. We doen wat u hebt gezegd.'

'Drie minuten. Geef me drie minuten.' Macron glipte door het struikgewas naar de achterkant van het Maset.

59

Zodra hij Sabirs stem hoorde, spoot Bale ogenblikkelijk met de brandblusser de kaarsen en olielampen uit die om Yola heen stonden. Hij had de blusser ontdekt toen hij de soep uit de keuken haalde en had meteen bedacht hoe hij die kon gebruiken. Nu kneep hij zijn ogen dicht en wachtte tot ze aan het donker gewend waren.
 'Wat was dat? Wat heb je gedaan? Waarom is het licht uit?' riep Yola in paniek.
 'Ik ben blij dat je eindelijk bent komen opdagen, Sabir. Het meisje heeft al geklaagd dat haar benen moe zijn. Heb je de profetieën bij je? Zo niet, dan hangt ze.'
 'Ja. Ja. We hebben de profetieën. Ik heb ze bij me.'
 'Breng ze hierheen.'
 'Nee. Laat eerst het meisje gaan. Dan krijg je ze.'
 Bale schopte met een achterwaartse beweging van zijn been de kruk weg. 'Ze hangt. Ik heb je gewaarschuwd. Je hebt ongeveer een halve minuut voordat haar luchtpijp wordt dichtgedrukt. Daarna kun je nog een tracheotomie toepassen. Ik wil je zelfs wel een potlood lenen om haar keel te doorboren.'
 Sabir voelde meer dan hij zag dat Alexi langs hem glipte. Vijf seconden eerder had de man nog op zijn knieën gelegen. Nu stormde hij recht naar de ingang van het Maset.
 'Alexi! Nee! Hij zal je doodschieten.'
 Er kwam een lichtflits van binnen. Alexi's rennende gestalte werd kort verlicht. Toen viel de duisternis weer.
 Sabir holde achter Alexi aan. Het gaf niet dat hij zou sterven. Hij moest Yola redden. Alexi had hem te schande gemaakt door als eerste naar binnen te rennen. Nu was hij waarschijnlijk dood.
 Onder het lopen trok hij het knipmes uit zijn zak en klapte het open. Er kwamen nog een paar lichtflitsen uit het Maset. O god.

Zodra hij Sabirs stem hoorde, dook Macron door het raam aan de achterkant het Maset in. Hij zou zich oriënteren bij het licht in de voorkamer; dat zou voldoende moeten zijn. Maar terwijl hij naar de gang liep, werd het plotseling donker.

Bales stem klonk links van de open deur. Nu bewoog hij door de kamer. Macron kon net een donkerder silhouet onderscheiden, dat afstak tegen het zwakke licht dat van buiten kwam.

Hij schoot lukraak en hoopte bij God dat hij het meisje niet had geraakt. De plotselinge lichtflits was net genoeg om de barricade van stoelen en tafels te zien die Bale in de gang had gebouwd. Macron struikelde over de eerste stoel en viel. In slow motion keerde hij zich op zijn rug en probeerde vertwijfeld de troep van zich af te trappen, maar hij slaagde er alleen in dieper weg te zinken in het moeras van houten latten.

Hij had zijn pistool nog in zijn hand. Maar intussen lag hij op zijn rug als een omgeslagen kakkerlak. Hij schoot in het wilde weg over zijn hoofd in de hoop Bale te dwingen laag te blijven totdat hij zichzelf kon bevrijden.

Het werkte niet.

Het laatste wat Macron voelde, was dat Bale zijn knie op de hand zette waarin Macron zijn wapen had, zijn mond openwrikte en de loop van een wapen langs de dikke barrière van zijn tong wrong.

Nadat hij de kruk omver had geschopt, was Bale onmiddellijk bij het meisje weggelopen. In het legioen had hij geleerd dat hij in een vuurgevecht nooit te lang op één plek moest blijven staan. Zijn drilmeester had er bij hem ingehamerd dat je je over een slagveld beweegt in een reeks van spurts die vier seconden duren, op de maat van een innerlijk ritme dat je blijft herhalen in je hoofd: je rent – ze zien je – ze laden door – je laat je vallen. Die aloude methode redde zijn leven.

Macrons snelle schot ging door Bales hals, doorboorde zijn monnikskapspier, miste op een haar na zijn sleutelbeenslagader en verbrijzelde zijn sleutelbeen. Bale voelde zijn linkerhand en -arm meteen gevoelloos worden.

Hij keerde zich naar het gevaar en hief zijn revolver.

Er klonk een kabaal toen degene die aan de achterkant binnen was gekomen op zijn barricade stuitte. Toen sloeg er een tweede kogel in het plafond boven Bales hoofd, zodat het pleisterwerk op hem neerregende.

Terwijl de adrenaline door zijn lijf gierde, stormde Bale naar de schutter. Bij de flits van het schot had hij het silhouet van de man gezien. Hij wist waar zijn hoofd was. Wist hoe hopeloos hij zichzelf had verstrikt in de barricade. Wist waar hij zijn pistool instinctief op zou richten.

Hij pinde de hand waarin de man zijn pistool had vast met zijn knie. Wrikte zijn mond open met de loop van de Redhawk. En schoot.

Politie. Het moest de politie zijn. Wie zou er anders een pistool hebben?

Met zijn arm bungelend langs zijn zijde rende Bale naar het raam aan de achterkant. Burgerkleding. De man was in burgerkleding, niet in uniform. Dus was het geen bestorming.

Hij liet zichzelf achterwaarts door het raam zakken en viel vloekend op de grond. Het bloed stroomde over zijn overhemd. Als de kogel zijn halsslagader had geraakt, was hij er geweest.

Toen hij het Maset uit was, rende hij naar rechts, naar het bosje waar hij het paard had achtergelaten.

Geen andere uitweg. Geen andere keuze.

60

Alexi tilde Yola op, zodat al haar gewicht in zijn armen rustte. Daarmee beschermde hij haar tegen de zekere dood die haar eigen lichaamsgewicht haar anders zou bezorgen.

Sabir tastte in het donker boven haar hoofd totdat hij het touw vond. Toen volgde hij dat met zijn vingers naar beneden tot hij de strop los kon trekken, die strak om haar keel zat. Ze ademde een lange, ratelende teug lucht in, het tegenovergestelde van doodsgereutel. Dit was het geluid van leven dat terugkwam. Van het lichaam dat zich herstelt na een groot trauma.

Waar was Bale? En Macron? Ze hadden elkaar toch zeker niet doodgeschoten? Ergens verwachtte Sabir nog steeds een vierde kogel.

Hij hielp Alexi om Yola op de grond te leggen. Hij voelde de warmte van haar ademhaling tegen zijn hand en hoorde Alexi snikken van pijn.

Alexi ging bij haar liggen en hield Yola's hoofd tegen zijn borst.

Sabir vond op de tast zijn weg naar de open haard. Hij herinnerde zich dat hij links daarvan een doosje lucifers had zien liggen, vlak bij de vuurtang. Hij voelde rond tot hij ze had gevonden. Intussen luisterde hij ingespannen of hij iets vreemds hoorde in het huis. Maar het was doodstil. Alleen het gemompel van Alexi doorbrak de stilte.

Sabir gooide een brandende lucifer in de haard. Die kwam flakkerend tot leven. Bij het licht daarvan kon hij de rest van de kamer zien. Er was verder niemand.

Hij liep naar de omgevallen kruk, droogde een paar kaarsen af en stak ze aan. Over de muren boven hem speelden schaduwen. Hij moest zijn best doen zijn paniek te onderdrukken en niet in volle vaart de kamer uit te rennen naar de lokkende duisternis buiten. 'Laten we haar bij het vuur leggen. Ze is doorweekt. Ik ga een deken en wat handdoeken uit een van de slaapkamers halen.'

Sabir had zo langzamerhand een aardig idee van wat hij in de gang zou vinden. Rond de kruk had veel bloed op de grond gelegen. Dikke druppels. Alsof de ogenman in een slagader was geraakt. Hij volgde het spoor totdat hij bij de wirwar aan stoelen kwam, met Macrons lichaam erin.

De bovenkant van zijn hoofd was weggeblazen. Er hing een huidflap over zijn ene resterende oog. Kokhalzend wrikte Sabir het pistool uit Macrons hand. Met afgewende blik zocht hij op de tast naar het mobieltje waarvan hij wist dat het in de zak van Macrons blouson zat. Hij kwam overeind en liep verder door de gang. Peinzend stond hij een tijdje te kijken naar het verse bloedspoor dat over het kozijn van het open raam liep.

Toen liep hij met een blik op het verlichte schermpje van de telefoon de eerste de beste slaapkamer in op zoek naar dekens.

61

'Geef die maar aan mij.' Calque stak zijn hand uit om Macrons pistool aan te nemen.

Sabir gaf het hem. 'Elke keer dat we elkaar ontmoeten, geef ik u een vuurwapen.'

'Het mobieltje ook.'

Calque stak het pistool en de telefoon in zijn zakken en liep naar de gang. Hij riep over zijn schouder: 'Kan de stroom hier weer worden aangesloten? Laat iemand het elektriciteitsbedrijf bellen. Of zet een generator neer. Ik zie geen hand voor ogen.' Hij stond even over de dode Macron gebogen en liet het licht van zijn zaklantaarn spelen over wat er resteerde van het gezicht van zijn assistent.

Sabir kwam achter hem aan lopen.

'Nee. Hou afstand. Dit is nu een plaats delict. Ik wil dat uw vrienden bij de haard blijven tot de ambulance komt. Ze mogen hun handen niet wassen. Nergens doorheen lopen. Niets aanraken. En u komt mee naar buiten. U hebt iets uit te leggen.'

Sabir liep achter Calque aan de voordeur uit. Buiten werden schijnwerpers neergezet, zodat de omgeving iets kreeg van een overdekt sportstadion met alle lampen aan.

'Ik vind het heel erg. Van uw assistent.'

Calque keek naar de bomen om hen heen en ademde diep in. Hij zocht in zijn zakken naar een sigaret. Toen hij die niet kon vinden keek hij een ogenblik diepbedroefd, alsof hij rouwde om het gebrek aan een sigaret en niet om zijn partner. 'Het is raar. Ik mocht de man niet eens. Maar nu hij dood is mis ik hem. Wat hij ook geweest mag zijn, wat hij ook gedaan mag hebben, hij was van mij. Begrijpt u? Mijn probleem.' Calques gezicht was een star masker. Ondoorgrondelijk. Onbenaderbaar.

Een man van de CRS die langsliep en Calque naar een sigaret zag zoeken, bood hem er een aan. Calques ogen vlamden kwaad op bij het licht van de aansteker – een kwaadheid die net zo snel weer doofde. Toen de man Calques uitdrukking zag, salueerde hij gegeneerd en liep verder.

Sabir haalde zijn schouders op in een vergeefse poging het effect van wat hij ging zeggen te matigen. 'Macron heeft het op eigen houtje gedaan, hè? Uw mensen waren hier tien minuten nadat hij naar binnen was gegaan. Eigenlijk had hij zeker moeten wachten? Hij heeft ons verteld dat het twee uur zou duren voordat de scherpschutters kwamen. Dat ze uit Montpellier moesten komen en niet uit Marseille. Dat was gelogen, hè?'

Calque keerde zich om en trapte in dezelfde vloeiende beweging zijn net opgestoken sigaret uit. 'Het meisje leeft nog. Mijn assistent heeft haar leven gered ten koste van het zijne.' Hij keek Sabir dreigend aan. 'Hij heeft de ogenman verwond. De man rijdt nu te paard, hevig bloedend, door een gebied dat wordt begrensd door twee nauwelijks gebruikte wegen en een rivier. Als het licht wordt, zal hij opvallen als een mier op een wit vel papier. We zullen hem te pakken krijgen, ofwel vanuit de lucht ofwel doordat het net op het land steeds strakker wordt aangehaald. Het gebied is al voor negentig procent afgesloten. Binnen een uur zal dat honderd procent zijn.'

'Dat weet ik, maar...'

'Mijn assistent is dood, monsieur Sabir. Hij heeft zichzelf opgeofferd voor u en het meisje. Morgenochtend vroeg moet ik zijn familie gaan uitleggen wat er is gebeurd. Hoe dit in godsnaam onder mijn verantwoordelijkheid heeft kunnen gebeuren. Hoe ik het heb kunnen laten gebeuren. Weet u zeker dat u hem goed hebt verstaan? Over Montpellier, bedoel ik? En over die twee uur?'

Sabir keek Calque lang aan. Toen liet hij zijn blik weer naar het huis dwalen. De sirene van een naderende ambulance sneed als een klaagzang door de nacht.

'U hebt gelijk, meneer Calque. Ik ben een domme yank. Mijn Frans is een beetje gebrekkig. Montpellier. Marseille. Voor mij klinkt het allemaal hetzelfde.'

62

'Ik ga niet naar het ziekenhuis. En Alexi ook niet.' Yola keek Sabir behoedzaam aan. Ze wist niet precies hoe ver ze bij hem kon gaan, tot hoe diep in zijn vezels hij een gadje was. Ze had hem apart genomen om hem dit te vertellen. Maar nu was ze bang dat hij door zijn gekwetste mannelijke trots moeilijker te overtuigen zou zijn.

'Hoe bedoel je? Je bent op een haar na gewurgd.' Sabir schoof zijn ene hand in de andere en maakte een draaiende beweging. 'En Alexi is van zijn paard gevallen op een stalen slagboom en een betonnen vloer. Hij zou inwendige verwondingen kunnen hebben. Jij moet een check-up krijgen en hij moet naar de intensive care. In een ziekenhuis. Niet in een woonwagen.'

Yola veranderde bewust van toon om gebruik te maken van haar vrouwelijkheid, van de genegenheid die Sabir voor haar voelde. Zijn ontvankelijkheid voor het feminiene. 'Er is een man in Les Saintes-Maries. Een *curandero*. Een van onze mensen. Hij zal beter voor ons zorgen dan enige gadje-dokter kan doen.'

'Ik snap het al. Hij is je neef. En hij gebruikt planten.'

'Hij is de neef van mijn vader. En hij gebruikt niet alleen planten. Hij gebruikt de cacipen. Hij kent geneeswijzen die in dromen aan hem zijn doorgegeven.'

'O. Nou. Dat is dan mooi.' Sabir keek toe hoe een vrouw in een plastic overall het interieur van het Maset fotografeerde. 'Even voor de goede orde: je wilt dat ik Calque overhaal jullie door die man te laten behandelen? Om Alexi uit handen van de snijders te houden? Is dat het?'

Yola nam een besluit. 'Je hebt de politieman nog niet verteld over Gavril, hè?'

Sabir bloosde. 'Ik dacht dat Alexi gewond was. Ik wist niet dat hij je zo snel op de hoogte had gebracht.'

'Alexi vertelt me alles.'

Sabir liet zijn blik over Yola's rechterschouder dwalen. 'Nou, Calque heeft al genoeg aan zijn hoofd. Gavril kan wachten. Hij loopt niet weg.'

'Calque zal het je kwalijk nemen dat je dat voor hem hebt verzwegen. Dat weet je. Hij zal het Alexi ook kwalijk nemen als hij ontdekt wie het lijk heeft gevonden.'

Sabir haalde zijn schouders op. 'Misschien wel. Maar waarom zou hij dat ontdekken? Wij zijn de enige drie die weten wat Alexi heeft gevonden. En ik weet verdomd zeker dat Alexi het hem niet zal vertellen. Je weet hoe hij over de politie denkt.'

Yola zette een paar stappen, totdat ze midden in Sabirs blikveld stond. 'Je hebt het hem niet verteld omdat je eerst de profetieën wilt gaan halen.'

Een vlaag van heilige verontwaardiging kreeg de overhand over Sabirs ingebakken zelfbeheersing. 'Wat is daar verkeerd aan? Het zou waanzin zijn om ze in dit stadium nog kwijt te raken.'

'Dat kan wel zijn, maar toch moet je het de politieman vertellen, Damo. Ga het hem meteen zeggen. Gavril heeft een moeder. Een goede vrouw. Zij kan er niets aan doen dat haar zoon slecht was. Wat hij ook was en wat hij ook heeft gedaan, hij mag daar niet langer blijven liggen zonder dat er iemand om hem rouwt, als een dood beest. De Manouches geloven dat de misstappen die iemand begaat teniet worden gedaan als die persoon sterft. Voor ons is er geen hel. Geen akelige plek waar mensen naartoe gaan na hun dood. Gavril was een van ons. Het zou niet juist zijn. Als jij het vertelt, zal ik de profetieën voor je ophalen. In het geheim. Terwijl de politieman jou en Alexi in de gaten houdt.'

Sabir maakte een ongelovige beweging met zijn hoofd. 'Je bent gek, Yola. De ogenman loopt nog steeds vrij rond. Hoe kun je zoiets ook maar overwegen?'

Yola kwam een stap dichterbij. Ze drong zichzelf bewust aan Sabir op. Dat maakte het voor hem onmogelijk haar te negeren, haar af te doen als enkel een vrouw, die dat soort heldendaden beter aan mannen kon overlaten. 'Ik ken hem nu, Damo. De ogenman heeft vrijuit tegen me gesproken. Iets van zichzelf onthuld. Ik kan hem aan. Ik zal een geheim met me meedragen. Aan de curandero doorgegeven door de slangenvrouw, Lilith, vele moeders geleden, toen ze de uitverkorenen van onze familie het tweede gezicht gaf.'

'O, Yola, alsjeblieft. De dood is het enige wat de ogenman kan verslaan. Helderziendheid niet.'

'En de dood is wat ik mee zal dragen.'

63

De ruin was achteruitgedeinsd bij de geur van Bales bloed. Hij had zijn benen wijd gezet alsof hij niet wist welke kant hij op wilde. Toen Bale had geprobeerd hem te benaderen, had de ruin het hoofd verschrikt in de nek geworpen en aan de teugels getrokken, die in een bundeltje aan een boomtak waren gebonden. De teugels waren geknapt en de ruin was in paniek weggesprongen, had zich toen op zijn achterbenen omgedraaid en was angstig over het pad in de richting van de hoofdweg gegaloppeerd.

Bale wierp een blik achterom naar het huis. De ondraaglijke pijn in zijn nek en arm leek de geluiden van de nacht te overstemmen. Hij verloor veel bloed. Zonder het paard zouden ze hem binnen een uur te pakken hebben. Ze konden nu elk ogenblik hier zijn, met hun helikopters, hun schijnwerpers en hun nachtkijkers. Ze zouden hem bezoedelen. Hem bevlekken met hun vingers en hun handen.

Bale drukte met zijn rechterhand zijn linkerarm tegen zijn zij, zodat die niet kon slingeren, en deed het enige wat hij kon doen.

Hij keerde terug naar het Maset.

64

Sabir keek hoe Yola en Alexi in een politieauto werden afgevoerd. Dat was onderdeel van de deal die hij met tegenzin had gesloten met Calque, maar woorden als 'rat' en 'valstrik' bleven zich aan hem opdringen en zorgden ervoor dat hij geen enkele voldoening voelde over het sluiten van de overeenkomst.

Het enige wat hij had gehad om zich te verweren tegen Calques boosheid omdat hij had gezwegen over Gavril, was de inmiddels stilzwijgende afspraak dat hij zijn mond zou houden over Macrons overmatige dadendrang. Ironisch genoeg had hij de naam Macron niet meer durven noemen, uit angst dat hij Calque zo woedend zou maken dat die alle rationaliteit liet varen en dat hij, Sabir, uiteindelijk toch achter de tralies zou eindigen. Dus die onderhandelingstroef was minder dan niets waard gebleken.

Op deze manier bleef hij tenminste van nut voor de man en behield hij een zekere mate van bewegingsvrijheid. Als Yola deed wat ze gezegd had te gaan doen, zouden ze iedereen in elk geval een stap voor zijn. Te oordelen naar de hoeveelheden bloed in de woonkamer van het Maset kon het niet lang duren voordat de politie de ogenman had opgespoord en had gedood of in hechtenis genomen.

Calque wenkte Sabir met zijn vinger. 'Stap in.'

Sabir ging naast een agent van de CRS in een kogelvrij vest zitten. Hij glimlachte, maar de agent weigerde te reageren. De man was onderweg naar een potentiële plaats delict. Dit was geen moment voor vriendelijkheid.

Eigenlijk niet verrassend, bedacht Sabir; in bijna ieders ogen was hij nog steeds een verdachte. Niet direct de hoofdschuldige, maar wel de oorzaak van de gewelddadige dood van een collega.

Calque liet zich in de stoel naast de bestuurder zakken. 'Heb ik het goed begrepen? Ligt het lijk van La Roupie bij een cabane van de gardians, twintig minuten te paard ten noorden van het veer, net voordat je bij de Panperdu komt? Dat is toch wat u me hebt verteld? Daar hebt u het gevonden toen u op zoek was naar de zigeuner Dufontaine?'

'Alexi Dufontaine. Ja.'

'Hebt u een probleem met het woord zigeuner?'

'Als het op die manier wordt gebruikt wel, ja.'

Calque erkende de redelijkheid van Sabirs mening zonder de moeite te nemen zijn hoofd om te draaien. 'U bent loyaal aan uw vrienden, hè, monsieur Sabir?'

'Ze hebben mijn leven gered. Ze geloofden in me toen niemand anders dat deed. Ben ik loyaal aan hen? Ja. Verrast dat u? Dat bevreemdt me.'

Calque draaide zich om in zijn stoel. 'Ik vraag het u alleen omdat ik wat u me net hebt verteld over uw ontdekking van het lijk van La Roupie niet goed kan rijmen met wat u duidelijk hebt verklaard toen ik u eerder ondervroeg, namelijk dat u te voet op zoek bent gegaan naar Dufontaine. De afstanden die u moet hebben afgelegd komen me onrealistisch voor.'

Calque knikte naar de bestuurder, die de auto wegdraaide bij het Maset en het pad afreed. 'Doet u me een lol en werpt u alstublieft een blik op deze kaart. Dan kunt u het me vast wel uitleggen.'

Sabir pakte met een neutraal gezicht de kaart aan.

'De enige cabane die u kunt bedoelen is op de kaart gemarkeerd. Ik heb er een grote rode cirkel omheen gezet. Daar. Ziet u? Zijn we het eens dat dat de plek is?'

De CRS-agent met het strakke gezicht deed het binnenlicht aan, zodat Sabir de kaart beter kon zien.

Sabir wierp er een plichtmatige blik op. 'Ja. Dat lijkt me de juiste plaats.'

'Bent u een olympisch sprinter, monsieur Sabir?'

Sabir deed het binnenlicht weer uit. 'Meneer Calque, doet u me een plezier. Zeg me alstublieft wat u op uw hart hebt. Ik word gek van deze atmosfeer.'

Calque nam de kaart terug. Hij knikte naar de bestuurder, die de sirene aanzette. 'Ik heb u maar één ding te zeggen, monsieur Sabir. Als Dufontaine ervandoor gaat voordat ik de kans heb hem te ondervragen en een verklaring af te nemen, zal ik u en het meisje in plaats van hem vasthouden wegens uitlokking zolang ik dat noodzakelijk acht. Begrepen? Of zal ik de auto die uw twee zigeunervrienden naar de curandero in Les Saintes-Maries brengt nu meteen over de radio opdracht geven om te keren en terug te komen?'

65

Hoogstens drie minuten nadat het geluid van zijn laatste schot was weggestorven liet Bale zich voorzichtig weer door het raam aan de achterkant van het Maset naar binnen zakken. Tot nu toe ging alles goed. Er zou geen nieuw bloedspoor zijn om zijn positie te verraden. Hij had precies dezelfde weg terug genomen.

Maar nu moest hij voorzichtiger worden. Er kon elk moment zo ongeveer een heel leger arriveren, en dan zou het hier een gekkenhuis worden. Vóór die tijd moest hij een veilige plek vinden waar hij kon gaan liggen en zijn schouder kon verzorgen. Als hij bij het ochtendgloren in het open veld werd gesignaleerd, kon hij beter meteen het tijdelijke met het eeuwige verwisselen.

Met zijn linkerarm tegen zijn zij geklemd liep Bale een van de slaapkamers op de begane grond in. Hij stond op het punt de sprei van het bed te grissen om te proberen het bloeden te stelpen toen hij voetstappen hoorde naderen in de gang.

Bale keek radeloos om zich heen. Zijn ogen waren intussen aan het donker gewend en hij kon de contouren van de grote meubelstukken zien. Hij overwoog geen seconde een verrassingsaanval te ondernemen op degene die naderde. Zijn eerste zorg was nu uit handen van de politie te blijven. De rest kwam later.

Hij dook weg achter de slaapkamerdeur en trok die dicht tegen zich aan. Er kwam een man de slaapkamer binnen. Het was Sabir. Bales zintuigen waren zo gespitst dat hij hem bijna kon ruiken.

Hij hoorde Sabir rondrommelen. Haalde hij de dekens van het bed? Ja. Om het meisje toe te dekken, natuurlijk.

Nu was hij aan het bellen. Bale herkende het timbre van Sabirs stem. Het nonchalante, een tikje Noord-Amerikaanse Frans. Sabir praatte tegen een politieman. Legde uit wat er volgens hem was gebeurd. Vertelde hem over de dode.

Iemand die de 'ogenman' werd genoemd, was blijkbaar op de vlucht. De 'ogenman'? Bale grijnsde. Ach, in zekere zin zat er wel iets in. Het betekende in elk geval dat de politie zijn naam nog niet kende. En dat betekende weer dat het huis van madame zijn moeder misschien nog een veilig toevluchtsoord was. Het enige probleem was dat hij daar eerst moest zien te komen.

Sabir liep terug naar de deur waar Bale zich achter verschool. Een fractie van een seconde overwoog Bale de deur in zijn gezicht te slaan. Zelfs met één arm kon hij een man als Sabir gemakkelijk aan.

Maar hij was verzwakt door het bloedverlies uit de wond in zijn hals. En die zigeuner was er ook nog, degene die een paar seconden nadat Bale het meisje had laten bungelen het huis in was gesprint. Daar moest je lef voor hebben. Als die politieman in burger hem niet in de nek had geschoten, zou Bale de zigeuner ruim twintig meter voordat hij zijn doel had bereikt hebben omgelegd. De man moest verdomme wel een beschermengel hebben.

Bale wachtte tot het geluid van Sabirs voetstappen wegstierf in de gang; ja, daar was de verwachte aarzeling bij het lijk van de politieman. Daarna het geschuifel langs het meubilair. Sabir wilde natuurlijk niet in het bloed van de man stappen; hij was en bleef een gringo. Veel te teergevoelig.

Met ingehouden adem sloop Bale de gang in.

In de salon zag hij de rode gloed van het vuur in de haard dat begon op te laaien. Sabir stak nog een paar kaarsen aan. Mooi zo. Niemand zou Bale zien als hij buiten de directe lichtkring bleef.

Met zijn rug tegen de muur gedrukt liep Bale zijdelings naar de trap aan de achterkant. Hij bukte zich. Weer een meevaller. De treden waren van steen, niet van hout. Geen gekraak dus.

Met een tikje viel er een druppel bloed naast hem op de tree. Hij tastte ernaar en veegde het weg met zijn mouw. Hij kon maar beter opschieten, voordat hij een bloedspoor achterliet dat elke idioot kon volgen, zelfs een politieman.

Boven aan de trap besloot Bale dat het veilig genoeg was om zijn zaklantaarn te gebruiken. Hij schermde de lichtbundel met zijn vingers af en scheen de lang niet gebruikte gang in en daarna omhoog, over het plafond. Hij zocht een vliering of zolder.

Niets. Hij ging de eerste slaapkamer binnen. Overal troep. Wanneer hadden hier voor het laatst mensen gewoond? Het viel niet te zeggen.

Hij controleerde ook hier het plafond. Niets.

Twee slaapkamers verderop vond hij het: een zolderluik. Althans, een gat in het plafond met een plank eroverheen. Maar geen ladder.

Bale scheen met zijn lantaarn rond in de kamer. Er stond een stoel. Een kast. Een tafel. Een bed met een versleten, mottige sprei. Dat was genoeg.

Bale zette de stoel onder het luik. Hij knoopte de sprei aan de rugleuning van de stoel en het andere uiteinde aan zijn riem.

Hij probeerde of de stoel zijn gewicht zou houden. Dat ging goed.

Bale klom op de stoel en stak zijn goede arm omhoog naar het luik. Het zweet brak hem uit. Even voelde hij zich duizelig, alsof hij ging flauwvallen, maar hij weigerde die mogelijkheid te overwegen. Hij liet zijn arm zakken en ademde een paar keer diep in en uit totdat hij zich weer normaal voelde.

Bale besefte dat hij alles in één explosieve beweging zou moeten doen, omdat zijn krachten hem anders in de steek zouden laten en hij zijn doel niet zou bereiken.

Hij sloot zijn ogen en reguleerde bewust zijn ademhaling. Om te beginnen vertelde hij zijn lichaam dat alles goed was. Dat eventueel letsel dat het had opgelopen onbeduidend was. Niet de moeite waard om je slap door te voelen.

Toen hij voelde dat zijn hartslag weer vrijwel normaal was, stak hij zijn hand op, schoof de plank boven het gat naar links en haakte zijn goede arm over de rand. Hij zette zich af van de stoel en zwaaide zichzelf omhoog en opzij, waarbij zijn volledige lichaamsgewicht aan zijn goede arm hing. Hij zou maar één kans hebben. Het mocht niet misgaan.

Met een schaarbeweging werkte hij zichzelf naar boven, en hij zwaaide eerst het ene en daarna het andere been over de rand van de zoldervloer. Even bleef hij zo hangen, zijn slechte arm naar beneden bungelend, en zijn benen en de helft van zijn bovenlijf al opgeslokt door de ruimte. Door naar voren te trappen lukte het hem de achterkant van zijn rechterdij over de rand van het luikgat te werken.

De sprei hing nog steeds aan zijn riem en zat aan de stoel vast. Hij schoof stukje bij beetje verder de zolder op en verplaatste zijn volledige lichaamsgewicht naar zijn dijen.

Met één laatste draai slingerde hij zichzelf over de rand van het gat. Met zijn kiezen op elkaar lag hij in stilte te vloeken.

Toen hij zichzelf weer voldoende onder controle had, knoopte hij de sprei los van zijn riem en trok de stoel achter zich omhoog.

Eén afschuwelijk ogenblik dacht hij dat hij de grootte van de opening verkeerd had ingeschat en dat de stoel er niet door paste. Maar toen had hij hem. En als je niet wist dat hij in de kamer hoorde, zou je hem niet missen.

Hij scheen met zijn zaklantaarn op de vloer om te zien of er bloed was gevallen. Nee. Al het bloed was op de stoel terechtgekomen. En als er nog een paar druppels waren gevallen, zouden die de volgende ochtend zijn opgedroogd en dan vrijwel niet meer te onderscheiden zijn van al het vuil waar de eiken planken mee bedekt waren.

Bale schoof de plank weer over de luikopening, knoopte de sprei los van de stoel en zakte ineen.

66

Hij werd wakker met een afgrijselijke, zeurende pijn in zijn linkerschouder. Het daglicht vond door talloze toevallige kieren in het dak zijn weg naar binnen en er scheen een streep zonlicht recht in zijn gezicht.

Buiten hoorde hij stemmen – geschreeuw, bevelen –, geluiden van zware voorwerpen die werden opgehesen en startende motoren.

Bale kroop weg uit de zon, de sprei achter zich aan slepend. Hij zou iets aan zijn schouder moeten doen. De pijn van zijn verbrijzelde sleutelbeen was bijna ondraaglijk en hij wilde niet buiten bewustzijn raken en het risico lopen dat hij in een ijldroom iets zou roepen en de politie op de verdieping onder hem zou alarmeren.

Hij vond een afgelegen hoekje, uit de buurt van dozen en snuisterijen die misschien zouden verschuiven of omvallen als hij er per ongeluk tegen trapte. Het minste geluid – een onverwachte klap – en de vijand zou hem vinden.

Hij gebruikte de sprei om een soort kussen te maken, door hem onder zijn arm door te duwen en dan achterlangs over zijn schouderbladen te knopen. Daarna ging hij plat op zijn rug op de plankenvloer liggen, met zijn benen gestrekt en zijn armen langs zijn zijden.

Langzaam, geleidelijk, begon hij diep in te ademen, en bij elke inademing liet hij de woorden 'slaap, diepe slaap' door zijn hoofd weerklinken. Toen hij een geschikt ritme te pakken had, sperde Bale zijn ogen zo ver mogelijk open en rolde ze naar achteren, totdat hij naar een punt op het plafond ver achter zijn voorhoofd staarde. Met zijn ogen in die positie ging hij nog dieper ademhalen, en al die tijd handhaafde hij het ritme van zijn inwendige bezwering.

Toen hij merkte dat hij in een prehypnotische staat raakte, begon hij zichzelf bepaalde dingen in te fluisteren. Dingen als 'over dertig ademhalingen zul je in slaap vallen', gevolgd door 'over dertig ademhalingen zul je precies doen wat ik zeg', en daarna 'over dertig ademhalingen zul je geen pijn meer voelen', culminerend in 'over dertig ademhalingen zal je sleutelbeen zichzelf gaan genezen en je kracht zal terugkeren'.

Bale was maar al te goed op de hoogte van de potentiële tekortkomingen van zelfhypnose. Maar hij wist ook dat het de enige manier was waarop hij zijn lichaam onder controle kon krijgen en het terug kon brengen in een staat die grensde aan het functionele.

Om zonder eten en zonder medische verzorging te overleven op deze zolder, in elk geval de paar dagen dat het de politie zou kosten om hun onderzoek af te ronden, moest hij alle middelen inzetten om zijn krachten te behouden en te herwinnen, dat was zeker.

Het enige wat hij had was datgene waarmee hij was gekomen. Maar zijn krachten zouden met elk uur dat verstreek afnemen, totdat een infectie, een vergissing of een onbedoeld geluid hem fataal zou worden.

67

Gavril lag precies waar Alexi had gezegd dat hij zou liggen. Sabir keek een ogenblik doelloos in de richting van de bomen – ja, daar stond de eenzame cipres, exact zoals Alexi dat had beschreven. Maar de boom had net zo goed op Mars kunnen staan, zo weinig kon hij er op dit moment mee beginnen.

Calque leek er intens plezier aan te beleven zout in Sabirs wonden te wrijven. 'Is dit hoe u het zich van gistermiddag herinnert?'

Sabir vroeg zich af of het een idee zou zijn te vragen of hij even een plas mocht gaan doen. Maar het zou onder de omstandigheden misschien een beetje verdacht lijken als hij helemaal naar de bomen liep, vijftig meter verderop.

Toen duidelijk werd dat Sabir niet van plan was te reageren op zijn sarcastische opmerkingen, probeerde Calque een andere tactiek. 'Vertel me nog eens hoe Dufontaine de profetieën heeft verloren.'

'Hij is ze in het water kwijtgeraakt toen hij op de vlucht was voor de ogenman. Bij het veer. Dat kunt u navragen bij de veerman en de kaartjesverkoper.'

'O, dat zal ik zeker doen, mister Sabir, dat zal ik zeker doen.' Calque sprak 'mister' uit als 'miss-tier'.

Volgens Sabir sprak Calque 'mister' opzettelijk verkeerd uit, alleen om hem te stangen. De man had duidelijk de pest in dat Sabir hun eerdere afspraak over het peilzendertje niet was nagekomen. En over het onbelangrijke detail dat zijn assistent was omgekomen.

'U lijkt helemaal niet teleurgesteld over het verlies van de profetieën. Als ik een schrijver was, zou ik woedend zijn op mijn vriend omdat hij zo'n potentiële goudmijn zoek had gemaakt.'

Sabir haalde zijn schouders op. Dat was bedoeld om aan te geven dat het voor hem dagelijkse kost was om een paar miljoen dollar kwijt te raken. 'Als u het goed vindt, meneer Calque, zou ik graag teruggaan naar

Les Saintes-Maries om te zien hoe het met mijn vrienden gaat. En ik zou ook wel wat slaap kunnen gebruiken.'

Calque deed alsof hij Sabirs verzoek uitgebreid moest wikken en wegen. In werkelijkheid had hij allang besloten wat zijn volgende stap zou zijn. 'Ik zal brigadier Spola met u mee sturen naar het zigeunerkamp. Dufontaine en u dienen voortdurend binnen zijn gezichtsveld te blijven. Ik ben nog niet klaar met u tweeën.'

'En mademoiselle Samana?'

Calque trok een ontstemd gezicht. 'Zij is vrij om te gaan. Eerlijk gezegd zou ik haar ook graag vasthouden, maar ik heb geen geldige reden. Het is trouwens heel goed mogelijk dat me toch nog iets te binnen schiet, mochten Dufontaine en u mijn ondergeschikte problemen bezorgen. Maar ze mag de stad niet verlaten. Is dat duidelijk?'

'Volkomen duidelijk.'

'We zijn het dus eens?'

'Volledig.'

Calque wierp Sabir een waarschuwende blik toe. Hij wenkte brigadier Spola. 'Rijd meneer Sabir terug naar de stad. Zorg dat je Dufontaine vindt. Blijf bij hen tweeën. Verlies geen van beiden ook maar een moment uit het oog. Als een van de twee naar de wc moet, gaan ze allebei – en jij blijft buiten staan om hun vrije hand vast te houden. Begrepen?'

'Ja, meneer.'

Calque keek met een frons naar Sabir. Er zat hem nog steeds iets dwars over Sabirs aandeel in de gebeurtenissen, maar hij kon zijn vinger er niet op leggen. Hoe dan ook, nu de ogenman nog vrij rondliep, konden zijn twijfels over Sabir wachten. Twintig minuten geleden was het paard van de ogenman onverwacht opgedoken, schuimend van het zweet, bijna vijf kilometer verderop langs de weg naar Port Saint-Louis. Kon de ogenman echt zo gemakkelijk zijn ontsnapt? Met Macrons kogel nog in zijn lijf?

Calque gebaarde naar een van zijn assistenten dat hij een mobieltje nodig had. Terwijl hij een nummer intoetste, keek hij Sabir na. De man hield nog steeds iets achter, zoveel was duidelijk. Maar waarom? Wat was het nut? Niemand beschuldigde hem ergens van. En hij leek niet het soort man te zijn dat verteerd werd door wraaklust.

'Wie heeft het paard gevonden?' Calque hield zijn hoofd schuin naar de grond, alsof hij dacht dat die houding de ontvangst zou verbeteren of de mobiele telefoon zou veranderen in zijn efficiëntere neefje, het vaste toestel. 'Nou, geef me hem dan.' Hij wachtte, terwijl zijn ogen het landschap in de eerste zonnestralen indronken. 'Michelot? Ben jij dat? Ik wil dat je de toestand van het paard beschrijft. Exact zoals je het hebt gevonden.' Calque luisterde aandachtig. 'Zat er bloed aan de flanken van het paard? Of op het zadel?' Calque zoog wat lucht tussen zijn tanden door naar binnen. 'Is je iets anders opgevallen? Wat dan ook? De teugels bijvoorbeeld? Die waren gebroken? Kunnen ze gebroken zijn doordat het paard erop is gaan staan nadat het in de steek was gelaten?' Hij zweeg even. 'Hoe bedoel je, hoe moet jij dat weten? Dat is toch eenvoudig? Als de teugels aan het uiteinde zijn gebroken, wijst dat erop dat het paard erop heeft gestaan. Als ze hoger zijn gebroken, bij een zwakke plek bijvoorbeeld, of bij het bit, betekent dat dat het paard zich waarschijnlijk heeft losgerukt van de ogenman en dat we die smeerlap nog steeds ergens in ons net hebben. Heb je daarnaar gekeken? Nee? Nou, ga dat dan ogenblikkelijk doen.'

68

Brigadier Spola was nog nooit in een zigeunerwoonwagen geweest. Hoewel dit exemplaar van alle gemakken was voorzien, keek hij behoedzaam om zich heen, alsof hij onverwachts in een buitenaards ruimteschip terecht was gekomen dat in de richting van een planeet flitste waar experimenten op hem zouden worden uitgevoerd.

Alexi lag met ontbloot bovenlijf op het grote bed. De curandero stond monotoon zingend naast hem met een bosje smeulende twijgjes in één hand. De atmosfeer was doordrenkt van de geur van brandende salie en rozemarijn.

Spola kneep zijn ogen samen tegen de scherpe rook. 'Wat is hij aan het doen?'

Yola, die op een stoel naast het bed zat, legde een vinger op haar lippen.

Spola was zo beleefd om verontschuldigend zijn schouders op te halen en zich terug te trekken.

Sabir ging op zijn hurken naast Yola zitten. Hij keek haar vragend aan, maar ze had al haar aandacht bij Alexi. Zonder hem aan te kijken wees ze even naar haar hoofd en daarna naar dat van de curandero. Ze beschreef een cirkel met haar handen om aan te geven dat zij tweeën één waren; Sabir had de indruk dat ze bedoelde dat ze de curandero op de een of andere manier hielp, mogelijk langs telepathische weg.

Sabir besloot haar ongestoord verder te laten gaan. Alexi zag er niet goed uit en Sabir nam zich voor om als dit abracadabra voorbij was er bij Yola zoveel mogelijk op aan te dringen hem in een ziekenhuis te laten behandelen.

De curandero legde zijn brandende twijgjes opzij in een schaal en liep naar het hoofdeinde. Hij nam Alexi's hoofd in zijn handen en bleef zwijgend en met gesloten ogen staan, in een houding van intense concentratie.

Sabir, die niet gewend was op zijn hurken te zitten, voelde dat zijn dijen stijf werden. Maar hij durfde zich niet te bewegen, uit angst de trance van de curandero te doorbreken. Hij keek naar Yola, in de hoop dat zij zijn probleem zou raden en hem van advies zou dienen, maar haar blik bleef strak op de curandero gevestigd.

Na een tijdje liet Sabir zich met zijn rug langs de wand naar beneden glijden tot hij met zijn billen op de grond zat en hij zijn benen voor zich uit gestrekt onder het bed kon leggen. Niemand sloeg acht op hem. Hij begon wat vrijer adem te halen. Toen kreeg hij kramp.

Hij greep zijn linkerdij met beide handen vast en kneep uit alle macht, terwijl hij met zijn kiezen op elkaar in een grimas van pijn bij het bed vandaan kronkelde. Hij wilde het wel uitschreeuwen, maar durfde het ritueel niet verder te verstoren dan hij al had gedaan.

Alsof hij uit een verpakking van krimpfolie probeerde te komen draaide hij zich eerst op zijn buik, met één been achter zich gestrekt, en daarna draaide hij zich op zijn zij toen de kramp terugkwam.

Tegen die tijd kon het hem niets meer schelen wat anderen van hem dachten, en hij begon zichzelf als een slak in de richting van de deur te slepen, waarachter ongetwijfeld de immer waakzame brigadier Spola op hem wachtte.

'Het spijt me. Het was niet mijn bedoeling het gebeuren te verstoren. Maar ik kreeg kramp.'

Yola ging naast hem zitten en begon over zijn been te wrijven. Sabir was intussen zo geïndoctrineerd op het gebied van zigeunergebruiken dat hij schuldig om zich heen keek of geen van haar vriendinnen haar per ongeluk zag en verontwaardigd zou reageren omdat ze een gadje bezoedelde – of door hem bezoedeld werd (hij begreep nog steeds niet helemaal hoe het zat).

'Het geeft niet. De curandero is heel blij. Je hebt een groot deel van Alexi's pijn weggenomen.'

'Heb ík Alexi's pijn weggenomen? Dat meen je niet.'

'Jawel. Onder de handen van de curandero is die op jou overgegaan. Je moet je wel heel verbonden voelen met Alexi. Ik had gedacht dat de pijn op mij zou overgaan.'

Sabir had nog te veel pijn om zelfs maar aan lachen te dénken. 'Hoe lang duurt zoiets?'

'O, maar een paar minuten. Je bent een...' Yola aarzelde.

'Nee, leg maar niet uit. Een intermediair?'

'Wat is dat?'

'Een tussenpersoon.'

Ze knikte. 'Ja. Je bent een intermediair. Als de pijn geen andere plek vindt om naartoe te gaan, blijft hij bij Alexi. Daarom kwam ik helpen. Maar het was niet zeker dat de pijn míj zou vinden. Hij had een ander doel kunnen vinden, dat er niet mee om kon gaan. Dan zou hij veel sterker zijn teruggekeerd en had Alexi kunnen sterven. De curandero is erg blij met je.'

'Dat is mooi van hem.'

'Nee, je moet er niet om lachen, Damo. De curandero is een wijs man. Hij is mijn leermeester. Maar hij zegt dat jij ook een curandero zou kunnen worden. Een sjamaan. Je hebt de capaciteiten. Alleen de wil ontbreekt je.'

'En enig benul van waar hij het in hemelsnaam over heeft.'

Yola glimlachte. Ze begon Sabirs scepsis, typisch voor een gadje, zo langzamerhand te begrijpen en hechtte er minder belang aan dan ze voorheen had gedaan. 'Als hij klaar is met Alexi, wil hij je iets geven.'

'Me iets geven?'

'Ja. Ik heb hem verteld over de ogenman en hij maakt zich grote zorgen over ons beiden. Hij heeft het kwaad dat de ogenman op me heeft achtergelaten gevoeld en heeft me ervan gereinigd en bevrijd.'

'Wat? Net zoals hij Alexi aan het reinigen was?'

'Ja. De Spanjaarden noemen het *una limpia*, een reiniging. Wij hebben er niet echt een woord voor, omdat geen enkele zigeuner gereinigd kan worden van zijn of haar vermogen te bezoedelen. Maar kwaad dat een ander op ons heeft achtergelaten kan wel worden weggewassen.'

'En de ogenman had kwaad op jou achtergelaten?'

'Nee. Maar zijn eigen kwaad was zo sterk dat zijn connectie met mij – de relatie die hij met me heeft opgebouwd toen ik op de kruk stond te wachten tot ik werd opgehangen – genoeg was om me te bezoedelen.'

Sabir schudde ongelovig zijn hoofd.

'Hoor eens, Damo. De ogenman heeft me toen een verhaal voorgelezen. Een verhaal over een vrouw die gemarteld werd door de inquisitie. Het was afschuwelijk om te horen. Het kwaad van dat verhaal is als stof op me neergedaald. Ik voelde het door de zak over mijn hoofd dringen en op mijn schouders neerkomen. Ik voelde dat het zich in mijn ziel vrat en die overschaduwde met duisternis. Als ik onmiddellijk na het horen van dat verhaal was gestorven, zoals de bedoeling van de ogenman was, zou mijn *lacha* zijn aangetast en zou mijn ziel ziek voor God zijn verschenen.'

'Yola, hoe kan iemand anders je zoiets aandoen? Je ziel is van jezelf.'

'Nee, Damo. Nee. Niemand bezit zijn eigen ziel. Die is een geschenk. Een deel van God. En als we sterven, brengen we die naar Hem terug en bieden haar aan God aan als onze offergave. Dan worden we beoordeeld op haar kracht. Daarom moest de curandero me reinigen. God werkt via hem, zonder dat de curandero weet hoe of waarom dat gebeurt of waarom hij is uitverkoren; net zoals God via de profeet Nostradamus werkte, die uitverkoren was om dingen te zien die andere mensen niet zagen. Hetzelfde is met die kramp van jou het geval. God heeft jou gekozen om Alexi's pijn weg te nemen. Nu zal hij beter worden. Je hoeft je geen zorgen meer te maken.'

Sabir keek Yola na, die terugliep naar de woonwagen.

Op een dag zou hij dit toch zeker allemaal begrijpen? Op een dag zou hij weer de ongecompliceerdheid verwerven die hij als kind was kwijtgeraakt, de ongecompliceerdheid die deze mensen van wie hij hield leken te hebben vastgehouden, ondanks alle obstakels die het leven voor hen opwierp.

69

De curandero reisde nog met een ouderwetse woonwagen, getrokken door een paard. Hij had een standplaats gevonden bij een manege een kilometer of twee buiten de stad, op de rechteroever van het Étang de Launes. Zijn paard vormde een opvallend bruin accent te midden van al het wit van de Camargue-paardjes in de wei.

Toen Sabir aan kwam lopen, wees de curandero naar de grond voor zijn trapje. Yola was er al met een verwachtingsvol gezicht op haar hurken gaan zitten.

Sabir schudde heftig zijn hoofd, terwijl hij uit zijn ooghoeken brigadier Spola in de gaten hield, die langs de kant van de weg in de buurt van zijn auto rondhing. 'Ik ga nergens meer op mijn hurken zitten. Echt niet. Ik heb nog nooit zo'n kramp gehad. En die wil ik niet terugkrijgen.'

De curandero glimlachte onzeker, alsof hij Sabir niet helemaal begreep. Toen verdween hij in de woonwagen.

'Hij verstaat toch wel Frans?' fluisterde Sabir.

'Hij spreekt Sinti, Calo, Spaans en Romani-Chib. Frans is zijn vijfde taal.' Yola keek gegeneerd, alsof de vraag hoeveel de curandero wel of niet begreep op subtiele wijze ongepast was.

'Hoe heet hij?'

'Je gebruikt zijn naam nooit. Iedereen noemt hem curandero. Toen hij een sjamaan werd, is hij zijn naam, familie en alles wat hem met de stam verbond kwijtgeraakt.'

'Maar ik dacht dat je zei dat hij de neef van je vader was?'

'Dat is hij ook. Dat was hij al voordat hij een sjamaan werd. En mijn vader is dood. Dus is hij nog steeds de neef van mijn vader. In die tijd noemden ze hem Alfego. Alfego Zenavir. Nu is hij gewoon de curandero.'

Verdere verbijstering werd Sabir bespaard, want de curandero kwam weer tevoorschijn met een krukje in zijn hand. 'Zit. Zit hier. Geen kramp. Ha ha!'

'Ja. Geen kramp. Kramp heel slecht.' Sabir keek aarzelend naar het krukje.

'Slecht? Nee. Goed. Jij neemt pijn van Alexi. Heel goed. Kramp jou geen kwaad doen. Jij jonge man. Snel over.'

'Snel over. Ja.' Sabir klonk niet overtuigd. Hij liet zich op de kruk zakken en strekte zijn been voorzichtig voor zich uit, alsof hij aan jicht leed.

'Jij al getrouwd?'

Sabir wierp een zijdelingse blik op Yola, omdat hij niet precies wist welke kant de curandero op wilde. Maar zoals gewoonlijk concentreerde Yola zich volledig op de curandero en weigerde ze pertinent iets te merken van de manieren waarop Sabir haar aandacht probeerde te trekken.

'Nee. Niet getrouwd. Nee.'

'Goed. Goed. Dat is goed. Een sjamaan mag niet trouwen.'

'Maar ik ben geen sjamaan.'

'Nog niet. Nog niet. Ha ha.'

Sabir begon zich af te vragen of de curandero ze eigenlijk wel allemaal op een rijtje had, maar de strenge uitdrukking op Yola's gezicht was voldoende om hem van dat idee te genezen.

Na een korte stilte waarin gebeden werd, stak de curandero zijn hand in zijn overhemd en haalde een kettinkje tevoorschijn, dat hij om Yola's hals hing. Hij maakte met zijn vingers een kort gebaar langs de scheiding van haar haar. Sabir besefte dat hij in het Sinti tegen haar sprak.

Toen kwam de curandero naar hem toe. Na opnieuw een kort gebed haalde de man een tweede kettinkje uit zijn overhemd. Hij hing het om Sabirs hals en nam Sabirs hoofd toen in beide handen. Zo bleef hij lang staan, met zijn ogen gesloten en zijn handen om Sabirs hoofd. Na een tijdje voelde Sabir dat zijn ogen dichtvielen en dat er een geruststellende duisternis neerdaalde over de klaarlichte dag om hen heen.

Opeens merkte Sabir dat hij zonder enige inspanning naar de achterkant van zijn eigen ogen keek; ongeveer zoals een indringer in een bioscoop die merkt dat hij de film in spiegelbeeld ziet doordat hij achter het projectiescherm staat. Eerst veranderde de naderende duisternis in een rozenrode tint, als water vermengd met bloed. Toen leek er zich op grote afstand van hem een piepklein gezichtje te vormen. Terwijl hij toekeek, kwam het gezicht langzaam naderbij en werd tegelijk steeds gedetailleerder, totdat Sabir er zijn eigen trekken in herkende. Het kwam steeds dichterbij, totdat het onbelemmerd door het denkbeeldige scherm vóór hem kwam en via Sabirs achterhoofd verdween.

De curandero stapte achteruit en knikte tevreden.

Sabir sperde zijn ogen zo ver mogelijk open. Hij had zin om zich uit te rekken – als een aalscholver die zijn vleugels droogt op een rots – maar om de een of andere reden wist hij zich geen houding te geven tegenover de curandero en beperkte hij zich tot wat kleine rollende bewegingen met zijn schouders. 'Ik zag mijn eigen gezicht op me afkomen. Toen leek het door me heen te gaan. Is dat normaal?'

De curandero knikte weer, alsof hij niet verbaasd was door wat Sabir vertelde. Maar hij leek niet in een spraakzame bui.

'Wat is dit?' Sabir wees naar het kettinkje, dat tot net boven zijn borstbeen hing.

'Dat zal Samana's dochter je vertellen. Ik ben moe. Ik ga slapen.' De curandero stak een hand op bij wijze van afscheid en dook door de deur zijn woonwagen in.

Sabir keek naar Yola om te zien wat voor effect het vreemde gedrag van de curandero op haar had. Tot zijn verbazing huilde ze. 'Wat is er? Wat heeft hij tegen je gezegd?'

Yola schudde haar hoofd. Als een kind veegde ze met de rug van haar hand langs haar ogen.

'Toe. Vertel het me. Dit gaat me volledig boven mijn pet. Dat zal wel duidelijk zijn.'

Yola zuchtte. Ze ademde diep in. 'De curandero heeft me verteld dat ik nooit een sjamaan zal worden. Dat God een andere weg voor me heeft gekozen, een weg die moeilijker te accepteren is, nederiger, en zonder zekerheid op succes. Dat ik die weg op geen enkele manier in twijfel mag trekken. Ik moet hem gewoon volgen.'

'Wat weet hij ervan? Waarom zou hij je zoiets vertellen? Wat geeft hem dat recht?'

Yola keek Sabir geschokt aan. 'O, maar de curandero weet het precies. Hij is in zijn dromen door de geest van een dier meegevoerd. Die heeft hem veel dingen laten zien. Maar hij mag de gebeurtenissen niet beïnvloeden, hij mag mensen er alleen op voorbereiden ze te accepteren. Dat is zijn taak.'

Sabir maskeerde zijn verbijstering met een vraag. 'Waarom raakte hij je zo aan? Langs de scheiding van je haar? Dat leek een betekenis voor hem te hebben.'

'Hij verbond de twee helften van mijn lichaam met elkaar.'

'Pardon?'

'Als ik wil kunnen slagen in datgene waartoe ik ben uitverkoren, mogen de twee helften van mijn lichaam niet van elkaar gescheiden zijn.'

'Het spijt me, Yola, maar ik snap het nog steeds niet.'

Yola stond op. Ze wierp een onzekere blik op brigadier Spola en dempte haar stem toen tot gefluister. 'We bestaan allemaal uit twee helften, Damo. Toen God ons in Zijn oven maakte, smolt Hij de twee helften samen in één mal. Maar de twee delen keken nog steeds verschillende kanten op: het ene naar het verleden en het andere naar de toekomst. Als de twee delen worden omgekeerd en weer bijeen worden gebracht – misschien door een ziekte, of door het optreden van een curandero – dan zal die persoon vanaf dat moment alleen naar het heden kijken. Hij of zij zal volledig in het heden leven.' Yola zocht naar de juiste woorden om uit te leggen wat ze bedoelde. 'Hij zal dienstbaar zijn. Ja. Dat is het. Die persoon zal in staat zijn tot dienstbaarheid.'

Toen hij merkte dat ze zich eindelijk weer van hem bewust waren, haalde de immer hoffelijke brigadier Spola vanaf de stoeprand vragend zijn schouders op. Hij had zich er allang bij neergelegd dat hij niets van die zigeuners begreep, maar naarmate de tijd vorderde begon hij steeds meer op te zien tegen het toch wel onvermijdelijke telefoontje van Calque, die ongetwijfeld wilde weten hoe het ermee stond.

Want brigadier Spola had zich wat laat gerealiseerd dat hij geen bevredigende verklaring had voor het feit dat hij zich door het meisje had laten overhalen Alexi in zijn ziekbed alleen te laten vanwege het bezoek van de curandero. Hij kon het niet eens aan zichzelf uitleggen.

Terwijl hij naast zijn auto stond en probeerde de zigeuners met de kracht van zijn gedachten zover te krijgen dat ze ophielden waar ze mee bezig waren en naar hem terug kwamen rennen, kreeg hij plotseling sterk de neiging bij zijn derde protegé te gaan kijken, voor het geval dat iemand, ergens, misbruik had gemaakt van zijn vriendelijke aard en van plan was hem diep in de shit te laten belanden.

Sabir stak geruststellend zijn hand op. Toen wendde hij zich weer tot Yola. 'En die dingen om onze hals?'

'Die zijn om zelfmoord te plegen.'

'Wat?'

'Volgens de curandero zijn we in levensgevaar vanwege de ogenman. Hij voelt dat de ogenman ons gewoon uit woede kwaad zal doen als we weer in zijn handen vallen. In dit kleine flesje zit het gedistilleerde gif van de *couleuvre de Montpellier*. Dat is een gifslang die in het zuidwesten van

Frankrijk voorkomt. Als je het gif injecteert in een bloedvat, ben je binnen een minuut dood. Door de mond ingenomen...'

'Door de mond ingenomen?'

'Als je het inslikt. Het opdrinkt. Dan duurt het een kwartier.'

'Dat meen je niet. Vertel je me serieus dat de curandero ons van gif heeft voorzien? Zoals spionnen dat kregen die het risico liepen door de Gestapo gemarteld te worden?'

'Ik weet niet wat de Gestapo is, Damo, maar ik betwijfel of het net zo erg is als de ogenman. Als hij me weer te pakken krijgt, drink ik het op. Ik zal intact en zonder dat mijn lacha is aangetast naar God gaan. Je moet me beloven dat jij dat ook zult doen.'

70

Joris Calque was diep ongelukkig. Slechts eenmaal eerder had hij een familie moeten vertellen dat hun enige zoon was omgekomen, en die keer was hij ingevallen voor een andere politieman, die bij hetzelfde incident gewond was geraakt. Hij was op geen enkele manier verantwoordelijk geweest. Verre van dat.

Dit was een heel ander geval. Het feit dat Marseille, waar Macron vandaan kwam, vlakbij was en dat Macron een gewelddadige dood was gestorven, door toedoen van een moordenaar, onder verantwoordelijkheid van Calque, maakte zijn taak des te moeilijker. Het was een prioriteit voor hem geworden het nieuws persoonlijk te gaan vertellen.

Het was intussen voor iedereen duidelijk dat de ogenman erin was geslaagd uit het net te glippen. Helikopters en verkenningsvliegtuigen hadden het hele gebied ten zuiden van de N572 van Arles naar Vauvert afgezocht, inclusief het uitgestrekte stuk land dat viel onder het Parc naturel régional de Camargue, en ze hadden niets gevonden. De ogenman leek in rook te zijn opgegaan. Eenheden van de CRS hadden elk gebouw, elke *bergerie* en iedere ruïne doorzocht. Ze hadden elke auto aangehouden die het natuurpark in- of uitging. Het was een gemakkelijk gebied om af te sluiten. Aan de ene kant had je de zee en aan de andere kant het moeras. Er liepen weinig wegen doorheen en het terrein was vlak, dus het verkeer dat over de paar wegen reed was tot kilometers in de omtrek te zien. Het had kinderspel moeten zijn. In plaats daarvan voelde Calque dat zijn positie als hoofdcoördinator van het onderzoek met de minuut wankeler werd.

Macrons familie wachtte hem op in hun bakkerij. Een politieagente had hen bijeen laten komen zonder iets te mogen zeggen over de precieze reden daarvan. Dat was de gebruikelijke procedure. Het gevolg was dat de atmosfeer doordrenkt was met angst.

Calque was zichtbaar verrast dat niet alleen Macrons vader, moeder en zus aanwezig waren, maar ook een schare tantes, ooms, neven en nichten, en zo te zien zelfs drie van zijn vier grootouders. Calque bedacht dat de geur van vers brood waarschijnlijk voor altijd beelden van Macrons dood bij hem zou oproepen.

'Ik ben dankbaar dat u hier allemaal bent. Dat zal wat ik u moet vertellen gemakkelijker te dragen maken.'

'Onze zoon. Hij is dood.' Het was Macrons vader. Hij had zijn bakkersjasje nog aan en droeg een haarnetje. Terwijl hij sprak, deed hij het haarnetje af, alsof het oneerbiedig was dat op te houden.

'Ja. Hij is gisteravond laat omgekomen.' Calque zweeg even. Hij had enorme behoefte aan een sigaret. Hij wilde zijn hoofd kunnen buigen om die aan te steken, en door die beweging zijn blik even kunnen afwenden van het grote aantal gezichten van de mensen die hem nu allemaal strak aankeken met de gretigheid die aan het verdriet voorafging. 'Hij is gedood door een moordenaar die een vrouw gegijzeld had. Paul kwam kort voor de rest van het team aan. De vrouw verkeerde in direct gevaar. Ze had een strop om haar hals en haar ontvoerder dreigde haar op te hangen. Paul wist dat de man al eerder mensen had vermoord. Een bewaker, in Rocamadour. En een andere man. In Parijs. Daarom besloot hij tussenbeide te komen.'

'Wat is er met Pauls moordenaar gebeurd? Hebben jullie hem gepakt?' Dit was een van de neven.

Calque besefte dat hij zich zijn mooie woorden had kunnen besparen. Macrons familieleden hadden ongetwijfeld op de radio of tv al iets gehoord over de mogelijke dood van een politieagent, en hadden hun eigen conclusies getrokken toen de Police Nationale hen bijeenriep. Ze konden zijn standaardverhaaltje wel missen. Het enige wat hij onder de omstandigheden kon doen, was hun alle informatie verschaffen die ze nodig hadden en hen daarna met rust laten om te rouwen. Hij kon hen in elk geval niet gebruiken om zijn geweten schoon te wassen. 'Nee. We hebben hem nog niet. Maar dat zal niet lang meer duren. Voordat hij stierf heeft Paul twee schoten kunnen lossen. Het is nog niet algemeen bekend – en we zouden het waarderen als u deze informatie voor u houdt – maar de moordenaar is zwaar gewond geraakt door een van Pauls kogels. Hij is op de vlucht en bevindt zich ergens in het natuurpark. Dat is volledig van de buitenwereld afgesloten. Meer dan honderd politieagenten zijn op dit moment naar hem op zoek.' Calque deed zijn uiterste best niet te zien wat er voor hem gebeurde en zich te concentreren op de vragen die de neven en nichten hem stelden. Maar hij kon zijn blik niet afwenden van Macrons moeder.

Ze leek griezelig veel op haar zoon. Toen ze de bevestiging van zijn overlijden had gehoord, had ze onmiddellijk troost gezocht bij haar man, en nu huilde ze geluidloos terwijl ze zich aan hem vastklampte; het fijne meel van zijn schort overdekte haar gezicht als witkalk.

Toen Calque eindelijk weg kon, liep een van Macrons mannelijke familieleden achter hem aan de straat op. Calque, die min of meer verwachtte fysiek te worden aangevallen, draaide zich naar hem om. De man had een robuust en gespierd voorkomen en gemillimeterd haar. Getatoeeerde slierten van niet thuis te brengen voorstellingen staken onder zijn mouwen vandaan en liepen als spataderen uit over zijn handen.

Calque betreurde het dat de politieagente binnen was gebleven bij de rest van de familie: de aanwezigheid van iemand in uniform zou de man misschien enigszins in toom houden.

Maar hij benaderde Calque niet op een agressieve manier. Hij trok eerder een vragend gezicht, en Calque besefte al snel dat hij iets op zijn lever had, los van Macrons dood.

'Paul heeft me gisteren gebeld. Wist u dat? Maar ik was er niet. Mijn moeder heeft de boodschap aangenomen. Ik ben tegenwoordig meubelmaker. Ik heb veel werk.'

'Zo, dus u bent meubelmaker? Dat is een mooi vak.' Het was niet Calques intentie kortaf te klinken, maar ondanks zijn beste bedoelingen hadden de woorden iets verdedigends.

De man kneep zijn ogen tot spleetjes. 'Hij zei dat jullie op zoek waren naar een man die in het vreemdelingenlegioen heeft gezeten. Een moordenaar. Dat u dacht dat het legioen de informatie die jullie nodig hadden niet zou leveren. Dat ze jullie zouden dwingen je door die kloterige bureaucratische hoepels te wringen die ze altijd gebruiken om hun mensen te beschermen. Dat vertelde hij.'

Plotseling ging Calque een licht op, en hij knikte. 'Paul heeft me over jou verteld. Jij bent de neef die in het legioen heeft gezeten. Dat had ik moeten beseffen.' Hij stond op het punt te zeggen 'want jullie krijgen altijd een bepaald uiterlijk – als een lopende bonk testosteron – en gebruiken om het andere woord een krachtterm', maar hij wist zich in te houden. 'Je hebt ook in de gevangenis gezeten, hè?'

De man wendde zijn blik af en keek de straat in. Hij leek geïrriteerd. Na een paar seconden wendde hij zich weer tot Calque. Hij duwde zijn handen in zijn zakken alsof hij het gevoel had dat dat ervoor zou zorgen dat ze niet zouden muiten, maar toch gingen de handen onwillekeurig in de richting van Calque, alsof ze door de stof heen wilden breken en hem wilden wurgen. 'Ik zal maar vergeten dat u dat hebt gezegd. En dat u zo'n kutsmeris bent. Ik hou niet van smerissen. De meeste zijn godverdomme geen haar beter dan de klootzakken die ze in de lik gooien.' Hij klemde zijn mond stijf dicht. Toen snoof hij gelaten en keek weer de straat in. 'Paul was mijn neef, ook al was hij een kut-*bédi*. En die vuile schoft heeft hem vermoord? Ik heb godverdomme twintig jaar in het legioen gezeten. Geëindigd als intendant. Wilt u me iets vragen? Of gaat u er liever vandoor, terug naar dat shithoofdkwartier van jullie, om eerst mijn strafblad te bekijken?'

Calque nam ogenblikkelijk een besluit. 'Ik wil je iets vragen.'

De uitdrukking van de man veranderde en werd vriendelijker, minder gesloten. 'Brand maar los, dan.'

'Herinner je je een man met eigenaardige ogen? Ogen die geen wit hadden?'

'Ga verder.'

'Hij kan Frans zijn geweest. Maar hij kan zich ook hebben uitgegeven voor buitenlander om als soldaat en niet als officier het legioen binnen te komen.'

'Ga door.'

Calque haalde zijn schouders op. 'Ik weet dat mensen hun naam veranderen als ze in het legioen gaan. Maar deze man was een graaf. Opgevoed als aristocraat. In een familie met bedienden en geld. Zijn oorspronkelijke naam kan De Bale zijn geweest. Rocha de Bale. De rol van gewoon soldaat zal hem niet gemakkelijk zijn afgegaan. Hij moet opvallend zijn geweest. Niet alleen vanwege zijn ogen, maar ook door zijn houding. Hij was gewend om leiding te geven, niet om te volgen. Om bevelen te geven en niet om ze te ontvangen.' Als een schildpad trok Calque zijn hoofd naar achteren. 'Je kent hem, hè?'

De man knikte. 'Vergeet Rocha de Bale. En vergeet dat leidinggeven. Die eikel noemde zichzelf Achor Bale. En hij was een *loner*. Hij sprak zijn naam op z'n Engels uit. We hebben nooit geweten waar hij vandaan kwam. Hij was gestoord. Je moest geen ruzie met hem krijgen. We zijn geen doetjes in het legioen. Dat spreekt vanzelf. Maar hij was harder. Ik had niet gedacht dat ik ooit nog aan die tyfuslijer zou moeten terugdenken.'

'Hoe bedoel je?'

'In Tsjaad. De jaren tachtig. Die klootzak schopte een rel. Met opzet, volgens mij. Maar de autoriteiten spraken hem vrij omdat niemand tegen hem durfde te getuigen. Een vriend van me is tijdens die actie omgekomen. Ik had wel willen getuigen, maar ik was er niet bij. Ik was in de *baisodrome*, mijn soldij aan het verkwisten aan een sappig stuk vrouwenvlees, als u begrijpt wat ik bedoel. Dus ik wist er zogenaamd niets van. Die eikels wilden niet naar me luisteren. Maar ik wist het wel degelijk. Het was echt een teringhufter. Niet goed snik. Te geïnteresseerd in vuurwapens en doden. Zelfs voor een soldaat.'

Calque stak zijn notitieboekje weg. 'En de ogen? Is het waar dat hij geen oogwit heeft?'

Macrons neef draaide zich abrupt om en liep terug de bakkerij in.

71

Bale werd huiverend wakker. Hij had gedroomd en in zijn droom sloeg madame zijn moeder hem met een kleerhanger op zijn schouders vanwege een verondersteld vergrijp. 'Nee, madame, nee!' had hij steeds geroepen, maar ze bleef hem slaan.

Het was donker. Er klonk geen enkel geluid in het huis.

Bale schoof naar achteren tot hij tegen een balk kon leunen. Zijn vuist deed pijn, doordat hij ermee om zich heen had geslagen om zich te verdedigen tegen de aanval in zijn droom, en zijn nek en schouders voelden rauw aan, alsof ze verbrand waren door kokend water en daarna geschrobd met een harde borstel.

Hij knipte zijn zaklantaarn aan en keek om zich heen op de zolder. Misschien kon hij een rat of eekhoorn vangen en opeten? Nee. Daar was hij niet snel genoeg meer voor.

Hij durfde zich nog niet naar beneden te wagen om water te drinken en te zoeken naar eten dat in de keuken was achtergebleven. De *flics* hadden misschien een bewaker achtergelaten om hun plaats delict te beschermen tegen grafschenners en sensatiezoekers. Het was een geruststellende gedachte dat zulke mensen nog bestonden, en dat nog niet alles in dit leven ten prooi was gevallen aan normalisatie en middelmatigheid.

Maar hij had wel water nodig. En snel ook. Hij had al driemaal zijn eigen urine gedronken en had een restje gebruikt om zijn wonden mee te desinfecteren, maar uit lezingen die hij in het legioen had bijgewoond wist hij dat het geen zin had dat nog een keer te doen. Dan zou hij alleen maar bijdragen aan zijn eigen zekere dood.

Hoeveel uur was hij hier al? Hoeveel dagen? Bale had geen gevoel voor tijd meer.

Waarom was hij hier? O ja. De profetieën. Hij moest de profetieën vinden.

Hij liet zijn hoofd op zijn borst zakken. De sprei die hij als drukverband had gebruikt was aan zijn wond vastgekleefd en hij durfde hem niet los te trekken uit angst dat hij weer zou gaan bloeden.

Voor het eerst in vele jaren verlangde hij naar huis. Hij verlangde naar het comfort van zijn eigen slaapkamer, in plaats van de anonieme hotels waar hij al die tijd in had moeten wonen. Hij verlangde naar het respect en de steun van de broers en zussen met wie hij was opgegroeid. En hij verlangde ernaar dat madame zijn moeder in het openbaar zijn wapenfeiten voor het Corpus Maleficus zou erkennen en hem de eer zou geven die hem toekwam.

Bale was moe. Hij had rust nodig. En zijn wond moest worden behandeld. Hij was het beu hard te zijn en als een wolf te leven. Was het beu opgejaagd te worden door mensen die nog niet goed genoeg waren om zijn veters te strikken.

Hij ging op zijn buik liggen en sleepte zich naar het luik. Als hij nu niets ondernam, zou hij doodgaan. Zo simpel lag het.

Want hij had opeens begrepen dat hij hallucineerde. Dat deze tijdelijke hulpeloosheid van hem gewoon de zoveelste poging van de duivel was om hem de moed te doen verliezen, hem zwak te maken.

Bale kwam bij het luik aan en sleurde de plank opzij. Hij staarde naar beneden de verlaten slaapkamer in.

Het was daar donker. De luiken stonden open en het was nacht. Nergens was licht. De politie was weg. Dat kon niet anders.

Hij luisterde of hij boven het ruisen van het bloed in zijn hoofd uit onverklaarbare geluiden hoorde.

Die waren er niet.

Voorzichtig liet hij zijn benen door de luikopening zakken. Lange tijd bleef hij op de rand langs het luik zitten en staarde hij naar de grond. Uiteindelijk knipte hij zijn zaklantaarn aan en probeerde de hoogte te schatten.

Drie meter. Genoeg om een been te breken of een enkel te verstuiken.

Maar hij had niet voldoende kracht meer om de stoel te laten zakken. En niet de behendigheid om aan de rand van het luik te gaan hangen en er met zijn voeten naar te voelen.

Hij doofde zijn zaklantaarn en stak hem weer in zijn overhemd.

Toen draaide hij zich op zijn goede arm en liet zich in de diepte vallen.

72

Yola keek vanuit haar schuilplaats aan de rand van het bos naar de twee politiemannen. Ze zaten samen in de beschutting van de cabane te roken en te praten. Dus dit noemen de flics een zoekactie, dacht ze. Geen wonder dat de ogenman niet is gevonden. In de zekerheid dat de twee mannen haar onmogelijk konden zien, installeerde ze zich om nog een minuut of twintig te wachten tot het echt donker was.

Bouboul had Yola een halfuur eerder bij het veer afgezet en was samen met zijn schoonzoon, Rezso, verder gereden naar Arles om Sabirs Audi op te halen. Later zou Rezso met de Audi terugkomen om haar op te pikken.

Eerst had Sabir geweigerd Yola de profetieën te laten ophalen. Dat was te gevaarlijk. Het was zíjn werk. Hij was nu het hoofd van de familie. Zijn woord zou enig gewicht in de schaal moeten leggen. Maar uiteindelijk was de zaak beslecht door de aanwezigheid van de onverstoorbare doch immer waakzame brigadier Spola: zonder zijn toestemming kon Sabir helemaal nergens naartoe.

Maar 's nachts zou het anders zijn. De man moest toch slapen. Als het Sabir lukte ongemerkt weg te glippen, zou Bouboul hem terugbrengen naar het Maset, waar Yola en Rezso hem de profetieën zouden brengen. Dan zou Sabir de tijd en de privacy hebben die hij nodig had om ze te vertalen.

Voor zonsopgang zou Rezso met de auto terugkomen om Sabir op te halen en net op tijd bij de woonwagen af te zetten om de ontwakende Spola goedemorgen te wensen. Althans, dat was het plan. De kracht ervan school in de eenvoud. De profetieën zouden geen gevaar lopen en de politie zou overal buiten worden gehouden.

Yola had al vastgesteld dat het onderzoek zich had verplaatst en dat het Maset leeg zou zijn. Brigadier Spola was een man die goed eten belangrijk vond. Yola had hem stoofpot van wild zwijn met noedels als lunch gegeven, in plaats van zijn gebruikelijke stuk stokbrood met kip. Daarna was Spola zeer inschikkelijk geweest, waarschijnlijk doordat er bij het wilde zwijn ongeveer anderhalve liter Costières de Nîmes doorheen was gegaan, met een cognacje toe. Hij had haar bevestigd dat het Maset intussen, anderhalve dag na het incident, vergrendeld en met politietape verzegeld zou zijn, en tot nader order volledig verlaten. Alle beschikbare mankracht werd ingezet in de zoektocht naar de ogenman. Wat dacht ze dan? Dat de politie overal manschappen achterliet die oude plaatsen delict moesten bewaken?

De twee flics bij de cabane stonden op en rekten zich uit. Een van hen liep een paar meter weg, ritste zijn gulp open en ging staan plassen. De ander scheen met zijn zaklamp rond op de open plek en liet het licht even over het afzetlint spelen dat de plek markeerde waar Gavril was gevonden.

'Denk je dat moordenaars echt terugkomen naar de plek waar ze iemand koud hebben gemaakt?'

'Welnee. En al helemaal niet als ze met een kogel in hun lijf rondlopen, honger hebben en speurhonden aan hun achterste hebben hangen. Die smeerlap ligt vast ergens dood achter een struik. Of anders is hij van zijn paard in een poel gevallen en verdronken. Daarom kunnen we hem niet vinden. De wilde zwijnen hebben hem waarschijnlijk te pakken gekregen. Die kunnen binnen het uur een man met huid en haar verslinden, wist je dat? Dan hoef je alleen nog de milt op te ruimen. Die vinden ze niet lekker.'

'Flauwekul!'

'Ja. Dat dacht ik ook.'

Yola was over het pad het bos in gelopen, precies zoals Alexi het had beschreven, en had elke vijf meter een strookje wit papier achtergelaten om in het donker haar weg terug te kunnen vinden. Ze had zich de positie ingeprent van de eenzame cipres waaronder de profetieën begraven lagen. Maar als die agenten bleven waar ze waren, zou ze – ondanks de beschutting van de bomen – geen kans hebben ongezien bij de profetieën te komen. Daarvoor stond de cipres veel te veel apart.

'Zullen we een rondje door het bos lopen?'

'Laat maar zitten. Kom, we gaan terug naar de cabane. Het vuur aanmaken. Ik heb mijn handschoenen vergeten en het begint koud te worden.'

Yola zag hun gestaltes naderbij komen. Wat zochten ze? Hout? Hoe kon ze haar aanwezigheid verklaren als ze plotseling tegenover haar zouden staan? Ze zouden er misschien zo op gebrand zijn een wit voetje te halen bij Calque dat ze haar meteen mee zouden nemen in hun *poulailler ambulant*, hun rijdende kippenhok, zoals Alexi arrestantenbusjes noemde. En Calque was niet gek. Hij zou onmiddellijk lont ruiken. Het zou hem niet lang kosten te bedenken dat ze achter de profetieën aan zat en dat die dus helemaal niet verloren waren gegaan.

Toen de agenten dichterbij kwamen, drukte Yola zich tegen de grond en begon te bidden.

De eerste agent bleef op een meter bij haar vandaan staan. 'Zie jij dode bomen? We hebben maar een paar takken nodig.'

De tweede agent knipte zijn zaklamp aan en liet de lichtbundel een boog boven hun hoofden beschrijven. Precies op dat ogenblik ging zijn mobieltje over. Hij wierp de zaklamp naar zijn metgezel en stak zijn hand in zijn zak, op zoek naar de telefoon. Toen de zaklamp vlak langs haar hoofd ging, merkte Yola dat het licht over haar lichaam streek. Ze verstijfde, ervan overtuigd dat ze gezien was.

'Wat zeg je nou? Moeten we opbreken? Waar heb je het over?' De agent luisterde ingespannen naar de stem aan de andere kant van de lijn. Af en toe bromde hij iets, en Yola voelde bijna hoe hij naar zijn collega keek, die de zaklamp met de bundel naar beneden gericht hield, langs de naad van zijn broekspijp.

De agent klapte het mobieltje dicht. 'Die hoofdinspecteur uit Parijs die ze ons op ons dak hebben gestuurd, denkt dat hij weet waar die vent woont. Neemt aan dat hij daar vast en zeker naartoe gaat, als hij echt is ontglipt. We moeten allemaal aanrukken. Deze keer hoeven we alleen maar even het hele schiereiland van Saint-Tropez af te sluiten, van net buiten Cavalaire-sur-Mer, via La Croix-Valmer en Cogolin naar Port Grimaud. Niet te geloven. Dat is verdomme zestig kilometer.'

'Eerder dertig.'

'Wat maakt het uit? Slapen kunnen we vannacht in elk geval wel vergeten.'

Toen ze uiteindelijk wegliepen, draaide Yola zich op haar rug en staarde verwonderd omhoog naar de eerste ster van de avond.

73

Enigszins tot zijn verrassing merkte Calque dat hij het jammer vond dat Macron niet bij hem was toen hij over de binnenplaats naar het huis van comtesse de Bale liep. Calque beschouwde zichzelf niet als sentimenteel, en Macron had zijn dood tenslotte grotendeels aan zichzelf te danken, maar hij had als mens iets enorm irritants gehad, en door die irritatie was de al zeer krachtige persoonlijkheid van Calque nog versterkt. Hij concludeerde dat Macron een soort aangever was geweest voor zijn tegendraadsheid, en dat hij nu een excuus miste om nurks te zijn.

Ook herinnerde hij zich zijn vreugde toen Macron hem te hulp was geschoten op het moment dat de gravin zijn kennis van de pairs de France en de Franse adel in twijfel had getrokken. Dat moest je de man nageven: hij was weliswaar een racist geweest, maar nooit voorspelbaar.

De *soignée* privésecretaresse met de tweed rok en de kasjmieren twinset kwam het huis uit om hem te begroeten. Deze keer was ze echter gekleed in een bordeauxrode zijden jurk, waardoor ze er nog meer als een gravin uitzag dan de gravin zelf. Calque zocht zijn geheugen af naar haar naam. 'Madame Mastigou?'

'Meneer Calque.' Haar blik schoot over zijn schouder naar het detachement van acht agenten dat hem in zijn kielzog volgde. 'En uw assistent?'

'Dood, madame. Vermoord door de geadopteerde zoon van uw werkgeefster.'

Madame Mastigou zette onwillekeurig een stap achteruit. 'Dat kan toch niet waar zijn?'

'Ook ik hoop dat ik verkeerd ben ingelicht. Ik heb echter wel een huiszoekingsbevel voor dit pand bij me, en ik ben van plan daar onmiddellijk gebruik van te maken. Deze agenten komen met me mee naar binnen. Ze zullen uiteraard de eigendommen en privacy van madame la comtesse respecteren. Maar ik moet u verzoeken ervoor te zorgen dat niemand hen hindert bij het uitoefenen van hun plicht.'

'Ik moet madame la comtesse gaan waarschuwen.'

'Ik ga met u mee.'

Madame Mastigou aarzelde. 'Mag ik het bevelschrift zien?'

'Uiteraard.' Calque stak zijn hand in zijn zak en gaf haar het document.

'Mag ik het kopiëren?'

'Nee, madame. Er zal de juristen van madame la comtesse een kopie ter hand worden gesteld als ze daarom vragen.'

'Goed dan. Komt u maar mee.'

Calque knikte naar zijn mannen. Ze verspreidden zich over de binnenplaats. Vier agenten bleven geduldig onder aan het bordes staan wachten totdat Calque en madame Mastigou naar binnen waren gegaan, voordat ze achter hen aan de treden op stampten om hun huiszoeking te beginnen.

'Bent u werkelijk van plan de graaf in beschuldiging te stellen van de moord op uw assistent?'

'Wanneer hebt u de graaf voor het laatst gezien, madame?'

Madame Mastigou aarzelde. 'Dat moet al een paar jaar geleden zijn.'

'Neemt u dan maar van mij aan dat hij veranderd is.'

'Ik zie dat u geen mitella meer draagt, meneer Calque. En uw neus ziet er beter uit. Een grote vooruitgang.'

'Het is attent van u daarop te letten, mevrouw.'

De gravin ging zitten. Madame Mastigou pakte een stoel en zette die schuin achter die van de gravin; daarop nam ze ingetogen plaats, de knieën tegen elkaar, de enkels onder zich en enigszins gekruist. *Finishing school*, dacht Calque. In Zwitserland, waarschijnlijk. Ze zit precies als de Engelse koningin.

Deze keer wuifde de gravin de lakei weg zonder om koffie te vragen. 'Het is natuurlijk nonsens om mijn zoon van geweldpleging te verdenken.'

'Ik verdenk uw zoon niet van geweldpleging, mevrouw. Ik stel hem er officieel van in beschuldiging. We hebben getuigen. Een van hen ben ikzelf. Door zijn ogen valt hij per slot van rekening nogal op, dacht u niet?' Hij keek haar met zijn hoofd een tikje schuin aan, beleefd informerend. Omdat er geen antwoord kwam, besloot Calque het erop te wagen. 'De vraag die ik moet stellen, de vraag die me echt dwarszit, is niet óf hij deze dingen heeft gedaan maar waaróm.'

'Wat hij ook heeft gedaan, het was met de beste bedoelingen.'

Calques verontwaardiging flakkerde op en hij ging meer rechtop zitten. 'Dat kunt u niet menen, madame. Hij heeft in Parijs een zigeuner gemarteld en gedood. En drie mensen ernstig lichamelijk letsel toegebracht, onder wie een Spaanse politieman en twee toevallige voorbijgangers. In de basiliek van Rocamadour heeft hij een bewaker gedood. Daarna heeft hij in de Camargue een tweede zigeuner gemarteld en gedood, en twee dagen geleden heeft hij mijn assistent doodgeschoten gedurende een incident waarbij hij dreigde de zus van de man die hij in Parijs had gedood op te hangen. En dat allemaal om een paar profetieën te vinden die wel of niet waar zouden kunnen zijn en die wel of niet afkomstig kunnen zijn van de profeet Nostradamus. Ik vermoed dat u niet zo onwetend bent over de ware redenen achter deze afschuwelijke reeks gebeurtenissen als u mij wilt doen geloven.'

'Is dat ook een van uw officiële beschuldigingen, meneer Calque? Zo ja, dan wil ik u eraan herinneren dat er een derde aanwezig is.'

'Dat was geen officiële beschuldiging, madame. Officiële beschuldigingen zijn voor de rechtbank. Ik ben bezig met een onderzoek. En ik moet uw zoon tegenhouden voordat hij nog meer kwaad doet.'

'Wat u over mijn zoon beweert is bespottelijk. Uw beweringen missen elke basis.'

'En u, madame Mastigou? Hebt u hier nog iets aan toe te voegen?'

'Niets, meneer Calque. Madame la comtesse voelt zich niet optimaal. Ik vind het van zeer slechte smaak getuigen dat u dit onderzoek onder dergelijke omstandigheden voortzet.'

De gravin stond op. 'Ik heb besloten wat ik zal doen, Mathilde. Ik zal de minister van Binnenlandse Zaken bellen. Hij is een neef van mijn vriendin Babette de Montmorigny. Dan zal deze toestand snel worden rechtgezet.'

Ook Calque ging staan. 'U moet doen wat u juist lijkt, madame.'

Een van de geüniformeerde agenten stapte over de drempel. 'Ik denk dat u even moet komen kijken, meneer.'

Calque keek de man ontstemd aan. 'Waarnaar? Ik voer een gesprek.'

'Een kamer, meneer. Een geheime kamer. Monceau heeft hem bij toeval gevonden toen hij de bibliotheek doorzocht.'

Calque wendde zich met fonkelende ogen naar de gravin.

'Het is geen geheime kamer, meneer Calque. Iedereen in mijn huishouden weet ervan. Als u me ernaar had gevraagd, had ik u erheen gebracht.'

'Uiteraard, mevrouw. Dat snap ik.' Met zijn handen stevig achter zijn rug geslagen volgde Calque zijn ondergeschikte de kamer uit.

74

De geheime deur van de kamer was speciaal vervaardigd en meesterlijk weggewerkt in een van de boekenkasten in de bibliotheek.
'Wie heeft dit ontdekt?'
'Ik, meneer.'
'Hoe gaat hij open?'
De agent deed de deur dicht. Die was gecamoufleerd door planken en leek één geheel te vormen met de boekenwand. Toen bukte de agent zich en duwde tegen de geribde ruggen van drie boeken die vlak boven de vloer stonden. De deur sprong weer open.
'Hoe wist je tegen welke boeken je moest duwen?'
'Ik heb gekeken wat de lakei deed, meneer. Hij ging hier naar binnen toen hij dacht dat we hem niet zagen en rommelde wat met het slot. Ik denk dat hij probeerde het te vergrendelen, zodat niemand het mechanisme per ongeluk in werking kon stellen. Dat is wat hij me vertelde, tenminste.'
'Bedoel je dat hij zich zorgen maakte om onze veiligheid? Dat de deur misschien onverwachts open zou springen en een van ons zou raken?'
'Dat zal het geweest zijn, meneer.'
Calque glimlachte. Als hij de gravin goed inschatte, stond die lakei op straat. Het was altijd gunstig als er een ontstemde employé rondliep. Die kon je aan waardevolle informatie helpen. En wilde soms wel eens een dolk in iemands rug steken.
Calque dook door de deuropening. In het vertrek daarachter richtte hij zich weer op, en hij floot laag en bewonderend.
Het belangrijkste meubelstuk in de kamer was een grote rechthoekige tafel. Er stonden dertien stoelen omheen. Achter elke stoel hing aan de muur een familiewapen en een reeks kwartieren. Sommige ervan herkende Calque. Maar het waren niet de wapens van de twaalf pairs de France, zoals je zou verwachten, gezien zijn huidige gezelschap.

'Hier is na de dood van mijn man niemand meer geweest. Er is hier niets wat de politie zou kunnen interesseren.'

Calque streek met zijn hand over de tafel. 'Er is wel degelijk afgestoft. Er moet hier dus lang na de dood van uw man nog iemand zijn geweest.'

'Mijn lakei. Uiteraard. De kamer netjes houden valt onder zijn taken.'

'Net als de deur afsluiten als er vreemden binnen zijn?'

De gravin wendde haar blik af. Madame Mastigou probeerde haar hand te pakken, maar de gravin schudde zich los.

'Lavigny, ik wil dat deze wapenschilden gefotografeerd worden.'

'Ik heb liever niet dat u dat doet, meneer Calque. Ze hebben helemaal niets met uw onderzoek te maken.'

'Integendeel, madame. Ik denk dat ze heel veel met mijn onderzoek te maken hebben.'

'Dit is een privévertrek. Een soort sociëteit. Een plek waar gelijkgestemden elkaar vroeger ontmoetten om in een vertrouwelijke en inspirerende sfeer te discussiëren over serieuze kwesties. Zoals ik al zei is de kamer na de dood van mijn man niet meer gebruikt. Sommige families die deze wapenschilden voeren weten misschien niet eens dat ze in deze kamer aanwezig zijn. Ik zou liever niet zien dat daar verandering in werd gebracht.'

'Ik zie geen biljart. Geen bar. Raar, voor een sociëteit. En wat is dit, bijvoorbeeld?' Calque wees naar een kelk die in een eigen afsluitbaar kastje stond. 'En de initialen die erin gegraveerd staan? CM?'

De gravin keek alsof ze door een adder was gebeten.

'Meneer?'

'Ja?'

'Hier ligt een rol perkament. Met zegels erop. Hij is behoorlijk zwaar. Zal wel houten stokken hebben.'

Calque gaf aan dat het perkament op tafel moest worden uitgespreid.

'Raakt u dat alstublieft niet aan, meneer Calque. Het is erg kostbaar.'

'Ik heb een huiszoekingsbevel, madame. Ik raak alles aan wat ik wil aanraken. Maar ik zal mijn best doen het niet te besmeuren met vieze vingerafdrukken.' Calque bukte zich en bekeek het document nauwkeurig.

De gravin en madame Mastigou stonden als verstijfd tegen de muur van het heiligdom gedrukt.

'Lavigny. Wil je zo vriendelijk zijn de gravin en madame Mastigou naar buiten te begeleiden? Dit kan wel even duren. En haal een vergrootglas voor me.'

75

Het eerste wat Sabir deed nadat Bouboul hem bij het Maset had afgezet, was de haard aansteken om zijn verblijf wat aangenamer te maken. Het was een koude nacht, en hij voelde een ondefinieerbare huivering toen hij de gang in keek naar de plek waar de dode Macron had gelegen. Hoofdschuddend over zijn eigen overgevoeligheid ging hij op zoek naar kaarsen.

Het oude huis leek zijn voetstappen te weerkaatsen toen hij door de kamer liep; zelfs in die mate dat hij een vreemde weerzin had tegen het idee om verder de gang in te lopen naar de keuken. Na vijf minuten in het wilde weg te hebben gezocht, vond hij tot zijn opluchting drie kaarsen op de grond, waar ze waren omgevallen toen de ogenman er twee nachten eerder de brandblusser op had gezet.

Terwijl hij ze aanstak en op de muren zijn eigen schaduw zag, als een *danse macabre* bij toortslicht, vroeg Sabir zich niet voor het eerst af hoe hij zich door Yola had kunnen laten overhalen om hier terug te komen. Het idee erachter was zinnig, want Les Saintes-Maries was nog steeds helemaal afgesloten door de politie vanwege de zoekactie naar de ogenman; je kon er vrij gemakkelijk uit, maar alles en iedereen die naar binnen wilde werd gecontroleerd.

Maar sinds de laatste keer dat hij hier was geweest leek het Maset te zijn veranderd in een onheilsplek. Sabir vond het zeer onprettig om de locatie waar iemand beestachtig was omgebracht te gebruiken voor wat heel goed een ridicule zoektocht langs een doodlopende weg kon zijn. Het maakte hem opnieuw duidelijk hoe anders de kijk van de Manouches op de dood was, vergeleken met de tamelijk sentimentele postvictoriaanse ideeën die hij er zelf nog op nahield.

Hij kon hier wel gaan zitten fantaseren over wat er in de profetieën zou staan, maar er was een aanzienlijke kans dat er in de bamboe koker alleen maar stof zou zitten. Stel dat er snuitkevers in waren gekomen. Vierhonderdvijftig jaar was lang voor een voorwerp om bewaard te blijven, en zeker voor perkament.

Hij ging op de sofa zitten. Na een tijdje legde hij het Franse woordenboek dat hij had meegebracht wat rechter op tafel, zodat de randen parallel liepen aan die van het tafelblad. Daarna legde hij zijn pen en papier naast het woordenboek. Bouboul had hem een groot, opzichtig horloge geleend en Sabir legde het naast zijn andere parafernalia. De bekende handelingen verleenden hem enige vertroosting.

Hij wierp een blik over zijn schouder de gang in. Het vuur was intussen goed gaan branden en hij begon zich wat veiliger te voelen in dit verlaten huis. Als iemand de profetieën kon vinden was het Yola wel. Als ze bij het Maset aankwam, zou hij de profetieën van haar overnemen en haar meteen met Rezso terugsturen naar Les Saintes-Maries. Hij kon het hier prima alleen af. Dan had hij de rest van de nacht om de profetieën te vertalen en over te schrijven. Vanaf dat ogenblik zou hij ze geen moment meer uit het oog verliezen.

Morgenochtend zou hij de originelen per koerier naar zijn uitgever in New York sturen. Dan kon hij aan de kopieën werken tot hij de volledige betekenis had achterhaald. Als hij de profetieën zelf en het relaas van hoe hij ze had gevonden vakkundig met elkaar verweefde, had hij een gegarandeerde bestseller in handen. Zo'n boek zou ruim voldoende opbrengen om hen allemaal rijk te maken. Alexi kon met Yola trouwen en uiteindelijk bulibasha worden, en Sabir kon alles doen wat hij maar wilde.

Nog twintig minuten. Langer kon het niet duren. Dan zou hij een van de grote geheimen van de geschiedenis in handen hebben.

Er klonk een dreun van de bovenverdieping. Daarna werd het weer stil.

Sabir sprong op. De haartjes in zijn nek gingen overeind staan als het rughaar van een hond. Wat kon dat in godsnaam zijn geweest? Hij stond te luisteren, maar er was geen enkel geluid. Toen hoorde hij in de verte het gebrom van een naderende auto.

Met een laatste, snelle blik over zijn schouder haastte Sabir zich naar buiten. Het was waarschijnlijk alleen de deur van een kast geweest, die open was gesprongen. Of misschien had de politie iets verplaatst – een hor, bijvoorbeeld – en had dat ding de hele tijd wankel gestaan, totdat een windvlaag er eindelijk korte metten mee had gemaakt en het omver had geblazen. Of misschien was het geluid van buiten gekomen? Van het dak, bijvoorbeeld?

Hij keek even omhoog naar het dak terwijl hij stond te wachten tot de

Audi over het pad naar hem toe was gereden. Verdorie, dat was ook zo: hij zou vroeg of laat contact moeten opnemen met zijn vriend John Tone over het stelen van zijn auto.

Sabir kneep zijn ogen half dicht tegen het licht van de koplampen. Ja, dat was het silhouet van Yola, op de passagiersstoel. En dat van Boubouls neef achter het stuur. Alexi lag veilig in zijn bed in Les Saintes-Maries, en Sabir in de kamer ernaast, in het logeerbed. Althans, dat was wat brigadier Spola dacht.

Sabir liep naar de auto. Hij voelde de nachtelijke wind aan zijn haar plukken en gebaarde met zijn handen dat Rezso de koplampen moest doven. Voor zover hij wist wemelde het nog van de politie in het gebied en hij wilde hun aandacht niet op het Maset vestigen.

'Heb je ze?'

Yola stak haar hand in haar jas. Haar gezicht zag er klein en kwetsbaar uit in het licht van Sabirs zaklamp. Ze gaf hem de bamboe koker. Toen wierp ze een blik op het huis en huiverde.

'Heb je nog problemen gehad?'

'Twee agenten. Ze gebruikten de cabane. Het scheelde maar een haar of ze hadden me gezien. Maar ze werden op het laatste moment weggeroepen.'

'Weggeroepen?'

'Ik hoorde een van hen in zijn mobieltje praten. Calque weet waar de ogenman naartoe is gegaan. Ergens in de buurt van Saint-Tropez. De politie gaat daar nu naartoe. Ze zijn niet meer geïnteresseerd in deze streek.'

'Goddank.'

'Wil je dat ik met je mee naar binnen ga?'

'Nee. Ik heb de haard aangestoken. En een paar kaarsen. Ik red het wel.'

'Bouboul komt je vlak voor zonsopgang ophalen. Weet je zeker dat je niet meteen met ons mee wilt komen?'

'Te gevaarlijk. Spola zou iets in de smiezen kunnen krijgen. Hij is niet zo dom als hij eruitziet.'

'Jawel hoor.'

Sabir lachte.

Yola wierp opnieuw een blik op het huis. Toen stapte ze weer in. 'Ik vind het maar niks, deze plek. Het was geen goed idee van me om voor te stellen hier af te spreken.'

'Waar hadden we anders naartoe kunnen gaan? Dit is verreweg het handigst.'

'Het zal wel.' Ze stak aarzelend haar hand op. 'Wil je echt niet van gedachten veranderen?'

Sabir schudde zijn hoofd.

Rezso reed langzaam achteruit het pad af. Toen hij bijna bij de weg was, deed hij de lampen weer aan.

Sabir keek de lichtjes na totdat ze over de horizon verdwenen. Toen draaide hij zich om naar het huis.

76

Calque leunde achterover in zijn stoel. Er klopte iets niet aan het document dat voor hem lag. Het zou geschreven moeten zijn op last van koning Lodewijk IX van Frankrijk, en het was inderdaad gedateerd 1228, twee jaar nadat Lodewijk op elfjarige leeftijd de troon had bestegen. Dat betekende dat hij dertien of veertien moest zijn geweest in de tijd dat hij dit opgesteld zou hebben. De zegels waren zonder twijfel die van Lodewijk de Heilige zelf en van zijn moeder, Blanche van Castilië; als je in die tijd betrapt werd op het vervalsen van een koninklijk zegel, werd je opgetakeld, werden je ingewanden uit je buik getrokken en werd je gevierendeeld, waarna er zeep werd gemaakt van je as.

Onder die van de koning en zijn moeder stonden nog drie andere handtekeningen: van Jan van Joinville, de raadgever van de koning (en naast Villehardouin en Froissart een van de grootste vroege Franse historici), van Geoffroy de Beaulieu, de biechtvader van de koning, en van Guillaume de Chartres, de huisgeestelijke van de koning. Calque schudde zijn hoofd. Tijdens zijn studie had hij *La vie de Saint Louis* van Joinville gelezen en hij wist zeker dat Joinville in 1228 pas vier jaar oud was geweest. Van de anderen wist hij het niet, maar dat kon hij zo uitzoeken. Het wees er in elk geval op dat het document – waarbij speciale privileges en een officiële erkenning leken te worden verleend aan een genootschap met de naam Corpus Maleficus – in elk geval gedeeltelijk geantidateerd was.

Op dat moment herinnerde Calque zich het afgesloten kastje met daarin de kelk met de initialen CM. Dat was te opvallend om toeval te zijn, vooral in deze verborgen kamer, die de sfeer opriep van geheimen, intriges en complotten. Hij keek weer naar het document dat voor hem lag.

Grommend van concentratie draaide hij het document om en bestudeerde de achterkant door het vergrootglas. Ja. Dat had hij al verwacht.

Hij zag de vage sporen van een geschreven tekst. In spiegelschrift. Zoals een linkshandige zou schrijven als hij dat op de Arabische manier moest doen, van rechts naar links. Calque wist dat alles wat met het begrip links te maken had in de middeleeuwen als duivels werd gezien. Dat bleek al uit de betekenissen die het woord 'sinister', Latijn voor links, had gekregen. Dat idee was afkomstig van de vroege Griekse zieners, die geloofden dat een teken dat over de linkerschouder werd waargenomen kwaad voorspelde.

Calque trok het document dichter naar het licht. Ten slotte hield hij het gefrustreerd vlak voor zijn ogen omhoog. Tevergeefs. De lettertjes waren niet te ontcijferen; daar zou een elektronenmicroscoop aan te pas moeten komen.

Hij dacht terug aan wat de gravin tijdens hun eerste ontmoeting had gezegd. Calque had haar gevraagd wat de dertiende pair de France tijdens een kroning gedragen zou hebben en ze had geantwoord: 'Hij zou helemaal niets hebben gedragen, meneer Calque. Hij zou hebben beschermd.'

'Beschermd? Tegen wie?'

De gravin had raadselachtig naar hem geglimlacht. 'Tegen de duivel, natuurlijk.'

Maar hoe kon van gewone stervelingen worden verwacht dat ze de Franse kroon tegen de duivel zouden beschermen?

Langzaam begon het Calque te dagen. Het Corpus Maleficus. Wat betekende dat? Hij dacht aan de Latijnse woordjes die hij op de middelbare school had geleerd. *Corpus* betekende lichaam. Het kon ook op een gezelschap slaan dat een bepaald doel nastreefde. En *maleficus*? Schadelijk. Slecht.

Een groep gericht op het schadelijke en slechte, dus? Dat was toch onmogelijk? En zeker onder de hoge bescherming van Lodewijk de Heilige, die zo vroom was geweest dat hij het gevoel had een dag te hebben verspild als hij niet twee volledige missen (plus alle officies) had bijgewoond, en die zich midden in de nacht weer uit bed sleepte om zich aan te kleden voor de metten.

Dan moest het een gezelschap zijn dat zich bezighield met het uitroeien van het kwaad. Een gezelschap dat zich wijdde aan het tegenwerken van de duivel. Maar hoe zou je zoiets aanpakken? Toch zeker niet homeopathisch?

Calque stond op. Het was tijd om weer met de gravin te gaan praten.

77

Achor Bale lag op de plek waar hij was neergekomen. Zijn wond was weer opengegaan en hij voelde het bloed zachtjes langs zijn hals stromen. Zo meteen zou hij zich gaan bewegen. Misschien lag er in de keuken iets waarmee hij het bloeden kon stelpen. Zo niet, dan kon hij het moeras ingaan en wat veenmos halen. Maar tot die tijd zou hij hier op de grond blijven liggen om op krachten te komen. Waarom zou hij zich haasten? Niemand wist dat hij hier was. Niemand wachtte op hem.

Van buiten klonk het geknerp en gesis van een auto.

De politie. Ze hadden toch een bewaker gestuurd. Of waarschijnlijk twee, en die zouden vast alle kamers controleren voordat ze zich installeerden voor de nacht. Dat soort dingen deden mensen. Het was een vorm van bijgeloof. Het nalopen van de grenzen van je gebied. Een erfenis van hun voorouders, de holbewoners.

Bale sleepte zich boos naar het bed. Hij zou eronder gaan liggen. Degene die het korte strootje trok en boven moest checken zou zich er waarschijnlijk toe beperken even met zijn zaklamp in de kamer rond te schijnen. Het lag niet voor de hand dat hij meer zou doen. Waarom zou hij? Het was alleen maar een plaats delict.

Voorzichtig haalde Bale de Redhawk uit zijn holster. Misschien zou er maar één man zijn. In dat geval zou hij hem overmeesteren en met de auto vertrekken. Het Maset lag zo afgelegen dat het uitgesloten was dat iemand het schot zou horen.

Zijn hand streek langs het mobieltje in zijn binnenzak. Mogelijk zat er nog leven in, als het tenminste niet was beschadigd door de val. Misschien zou hij toch madame zijn moeder moeten bellen? Om haar te vertellen dat hij naar huis kwam?

Of zouden de flics de frequenties afluisteren? Konden ze dat? Hij dacht van niet. En ze hadden bovendien geen reden om madame zijn moeder te verdenken.

Geen geluid van beneden. De smerissen waren nog steeds buiten. Waarschijnlijk de omgeving aan het inspecteren.

Bale toetste het nummer in. Hij wachtte op de toon. De telefoon ging over.

'Wie is daar?'

'De graaf, Milouins. Ik moet de gravin spreken. Het is dringend.'

'De politie, meneer. Ze weten wie u bent. Ze zijn hier.'

Bale sloot zijn ogen. Had hij dit verwacht? Een fatalistische djinn fluisterde in zijn oor van wel. 'Heeft ze je een boodschap voor me gegeven? Voor het geval dat ik zou bellen?'

'Eén woord, meneer. *Fertigmachen.*'

'Fertigmachen?'

'Ze zei dat u het zou begrijpen, meneer. Nu moet ik neerleggen. Ze komen eraan.'

78

Daarna sliep Bale een tijdje. Hij leek op het randje van bewusteloosheid te zweven, als een man die te weinig ether heeft gekregen voordat hij een operatie moest ondergaan.

Op zeker ogenblik dacht hij dat hij voetstappen de trap op hoorde komen. Hij trok zichzelf omhoog aan de zijkant van het bed en bleef er vijf eindeloze minuten met zijn rug tegenaan zitten, zijn pistool in de aanslag. Toen raakte hij weer buiten kennis.

Hij werd wakker van een geluid in de keuken. Deze keer wist hij het zeker. Het gerammel van pannen. Iemand zette koffie. Bale kon het butagas bijna horen ploffen. Hij rook de koffie bijna.

Hij moest eten. En drinken. De geluiden in de keuken zouden zijn voetstappen overstemmen. Als ze met z'n tweeën waren: tant pis. Dan zou hij ze allebei doden. Hij had het verrassingselement aan zijn kant. Kennelijk dachten de flics dat hij op weg was naar Cap Camarat. Dat was mooi. Ze gingen er blijkbaar van uit dat hij door hun kordon was geglipt. Dan zouden ze zich intussen allemaal hebben teruggetrokken.

Ze zouden perplex staan als hij in een politiewagen ontkwam. Hij kon een van hun uniformen aantrekken. Een zonnebril opzetten.

Midden in de nacht?

Bale schudde langzaam zijn hoofd. Waarom had hij geen energie meer? Waarom sliep hij zoveel?

Water. Hij had water nodig. Zonder water zou hij sterven. Het bloedverlies had de zaak alleen maar erger gemaakt.

Hij dwong zich te gaan staan. Toen strompelde hij, met de Redhawk langs zijn zij, in de richting van de trap.

79

Sabir hield de bamboe koker voor zich en verbrak het zegel van was. Een vreemde lucht drong zijn neus binnen. Hij liet zijn gedachten even de vrije loop. De geur was zoet, warm en aardachtig tegelijk. Wierook? Ja, dat was het. Hij hield de koker bij zijn neus en ademde diep in. Ongelofelijk. Hoe kon die geur zo lang in de koker zijn blijven hangen?

Sabir klopte met de koker op tafel. Er viel wat hars uit. Hij voelde de eerste speldenprikken van ongerustheid. Kon de wierook gebruikt zijn als conserveringsmiddel? Of was de koker gewoon een wierookhouder? Sabir tikte nog eens met de koker tegen de tafel, deze keer wat harder en nerveuzer. Er tuimelde een dun rolletje perkament op zijn schoot.

Sabir rolde het perkament uit en streek het haastig glad op tafel. Het was ongeveer vijftien bij twintig centimeter groot en aan beide zijden beschreven. In groepjes van vier regels. Het waren de kwatrijnen.

Sabir begon te tellen. Zesentwintig kwatrijnen op één kant. En zesentwintig op de andere. Hij voelde de spanning groeien in zijn borst.

Hij trok een vel papier naar zich toe. Nauwgezet schreef hij het eerste kwatrijn over. Toen begon hij een voorlopige vertaling te maken.

80

Calque keek de gravin aan. Ze waren onder vier ogen, want daar had de gravin op gestaan toen Calque had gezegd dat hij haar wilde spreken. 'Dus uw zoon wil thuiskomen?'

De gravin wapperde geïrriteerd met haar hand, als iemand die een vieze lucht probeert te verdrijven. 'Ik weet niet waar u het over hebt.'

Calque zuchtte. 'Mijn mensen hebben een telefoongesprek afgeluisterd, madame. Tussen uw zoon en uw lakei, Milouins. Dezelfde lakei die we hebben betrapt op een poging uw geheime kamer af te sluiten. Uw zoon gebruikte Milouins' naam, dus we weten het zeker.'

'Hoe weet u dat het mijn zoon was? Milouins mag telefoontjes ontvangen van wie hij maar wil. Ik ben zeer tolerant jegens mijn ondergeschikten. In tegenstelling tot sommige mensen die ik ken.'

'Uw zoon noemde zichzelf de graaf.'

De ogen van de gravin werden dof. 'Zoiets absurds heb ik nog nooit gehoord. Mijn zoon heeft in geen jaren gebeld. Dat heb ik u verteld. Hij is in het vreemdelingenlegioen gegaan. Zeer tegen mijn zin, overigens. Ik snap niet waarom u me maar lastig blijft vallen.'

'Milouins heeft uw zoon een boodschap doorgegeven.'

'Doe niet zo dwaas.'

'De boodschap bestond uit één woord. Een Duits woord. Fertigmachen.'

'Ik spreek geen Duits. En Milouins net zomin, voor zover ik weet.'

'Fertigmachen betekent iets afmaken. Of iemand.'

'Is het heus?'

'Ja. Het kan ook zelfmoord plegen betekenen.'

'Beschuldigt u me ervan dat ik mijn zoon heb gevraagd zelfmoord te plegen? Alstublieft, meneer Calque, gelooft u me als ik zeg dat ik nog wel een greintje moedergevoel heb.'

'Nee, ik denk dat u uw zoon vroeg iemand anders te doden. Een man die Sabir heet. Om Sabir te doden en de zaak af te ronden. Ik kan u nu meteen vertellen dat we Sabir voor zijn eigen veiligheid in hechtenis hebben genomen. Als uw zoon probeert hem te vermoorden, zal hij gepakt worden.'

'U zei "om Sabir te doden en de zaak af te ronden". Over wat voor zaak hebt u het in hemelsnaam?'

'Ik weet van het Corpus Maleficus, madame. Ik heb het document gelezen dat u in de verborgen kamer bewaart.'

'U weet helemaal niets over het Corpus Maleficus, meneer Calque. En u hebt dat document niet gelezen. Het is in geheimschrift geschreven. U probeert me te overbluffen en dat pik ik niet.'

'Maakt u zich geen zorgen over de daden van uw zoon?'

'Grote zorgen, meneer Calque. Is dat wat u wilt horen? Grote zorgen.'

'Experts in geheimschrift zullen het perkament snel ontcijferd hebben.'

'Dat denk ik niet.'

'Maar u weet wat erin staat?'

'Uiteraard. Mijn man heeft het me woordelijk uit mijn hoofd laten leren toen we trouwden. Het is geschreven in een taal die alleen bekend is bij een kring van uitverkoren ingewijden. Maar ik ben nu een oude vrouw. Ik ben zowel de inhoud als de taal volkomen vergeten. Net als ik het onderwerp van dit gesprek ben vergeten.'

'Volgens mij bent u een slechte vrouw, madame. Ik denk dat u achter de daden van uw zoon zit en dat u er geen enkel probleem mee hebt hem uit te leveren aan de duivel als dat in het belang van uzelf en uw genootschap is.'

'U kraamt onzin uit, meneer Calque. En u weet niet waar u het over hebt. Het is allemaal pure speculatie. Een jury zou u weglachen.'

Calque stond op.

Er trok een vreemde blik over het gezicht van de gravin. 'En ook op een ander punt hebt u het mis. Ik zou mijn zoon nooit aan de duivel uitleveren, meneer Calque. Nooit aan de duivel. Dat kan ik u verzekeren.'

81

Toen hij bij de laatste tree was van de schijnbaar eindeloze stenen trap die naar de benedenverdieping leidde, gleed Bale uit. Hij viel hard tegen de muur, zo hard dat hij verrast gromde toen zijn kapotte schouder langs de leuning schampte.

Sabir richtte zich op in zijn stoel. De politie. Blijkbaar hadden ze toch iemand achtergelaten. Misschien was de man gewoon naar boven gegaan om een dutje te doen? Het was ongelofelijk stom van hem dat hij niet in alle kamers had gekeken voordat hij aan het werk was gegaan.

Hij pakte zijn papieren en ging met zijn rug naar de haard staan. Er was geen tijd meer om naar de deur te rennen. Hij moest zich er maar door bluf uit zien te redden. Hij kon altijd beweren dat hij terug was gekomen om iets op te halen wat van hem was. Het woordenboek en de stapel papier zouden dat verhaal bevestigen.

Bale kwam als een geest, verrezen uit het graf, om de hoek van de deuropening en stapte de woonkamer binnen. Zijn gezicht was doodsbleek en in het kaarslicht leken zijn gevlekte ogen op die van een demon. Er zaten bloedspetters op zijn borst, en in zijn hals en over zijn schouder zat een soort olievlek van bloed. Hij had een revolver in zijn linkerhand en terwijl Sabir ontzet toekeek, hief Bale het wapen en richtte het op hem.

Het was waarschijnlijk de eerste en enige keer in zijn leven dat Sabir geheel impulsief handelde. Hij slingerde het woordenboek naar Bale en in dezelfde beweging draaide hij om zijn as totdat hij op zijn knieën met zijn gezicht naar het vuur zat. Een fractie van een seconde voordat hij het schot hoorde, gooide Sabir het originele vel perkament en zijn papieren kopie diep in de vlammen.

82

Sabir werd wakker zonder enig idee te hebben waar hij zich bevond. Hij probeerde te bewegen, maar dat lukte niet. Een afschuwelijke stank drong zijn neus binnen. Hij probeerde zijn armen te bevrijden, maar die zaten vast in een soort modder. De modder kwam tot net boven zijn sleutelbeenderen, dus zijn hoofd stak erboven uit. Sabir deed verwoede pogingen zich omhoog te werken, maar hij gleed alleen dieper weg in het moeras.

'Dat zou ik niet doen als ik jou was.'

Sabir keek op.

Bale zat op zijn hurken boven hem. Vijftien centimeter boven Sabirs hoofd was een gat, niet veel groter dan de breedte van een man. Bale hield het luik overeind dat het gat normaal gesproken afsloot. Hij scheen met zijn zaklamp recht in Sabirs gezicht. 'Je bevindt je in een beerput. Een oude. Dit huis is kennelijk nooit aangesloten geweest op het riool. Het heeft me even tijd gekost om hem te vinden, maar je zult moeten toegeven dat hij perfect is in zijn soort. Er zit vijfentwintig centimeter ruimte tussen het niveau van de stront en het dak van de put. Dat is net zo'n beetje de hoogte van jouw hoofd, Sabir, en dan heb je nog een paar centimeter speling. Als ik dit luik dichtklap en luchtdicht afsluit heb je genoeg zuurstof voor, nou, pakweg een halfuur? Als de koolmonoxide uit de suikers die worden afgebroken je tenminste niet eerder fataal wordt.'

Sabir werd er zich van bewust dat zijn rechterslaap pijn deed. Hij wilde zijn hand opsteken om te voelen wat er mis was, maar dat ging niet. 'Wat heb je met me gedaan?'

'Ik heb niets met je gedaan. Nog niet. Je gezicht is beschadigd door een afgeketst schot. Mijn kogel raakte de haard precies op het moment dat jij je omdraaide om de profetieën te vernietigen. De vervormde kogel kaatste terug en heeft een stuk van je oor weggeblazen. En je was meteen buiten westen. Mijn verontschuldigingen daarvoor.'

Sabir merkte dat de claustrofobie hem in haar greep begon te krijgen. Hij probeerde normaal adem te halen, maar bleek totaal niet in staat tot een dergelijke mate van zelfbeheersing. Hij begon krampachtig te hoesten, alsof hij een astma-aanval had.

Bale tikte Sabir met de loop van zijn revolver zachtjes op de brug van zijn neus. 'Nou niet hysterisch worden. Ik wil dat je luistert. Goed luistert. Je bent al zo goed als dood. Wat er ook gebeurt, ik zal je doden. Op deze plek zul je sterven. Niemand zal je hier ooit vinden.'

Sabir had een bloedneus gekregen. Uit angst voor een tweede tik probeerde hij zijn gezicht weg te draaien van Bales wapen, maar door de plotselinge vermenging van bloed en drek werd zijn kokhalsreflex op gang gebracht. Het lukte hem pas na een paar minuten zichzelf onder controle te krijgen en op te houden met kokhalzen. Toen de aanval eindelijk voorbij was, stak hij zijn hoofd zo ver mogelijk omhoog om een teug iets frissere lucht van boven in te ademen. 'Waarom praat je nog tegen me? Waarom doe je niet gewoon wat je van plan bent?'

Bale vetrok zijn gezicht. 'Geduldig, Sabir. Geduldig. Ik praat nog tegen je omdat je een zwak punt hebt. Een fataal zwak punt dat ik tegen je wil gebruiken. Ik was erbij toen ze je in Samois in die houtkist stopten. En ik heb gezien hoe je eraan toe was toen ze je eruit haalden. Opgesloten worden in een kleine ruimte, dat is jouw grootste angst. Dus dat gaan we doen. Over precies een minuut zal ik het luik dichtdoen en vergrendelen, en jou hier achterlaten. Maar je hebt één kans om het leven van het meisje terug te kopen. Dat van het meisje, niet van jezelf. Je kunt me alles dicteren wat je over de profetieën weet. Nee, doe maar niet alsof je niet weet waar ik het over heb. Je hebt meer dan genoeg tijd gehad om de verzen over te schrijven en te vertalen. Ik heb het woordenboek gezien dat je naar me gooide. Ik heb je auto horen aankomen. Ik heb geschat hoe lang je ongeveer in de woonkamer hebt gezeten: urenlang, volgens mij. Als je me dicteert wat je weet, zal ik je door je hoofd schieten. Dan hoef je niet te stikken. En dan beloof ik dat ik het meisje zal sparen.'

'Ik heb niet...' Sabir bracht de woorden met moeite uit. 'Ik heb niet...'

'Jawel, dat heb je wel. Ik heb de rest van het schrijfblok gevonden dat je hebt gebruikt, en daar staan indrukken in. Je hebt heel veel regels opgeschreven. Je hebt heel veel regels vertaald. Ik zal het schrijfblok laten analyseren. Maar nu geef je me eerst wat ik wil. Als je dat niet doet, zal ik het meisje weten te vinden en met haar precies hetzelfde doen als wat de beul van Dreissigacker met de zwangere vrouw heeft gedaan. Tot aan de laatste zweepslag, de laatste verbranding, de laatste draai aan de pijnbank. Daar heeft ze je zeker wel over verteld, hè, die kleine Yola van je? Over het verhaaltje voor het slapengaan dat ik haar heb voorgelezen toen ze op haar dood wachtte? Ik kan aan je gezicht zien van wel. Dat laat je niet snel los, hè? Jij kunt haar dat besparen, Sabir. Je kunt als held sterven.' Bale kwam overeind. 'Denk er maar eens over na.'

Het luik sloeg met een klap dicht en het werd pikkedonker in de beerput.

83

Sabir begon te schreeuwen. Het was geen rationeel geluid, gebaseerd op het verlangen eruit te komen, maar een dierlijk geluid, dat naar boven kwam uit een duistere plek diep in zijn binnenste, een plek waar geen hoop meer leefde.

Boven zich hoorde hij het geluid van iets zwaars dat over het luik werd geschoven. Hij werd stil, als een wild dier dat voelt dat de rij drijvers eraan komt. De duisternis om hem heen was diep, zo diep zelfs dat het zwart bijna paars werd in zijn paniekerig starende ogen.

De kokhalsreflex kwam terug, en hij voelde hoe zijn hart zich in zijn borst samenbalde bij elke krachtige braakbeweging. Hij probeerde zijn gedachten te concentreren op de buitenwereld, zich te verplaatsen naar buiten de beerput en de afschuwelijke duisternis die hem dreigde te overspoelen en gek te maken. Maar het donker was zo totaal en zijn angst zo intens dat hij zijn eigen gedachten niet langer meester was.

Hij probeerde zijn armen omhoog te trekken. Waren zijn handen geboeid? Had Bale hem dat ook nog aangedaan?

Bij elke beweging zonk hij dieper weg in de drek. Die kwam nu tot zijn kin en dreigde door zijn mond naar binnen te lopen. Hij begon te jammeren en klapwiekte als een kip met zijn armen in de stroperige vloeistof.

Bale zou terugkomen. Hij had gezegd dat hij terug zou komen. Hij zou terugkomen om Sabir naar de profetieën te vragen. Dat gaf Sabir een cruciaal voordeel. Hij zou Bale zover zien te krijgen dat hij hem uit de beerput trok zodat hij alles wat hij wist kon opschrijven. En dan zou hij hem overweldigen. Niets ter wereld zou Sabir hier ooit nog in krijgen als hij er eenmaal uit was. Hij zou liever doodgaan. Zelfmoord plegen.

Op dat ogenblik herinnerde Sabir zich dat Bale zijn linkerarm niet kon gebruiken. Bale zou hem er helemaal niet uit kunnen trekken, al zou hij willen. Hij was wel in staat geweest hem naar de beerput te slepen. Zorgen dat een bewusteloze man in de drek gleed, dat was hem ook gelukt.

Dat moest simpelweg een kwestie zijn geweest van zijn willoze lijf bij de kraag pakken en de zwaartekracht de rest laten doen. Maar er was geen enkele manier waarop Bale hem er ooit weer uit zou kunnen hijsen.

Langzaam begonnen de gassen in de beerput op hem in te werken. Hij had het gevoel dat hij door een kracht buiten zichzelf naar boven werd getrokken. Eerst leek zijn hele lijf tegen het dichte luik van de beerput te worden gedrukt, alsof hij door de overdruk tegen het gebarsten raampje van een vliegtuig werd geperst. Toen brak hij erdoorheen en vloog de lucht in, zijn lichaam in de vorm van een U door de kracht waarmee hij werd weggeslingerd. Hij spreidde zijn armen zo wijd als hij maar kon en de vorm van zijn lichaam keerde zich om totdat hij omhoogschoot in de vorm van een C – zoals een skydiver – maar zonder dat hij iets merkte van de kracht en snelheid waarmee hij omhoogflitste.

Hij keek met grote afstandelijkheid naar de aarde onder hem, alsof deze explosieve exodus niets met hemzelf te maken had.

Toen, nog steeds diep in zijn hallucinatie, begon zijn lichaam langzamerhand uiteen te vallen. Eerst werden zijn armen losgerukt; hij zag ze op een windvlaag van hem weg wervelen. Daarna volgden zijn benen.

Sabir begon te jammeren.

Met een afschuwelijke ruk werd zijn onderlichaam, het stuk van zijn middel tot de bovenkant van zijn dijen, van zijn bovenlichaam getrokken, en zijn ingewanden, darmen en blaas vlogen door de lucht. Zijn borst klapte uit elkaar en zijn hart, longen en ribben werden van hem weggerukt. Hij probeerde ze nog te pakken te krijgen, maar hij had geen armen. Hij kon niets doen om het uiteenvallen van zijn lichaam tegen te gaan, en al snel was alleen zijn hoofd over, net als in zijn sjamanistische droom: zijn hoofd kwam recht op hem af, met dode ogen.

Toen het hoofd dichterbij kwam, ging de mond open en kroop er langzaam een slang tevoorschijn: een dikke python die zich ontrolde, met schubben als een vis, starende ogen en een bek die geen kaakgewricht leek te hebben en steeds groter werd. De python draaide zich om en verzwolg Sabirs hoofd; Sabir zag de vorm van zijn hoofd door het lijf van de slang glijden, voortgestuwd door het myosine in zijn spieren.

Toen keerde de python zich opnieuw om en zijn gezicht was Sabirs gezicht, tot aan het nog maar net beschadigde oor toe. Het gezicht probeerde tegen hem te praten, maar Sabir kon het geluid van zijn eigen stem niet meer horen. Het was alsof hij zich tegelijk in en buiten de slang bevond. Maar op de een of andere manier begreep Sabir dat hij niet kon horen doordat zijn hoofd erin zat en als worstvlees door het geruite lijf van de slang werd getrokken.

Het is een soort geboorte, concludeerde Sabir. Het is alsof je door het geboortekanaal schuift. Daarom ben ik claustrofobisch. Het is mijn geboorte. Het heeft iets met mijn geboorte te maken.

Nu kon Sabir door de ogen van de slang kijken en met de huid van de slang voelen. Hij was de slang en de slang was hem.

Vlak bij zijn gezicht dook zijn hand op uit de drek. Hij voelde dat de hand naar zijn hals ging, alsof het nog steeds niet zíjn hand was.

Hij was nog steeds de slang. Hij had geen handen.

De hand ging naar het kettinkje dat de sjamaan hem had gegeven.

Slang. Er zat slang in het hangertje.

Gif. Er zat gif in het hangertje.

Hij moest het innemen. Zichzelf doden. Dat was toch wat de droom hem had verteld?

Plotseling was hij terug in de realiteit van de beerput. Er klonk een schrapend geluid boven zijn hoofd. Nog even en Bale zou het luik opendoen.

Met zijn vrije hand scheurde Sabir een stuk stof van het voorpand van zijn overhemd en propte dat in zijn mond. Hij duwde het in zijn keel, zodat de toegang tot de luchtpijp was afgesloten.

Hij voelde de kokhalsreflex weer, maar negeerde die.

Bale schoof het luik open.

Sabir brak het buisje gif in zijn mond. Hij ademde nu alleen door zijn neus. Hij voelde het gif op zijn tong liggen, voelde hoe het zich langs zijn gehemelte verspreidde en hoe het door zijn keelholte omhoog naar zijn neusholte en bijholten sijpelde.

Toen het luik open werd geklapt, hield Sabir zich dood. Een fractie van een seconde voordat het licht op hem viel liet hij zijn hoofd naar voren hangen en het oppervlak van de viezigheid raken, zodat Bale zou denken dat hij zichzelf had verdronken.

Bale gromde geërgerd. Hij stak zijn hand naar beneden om Sabirs hoofd op te tillen.

Met zijn vrije hand greep Sabir de kraag van Bales overhemd. Bale verloor zijn evenwicht en tuimelde naar voren.

Sabir maakte gebruik van die beweging en trok Bales hoofd door de luikopening. Zijn blik fixeerde zich op de open wond in Bales hals.

Op het ogenblik dat Bales hoofd zich naast het zijne bevond, zette Sabir zijn tanden in de wond en duwde zijn tong in het gat dat de kogel had geslagen, om het gif diep in Bales bloedbaan te brengen.

Toen spoog hij het restant van het gif in de beerput om zich heen en wachtte tot hij doodging.

84

Het gesprek van Joris Calque met de gravin was uitgedraaid op het equivalent van een coitus reservatus, met andere woorden, hij had het hoogtepunt zo lang uitgesteld dat het uiteindelijke effect niet veel bevredigender was dan een natte droom.

Voorafgaand aan het gesprek had hij zich ingeprent dat hij in het voordeel was. De gravin zou vast een verdedigende houding aannemen. Het was een oude vrouw; waarom zou ze niet gewoon open kaart spelen, zodat ze ervanaf was? De doodstraf bestond niet meer in Frankrijk. Sterker nog, de graaf zou hoogstwaarschijnlijk naar een inrichting worden afgevoerd, waar hij naar hartenlust adellijke spelletjes kon spelen in de zekerheid dat hij na vijftien à twintig jaar weer de maatschappij in zou worden geschopt met het etiket 'ongevaarlijk' op zijn voorhoofd.

In plaats daarvan had Calque ontdekt dat hij tegenover het menselijke equivalent van een stenen muur terecht was gekomen. Zelden had hij in zijn carrière iemand ontmoet die zo zeker was van de morele rechtvaardiging van zijn daden. Calque wist dat de gravin de drijvende kracht achter de daden van haar zoon was; hij wist het zeker. Maar hij kon het in de verste verte niet bewijzen.

'Ben jij dat, Spola?' Calque hield het mobieltje op vijftien centimeter van zijn mond, zoals je met een microfoon zou doen. 'Waar zijn Sabir en Dufontaine op dit moment?'

'Die slapen, meneer. Het is twee uur 's nachts.'

'Heb je dat kortgeleden nog gecontroleerd? In het laatste uur of zo?'

'Nee, meneer.'

'Nou, ga dat dan doen.'

'Zal ik u terugbellen?'

'Nee. Neem de telefoon mee. Daar zijn die dingen toch voor, of niet?'

Brigadier Spola kwam langzaam overeind van de achterbank van zijn politiebusje. Met een paar geleende dekens en een stoelkussen dat Yola hem had gebracht had hij een comfortabele slaapplaats voor zichzelf gemaakt. Wat bezielde Calque? Het was midden in de nacht. Waarom zou Sabir of de zigeuner ergens naartoe willen? Ze werden nergens van beschuldigd. Als Calque hem om zijn mening zou vragen, zou hij zeggen dat het geen enkele zin had dat de politie mankracht verspilde aan het in de gaten houden van mensen die geen verdachte waren en alleen hun wettelijke rechten uitoefenden. Spola had een lieftallige, warme vrouw die thuis op hem wachtte. En een heerlijk warm bed. Dat waren zíjn wettelijke rechten. En daar werd nu inbreuk op gemaakt.

'Ik sta nu naast de zigeuner. Hij is diep in slaap.'

'Ga bij Sabir kijken.'

'Ja, meneer.' Zachtjes deed Spola de tussendeur in de woonwagen open. Wat een flauwekul. 'Hij ligt in bed. Hij...' Spola onderbrak zichzelf. Hij zette nog een stap de kamer in en deed het licht aan. 'Hij is weg, meneer. Ze hebben het bed vol kussens gelegd, zodat het net leek alsof hij lag te slapen. Het spijt me, meneer.'

'Waar is het meisje?'

'Ze slaapt bij de vrouwen. Aan de overkant.'

'Ga haar halen.'

'Dat kan niet, meneer. U weet hoe die zigeunervrouwen zijn. Als ik daar binnen kom vallen...'

'Ga haar halen. En laat haar aan de telefoon komen.'

85

Spola tuurde door de voorruit naar de bomen die langs flitsten. Het was gaan regenen en de koplampen van de politiewagen werden gereflecteerd door de weg, wat het lastig maakte afstanden te schatten.

Yola zat zenuwachtig met haar vingers friemelend naast hem, haar gezicht gespannen in het weerkaatste licht.

Spola zette de achterruitenwisser aan. 'Dat is een lullig geintje, wat jullie me hebben geflikt. Het zou me mijn baan kunnen kosten.'

'Ze hadden u om te beginnen niet moeten opdragen ons in de gaten te houden. Dat is alleen omdat we zigeuners zijn. Jullie behandelen ons als oud vuil.'

Spola ging wat meer rechtop zitten. 'Dat is niet waar. Ik heb geprobeerd schappelijk te zijn, jullie wat ruimte te geven. Ik heb u zelfs met Sabir naar de curandero laten gaan. En daardoor zit ik nu in de problemen.'

Yola wierp hem een zijdelingse blik toe. 'U bent oké. Maar de anderen zijn walgelijk.'

'Nou, goed dan, er zijn mensen die onredelijke vooroordelen hebben. Dat ontken ik niet. Maar dat geldt niet voor mij.' Hij boog zich naar voren en wreef met zijn mouw over de voorruit. 'Als ze ons nou eens auto's met airconditioning gaven, zagen we tenminste waar we reden. Zijn we er bijna?'

'Hier is het. Linksaf. En dan het pad op. U zult het huis zo zien staan.'

Spola reed voorzichtig het karrenspoor op. Hij wierp een blik op de klok. Het zou nog minstens een uur duren voordat Calque hier was – tenzij hij een politiehelikopter kaapte. Weer een nacht zonder slaap.

Hij zette de auto stil voor het Maset. 'Dus hier is het allemaal gebeurd?'

Yola stapte uit en rende naar de voordeur. Haar onrust was niet onderbouwd, maar het telefoontje van Calque en zijn waarschuwing dat de ogenman nog steeds achter Sabir aan zat, had haar gemoedsrust verdreven. Ze had gedacht dat de ogenman voorgoed uit hun leven was verdwenen. En nu was ze hier midden in de nacht, samen met de politie.

'Damo?' Ze keek om zich heen in de kamer. Het vuur was bijna uit. Een van de kaarsen was vrijwel op en een andere kon hoogstens nog een minuut of tien branden. Er was nauwelijks genoeg licht om iets bij te zien, laat staan dat je er een gekriebelde tekst nauwkeurig bij kon overschrijven. Ze wendde zich tot brigadier Spola. 'Hebt u een zaklantaarn?'

Hij knipte hem aan. 'Misschien is hij in de keuken?'

Yola schudde haar hoofd. In het kunstlicht was haar gezicht strak en ongerust. Ze haastte zich de gang in. 'Damo?' Op de plek waar Macron was gedood aarzelde ze even. 'Damo?'

Had ze een geluid gehoord? Ze legde één hand op haar hart en zette een stap naar voren.

Het geluid van een schot echode door het verlaten huis. Yola gilde.

Brigadier Spola rende naar haar toe. 'Wat was dat? Hoorde u ook een schot?'

'Het was beneden, in de kelder.' Yola's hand lag tegen haar keel.

Spola vloekte en trok met moeite zijn pistool uit de holster. Hij was geen dynamische man. Schieten lag niet in zijn aard. Hij had in dertig jaar politiewerk zelfs nog nooit geweld hoeven gebruiken. 'Blijf hier, mademoiselle. Als u meer schoten hoort, ren dan naar de politiewagen en rijd weg. Begrepen?'

'Ik kan niet rijden.'

Spola gaf haar zijn mobieltje. 'Ik heb net het nummer van meneer Calque ingetoetst. Vertel hem wat er gebeurt. Zeg hem dat hij een ambulance moet bellen. Ik moet nu gaan.' Spola rende naar de kelderdeur in het achterste deel van het huis, en zijn zaklamp deed woeste schaduwen over de muren dansen. Zonder aarzelen wierp hij de deur open en klepperde de trap af, met zijn pistool onhandig in de ene en zijn zaklamp in de andere hand.

Uit de opening van wat een oud waterreservoir of een beerput leek te zijn, staken de voeten van een man. Terwijl Spola toekeek, gleden de voeten de put in. Vanuit de put stegen verwarde geluiden op, en even stond Spola geschokt en vol ontsteltenis als aan de grond genageld. Toen sloop hij naar voren en scheen met zijn zaklamp in de put.

Sabir had zijn hoofd naar achteren en zijn mond in een soort geluidloze kreet opengesperd. In zijn vrije hand had hij Bales vuist, en zo hielden ze min of meer samen de Redhawk vast. Spola zag Bales hoofd boven de drek uitkomen; de donker gevlekte ogen waren verder omhooggedraaid dan menselijk gezien mogelijk leek. De revolver slingerde naar voren en er was een felle lichtflits.

Spola viel op één knie. Er verspreidde zich een gevoelloosheid door zijn borst en zijn buik naar beneden in de richting van zijn genitaliën. Hij probeerde zijn pistool te heffen, maar dat lukte niet. Hij hoestte één keer en viel toen op zijn zij.

Er schoot een gedaante langs hem heen. Hij voelde dat het pistool uit zijn hand werd gewrikt. Toen was zijn zaklamp aan de beurt. Hij legde zijn beide vrije handen op zijn buik. Opeens zag hij zijn vrouw voor zich. Ze lag op hun bed en wachtte op hem, terwijl ze hem intens aankeek.

De lichtflitsen kwamen nu dicht opeen en verlichtten de kelder als de opeenvolgende bliksemschichten tijdens een hevig onweer. Spola was zich bewust van beweging, ver bij hem vandaan. Ver weg. Toen trok iemand zachtjes zijn handen uit elkaar. Was het zijn vrouw? Hadden ze zijn vrouw gehaald om voor hem te zorgen? Spola wilde iets tegen haar zeggen, maar het zuurstofmasker legde hem het zwijgen op.

86

'U hebt uw leven aan het meisje te danken.'

'Dat weet ik.' Sabir draaide zijn hoofd totdat hij naar de toppen van de pijnbomen keek, die net zichtbaar waren door het raam van zijn ziekenhuiskamer. 'Ik heb nog wel meer aan haar te danken, eerlijk gezegd.'

De opmerking ging langs Calque heen. Er was iets heel anders wat hem bezighield. 'Hoe wist ze dat u gif had ingenomen? Hoe wist ze dat u een braakmiddel nodig had?'

'Wat voor braakmiddel?'

'Ze heeft u mosterd en zout water gevoerd totdat u alles had uitgekotst wat er nog van het gif over was. En ze heeft brigadier Spola het leven gered. De ogenman had hem in zijn buik geschoten. Als iemand met een buikwond gaat slapen, gaat hij dood. Ze heeft hem aan de praat gehouden terwijl ze met één hand in de beerput hing om u rechtop te houden, met uw hoofd boven de drek. Zonder haar zou u verdronken zijn.'

'Ik had u al gezegd dat ze bijzonder was. Maar u wantrouwt zigeuners, net als iedereen. Dat is gewoon irrationeel. U zou u moeten schamen.'

'Ik ben hier niet gekomen om een preek aan te horen.'

'Waarom dan wel?'

Calque ging wat gemakkelijker zitten. Hij zocht in zijn zakken naar een sigaret en herinnerde zich toen dat hij in een ziekenhuis was. 'Om antwoorden te krijgen, neem ik aan.'

'Wat zou ik u kunnen vertellen? We werden achtervolgd door een krankzinnige. Hij is dood. Nu kunnen we verder gaan met ons leven.'

'Dat is niet genoeg.'

'Hoe bedoelt u?'

'Ik wil weten waar het allemaal om draaide. Waar Paul Macron voor is gestorven. En de anderen. Bale was niet gek. Hij had alles beter op een rijtje dan wij. Hij wist precies wat hij wilde en waarom.'

'Vraag het zijn moeder.'

'Dat heb ik gedaan. Het is net water uit een steen persen. Ze ontkent alles. Het document dat we in haar verborgen kamer hebben gevonden is niet te ontcijferen, en mijn superieur beschouwt het als verspilling van politietijd om het onderzoek voort te zetten. Ze komt er ongestraft af. Zij en haar aristocratische bende duivelsdienaren.'

'Wat wilt u dan van mij?'

'Yola heeft brigadier Spola bekend dat de profetieën niet verloren zijn gegaan. Dat u ze in uw bezit had en ze in het Maset vertaalde. Ik geloof dat ze een zwak heeft voor de brigadier.'

'En u wilt weten wat er in de profetieën stond?'

'Ja.'

'En als ik ze nou wilde publiceren?'

'Er zou niemand naar u luisteren. U zou als de dochter van koning Priamus zijn, Cassandra, die de gave der profetie kreeg van haar bewonderaar Apollo. Maar toen ze weigerde met hem naar bed te gaan, zorgde hij dat niemand haar profetieën geloofde, ook al waren ze steevast waar.' Calque stak drie vingers op om Sabir te beletten zijn onvermijdelijke antwoord te geven. Hij telde zijn argumenten af door zijn vingers een voor een in zijn andere hand te klemmen. 'Ten eerste hebt u geen originelen. Ten tweede hebt u niet eens een kopie van de originelen. Die hebt u verbrand. We hebben de as in de haard gevonden. As ter waarde van vijf miljoen dollar. Ten derde zou het dus alleen uw woord tegen dat van de rest van de wereld zijn. Iedereen kan zeggen dat hij ze gevonden heeft. Wat u te bieden hebt, heeft geen enkele waarde, Sabir.'

'Waarom wilt u het dan hebben?'

'Omdat ik het moet weten.'

Sabir sloot zijn ogen. 'En waarom zou ik het u vertellen?'

Calque haalde zijn schouders op. 'Daar heb ik geen antwoord op.' Hij boog zich naar voren. 'Maar als ik u was, zou ik het iemand willen vertellen. Wat het ook is, ik zou het niet mee willen nemen in mijn graf. Ik zou mijn hart willen luchten.'

'En waarom zou u daarvoor de aangewezen persoon zijn?'

'Jezus, Sabir!' Calque wilde overeind komen. Toen veranderde hij van gedachten en liet zich weer in zijn stoel zakken. 'Omdat u het me schuldig bent. En Macron. U hebt me bedot, terwijl ik u vertrouwde.'

'U had me niet moeten vertrouwen.'

Er ging een zweem van een glimlach over Calques gezicht. 'Dat deed ik ook niet. Er zaten twee peilzendertjes in de auto. We wisten dat we jullie toch weer konden oppikken als we er één kwijtraakten. Ik ben een politieman, geen sociaal werker, Sabir.'

Sabir schudde droevig zijn hoofd. Hij keek Calque aan, en zijn ogen staken donker af bij het hagelwitte verband dat om de zijkant van zijn gezicht zat. 'Er is daar iets met me gebeurd, meneer Calque.'

'Dat weet ik.'

'Nee. Het is niet wat u denkt. Iets anders. Het was een soort transformatie. Ik ben veranderd. Ben iets anders geworden. De curandero had me gewaarschuwd dat dat gebeurt als je op het punt staat een sjamaan te worden. Een genezer.'

'Ik heb geen idee waar u het over hebt.'

'Ik ook niet.'

Calque leunde achterover. 'Herinnert u zich er eigenlijk iets van? Of zit ik mijn tijd te verdoen?'

'Ik herinner me alles.'

Calque verstijfde als een jachthond die zijn prooi ruikt. 'Dat kunt u niet menen.'

'Ik heb u al verteld dat er een verandering in me plaatsvond. Een transformatie. Ik weet niet wat het was of waarom het gebeurde, maar zelfs nu nog kan ik me elk woord herinneren van de Franse tekst die ik heb gelezen. Alsof ik er een foto van in mijn hoofd heb. Ik hoef alleen mijn ogen dicht te doen en het komt terug. Ik ben zes uur in dat huis geweest, meneer Calque. Zes uur lang heb ik die kwatrijnen steeds opnieuw gelezen. Ze vertaald. Geprobeerd hun betekenis te doorgronden.'

'Hebt u ze opgeschreven?'

'Dat hoeft niet. En ik wil het niet.'

Calque stond op. 'Goed. Het was dom van me om ernaar te vragen. Waarom zou u het mij vertellen? Wat kan ik beginnen? Ik ben een oude man. Ik zou met pensioen moeten gaan. Maar ik blijf bij de politie hangen omdat ik niet weet wat ik anders met mijn leven aan moet. Daar komt het zo ongeveer op neer. Vaarwel, meneer Sabir. Ik ben blij dat die smeerlap u niet te pakken heeft gekregen.'

Sabir keek Calque na, die naar de deur sjokte. De man had iets – integriteit, misschien – wat hem boven de middelmaat deed uitsteken. Tijdens het onderzoek was hij zo eerlijk geweest als hij onder de omstandigheden had gekund. Hij had Sabir veel meer vrijheid gegeven dan die redelijkerwijs had kunnen verwachten. En hij had hem de dood van Macron niet verweten, net zomin als het feit dat Spola gewond was geraakt.

Nee. Daar had hij zelf de verantwoordelijkheid voor genomen. 'Wacht even.'

'Waarop?'

Sabir keek Calque strak aan. 'Gaat u alstublieft zitten. Ik zal u een deel van het verhaal vertellen. Het deel waarin geen namen van derden worden genoemd. Neemt u daar genoegen mee?'

Calque beantwoordde Sabirs blik. Toen liet hij zich langzaam weer in zijn stoel zakken. 'Ik zal wel moeten, hè? Alles wat u me wilt vertellen is meegenomen.'

Sabir haalde zijn schouders op. Toen hield hij vragend zijn hoofd schuin. 'Biechtgeheim?'

Calque zuchtte. 'Biechtgeheim.'

87

'Er stonden maar tweeënvijftig kwatrijnen op het perkament dat uit de bamboe koker kwam. Ik had verwacht dat het er achtenvijftig zouden zijn, omdat dat het aantal is waarmee de tien eeuwen van Nostradamus vol zouden worden gemaakt. Maar er ontbreken er nog steeds zes. Nu denk ik dat die hier en daar verspreid te vinden zijn, zoals die in Rocamadour en Montserrat, en bedoeld zijn als aanwijzingen om het belangrijkste deel van de teksten te vinden.'

'Ga verder.'

'Voor zover ik heb kunnen bepalen, wordt in elk van de tweeënvijftig kwatrijnen een bepaald jaar beschreven. Een jaar in de aanloop naar het einde der dagen. De Apocalyps. Ragnarök. De grote omwenteling van de Maya's. Hoe je het ook wilt noemen.'

'Hoe bedoelt u, dat er een bepaald jaar wordt beschreven?'

'Elk kwatrijn dient als aanwijzing. Er wordt een gebeurtenis in beschreven die in een bepaald jaar zal plaatsvinden, en elke gebeurtenis betekent iets.'

'Dus er is geen datum gegeven voor het einde van de wereld?'

'Dat hoeft niet; zelfs Nostradamus kende de precieze datum van het armageddon niet. Hij wist alleen wat eraan voorafging. Dus de datum wordt duidelijk naarmate we die naderen. Stapje voor stapje.'

'Ik snap het nog steeds niet.'

Sabir ging wat meer rechtop in bed zitten. 'Het is eenvoudig. Nostradamus wil dat de mensheid aan de vernietiging ontsnapt. Hij denkt dat we misschien een kleine kans hebben aan de ondergang te ontkomen, als we ons gedrag veranderen door de wederkomst te erkennen en de derde antichrist te verwerpen. Daarom geeft hij ons aanwijzingen, jaar voor jaar en gebeurtenis voor gebeurtenis. We moeten de kwatrijnen in verband brengen met de juiste gebeurtenissen. Naarmate elke gebeurtenis plaatsvindt precies zoals Nostradamus heeft voorspeld, worden de kwatrijnen steeds belangrijker en kunnen we ze afvinken. Hoe dichter we bij het armageddon komen, des te duidelijker zullen de begin- en einddatum worden, om de eenvoudige reden dat de gebeurtenissen die voor de laatste paar jaar voorafgaand aan het einde der dagen worden voorspeld nog niet hebben plaatsgevonden. Dan zullen de mensen erin gaan geloven. En misschien hun gedrag veranderen. Feitelijk heeft Nostradamus ons een waarschuwing gegeven die tweeënvijftig jaar duurt.'

Calque trok een zuur gezicht.

'Hoor, zo luidt het eerste kwatrijn, de eerste aanwijzing:

> De Afrikaanse woestijn zal smelten tot glas
> Valse vrijheden zullen de Fransen kwellen
> Het grote rijk van de eilanden zal slinken
> Zijn handen, voeten en ellebogen mijden het hoofd.'

'Dat betekent niets. Het brengt ons geen stap verder.'

'Integendeel. Luister nog maar eens. "De Afrikaanse woestijn zal smelten tot glas." In 1960 hebben de Fransen hun allereerste kernproef gedaan, in het zuidwesten van Algerije. In de Sahara. Ze noemden die bom de Gerboise Bleue, de blauwe springmuis.'

'Vergezocht, Sabir.'

'Laten we dan de volgende regel nemen: "Valse vrijheden zullen de Fransen kwellen." In 1960 heeft Frankrijk onafhankelijkheid verleend, of moeten verlenen, aan Frans Kameroen, Frans Togoland, Madagaskar, Dahomey, Opper-Volta, Ivoorkust, Tsjaad, de Centraal-Afrikaanse Republiek, Kongo-Brazzaville, Gabon, Mali, Niger, Senegal en Mauritanië. Maar hun oorlog in Algerije zetten ze voort. "Valse vrijheid" betekent dat je met de ene hand geeft en met de andere neemt. En nu regel drie en vier: "Het grote rijk van de eilanden zal slinken. Zijn handen, voeten en ellebogen mijden het hoofd." Groot-Brittannië is voor Nostradamus altijd het "grote rijk van de eilanden" geweest. Hij gebruikt dat beeld vaker en dan slaat het altijd op het Britse rijk. In 1960 verleenden de Britten onafhankelijkheid aan Cyprus. En aan Brits Somaliland, Ghana en Nigeria. Dat zijn de handen en voeten. Koningin Elizabeth II was het hoofd. Door onafhankelijk te worden, mijden ze haar.'

'Niet overtuigend genoeg.'

'Laten we dan het volgende kwatrijn nemen.

Duitsland zal worden gewurgd en Afrika heroverd
Een jonge leider zal opstaan; hij zal zijn jeugd behouden
De mensheid zal haar ogen opslaan naar het slagveld
Er zal een ster stralen die geen ster is.'

'Volgens uw theorie moet dit kwatrijn dus op 1961 slaan. Doet het dat? Ik zie het niet.'

'Echt niet? Neem de eerste helft van de eerste regel: "Duitsland zal worden gewurgd." Nostradamus gebruikt de uitdrukking *envoyer le cordon*, wat zoiets betekent als "het koord sturen". Met andere woorden, "opdracht geven te wurgen". En wat gebeurde er in 1961? De grens tussen Oost- en West-Berlijn ging dicht en de Muur werd gebouwd: een koord van beton, dat Duitsland verdeelde en wurgde. Nu het tweede deel van de eerste regel: "En Afrika heroverd." Op 21 april 1961 namen opstandige leden van de OAS Algiers in, in een poging generaal De Gaulle te beletten Algerije onafhankelijkheid te verlenen. Dat herinnert u zich toch wel, meneer Calque? Waarschijnlijk was u nog een groentje en liep u uw eerste rondes als pandore.'

'Pah.'

'"De mensheid zal haar ogen opslaan naar het slagveld." Doet dat u niet ergens aan denken? Op 12 april 1961 werd Joeri Gagarin de eerste mens in de ruimte – in de Wostok I – en dat vormde het begin van de race om de ruimte en verergerde de Koude Oorlog tussen de Verenigde Staten, de NAVO en de Sovjet-Unie. "Er zal een ster stralen die geen ster is." Dat is een behoorlijk goede beschrijving van een ruimteschip dat in een baan rond de aarde draait, hè? Vooral als je bedenkt dat Nostradamus dit schreef 450 jaar voordat iemand zoiets ook maar had bedacht.'

'En hoe zit het met "Een jonge leider zal opstaan; hij zal zijn jeugd behouden"? Ik neem aan dat je me gaat vertellen dat dat op John F. Kennedy slaat.'

'Natuurlijk. Op 20 januari 1961 begon zijn ambtstermijn als president van de Verenigde Staten. "Een jonge leider zal opstaan". Toen Kennedy de presidentiële eed aflegde, werd hij de leider van de westerse wereld. Hij "zal zijn jeugd behouden" omdat hij twee jaar later vermoord zou worden.'

'Ik neem aan dat Nostradamus dat ook heeft voorspeld.'

'Ja. Hij schreef: "Het bleke voertuig van de jonge koning wordt zwart." De tweede regel luidt: "De koningin moet rouwen; de kroon van de koning zal gespleten worden." Op 22 november 1963 werd Kennedy in Dallas, in Texas, door het hoofd geschoten. De arts Robert McClelland beschreef de wond op 21 maart 1964 in zijn getuigenverklaring tegenover Arlen Specter in het Parkland Memorial Hospital. Hij zei dat het hersenweefsel door de bovenkant van de schedel van de president naar buiten was geblazen. Kijk. Ik heb zijn verklaring geprint, van internet. Ik zal u voorlezen wat hij zei. "Ik kon de hoofdwond zeer nauwkeurig onderzoeken, en het viel me op dat de schedel rechts achter extreem beschadigd was. Hij was verbrijzeld [...] zodat het *os parietale* door de hoofdhuid heen stak en ongeveer voor de helft aan de achterkant was afgebroken, en bovendien was een deel van het *os occipitale* in de laterale helft gebroken, waardoor de genoemde botten dusdanig openstonden dat je in de schedelholte kon kijken en kon zien dat minstens een derde van het hersenweefsel, het achterste deel van de grote hersenen en wat weefsel van de kleine hersenen, naar buiten was geblazen..." Dat lijkt aardig te kloppen met "de kroon van de koning zal gespleten worden." Vindt u niet?'

'Niemand zal dit serieus nemen. Beseft u dat wel?'

'Niemand zal de kans krijgen het serieus te nemen, want ik ga deze profetieën niet openbaar maken. U hebt zelf al uitgelegd waarom niet, met uw vergelijking met Cassandra. Ik heb de originelen niet. Niemand zal me geloven. En er stonden dingen in die het Corpus Maleficus zal willen weten.'

'Maar Bale is dood.'

'Dat is waar.'

'Er is meer, hè?'

'Het bewijs dat ze kloppen, bedoelt u? Nou, dat komt volgend jaar. En het jaar daarna. En het jaar dáárna.'

'Hoe bedoelt u?'

'Ga maar na. We hebben het beginjaar 1960. Dat is duidelijk. Zelfs u kunt dat niet aanvechten. En vanaf dat jaar heb ik achtenveertig kwatrijnen die een gebeurtenis of gebeurtenissen beschrijven die in een bepaald jaar daarna hebben plaatsgevonden. Ze staan niet allemaal in de juiste volgorde, maar als je ermee gaat schuiven, kloppen ze. De Amerikaanse nederlaag in Vietnam komt voorbij. De Chinese culturele revolutie. De Zesdaagse Oorlog. De massa-executies in Cambodja. De aardbeving van Mexico-Stad. De Eerste en Tweede Golfoorlog. De aanslag op de Twin Towers. De overstroming van New Orleans. De tsunami in de Indische Oceaan. En dat is nog maar het topje van de ijsberg. Er zijn tientallen kleinere gebeurtenissen die ook lijken te kloppen. Dat kan geen toeval meer zijn.'

'Wat wilt u daarmee zeggen?'

'Dat de Maya's gelijk hadden. Volgens de Lange Telling van de Mayakalender valt de grote omwenteling in 2012. Op 21 december, om precies te zijn. 5126 jaar – dertien baktuns van elk twintig katuns – vanaf het begin van de kalender. Dat klopt precies met de telling van Nostradamus. Behalve dat hij in 1960 begint, bij het aanbreken van het aquariustijdperk. En hij geeft ons tweeënvijftig kwatrijnen, een waarschuwing die tweeënvijftig jaar omspant. Dan kom je ook in 2012 uit. Duidelijker kan het niet zijn.'

'En hebt u de profetieën voor de komende jaren?'

'Ja. Ik heb ze eruit gehaald door weg te strepen wat al is gebeurd. Dat is nu juist waar het Bale om begonnen was. Een ervan beschrijft de derde antichrist. Degene die de wereld aan de rand van de afgrond zal brengen. Een andere beschrijft de wederkomst. En een derde vertelt van de locatie waar zich een nieuwe ziener bevindt, die de datum zal bevestigen of ontkennen; iemand die in de toekomst kan kijken en als spreekbuis voor de informatie kan dienen. Alleen deze persoon kan ons vertellen wat ons te wachten staat, wedergeboorte of apocalyps. Maar alles zal uiteindelijk afhangen van de vraag of we bereid zijn de wederkomst te erkennen. Wereldwijd. Met andere woorden, als iets wat religie overstijgt, als een universele zegen. Nostradamus gelooft dat we alleen gered kunnen worden als de wereld zich verenigt in de gezamenlijke verering van één entiteit.'

'Dat kun je toch niet menen?'

'Jazeker wel.'

'En de derde antichrist? Wie is dat?'

Sabir draaide zijn gezicht af. 'Hij is onder ons. Hij is geboren onder het getal zeven. Tien zeven tien zeven. Hij draagt de naam van de Grote Hoer. Hij bekleedt al een hoge functie, maar zal nog verder stijgen. Zijn numerologische getal is één. Dat staat voor meedogenloosheid en een obsessieve machtshonger. Nostradamus noemt hem de "opkomende schorpioen". Meer kan ik u niet vertellen.'

'Maar dat is niets.'

'Jawel hoor.'

Calque keek hem onderzoekend aan. 'Dus u kent zijn naam?'

'Ja. En u ook.'

Calque haalde zijn schouders op. Maar onder het tijdelijke bruin dat hij in de Camargue had opgedaan, verbleekte hij. 'Denk niet dat ik geen pogingen zal doen erachter te komen. Ik ben rechercheur. En numerologie is geen volkomen onbekend concept. Zelfs voor mij niet.'

'Ik verwachtte niet anders.'

'En de wederkomst?'

'Daar vertel ik niemand iets over. Dat was waar het om draaide bij het geschenk van Nostradamus aan zijn dochter. Het is een geheim waarvoor mannen en vrouwen bereid zouden zijn te sterven. Een geheim dat de wereld zou kunnen veranderen. U bent de enige ter wereld die weet dat ik het weet. Ik zou dat graag zo willen houden. En u?'

Calque keek Sabir een paar minuten lang zwijgend aan. Ten slotte stond hij onbeholpen op. Hij knikte.

Nawoord

In het hartje van de zomer ontvoerde Alexi Yola. Ze liepen weg naar Corsica en Alexi ontdeed haar op het strand bij Cargèse van haar maagdelijkheid. Toen hij voor het eerst de liefde met haar bedreef, vloog er een vlucht eenden over, en hun schaduwen gleden over het vrijende stel. Zodra Alexi zich uit haar had teruggetrokken, ging Yola zitten en vertelde hem dat ze in verwachting was.
'Dat kan niet. Hoe weet je dat?'
'Ik weet het.'
Alexi twijfelde niet aan haar woorden. Naar zijn gevoel beschikte Yola over een mysterieuze kennis van geheimen die zijn bevattingsvermogen te boven gingen. Dat kwam hem goed uit, want íemand moest zulke dingen toch weten – en daar de last van dragen – wilde Alexi zijn leven in het heden kunnen leven, zonder ook maar een moment vooruit of achterom te kijken.
Toen Sabir van Yola's ontvoering hoorde, stapte hij onmiddellijk op een vliegtuig naar Europa, en hij wachtte het stel op in het kamp in Samois. Gezien zijn nieuwe positie als Yola's broer en het officiële hoofd van haar familie was het onvoorstelbaar dat ze zonder zijn tegenwoordigheid en toestemming zou mogen trouwen. Hij wist dat dit het laatste was dat hij voor haar moest doen, en dat zijn aanwezigheid op haar bruiloft haar eindelijk zou bevrijden van de smet van haar broers dood.
Yola had de handdoek bewaard waar ze op had gelegen op het strand bij Cargèse, tijdens hun eerste keer, en toen die aan de bruiloftsgasten werd getoond, bevestigde Sabir plechtig dat ze maagd was geweest voor de ontvoering en dat haar lacha onaangetast was. Hij kwam met Alexi een bruidsprijs overeen.
Later, toen de plechtigheid was afgelopen, vertelde Yola hem dat ze in verwachting was en vroeg of hij de kirvo van haar zoon wilde zijn.
'Hoe weet je dat het een jongetje wordt?'

'Nadat Alexi mijn oog had doorboord, kwam er op het strand een hond naar ons toe rennen, een reu, en hij likte mijn hand.'

Sabir schudde zijn hoofd. 'Dat is idioot. Maar ik geloof je.'

'En terecht. De curandero had gelijk. Je bent een wijzer mens geworden. Er is iets met je gebeurd toen je stervende was. Ik wil niet weten wat het is. Maar ik voel dat je soms dingen kunt zien, net als ik, sinds de ogenman me mijn twee halve doden heeft gegeven. Ben je nu een sjamaan?'

Sabir schudde zijn hoofd. 'Ik ben een nul. Er is niets veranderd. Ik ben alleen maar blij dat ik hier ben en jullie bruiloft meemaak. En natuurlijk wil ik de kirvo van je zoon zijn.'

Yola keek hem een paar seconden aan, in de hoop dat er meer zou volgen. Toen gleed er plotseling een uitdrukking van dagend inzicht over haar gezicht. 'Je weet het, hè, Damo? Wat de curandero me heeft verteld over mijn kind? Over de *parousia*? Het stond allemaal op die vellen perkament die je hebt verbrand. Is dat de reden dat het geheim van de profetieën aan mijn familie in bewaring is gegeven? En de reden dat jij ze met gevaar voor je leven hebt verbrand?'

'Ja. Het stond geschreven.'

Yola drukte haar handen tegen haar buik. 'Stond er nog meer geschreven? Dingen die ik moet weten? Dingen die ik moet vrezen voor mijn zoon?'

Sabir glimlachte. 'Verder stond er niets geschreven, Yola. Wat gebeurt, zal gebeuren. De teerling is geworpen, en de toekomst staat alleen in de sterren geschreven.'

Dankwoord

Een boek als dit schrijven en er de research voor plegen kan een ontmoedigend eenzame ervaring zijn, dus er is reden voor dankbaarheid als er behalve je naaste familie anderen zijn die er belang in stellen. Mijn literair agent, Oli Munson van Blake Friedmann, heeft dit project van het begin af aan begeleid, vanaf het larvenstadium van de rups via de pop tot aan de volwassen vlinder. Ik ben hem veel dank verschuldigd, zowel voor zijn vriendschap als voor zijn niet aflatende steun, en ook alle anderen bij Blake Friedmann wil ik bedanken voor hun gezamenlijke inspanningen en alles wat ze tot stand hebben gebracht. Ook Ravi Mirchandani, mijn redacteur bij Atlantic, zag al in een vroeg stadium iets in het boek, evenals mijn Duitse redacteur, Urban Hofstetter van Blanvalet, de eerste belangrijke buitenlandse uitgever die er voor honderd procent achter ging staan; ik ben hen beiden zeer dankbaar. Verder wil ik de vrijwel onzichtbare verkoopafdeling van Atlantic bedanken, met name algemeen directeur Daniel Scott, die het boek prees in een persoonlijk memo dat me zeer opvrolijkte. En de naamloze bouquiniste op de linkeroever van de Seine die zo vriendelijk was me bijna een hele zomermiddag lang alles te vertellen wat hij wist over de Manouche-zigeuners. Ten slotte wil ik de British Library en de Bibliothèque nationale de France bedanken voor het simpele feit dat ze bestaan. Ze zijn voor vele schrijvers onmisbaar.